Rote Krimi

Von Margaret Truman
sind außerdem im Goldmann Verlag erschienen:

Mord an höchster Stelle · 4943
Die Mauer des Schweigens · 4924

MARGARET TRUMAN

Mord im Museum

MURDER AT THE SMITHSONIAN

Kriminalroman

Deutsche
Erstveröffentlichung

Wilhelm Goldmann Verlag

Aus dem Amerikanischen übertragen von
Mechtild Sandberg

Herausgegeben von Friedrich A. Hofschuster

Made in Germany · 7/84 · 1. Auflage · 118

Umschlagentwurf: Design Team München
Umschlagfoto: Richard Canntown, Stuttgart
Satz: Mohndruck Graphische Betriebe GmbH, Gütersloh
Druck: Elsnerdruck GmbH, Berlin
Krimi 4955
Lektorat: Susanne Härtel / Annemarie Bruhns
Herstellung: Peter Papenbrok
ISBN 3-442-04955-5

Die Hauptpersonen

Dr. Lewis Tunney	amerikanischer Kunsthistoriker, charmant und gutaussehend, aber nicht für lange
Heather McBean	Nichte eines reichen schottischen Kunstsammlers und Schloßbesitzers, die ihren hübschen schottischen Dickkopf sehr liebenswürdig durchzusetzen weiß
Evelyn Killinworth	schwergewichtiger Familienfreund der McBeans und Kunstkenner, der mehr als eine Leidenschaft hat
Captain Mac Hanrahan	Leiter der Kriminalpolizei in Washington D.C., der sich manchmal vom Leben etwas benachteiligt fühlt
Chloe Prentwhistle	imposante Frau und anerkannte Kuratorin am Museum für amerikanische Geschichte, die auf manche Leute recht einschüchternd wirken kann
Ford Saunders	Assistent von Chloe Prentwhistle, der sich auch in Frauenkleidern wohl fuhlt
William Oxenhauer	Vizepräsident der USA, Kunstmäzen und Förderer der Smithsonian Institution

Der Roman spielt in Washington D.C., aber auch in London und Edinburgh

Kapitel

1

19. Mai

Lewis Tunney blieb vor einem kleinen Geschäft in der Davies Street im vornehmen Londoner Stadtteil Mayfair stehen. Auf dem Messingschild an der Tür war zu lesen: ›Antiquitäten, Peter S. Peckham – Besichtigung nur nach Vereinbarung‹. Ein verschnörkeltes Wappen über der Tür gab Interessenten die Gewißheit, daß das Geschäft mindestens einen königlichen Haushalt beliefert hatte.

Tunney versuchte durch das Fenster ins Innere zu spähen, sah aber nur sein eigenes Spiegelbild und das der Autos, die hinter ihm vorüberfuhren. Im Laden war es dunkel. Das Glockenspiel des Big Ben hoch über dem Westminster Palast schlug die Mittagsstunde.

Er drückte auf den Knopf und vernahm von drinnen einen melodischen Dreiklang. Ein Lichtstrahl durchschnitt die Dunkelheit, als eine Tür im Hintergrund des Ladens geöffnet wurde. Ein Mann trat heraus, warf einen Blick auf seine Uhr, kam dann zur Ladentür und sperrte sie auf.

»Lewis«, sagte er erfreut, »wie geht es dir? Du bist wie immer pünktlich auf den Glockenschlag.«

»Danke, es geht mir gut, Peter.«

Sie hätten Brüder sein können, beide schlank und hochgewachsen mit braunem welligen Haar. Peter Peckham trug eine graue Flanellhose, dazu einen portweinfarbenen Rollkragenpullover, ein Kamelhaarsakko und braune Slippers. Tunney hatte einen blauen Anzug mit Weste an, ein blauweiß gestreiftes Hemd mit weißem Kragen und schmaler dunkelblauer Krawatte und schwarze Schuhe. Tunney war dreiundvierzig, Peckham einundvierzig Jahre alt. Beide hatten braune Augen, nur waren die von Peckham eine Spur dunkler. Tunney war Amerikaner, Peckham Engländer. Sie gingen durch den Laden nach hinten in Peckhams Büro. Dieses war wie der Laden mit wertvollen antiken Kunstgegenständen vollgestopft.

»Tee? Gin?« fragt Peckham.

»Tee. Hast du Zeit, mit mir zu Mittag zu essen, Peter?«

»Leider nicht. Aber laß uns gleich etwas für später ausmachen. Wir haben uns so lange nicht gesehen.«

»Ja, weiß Gott, meine Schuld. Dieses Projekt hat mich zum reinsten Einsiedler gemacht. Ich bin froh, daß damit jetzt Schluß ist.«

Während Peckham eine Porzellantasse mit heißem Wasser ausspülte, um sie vorzuwärmen, das Wasser dann in ein kleines Bekken abgoß und Teeblätter in ein silbernes Tee-Ei gab, sah sich Tunney die Dinge auf Peckhams Schreibtisch an: Fachjournale, die für den Sammler von Interesse waren; die neueste Ausgabe des *Smithsonian,* des Monatsheftes für die Mitglieder der Smithsonian Institution; ein Holzkasten, der mit Edel- und Halbedelsteinen gefüllt war; zwei seltene, in Leder gebundene Bücher; Rechnungen; Korrespondenz und andere Dinge, wie sie in jedem Büro zu finden sind. Mitten in dem Durcheinander stand eine Pyramide aus drei goldenen Stäben, in der ein fünfundzwanzig Zentimeter langes Pendel aus reinem Gold aufgehängt war. Das Gewicht an seinem Ende war ein großer tiefgrüner Smaragd.

Peckham drehte sich um und sah, wie Tunney das Pendel mit dem Finger anstieß.

»Ein nicht sehr attraktives Stück«, bemerkte er, während er heißes Wasser über das Tee-Ei goß, »aber nicht ohne Wert. Der Stein ist allerdings voller Unreinheiten. Ich würde sagen, das Ding stammt aus der Sammlung eines türkischen Sultans, spätes achtzehntes Jahrhundert. Was meinst du?«

»Du hast wahrscheinlich recht, aber es könnte auch älter sein, frühes achtzehntes Jahrhundert. Türkisch ist es sicher. Das Gold ist fein geschmiedet.«

Peckham stellte die Tasse vor Tunney hin, und sie sahen dem sachte schwingenden Pendel zu. Dann blickte Tunney über den Schreibtisch.

»Also, Peter«, sagte er, »auf dich. Es ist schön, dich wiederzusehen.« Er kostete von seinem Tee. »Gut, Peter, sehr gut.«

»Danke. Und nun erzähle, Lewis, was gibt es Neues in deinem Leben?«

»Privat oder beruflich?«

»Privat. Was bei dir beruflich los ist, erfahre ich meistens durch den Klatsch. Dein Privatleben läßt sich auf diesem Weg nicht so leicht verfolgen.«

Tunney lächelte. Er zog eine lange, dünne, braune Dunhill-Zigarre heraus, zündete sie an und blies eine Wolke blauen Rauchs zu dem Pendel hinüber.

»Es hat sich einiges Interessantes getan, Peter, sowohl im beruflichen als auch im privaten Bereich. Besonders im privaten.«

»Kenne ich sie?«

»Wahrscheinlich. Aber ehe ich lange Bekenntnisse ablege, würde ich gern hören, warum du mich heute so dringend sprechen wolltest.«

»Wir sind doch Freunde!«

»Ja, sicher, aber Freunde hätten sich zum Mittagessen verabreden können oder auf einen Drink am Feierabend. Du hast bei deinem Anruf beunruhigt geklungen. Gibt es irgendwelche Probleme?«

»Wahrscheinlich nicht, aber genau da kannst du mir helfen. Nimm dir eine halbe Stunde Zeit, Lewis, und hör mich an. Dann wirst du, denke ich, beurteilen können, ob es ein Problem gibt oder nicht.«

»Gut, ich höre.«

Der Big Ben schlug einmal, als sich Lewis Tunney aus seinem Sessel erhob. Sein jugendlich straffes Gesicht zeigte jetzt Ansätze von Falten. Er stand mit hochgezogenen Schultern da und kaute auf der Unterlippe, als könnte er sich so zwingen, das zu begreifen, was er eben gehört hatte.

»Es tut mir leid, daß du so darauf reagierst«, sagte Peckham.

»Wie sonst sollte mir zumute sein, Peter? Ich gehe jetzt besser.«

Peckham nahm einen kleinen Sämischlederbeutel von der Farbe gebrannten Ockers vom Schreibtisch und schob ihn in eine Schublade. Dann kam er um den Schreibtisch herum und bot Tunney die Hand.

»Wann essen wir zusammen?« fragte er. »Ich lade dich ins *Audley* ein.«

»Sobald ich ein paar Dinge geklärt habe. Ich melde mich.«

Peckham schlug Tunney freundschaftlich auf die Schulter.

»Aber bald.«

Tunney blickte auf das Pendel hinunter. Es war beträchtlich langsamer geworden und näherte sich dem Moment, wo die Reibung stärker sein würde.

»Nichts währt ewig«, bemerkte Peckham. »Die beständige Bewegung gibt es nicht.«

»Wie wahr«, sagte Tunney. »Und wie schade... Also dann, auf Wiedersehen, Peter.«

»Wiedersehen, Lewis.«

Tunney beugte sich vor und hielt den Zeigefinger in das Bewegungsfeld des Pendels. Der Smaragd schlug an und blieb stehen. Tunney blickte zu Peckham auf, zwang sich zu einem Lächeln und ging.

Kapitel 2

4. Juni

»Ich finde es immer wieder faszinierend«, sagte William Oxenhauer, Vizepräsident der Vereinigten Staaten, in das Stimmengewirr und Gelächter der Gäste hinein. »Die Leute, die hierher kommen, glauben, daß es die beständige Bewegung demonstrieren soll, aber das stimmt nicht.«

»Ich finde es hypnotisch«, bemerkte seine Frau Joline.

Die Oxenhauers und eine kleine Gruppe von Gästen richteten ihre Aufmerksamkeit auf das 108 Kilogramm schwere hohle Messinggewicht des berühmten Foucault'schen Pendels im Museum für Amerikanische Geschichte. Das Messinggewicht, das vom dritten Stock des Gebäudes durch große runde Löcher in den Böden der darunterliegenden Stockwerke herabhing, schwang anmutig, ruhig und unablässig über einer im Fußboden des Erdgeschosses eingelegten Windrose hin und her. Rote Markierungsklötze, die wie plumpe Kerzen aussahen, waren in Abständen von jeweils fünf Grad rund um die Windrose aufgestellt, um im Lauf des Tages einer nach dem anderen von dem Pendel umgestoßen zu werden. Gerade jetzt rückte es wieder einem der Klötze näher.

»Was *soll* es denn beweisen?« fragte einer der Gäste.

»Daß die Erde sich dreht. Die Ebene des Pendels bleibt unverändert, aber die Markierungsklötze drehen sich wie wir auch mit der Erde.«

»Interessant«, meinte der Gast, den Blick auf den Klotz gerichtet, der als nächster umgeworfen werden würde.

Alfred Throckly, der neue Direktor des Museums, gesellte sich zu Oxenhauer.

»Großartiges Echo«, sagte der Vizepräsident.

»Ja, Sir, sehr erfreulich. Sie dürfen zufrieden sein. Die Ausstellung war ja Ihre Idee.«

Oxenhauer lächelte. »Ich will nicht den Bescheidenen spielen, Mr. Throckly«, sagte er. »Das habe ich mir abgewöhnt, als ich die Leute das erste Mal darum bat, mir ihre Stimme zu geben.«

Joline Oxenhauer ließ den Blick durch die Räume schweifen, wo sich Washingtons akademische Elite tummelte. Die meisten Männer waren im Smoking, die Frauen im Abendkleid. Drei Musiker im Frack spielten kontrapunktische Fugen auf einem Cembalo und zwei Blockflöten, die zur Instrumentensammlung des Smithsonian gehörten. Vivaldis Musik vermischte sich mit dem Klirren von Eiswürfeln in Cocktailgläsern und dem Stimmengewirr von zweihundert Gästen.

Joline Oxenhauer berührte den Arm ihres Mannes und sagte: »Ich bin gespannt, wann Lewis kommt.«

Oxenhauer sah auf die Uhr.

»Vielleicht hatte seine Maschine Verspätung.« Er wandte sich Throckly zu, der soeben einen Kellner gebeten hatte, ihm seinen Bourbon mit Soda aufzufüllen. »Wirklich eine Überraschung, nicht wahr, daß Lewis Tunney die Einladung in letzter Minute doch noch angenommen hat.«

Throckly zog die Brauen hoch und nickte.

»Das kann man wohl sagen, Sir. Bei uns sorgte das allerdings für einiges Durcheinander. Meine Leute sind jetzt noch dabei, Dr. Tunneys Einführungsrede und seine Biographie in die Programme einzufügen.« Unvermittelt schien ihm dann einzufallen, daß der Vizepräsident und Tunney eng befreundet waren, und er fügte etwas hastig hinzu: »Aber es ist natürlich schon einige Umstände wert, wenn er durch seine Worte der Ausstellung noch einen zusätzlichen Akzent setzt. Soviel ich weiß, ist dies sein erster öffentlicher Auftritt, seit er vor zwei Jahren nach England ging.«

Joline Oxenhauer lachte. »Das war so typisch Lewis – einfach seine Sachen zu packen und zu verschwinden... Wenn er doch endlich käme!«

Sie wußte, wie sehr sich ihr Mann auf das Wiedersehen mit Lewis Tunney freute. Die beiden waren alte Freunde aus der Zeit, als Oxenhauer noch an der Universität von Chicago amerikanische Geschichte gelesen hatte. Als er dann den Entschluß faßte, in die Politik zu gehen und sich um einen Sitz im Parlament von Illinois zu bewerben, hatte Joline sich widersetzt. Sie wollte das ungezwungene Universitätsleben, das sie so sehr genoß, nicht aufgeben. Sie hatten sich natürlich beide nicht träumen lassen, daß er so schnell vom einfachen Abgeordneten zum stellvertretenden Gouverneur aufsteigen und dann in den Kongreß der Vereinigten Staaten gewählt werden würde, um schließlich als Kandidat der Demokraten für die Vizepräsidentschaft nominiert zu werden.

Für die Wahl Bill Oxenhauers zum Vizepräsidentschaftskandidaten gab es zwei Gründe: Er war noch nicht lange genug im Kongreß, um sich viele politische Feinde geschaffen zu haben, und er hatte sich im ganzen Land durch die amüsanten Anekdoten und Geschichten beliebt gemacht, die er als Gast bei führenden Fernseh-Talk-Shows über den Mann aus der Geschichte zu erzählen wußte, den er am meisten bewunderte – Abraham Lincoln. Keiner im Kongreß konnte spannender und komischer erzählen als Bill Oxenhauer, und kein Lehrer amerikanischer Geschichte hatte sich je so gut darauf verstanden, diese Geschichte wirklich lebendig werden zu lassen.

Das plötzliche Auftauchen eines Vizepräsidenten, dessen ganze Leidenschaft der amerikanischen Geschichte galt, fand die Leitung des Smithsonian höchst erfreulich. Der Vizepräsident war durch ›Erlaß‹ des Kongresses Vorsitzender des Aufsichtskomitees der Smithsonian Institution. Bis Bill Oxenhauer gekommen war, hatte sich kein Vizepräsident um dieses Amt gekümmert. Oxenhauer jedoch hatte sich die Zeit genommen, aktiv daran mitzuwirken, das Smithsonian und seine zahlreichen Museen und vielfältigen Programme ins Rampenlicht zu rücken, gewissermaßen in ein neues goldenes Zeitalter zu führen. Als der letzte Direktor des Museums für Amerikanische Geschichte, Roger Kennedy, aus persönlichen Gründen seinen Posten aufgegeben hatte, sagte er zu seinen Mitarbeitern bei seiner Abschiedsfeier: »Am meisten bedauere ich, daß ich gerade jetzt gehen muß, wo wir einen Vizepräsidenten haben, dem die amerikanische Geschichte am Herzen liegt und der ein Museum als etwas Besonderes betrachtet. Ich habe wieder einmal den falschen Zeitpunkt gewählt.«

Der Kellner kehrte mit einem silbernen Tablett zurück, auf dem Throcklys Drink, eine Platte mit Krebsfleischbällchen und eine Schale Meerrettichsauce standen. Throckly spießte eines der Krebsbällchen mit einem Zahnstocher auf, tauchte es in die Meerrettichsauce und führte es zum Mund. Ein Tropfen Sauce fiel auf seine schwarzen Schuhe. »Ach, du meine Güte«, sagte er, bückte sich und wischte den Fleck mit einer Cocktailserviette weg, die das Siegel des Smithsonian trug.

Oxenhauer blickte auf ihn hinunter und lächelte. Er war mit der Nominierung Alfred Throcklys als Nachfolger von Roger Kennedy einverstanden gewesen, wenn auch nicht ohne Vorbehalte. Der neue Direktor war von einer Manieriertheit, die dem Vizepräsidenten, den jemand einmal als Holzfäller mit Doktortitel bezeichnet hatte, etwas zu affektiert vorkam. Oxenhauer war so kernig und robust, wie Throckly blaß und zart war, sein volles, ungebärdiges graugesprenkeltes Haar war ebenso natürlich wie Throcklys schimmernder Helm aus grauen Wellen wohlfrisiert. Oxenhauer, der am liebsten in Tweed und Cord herumlief und allen Zwang haßte, war überzeugt, daß Throckly den Smoking am liebsten auch zum Schlafen angelassen hätte.

Doch er konnte Throcklys berufliche Qualitäten und Qualifikationen nicht leugnen. Er war Direktor führender Museen in San Francisco, New York und Europa gewesen. Er hatte umfassend in Fachzeitschriften publiziert und war Mitglied einer Reihe von Beratungsausschüssen im ganzen Land.

Vom Pendel schlenderten sie zu der wahrheitsgetreuen Nachbildung einer altmodischen Eisfabrik mit Eisdiele hinüber, und die vier Geheimdienstleute, die ihnen zugeteilt worden waren, folgten in wohldurchdachter Formation.

Oxenhauer begrüßte den Kongreßabgeordneten Jubel Watson, der wie zwei weitere Mitglieder des Repräsentantenhauses, drei Senatoren, der Präsident des Obersten Bundesgerichtshofs und sechs private Bürger ebenfalls Mitglied des Aufsichtskomitees des Smithsonian war. Watson war außer Oxenhauer der einzige im Komitee, der sich für die Aktivitäten des Smithsonian interessierte. Er war ein begieriger Sammler von Kunstgegenständen und seltenen Büchern, und viele seiner Millionen waren in Sammlungen angelegt. Klein, schlank, mit schwarzem Haar, das wie Lackleder glänzte, stand er ganz am anderen Ende des politischen und weltanschaulichen Spektrums von Oxenhauer. Watson war ein Erzkonservativer, noch rechts von John Birch, und er war stolz darauf.

»Ein hübsches Kleid, Mrs. Oxenhauer«, sagte er zu Joline.

»Danke, Mr. Watson. Es ist schon ziemlich alt –«

»Wie ich«, warf ihr Mann ein.

»Bill, du bist doch nicht alt«, entgegnete Joline und drückte seinen Arm. »Bill spielt gern den alten Mummelgreis, aber hinter dieser Maske ist –«

»Halt!« Watson hob abwehrend beide Hände. »Keine Intimitäten aus dem Hause des Vizepräsidenten. Hier wimmelt es nur so von Presseleuten.«

Alfred Throckly wandte sich einem hochgewachsenen jungen Mann zu, dem die Geheimdienstleute diskret den Zugang zum elitären Kreis um den Vizepräsidenten versperrten.

»Ford«, sagte Throckly und streckte ihm die Hand entgegen. »Kommen Sie, begrüßen Sie den Vizepräsidenten.«

Der junge Mann war erheblich größer als Throckly, doch er sah aus wie eine jüngere Ausgabe des Direktors.

»Herr Vizepräsident«, sagte Throckly, »das ist Ford Saunders, der Assistent von Chloe Prentwhistle.«

Oxenhauer hielt seine große, schwielige Hand hin, und Saunders legte die seine hinein, die sich überraschend kalt und schlaff anfühlte.

»Es freut mich, Sie kennenzulernen, Mr. Saunders. Ich bin schon seit Jahren ein Fan von Miss Prentwhistle.«

»Sie sagte mir, daß die Bewunderung auf Gegenseitigkeit beruht, Herr Vizepräsident.«

»Chloe und ich kennen uns seit langer Zeit. Sie hat in Illinois die erste wirklich gute Lincoln-Ausstellung zusammengestellt.«

»Besonders bemerkenswert, da sie nicht aus Illinois stammt«, warf Throckly ein.

»Wo ist sie eigentlich?« fragte Oxenhauer. »Ich habe sie noch gar nicht gesehen.«

Saunders warf Throckly einen schnellen Blick zu, ehe er antwortete.

»Sie hat noch zu tun, Herr Vizepräsident. Letzte Vorbereitungen. Aber sie wird gleich herunterkommen.«

Der Kongreßabgeordnete fragte Oxenhauer: »Gibt's übrigens was Neues von unserem Verrückten?«

Oxenhauer zuckte die Achseln.

»Soviel ich weiß, hinterläßt er immer noch seine Briefchen, in denen er behauptet, ein Verwandter von James Smithson zu sein. Und dann droht er damit, jedes einzelne Museum, das zum Smithsonian gehört, in die Luft zu sprengen, wenn ihm weiterhin die ›Anerkennung‹ versagt wird.«

»Das Beängstigende ist, daß er eines Tages vielleicht wirklich etwas Schreckliches tut«, sagte Joline Oxenhauer. »Es ist so leicht, jemanden einfach als verrückt abzutun, bis dann doch etwas passiert.«

»Wir wollen hoffen, daß es in diesem Fall bei den Drohungen bleibt«, meinte Oxenhauer.

Ein Stockwerk höher, wo zweihundert Klappstühle hufeisenförmig um ein Lesepult gruppiert waren, gingen Frauen in langen Abendkleidern durch die Gänge und steckten eine Beilage in die Programme, die man auf den Sitzen verteilt hatte. Die Frauen waren Mitglieder der Vereinigung ›Freunde des Smithsonian‹, einer Gruppe, die sich vor allem darum bemühte, Spenden für das Smithsonian lockerzumachen und seltene Stücke für seine Museen zu erwerben.

Die Beilage war in letzter Minute geschrieben worden, nachdem Lewis Tunney sich nach vorheriger Absage doch noch bereit erklärt hatte, an der Veranstaltung teilzunehmen und die Willkommensrede zu halten. Sie hatte folgenden Inhalt:

DR. LEWIS TUNNEY.

Es ist uns eine große Ehre, daß Dr. Lewis Tunney persönlich diese ganz besondere und hochinteressante Ausstellung über die Harsa- und die Cincinnati-Gesellschaft eröffnen wird. Dr. Tunney hat sich, wie viele von Ihnen wissen, als hervorragender Gelehrter auf dem Gebiet der nachrevolutionären Elitegesellschaften einen Namen gemacht. Seine Publikationen übcr die Amerikanische Revolution haben ihm zwei Pulitzerpreise in Geschichte eingebracht.

Vielfältige Verpflichtungen im Ausland gestatteten es Dr. Tunney zunächst nicht, unsere Einladung anzunehmen; eine plötzliche Verschiebung in seinem Terminkalender jedoch wirkte sich zu unserem Vorteil aus.

Wir alle danken ihm, daß er es möglich gemacht hat, heute abend hier zu erscheinen, und daß er bereit ist, sein Wissen über das Thema, das unsere Ausstellung behandelt, mit uns zu teilen.

Herzlich willkommen, Dr. Lewis Tunney.

»Ich kann es kaum erwarten, ihn kennenzulernen«, sagte eine der Frauen. »Auf den Fotos sieht er blendend aus. Er erinnert mich an Alan Alda.«

Eine andere Frau lachte.

»Du verrätst dein Alter. Alan Alda ist der Schwarm von – na ja, reiferen Frauen, die bei Männern auf Sensibilität Wert legen.«

»Sensibilität bei Männern? Was ist das denn?«

Sie lachten beide.

Durch die Öffnung im Boden, in der das Foucault'sche Pendel hing, klangen Gelächter und Musik herauf. Eine der Frauen neigte sich zu der anderen hinüber.

»Ich habe Mr. Throckly nie so nervös erlebt. Ich frage mich, ob er aus Freude über Dr. Tunneys Erscheinen so aus dem Häuschen ist oder ob ihn das eher ärgert.«

»Auf jeden Fall hat es seine Pläne durcheinandergebracht... Komm, gehen wir nach unten und amüsieren uns ein bißchen.«

Eine lange schwarze Limousine bog von der Constitution Avenue in das Rondell vor dem Museum für Amerikanische Geschichte ein. Der Chauffeur ging um den Wagen herum, um seinem Fahrgast die Tür zu öffnen, doch Lewis Tunney war schon ausgestiegen. Er dankte dem Fahrer und blickte kurz an dem Gebäude empor, von dem er einmal gesagt hatte, es hätte den architektonischen Charme eines steinernen Schuhkartons. Dann holte er tief Atem und ging zum Hauptportal, wo zwei uniformierte Wächter und ein Mann vom Geheimdienst postiert waren. Er zeigte seinen Ausweis, sein Name wurde auf einer langen Liste abgehakt, dann trat er in das Gebäude.

»Hallo, ich bin Lewis Tunney«, sagte er zu der ersten Person, die ihm über den Weg lief, eine attraktive Frau mittleren Alters in einem rostroten Abendkleid.

»Oh, Dr. Tunney, willkommen.« Sie reichte ihm die Hand. »Kommen Sie, ich führe Sie gleich zu Mr. Throckly. Er hatte schon Sorge, Ihre Maschine könnte Verspätung haben.«

»Zuerst«, entgegnete Tunney, »möchte ich zu Vizepräsident Oxenhauer.«

Ehe sie etwas erwidern konnte, hatte Tunney den Vizepräsidenten auch schon entdeckt, dankte ihr für die Hilfe und eilte davon.

Oxenhauer sah ihn kommen, entfernte sich aus seinem Kreis und begrüßte ihn herzlich.

»Lewis, wie schön, dich zu sehen! Wie geht's dir?«
»Gut, Bill. Und dir?«
»Wenn man bedenkt, daß ich mich freiwillig für vier Jahre in ein Irrenhaus begeben habe, nicht übel. Komm, sag Joline guten Tag. Sie freut sich so sehr wie ich.«
Joline schlang ihm die Arme um den Hals, ehe sie zurücktrat und ihn von Kopf bis Fuß musterte.
»Du siehst besser aus denn je. Wie du es nur geschafft hast, so lange Junggeselle zu bleiben, sollte wahrhaftig von einem Kongreßausschuß untersucht werden. Du bist ein amerikanisches Original.«
Tunney war die unverhohlene Schmeichelei peinlich.
»Danke, Joline. Und du siehst – glänzend aus.«
Throckly, der sich kurz vor Tunneys Erscheinen aus der Gruppe um Oxenhauer entfernt hatte, kam zurück.
»Hallo, Dr. Tunney«, sagte er. »Ich bin Alfred Throckly. Wir haben uns vor langer Zeit einmal kennengelernt.«
»Hallo«, Tunney wandte sich schon wieder Oxenhauer zu. »Hast du einen Moment Zeit für mich?«
Throcklys Miene verriet seine Verstimmung über Tunneys kurze Begrüßung und nachfolgende Mißachtung.
»Jetzt?« fragte Oxenhauer.
»Ja, bitte.«
»Das Essen wird bald serviert«, bemerkte Throckly. »Ich dachte, Sie würden vielleicht gern vorher nach oben gehen und sich den Raum ansehen, wo Sie Ihre Rede halten. Ich –«
»Vielleicht später«, unterbrach ihn Tunney. »Würden Sie uns jetzt entschuldigen?«
Er berührte den Arm des Vizepräsidenten. Oxenhauer warf seiner Frau einen Blick zu, der besagte, daß er auch nicht verstand.
Begleitet von drei Geheimdienstleuten, gingen Oxenhauer und Tunney in eine Ecke des Museums, wo ein ländlicher Gemischtwarenladen und ein kleines Postamt ausgestellt waren. Laden und Postamt waren im Jahr 1861 in West Virginia tatsächlich betrieben und mit allem Drum und Dran kurzerhand ins Smithsonian verfrachtet worden.
Oxenhauer nickte den Geheimdienstleuten zu, die sich daraufhin so weit zurückzogen, daß sie außer Hörweite waren.
»Also?« sagte er zu Tunney. »Du machst ein Gesicht, als ginge dir etwas verdammt Wichtiges im Kopf herum.«

»So ist es auch, Bill.«

»Persönliche Sache? Etwas, wo Joline und ich dir behilflich sein könnten?«

»Nein. Über mein Privatleben können wir uns später unterhalten.« Sein Gesicht war ernst und hart. Er legte die Hände an die Hüften, blickte einen Moment zu Boden und sah dann Oxenhauer an. »Ich möchte dir eine Geschichte erzählen, Bill. Ich werde versuchen, mich möglichst kurz zu fassen.«

Oxenhauers Blick wanderte zu seiner Frau hinüber, die mit mehreren jungen Angestellten des Museums beisammenstand.

»Ja, mach es kurz, Lewis. Wir müssen wirklich zurück...«

Zehn Minuten später sah Alfred Throckly auf seine Uhr und sagte dann zu den zwei Frauen aus dem Komitee, die als Hostessen fungierten: »Wir sollten sie langsam in den Speisesaal führen. Wir haben jetzt schon Verspätung.« Er blickte zum alten Postamt hinüber, wo Tunney und Oxenhauer miteinander sprachen, und verschwand hinter einer Trennwand.

»Lewis«, sagte der Vizepräsident gerade, »wir müssen zu den Gästen zurück. Ich glaube, jetzt wird das Essen serviert.«

»Ist das deine Antwort auf das, was ich dir berichtet habe?«

»Natürlich nicht. Ich bin genauso entsetzt und angeekelt wie du. Hör mal, du bleibst doch ein paar Tage, nicht wahr?«

»Ich wollte eigentlich morgen abend nach London zurückfliegen. Dort wartet jemand auf mich.«

»Dann bleibt uns immerhin ein Tag. Ich streiche alle meine Termine. Komm morgen um zehn zu mir ins Büro. Ich habe dir auch einiges zu erzählen.«

»Gut, Bill, aber ich habe dennoch die Absicht, in meiner Rede auf die Sache anzuspielen.«

»Mir wäre es lieber, du würdest das nicht tun.«

»Warum nicht?«

»Das wäre für die Betreffenden doch höchstens eine Warnung. Außerdem gibt es zwingende Gründe, noch zu warten. Mißversteh mich nicht, ich bin so betroffen wie du. Ich bitte dich lediglich, die Sache für dich zu behalten, bis wir Gelegenheit haben, uns zusammenzusetzen und alles gründlich zu besprechen.«

»Morgen um zehn?«

»Ja.«

Throckly fing Tunney ab, als dieser zu einer der drei Bars hinüberstrebte.

»Wir wollen nun mit dem Essen beginnen, Dr. Tunney. Sie sitzen neben dem Vizepräsidenten und –«

»Danke, Mr. Throckly, das freut mich«, schnitt Tunney ihm das Wort ab. »Ich hole mir nur einen Drink. Dann komme ich nach.«

»Dr. Tunney!«

Tunney drehte sich um und sah sich einer großen, hageren Frau Ende fünfzig gegenüber. Sie trug ein langes, lose sitzendes graues Kleid mit schwarzer Seidenpaspel an den Manschetten und am Hals. Sie hatte ein großflächiges, kantiges Gesicht, dem dennoch eine gewisse Attraktivität nicht fehlte.

»Miss Prentwhistle. Schön, Sie zu sehen.«

»Ganz meinerseits. Wir freuen uns alle sehr, daß Sie kommen konnten.«

»Ja. Ich war gerade auf dem Weg zu einem Drink.«

»Ich lasse Ihnen einen holen.«

Tunney blickte an ihr vorbei und sah, daß die Gäste sich langsam zu den privaten Speiseräumen des Museums schoben.

»Nein, ich hole ihn mir selbst«, erwiderte er. »Ich brauche ein paar Minuten Alleinsein – um meine Gedanken vor meiner Ansprache zu sammeln.«

»Sie wird sicher anregend werden.«

»Ich hoffe es. Wir sehen uns drinnen. Wie geht es Mr. Jones?«

»Walter? Gut, danke, sehr gut.«

»Also, bis nachher, Miss Prentwhistle.«

Sie zögerte. »Ich hätte Sie gern vor dem Essen einen Moment unter vier Augen gesprochen. Geht das?«

»Ist das wirklich nötig?«

»Ich glaube schon.«

Tunney seufzte und folgte ihr in einen kleinen Raum, in dem die öffentlichen Telefonapparate untergebracht waren. Sie waren allein. Fünf Minuten später verließ Tunney den Raum und trennte sich von Chloe Prentwhistle.

Eine Hostess fragte ihn, ob er einen Wunsch hätte.

»Ich hole mir nur einen Drink«, antwortete er.

Sie gesellte sich zu zwei anderen Frauen, Ehefrauen prominenter Geschäftsleute, und sagte *sotto voce:* »Wirklich, genau wie Alan Alda. Und war nie verheiratet, soviel ich weiß.«

Tunney ließ sich von einem Barkeeper einen Gin und Tonic geben und schlenderte zu den Aufzügen. Vor der offenen Tür stand einer der Museumswächter.

»Zum ersten Stock, bitte«, sagte Tunney.

In der nächsten Etage stieg er aus. Als sich die Aufzugtüren hinter ihm geschlossen hatten, ging er zu den Klappstühlen hinüber und stützte sich mit der Hand auf eine der Stuhllehnen. Vor ihm in der Höhe spannte sich majestätisch das Sternenbanner, die neun mal zwölf Meter große amerikanische Flagge, die im September 1814 nach der erfolgreichen Abwehr britischer Marineeinheiten über Fort McHenry geweht hatte. Sie hatte einen jungen Rechtsanwalt, der sich in jener schicksalhaften Nacht an Bord eines der Schiffe befunden hatte, zur Erschaffung der amerikanischen Nationalhymne inspiriert.

Ein kühler Schauer überrann Tunney, als er zu dem riesigen rot-weiß-blauen Banner aufblickte, das von Museumsexperten in gewissenhafter Kleinarbeit wieder zusammengefügt worden war.

Der Saal war von einzelnen Lichtern in den Außengängen nur spärlich beleuchtet. Ein Scheinwerfer erhellte das Lesepult. Links davon befanden sich eine große Filmleinwand und zwei Lautsprecher. Tunney trat zu dem Lesepult und ließ den Blick über das Meer metallisch blitzender Stühle wandern. Dahinter war die Öffnung, in der das Foucault'sche Pendel hin und her schwang.

Er drehte sich um und richtete sein Augenmerk auf die Harsa-Cincinnati-Ausstellung, die ihn hierher geführt hatte. Am folgenden Morgen sollte die Ausstellung für die Öffentlichkeit freigegeben werden. Er stieg vom Podium, auf dem das Lesepult stand, und trat in den dämmerigen Ausstellungsraum. Zwei große Ölporträts blickten auf ihn herab: George Washington auf der einen Seite, Thomas Jefferson auf der anderen.

Er ging hinüber zu einer Wand, die in der Mitte des Ausstellungsraums aufgebaut worden war. Es waren zwei Glasvitrinen, in denen wertvolle Erinnerungsstücke zur Schau gestellt wurden. Schwerter, die Washington und Jefferson gehört hatten, waren rechts und links von ihnen angebracht. Hinter den beiden Glasscheiben lagen mit Edelsteinen verzierte Medaillen, Wahrzeichen der Harsa- und der Cincinnati-Gesellschaften.

Tunney lauschte den sorglosen Stimmen, die von unten heraufdrangen. Das laute Gelächter einer Frau war deutlich zu vernehmen. Plötzlich glaubte er, links von sich etwas zu hören und drehte abrupt den Kopf. Doch er sah nichts.

Er nahm nun ganz bewußt die Barockmusik wahr.

Er trat näher an den Glaskasten heran und blickte durch das Glas auf die Harsa-Medaille.

»Das ist ja unglaublich«, sagte er laut und kippte mit einem Zug die Hälfte seines Drinks hinunter.

Unten drängten sich die Hostessen durch die Menge und baten die Gäste, sich nun in den Speisesaal zu begeben.

Bill und Joline Oxenhauer standen mit einigen anderen Leuten an dem Geländer, das das Pendel absperrte. Gleich würde wieder ein roter Markierungsklotz umgestoßen werden. Alles lachte, als Joline vorschlug, man sollte Wetten darauf abschließen, wie viele Sekunden es noch dauern wurde, bis das Pendel den nächsten Klotz berührte.

»Wollen Sie auch eine Wette wagen?« fragte Oxenhauer den Geheimdienstagenten, der ihm am nächsten stand.

»Nein, Sir, aber vielen Dank«, antwortete der, ohne den Blick von der Menge zu wenden.

»Zwanzig Sekunden. Ich zähle«, sagte Oxenhauer. Er blickte überrascht Joline an, die zur Decke hinaufstarrte. »Was ist los?« fragte er.

Ein Tropfen leuchtendroten Blutes fiel vor ihm auf den Boden.

»O Gott, sehen Sie doch!« sagte eine Frau und zeigte nach oben.

Jetzt bespritzte eine ganze Serie roter Tropfen den Rand der Windrose. Das Pendel schwang zu der Seite, wo die Gruppe stand, schlug dann nach der anderen Richtung aus und stieß den roten Markierungsklotz um.

»Lewis...?« flüsterte Joline.

Langsam, wie in Zeitlupe, glitt Lewis Tunney über das Geländer im ersten Stock und stürzte auf die Windrose hinunter. Aus seinem Rücken ragte das Schwert, das einst Thomas Jefferson gehört hatte.

Das Pendel erreichte den höchsten Punkt auf der anderen Seite und wollte zurückschwingen. Zum erstenmal seit Jahren hielt es an, als es dumpf gegen Lewis Tunneys leblosen Körper schlug.

Kapitel 3

In einem schwarzen Plastiksack wurde Tunneys Leiche aus dem Museum für Amerikanische Geschichte entfernt. Alfred Throckly schüttelte den Kopf, als er an ihm vorübergetragen wurde. »Mein Gott!« Der Ton seiner Stimme wirkte wie eine Mischung aus Entsetzen und Ungeduld.

Der Mann neben ihm sagte: »So etwas braucht seine Zeit, Mr. Throckly. Und wie geht es nun weiter, Captain?«

»Wieder nach Vorschrift.«

Captain Mac Hanrahan, Leiter der Kriminalpolizei Washington, entschuldigte sich bei dem Direktor des Museums und ging zum Ausgang Constitution Avenue. Er trat zur Seite, um zwei uniformierten Beamten Platz zu machen, die den Sack mit der Leiche hinaustrugen, dann folgte er. Auf der Straße stauten sich die Autos, einige von der Polizei, die meisten von der Presse. Drei große Fernseh-Aufnahmewagen parkten auf dem Bürgersteig. Die starken Scheinwerfer auf ihren Dächern machten die Nacht zum Tag.

Als Hanrahan auftauchte, strömte ein Schwall von Reportern zum Portal.

»Immer mit der Ruhe«, rief Hanrahan und hielt beide Hände hoch. »In einer Stunde kann ich Ihnen Näheres berichten.«

»Wer ist es?« rief ein Reporter laut.

»Das Opfer war kein Regierungsbeamter, sondern ein privater Bürger.«

Hanrahan sah, daß die Beamten mit Tunneys Leiche nicht zum wartenden Krankenwagen durchkamen. Scheinwerfer und Kameras waren auf den schwarzen Plastiksack gerichtet.

»Leichenfledderer«, brummte Hanrahan und rief dann laut: »Lassen Sie die Beamten durch, verdammt nochmal, sonst gibt's eine Anzeige.«

»Ist der Vizepräsident noch drinnen?« fragte ein anderer Reporter.

Hanrahan nickte und ging hinein, wo Alfred Throckly wartete.

»Das ist ja grauenvoll«, sagte Throckly. »Unfaßbar. Was für ein perverser, gräßlicher...?«

Hanrahan sah, daß Vizepräsident William Oxenhauer und seine Frau mit seinem Assistenten, Lieutenant Joe Pearl, sprachen. Er trat zu ihnen.

»Tut mir leid, daß es so lange dauert. Herr Vizepräsident.«

Oxenhauers Gesicht war aschfahl. Spuren von Jolines hysterischem Anfall waren noch in ihren Zügen zu sehen, auch wenn sie jetzt ganz beherrscht war. Ihre Augen waren rot und schwammen in Tränen.

»Machen Sie sich unseretwegen keine Gedanken, Captain«, erwiderte Oxenhauer. »Tun Sie nur, was Sie zu tun haben.«

Einer der Geheimdienstagenten nahm Hanrahan beiseite.

»Der Vizepräsident sollte jetzt wirklich gehen. Er hat morgen einen vollen Tag...«

»Ich verstehe – Sir, ich würde vorschlagen, Sie und Ihre Gemahlin fahren jetzt nach Hause. Sie haben mit dieser Geschichte nichts zu tun und –«

Joline warf ihm einen scharfen Blick zu.

»Lewis Tunney gehörte zu unseren engsten Freunden.«

Oxenhauer legte seinen Arm um sie.

»Der Captain möchte es uns nur leichter machen, Liebling. Und er hat recht – fahren wir nach Hause.«

»Da draußen ist ein Riesengedränge, Sir«, sagte Hanrahan.

Throckly, der sich zu ihnen gesellt hatte, bemerkte: »Es gibt einen Ausgang durch die Küche.«

Oxenhauer gab einem der Geheimdienstleute Anweisung, den Wagen zum Kücheneingang kommen zu lassen, und sagte zu Hanrahan: »Ich danke Ihnen für Ihre Rücksichtnahme, Captain. Kann ich Sie einen Moment sprechen?«

Sie gingen ein Stück um das Geländer vor dem Pendel herum. Oxenhauer sah sich um und vergewisserte sich, daß niemand sie belauschen konnte.

»Ich habe heute abend etwas erfahren, was für Ihre Ermittlungen vielleicht von Belang ist, Captain...«

»Oh?«

Wieder blickte der Vizepräsident über seine Schulter.

»Es hat bis morgen Zeit. Bitte kommen Sie um zehn Uhr zu mir ins Büro.«

»Nun, Sir – vielleicht sollte ich lieber darüber entscheiden, ob die Sache bis morgen Zeit hat, Herr Vizepräsident. Wir haben es hier mit einem Mord zu tun –«

»Gewiß, aber ich wäre Ihnen dankbar, wenn Sie mir gestatten würden, Ihrem früheren Vorschlag zu folgen und meine Frau nach Hause zu bringen. Das alles hat sie sehr mitgenommen.«

Sein Instinkt drängte Hanrahan, jetzt nicht lockerzulassen, aber schließlich war Oxenhauer der Vizepräsident der Vereinigten Staaten.

»Ich danke Ihnen für Ihre Hilfe, Sir. Ich bin morgen um zehn bei Ihnen.«

Hanrahan blickte den beiden noch einen Moment nach, als sie gingen, dann folgte er Lieutenant Joe Pearl in den Speisesaal, wo man die übrigen Gäste zusammengetrieben hatte. Ein Team von sechs Kriminalbeamten war damit beschäftigt, die Identität jeder einzelnen Person festzustellen, die sich zur Zeit des Mordes im Museum aufgehalten hatte. Adressen und Telefonnummern wurden aufgeschrieben, Fragen über das Tun und Lassen im Verlauf des Abends gestellt. Zum Schluß wurde jeder noch angewiesen, Washington bis auf weiteres nicht zu verlassen.

»Und – hat sich was ergeben?« fragte Hanrahan den Lieutenant.

»Ich glaube nicht. Vielleicht kristallisiert sich etwas heraus, wenn wir die Aussagen einer vergleichenden Korrelation –.«

»Einer vergleichenden Korrelation?«

Pearl zupfte eine Fussel von Hanrahans Revers.

»Sie verlieren gleich einen Knopf, Captain.«

»Ja, ich weiß.« Hanrahan schlug Pearl auf die Schulter.

Sein Assistent war nur um weniges jünger – Hanrahan war siebenundvierzig, Pearl einundvierzig –, zeigte aber eine Neigung, mit Fachausdrücken um sich zu werfen, die seinen Chef immer wieder belustigte. Pearl hatte seinen Magister in Soziologie. Hanrahan hatte Mittelschule. Sonst nichts. Pearl war Jude und relativ fromm. Hanrahans Eltern waren irischer Herkunft, und er war streng katholisch erzogen worden. Er hatte sich allerdings schon vor Jahren von der Kirche gelöst und sich erst vor kurzem nach zweiundzwanzig Jahren Ehe sogar scheiden lassen. Als seine Mutter von der Trennung erfuhr, meinte sie nur, »Das kommt davon, wenn man andersgläubig heiratet, Mac. Wer mit Schweinen zu Bett geht, steht auch mit Schweinen wieder auf, wie man bei uns sagt.« Hanrahans Frau war Baptistin gewesen und deshalb, wie er seiner Mutter erklärte, noch lange kein Schwein.

Was er seiner geschiedenen Frau gegenüber empfand, stand auf einem anderen Blatt. Sie hatte sich mit einem Mann eingelassen, der so alt war wie ihr ältester Sohn, fünfundzwanzig, um, wie sie sagte, endlich ihr Frausein zu leben und die sexuelle Revolution nachzuholen, die sie verpaßt hatte. Hanrahan hatte gegen die Scheidung keinen Widerspruch eingelegt. Er hatte kein Interesse daran, mit einem verdammten Hippy in Konkurrenz zu treten. Seine letzten Worte, als seine Frau ging, lauteten: »Vergiß nicht – wer mit Schweinen zu Bett geht, steht auch mit Schweinen wieder auf.« Sie hatte wenigstens darüber lachen können. Er nicht...

Der Leiter der Sicherheitsabteilung des Museums, L. D. Rowland, der unmittelbar nach dem Mord von zu Hause geholt worden war, bat um ein Gespräch mit Hanrahan. Sie gingen aus dem Speisesaal und fuhren in den ersten Stock hinauf, wo die Harsa-Cincinnati-Ausstellung aufgebaut war. Rowland, ein Schwarzer mit Wuschelhaar, das aussah, als bestünde es aus lauter aufgeklebten Wattebäuschen, wies zu Boden.

»Ja, das haben wir«, sagte Hanrahan. Er meinte die Blutstropfen, die vom Ausstellungsraum zu dem Geländer führten, über das Tunney in die Tiefe gestürzt war. »Haben Ihre Leute um die Zeit des Mordes jemanden aus dem Haus gehen sehen?«

»Sie sagen nein, aber mit Gewißheit läßt sich so etwas natürlich nie feststellen. Aber meine Leute sind in Ordnung.«

»Das bezweifle ich nicht. Eine Frage, Mr. Rowland: Wieso war die Vitrine da drüben nicht mit einer Alarmanlage ausgestattet?«

Er deutete auf den Schaukasten, in dem neben dem Wahrzeichen der Cincinnati-Gesellschaft die Harsa-Medaille ausgestellt gewesen war. Das Glas war eingeschlagen, die Medaille verschwunden.

»Das sind die neuen Museumsrichtlinien, Captain Hanrahan. Unter uns gesagt, ich bin damit nicht ganz glücklich. Alarmanlagen können außer durch einen tatsächlichen Einbruch durch alle möglichen Dinge ausgelöst werden. Das ist in der Vergangenheit so häufig vorgekommen – Kurzschlüsse, Pannen und so weiter –, daß man beschloß, das alte System abzuschaffen. Ich vermute, die Museumsleitung geht davon aus, daß die Leute automatisch mit einer Alarmanlage rechnen und deshalb gar nicht erst einen Einbruch versuchen. Und gleichzeitig wird falscher Alarm vermieden. Ich habe außerdem gehört, daß man daran denkt, ein besser entwickeltes, moderneres System zu installieren. In der Zwischenzeit...«

»In der Zwischenzeit sieht es ganz so aus, als sei die Museumsleitung diesmal von der falschen Vermutung ausgegangen. Oder aber diese Eindringlinge wußten, daß die Ausstellungsstücke nicht durch Alarmanlage gesichert waren.«

Er ging zu dem eingeschlagenen Schaukasten. Die Leute von der Spurensicherung hatten ihre Arbeit bereits abgeschlossen. Der Raum um die Vitrine und der blutbefleckte Pfad vom Ausstellungsraum zum Geländer vor dem Pendel waren durch Seile abgesperrt. Schilder wiesen darauf hin, daß dies der Schauplatz eines Verbrechens war, den kein Unbefugter betreten durfte. Zwei uniformierte Polizeibeamte bewachten den Raum. Die Glassplitter des Schaukastens waren sorgfältig aufgekehrt und mit anderem Beweismaterial zusammen weggebracht worden.

»Erzählen Sie mir etwas über die Medaille, die da drinnen lag«, sagte Hanrahan zu Rowland.

Rowland zuckte die Achseln.

»Ich weiß nichts darüber, Captain. Ich hab' nur gehört, daß sie nicht besonders wertvoll gewesen sein soll –.«

»Was? Sie hat doch von Edelsteinen förmlich gestrotzt!«

»Verglichen mit anderen Gegenständen, die wir hier haben, Captain, war sie Talmi.«

Hanrahan neigte sich näher zu dem Schaukasten und las, was auf der Kartc unter dem eingeschlagenen Glas stand.

DIE HARSA-LEGION

Die Medaille, die im Jahr 1794 von einem unbekannten Goldschmied angefertigt wurde, war ein Geschenk der Gründungsmitglieder der Harsa an Thomas Jefferson. Er trug sie während seiner Amtszeit als erster Präsident der Legion. Später wurde sie an die nachfolgenden Präsidenten weitergegeben.

Die Medaille ist mit Diamanten und Rubinen in Gestalt einer strahlenden Sonne besetzt, die die Macht Gottes und der Natur sowie das Licht symbolisiert, unter dem alle freien Menschen gedeihen. Sie hängt an einem blutroten Band mit weißen Rädern, das zu einer Schleife gebunden ist. Die Farbe des Bandes und des großen Rubin im Herzen der strahlenden Sonne ist ein Symbol für das Blut, das von freien Männern vergossen wurde, die unerschütterlich das bekämpften, was Jefferson und andere Gründer der Legion eine »Rasse von Erbpatriziern und -aristokraten« nannte, wie sie durch die Cincinnati-Gesellschaft charakterisiert wurde.

Jetzt las Hanrahan die Karte unter der Medaille der Cincinnati-Gesellschaft, die sicher und wohlbehalten hinter unversehrtem Glas lag.

DIE GESELLSCHAFT DES CINCINNATI-ADLERS

Der Adler des Generalpräsidenten. Dieses Abzeichen, das mit Diamanten besetzt ist, wurde George Washington von Offizieren der französischen Marine geschenkt, die in den Orden aufgenommen worden waren. Es wurde von Major Pierre Charles l'Enfant entworfen und von Alexander Hamilton, Charles Cotesworth Pickney und zweiundzwanzig anderen Präsidenten der Gesellschaft getragen.

Blaßblaues Band mit weißem Rand zur Schleife gebunden; eine Reihe von fünf Diamanten, die zum oberen Medaillon hinunterführt (alles Diamanten). Im Körper des Adlers befindet sich ein Oval aus Porzellan, das von einer lateinischen Inschrift umgeben ist. An den Schwingen des Adlers sitzen oben zwei größere Diamanten, und kleine Diamanten bilden den Rest der Flügel. Der Schwanz besteht aus Diamanten in abgestufter Größe, die größeren sind dabei unten. Das obere Medaillon hat in der Mitte einen großen Diamanten, der von zwei ovalen Diamanten flankiert ist. Das Ganze ist von kleineren Steinen umgeben.

»Eine Menge Diamanten«, stellte Hanrahan fest.

»Sie waren damals wahrscheinlich billiger«, meinte Rowland.

Hanrahan schritt den Weg ab, den Tunney vom Ausstellungsraum zum Pendel genommen hatte, wobei er es sorgfältig vermied, die getrockneten Blutflecken zu betreten. Als er das Geländer erreichte, blickte er durch die Öffnung auf das Pendel, das nun wieder hin und her schwang. Gäste, die bereits vernommen und registriert worden waren, befanden sich im Aufbruch. Joe Pearl stand in der Nähe des Geländers im Erdgeschoß.

»Joe!« rief Hanrahan.

Pearl blickte nach oben. »Ja?«

»Fertig?«

»Ich glaube schon.«

»Fahren Sie zurück?«

»Wird am gescheitesten sein. Wir lassen gleich die Steno-Notizen der ersten Aussagen tippen. Brauchen Sie mich?«

»Nein. Ich komme bald nach.«

»Okay, Mac.« Pearl warf noch einen Blick auf die Kreidezeichnung von Tunneys Leiche, dann verschwand er aus Hanrahans Blickfeld.

Hanrahan wandte sich wieder Rowland zu.

»Ich möchte mir gern noch einmal das ganze Museum ansehen.«

»Waren Sie noch nie hier, Captain?«

»Nein. Museen haben mich immer – nun ja, ich hatte wahrscheinlich einfach nie die Zeit.«

»Ich auch nicht, bis ich hier zu arbeiten anfing.« Sein Lachen war warm. »Ich schicke Ihnen einen Führer. Ich hab' noch Papierkram zu erledigen. Sie wissen ja, wie's ist.«

Zehn Minuten später marschierte Hanrahan an der Seite eines Museumswächters durch die Räume. Der Mann trug ein gestärktes weißes Hemd, einen schwarzen Schlips und eine Schirmmütze. Er führte einen Schäferhund an der Leine.

»Arbeiten Sie hier schon lange mit Hunden?« erkundigte sich Hanrahan, als sie die Treppe zum ersten Stock hinaufstiegen. Er wollte es nicht zugeben, aber der Hund machte ihn nervös. Mit den Polizeihunden ging es ihm auch immer so.

»Ja«, antwortete der Wächter. »Die Hunde gibt's hier schon länger als mich.«

Bei der Ausstellung ›Eine Nation von Nationen‹ fingen sie an. Hier waren mehr als fünftausend Originalobjekte und -dokumente zu sehen, die von der Vielfältigkeit der Menschen Zeugnis ablegten, die im Lauf der Jahrhunderte nach Amerika gekommen waren. Weiter ging es zu ›Das tägliche Leben in Amerika‹. Die dort zur Schau gestellten Beispiele amerikanischer Lebensweise reichten vom klassischen Salon aus dem Virginia der Kolonialzeit bis zum viktorianisch-gotischen Schlafzimmer aus Connecticut, von der Bibliothek eines Bankiers aus Philadelphia bis zum Ein-Zimmer-Schulhaus aus Neuengland.

Hanrahan war verschiedentlich versucht, länger zu verweilen, aber er war ja nicht als lernbegieriger Besucher da. Was er brauchte, war eine bessere Vorstellung von dem Gebäude, in dem dieser ungewöhnliche Mord verübt worden war; er wollte es kennenlernen.

»Sie lernen hier sicher eine Menge über amerikanische Geschichte«, sagte er zu dem Wächter, als sie den nächsten Ausstellungsraum betraten – ›Wir, das Volk‹ –, wo Zeugnisse der Besiedlung des Westens, der Indianerkriege, des Bürgerkriegs und Geschenke ausländischer Mächte an die neue junge Nation zu sehen waren.

»Ich schau mir das Zeug selten an«, antwortete der Wächter. »Ich tu meine Arbeit und fertig.«

»Ich verstehe.« Und er verstand wirklich. Damit entschuldigte er sich vor sich selbst manchmal dafür, daß er nicht das volle, reiche Leben lebte, von dem seine geschiedene Frau immer gesprochen hatte.

Hanrahan hatte vom ›First Ladies-Kabinett‹ gehört. Zeitungen und Zeitschriften berichteten häufig darüber. Es war das beliebteste Schaustück des Museums. Die bekannte Museumsdirektorin Margaret Brown Klapthor hatte 1943 mit seinem Aufbau begonnen, und von da an war es stetig gewachsen, bis es seine derzeitige Größe erreicht hatte. Es bot einen interessanten Blick hinter die Kulissen des Weißen Hauses auf die Frauen, die hinter den großen Männern der Nation gestanden hatten, die sogenannten ›Ersten Damen‹.

Vor einem der vielen, durch Glaswände abgetrennten Räume, der einen Salon im Weißen Haus gegen Mitte des neunzehnten Jahrhunderts zeigte, blieben sie stehen. Hanrahan sah sein Spiegelbild im Glas, strich sich über den graumelierten Bart und fuhr sich dann mit der Hand über die kahle Stelle an seinem Scheitel, die einstmals voller schwarzer Haare gewesen war. Er verstand nicht, wieso er kahl wurde. Sein Vater hatte bis zu seinem Tod mit vierundachtzig Jahren volles Haar gehabt. Nun, wenigstens hatte er bisher nicht zugenommen wie sein Vater. Er wog immer noch seine sechsundsiebzig Kilo, gerade richtig für seine Größe von einem Meter achtzig. Es war nicht etwa so, daß er sich anstrengte, schlank zu bleiben; er setzte ganz einfach keinen Speck an. Er vermutete, daß es am Stoffwechsel lag. Die ausgleichende Gerechtigkeit in der Natur – kahl, aber dafür mit einem guten Stoffwechsel gesegnet. Man konnte schließlich nicht alles haben.

Er richtete sein Augenmerk von seinem eigenen Spiegelbild auf den Ausstellungsraum. Die Puppen, bis ins Detail mit Sorgfalt ausgearbeitet, stellten die ersten Frauen dar, die das Weiße Haus bewohnt hatten. Der Anzeigentafel zufolge befanden sich in diesem stilvollen Salon Sarah Polk, Betty Taylor Bliss, Präsident Taylors Tochter, die ihre leidende Mutter als Gastgeberin im Weißen Haus vertreten hatte; die hochgewachsene, mütterliche Abigail Powers Fillmore; die viktorianische Jane Means Appleton Pierce; Harriet Lane, die stets zu spitzbübischen Streichen aufgelegte Nichte des unverheirateten Präsidenten James Buchanan, die als seine offizielle Gastgeberin fungierte; die extravagante Mary Todd Lincoln und Martha Johnson Patterson, Tochter von Präsident Andrew Johnson. Auch Marthas Mutter war während der Jahre im Weißen Haus leidend gewesen und hatte ihre Pflichten als Erste Dame an ihre Tochter delegiert.

»Kommen Sie?« fragte der Wächter. Der Hund gähnte.

»Gleich«, antwortete Hanrahan, fasziniert von der Pracht des Raums hinter der Glaswand, wo auf einem Marmortisch in der Mitte Mary Todd Lincolns silbernes Teeservice funkelte. Die Tapete, die die Wände bedeckte, war nach einem Muster reproduziert worden, das man bei einer Renovierung im Weißen Haus zufällig entdeckt hatte. Der Kaminsims war aus weißem Marmor, die Rosenholzmöbel stammten von John Belter. Auf dem Boden lag ein burgunderroter Teppich mit rosafarbenen und roten Rosen, die Wände schmückten goldgerahmte Spiegel und Ölgemälde von den Präsidenten.

»Gehen wir weiter«, meinte der Wächter. In seiner Stimme schwang Ungeduld.

»Ja, natürlich. Entschuldigen Sie. Aber ich finde das alles sehr interessant.«

»Sicher.« Er riß an der Leine seines Hundes, und das Tier trottete langsam, widerstrebend mit seinem Herrn weiter.

Sie gingen zur Mitte der Etage, wo das Foucault'sche Pendel in der kreisrunden Öffnung hing.

»Vielen Dank für den Rundgang«, sagte Hanrahan. »Übrigens – gibt es hier irgendwelche Stellen, wo man sich verstecken kann – ich meine, wirklich gut verstecken?«

»Sie meinen, wo sich heute abend der Mörder hätte verstecken können?«

»Richtig.«

»Mister, in diesem Raritätenkabinett gibt's mehr Verstecke, als Sie sich überhaupt vorstellen können.«

»Das dachte ich mir«, sagte Hanrahan.

Da er über das Geländer geneigt in die Tiefe blickte, nahm er nichts von dem seltsamen Geschehen wahr, das sich in einem der Salons hinter seinem Rücken abspielte. Eine der Puppen, die über einem grauen Rock mit schwarzen Samtvolants einen schwarzen Samtkasack trug und deren dunkelbraune Perücke an den Seiten gekräuselt und mit einem Samtband, Federn und einer perlenbesetzten Spange geschmückt war, erwachte plötzlich zum Leben. Sie trat vorsichtig von dem Platz zwischen Sarah Polk und Betty Taylor Bliss, den sie bisher eingenommen hatte, einen zögernden Schritt vor. Einen Moment lang blieb sie lauschend stehen. Als sie keine herannahenden Schritte hörte, eilte sie zu einer Tür in der Seitenwand, öffnete sie und trat aus dem Salon in den Gang vor der Glaswand, wo sonst die Besucher standen. Die langen, dunklen Wimpern senkten und hoben sich wieder. Ein tiefes Atemholen, ein Seufzen, dann verschwand die Gestalt hinter einer der zahllosen Trennwände, die das, was hinter den Kulissen des Museums vorging, dem Auge des Touristen entzogen...

»Sagen Sie Mr. Rowland, daß wir uns bei ihm melden werden«, trug Hanrahan dem Wächter auf.

Er ging nach draußen, wo immer noch die Reporter warteten. Es hatte zu regnen angefangen. Über der Treppe, die zum Museum hinaufführte, hing ein ganzes Zelt von Regenschirmen. Hanrahan trat unter einen schützenden Mauervorsprung, zog ein Blatt mit Notizen aus seiner Tasche, räusperte sich und sagte in möglichst amtlichem Ton: »Der Verstorbene hieß Dr. Lewis Tunney. Er war von weißer Hautfarbe, dreiundvierzig Jahre alt...«

Kapitel 4

5. Juni

»Captain Hanrahan?«

»Ja.«

»Der Vizepräsident der Vereinigten Staaten wünscht, Sie zu sprechen.«

Mensch, Mac, sagte er sich im stillen, deine Mutter sollte stolz auf dich sein...

»Captain Hanrahan?« fragte die nun schon vertraute tiefe Stimme William Oxenhauers.

»Ja, Sir.«

»Sie fangen so früh an wie ich.«

»Ich hab' nicht angefangen, Sir. Ich hab' gar nicht aufgehört.«

»Oh ... hören Sie, Captain, es tut mir leid – ich kann auf Einzelheiten nicht eingehen, aber wir müssen unser Zusammentreffen leider verschieben.«

Hanrahan sah auf seine Uhr. Es war halb acht. Er hatte vorgehabt, um neun loszufahren, um früher als vereinbart bei Oxenhauer anzukommen.

»Hm, Sir, darf ich fragen, wann ...?«

»An der internationalen Front braut sich offenbar etwas zusammen. Ich kann mich heute einfach nicht freimachen. Ich habe persönlich angerufen, um Ihnen zu zeigen, wie sehr mir die Zusammenarbeit mit Ihnen am Herzen liegt. Lewis Tunney war uns ein sehr lieber Freund. Sowohl mir als auch meiner Frau. Wenn ich Ihnen dabei helfen kann, diese Sache zu klären – ich werde alles tun, was in meinen Kräften steht. Bitte glauben Sie mir das.«

»Ja, Sir. Wann können wir uns zusammensetzen?«

»Morgen vormittag, denke ich. Um dieselbe Zeit, zehn Uhr. Paßt Ihnen das?«

Es wird mir passen müssen, hätte Hanrahan gern gesagt. Statt dessen antwortete er: »Geht in Ordnung, Sir. Aber ich kann die Sache nicht schleifen lassen. Wenn Sie etwas beizutragen haben, Sir, brauche ich es. Schnell.«

»Selbstverständlich. Morgen um zehn. Ich danke Ihnen für Ihre Geduld, Captain.«

Hanrahan wartete, bis sein Vorgesetzter, Commissioner Calvin Johnson auf der Dienststelle eintraf. Dann rief er an und erklärte Johnsons Sekretärin, er müsse ihren Chef unbedingt sofort sprechen.

»Sie werden ihn früh genug zu sehen bekommen, Captain. Er ist auf dem Weg zu Ihnen.«

Johnson war ein wuchtiger Mann, fast einen Meter neunzig groß. Er stammte aus einer angesehenen schwarzen Lehrerfamilie und hatte den Doktor in Soziologie. Womit sich eine gewisse Voreingenommenheit zugunsten von Hanrahans Assistenten erklären ließ. Auch Johnson allerdings fiel Joe Pearls Neigung zum Fachjargon gelegentlich auf die Nerven. Er war erst seit zwei Jahren Commissioner, doch in dieser kurzen Zeit hatte er es geschafft, sich den Ruf zu erwerben, er hätte Washingtons Verbrecherproblem in den Griff bekommen, ja, sogar einige Lösungen gefunden. Er hatte es außerdem geschafft, auf die Liste der bestgekleideten

Männer von Washington zu gelangen. An diesem Morgen trug er einen anthrazitgrauen Nadelstreifenanzug, der offensichtlich maßgeschneidert war, dazu ein blaßblaues Hemd, dessen Kragen mit einer goldenen Nadel zusammengehalten war, und eine Krawatte aus königsblauer Seide. Das wenige Haar, das seinen zweiundfünfzigjährigen Kopf noch zierte, war schwarz und wellig.

»Hallo, Mac«, sagte er.

»Hallo, Cal.«

»Sie sehen aus, als wären Sie die ganze Nacht auf den Beinen gewesen.«

»Kann ich gar nicht verstehen. Kaffee?«

»Danke, Ihren Kaffee nicht. Der schmeckt entsetzlich.«

»Dann stellen Sie mir eine bessere Kaffeeköchin ein. Okay, Sie wollen wissen, was gestern nacht los war.«

»Ich war Ihnen dankbar für Ihren Anruf heute morgen um drei; Julia weniger.«

»Das tut mir leid.«

»Also – was gibt's Neues in dieser Sache?«

»Nichts. Wir haben das Museum durchsucht, jeden einzelnen der zweihundert Gäste registriert und die üblichen Fragen gestellt. Die Freunde vom Labor haben alles Nötige getan, die Presse wurde nur sparsam unterrichtet, und sämtliche Anwesenden wurden aufgefordert, bis auf weiteres die Stadt nicht zu verlassen. Quintessenz: ein toter Kunsthistoriker, eine verschwundene Medaille und mindestens tausend Verdächtige.«

»Was ist das für eine Medaille?«

»Sie gehört zu einer Gesellschaft namens Harsa, die etwas mit dem Revolutionskrieg zu tun hat und mit einer anderen Vereinigung namens Cincinnati.«

»Und?«

»Und sonst tappe ich noch völlig im Dunklen. Ich habe einen Steckbrief der Medaille an Interpol geschickt, für den Fall, daß man versucht, sie in Übersee zu verhökern.«

»Glauben Sie, daß Tunney wegen der Medaille getötet wurde?«

»Im Augenblick sieht es zumindest so aus, Cal. Juwelendiebe sind gerade dabei, die Medaille zu kassieren, Tunney überrascht sie dabei und wird mit der nächstbesten Waffe, die erreichbar ist, getötet, und zwar mit Thomas Jeffersons Schwert.«

»Mit Thomas Jeffersons Schwert?«

Hanrahan nickte. »Entschuldigen Sie, Cal, aber ich brauche jetzt wirklich einen Kaffee, ganz gleich, wie scheußlich er schmeckt.« Mit einem dampfenden Becher kehrte er zurück. »Sie wollen wirklich keinen?«

»Bestimmt nicht.« Johnson ließ sich auf der Ecke von Hanrahans Schreibtisch nieder, nachdem er sich vergewissert hatte, daß sie sauber war und das Holz glatt, und strich sich mit dem Mittelfinger der rechten Hand über das schmale graue Oberlippenbärtchen.

»Mac, wie steht es mit dem Vizepräsidenten?«

»Wie meinen Sie das?«

»Er war doch auch da.«

»Stimmt. Er und seine Frau waren anscheinend alte Freunde des Verschiedenen, wie Joe Pearl sagen würde. Seine Frau bekam einen hysterischen Anfall, und der Vizepräsident selbst sah auch nicht gerade glänzend aus.«

»Haben Sie mit Oxenhauer gesprochen?«

»Natürlich. Ich war für heute morgen mit ihm verabredet, aber er sagte ab.«

»Warum?«

»Internationale Probleme, sagte er.«

»Und was heißt das?«

»Keine Ahnung.«

»Glauben Sie, er wollte einem Gespräch mit Ihnen aus dem Weg gehen?«

»Das bezweifle ich. Aber wer weiß.«

»Wann treffen Sie ihn nun?«

»Morgen vormittag um zehn.«

Johnson ging zum Fenster und blickte auf die Straße hinunter. Ohne sich umzudrehen, sagte er: »Warum sind Sie so interessiert daran, mit dem Vizepräsidenten zu sprechen? Haben Sie's vielleicht auf einen Posten als Sicherheitsbeamter im Weißen Haus abgesehen? Vielleicht beim Geheimdienst?«

Hanrahan gab einen Laut des Abscheus von sich.

»Sie haben recht, Cal. Der Kaffee ist wirklich gräßlich. Ob es mir um einen besseren Job geht, fragen Sie? Was könnte besser sein, als die Arbeit hier? Das ist so, als käme man jeden Tag in den Himmel.«

Johnson nickte mit unbewegtem Gesicht.

»Sieht nach Regen aus... Warum also dieses starke Interesse an Oxenhauer?«

»Weil er mir erzählte, Tunney hätte ihm vor seinem Tod etwas berichtet, was möglicherweise von Bedeutung ist.«

»Und was war das?«

»Das sagte er mir nicht.«

»Warum nicht?«

»Er wollte seine Frau nach Hause bringen. Sie war in ziemlich schlimmer Verfassung.«

»Oh.«

»Genau. Aber morgen werde ich ja hören, was er zu erzählen hat.«

»Ich sehe schon jetzt die Zeitungsberichte, die die Sache dem ›Smithson Bomber‹ in die Schuhe schieben. Was tut sich da eigentlich? Besteht die Möglichkeit, daß er nun doch ernst gemacht hat?«

»Und Tunney umgebracht hat?«

Johnson nickte achselzuckend.

»Ich bezweifle es. Aber wer weiß. Ich sehe schon, das wird in diesem Fall meine liebste Redewendung. Wie dem auch sei, wir können nur darauf warten, daß er einen Fehler begeht, sich ein bißchen zu weit vorwagt. Für diese Sache hat er sich bisher noch nicht verantwortlich erklärt.«

»Kurbeln Sie die Fahndung nach ihm an, und machen Sie die Presse darauf aufmerksam. Die Medien werden diese Geschichte nach Herzenslust ausschlachten und ein tolles Drama daraus machen. Lieber Gott, Mac, ein angesehener Kunsthistoriker wird im Beisein von zweihundert feingekleideten Gästen im Museum für Amerikanische Geschichte mit dem Schwert von Thomas Jefferson erstochen. Stellen Sie sich nur mal vor, was die Presse daraus machen wird.«

Johnson räusperte sich und trat zu einem Aktenschrank, auf dem ein Farbfoto von Hanrahan, seiner geschiedenen Frau, seinen beiden Söhnen und seiner Tochter stand. Er tippte gegen den Rahmen.

»Haben Sie das inzwischen verwunden, Mac?«

»Was? Die Scheidung? Klar.«

»Muß bitter gewesen sein. Ich meine, wenn einem die Frau mit einem jüngeren Mann davonläuft.«

Sie respektierten einander genug, um unverblümt miteinander reden zu können.

»Ja, das war es. Aber jetzt ist es vorbei.«

»Gut. Gut für Sie und gut für diesen Fall. Da brauchen Sie Ihre ganze Konzentration. Das ist eine große Sache, Mac. Tunney war ein hervorragender Mann. Ich hab' schon von ihm gehört – aber für uns ist das Hauptproblem der Ort, wo er umkam, und die Art und Weise. Wir dürfen uns keine Fehler erlauben. Wir machen hier in Washington langsam Fortschritte. Ich möchte nicht, daß wir durch Intrigen und Verleumdungen auf höchster Ebene zurückgeworfen werden.«

Hanrahan war einen Moment lang verstimmt darüber, daß der Commissioner ihn, wenn auch in bester Absicht, unter Druck setzte. Doch der Ärger verebbte rasch.

»Wir haben die Sache im Griff, Cal. Ich halte Sie auf dem laufenden.«

»Das weiß ich. Schlafen Sie sich erst mal aus, Mac. Übrigens, wie heißt diese Medaille gleich wieder?«

»Die Legion von Harsa.«

»Beschaffen Sie sich dazu auch noch nähere Informationen. Mir hat Geschichte immer Spaß gemacht. Wie heißt es so treffend? – Wir sind das, was wir waren.«

»Genau, Cal.« Er sagte nicht, daß der Commissioner dann ein Sklave hätte sein müssen.

Vierundzwanzig Stunden später, während Captain Mac Hanrahan ungeduldig im Vorzimmer von Vizepräsident William Oxenhauer wartete, stand in der Constitution Avenue am Portal zum Museum für Amerikanische Geschichte eine vierunddreißigjährige Frau namens Heather McBean. Neben ihr standen vier Koffer. Der Taxichauffeur, der sie vom Dulles Flughafen zum Museum gefahren hatte, erbot sich, ihr das Gepäck hineinzutragen, doch sie lehnte ab.

»Ich hätte wahrscheinlich zuerst ins Hotel fahren sollen«, bemerkte sie in einem Ton, der ihre Müdigkeit nach dem langen Flug von London verriet.

»Soll ich Sie hinfahren?« fragte der Chauffeur.

»Nein, danke. Ich nehme an, im Museum gibt es eine Garderobe, wo ich die Sachen abstellen kann. Nochmals vielen Dank.«

»Sie sind Engländerin, wie?«

»Schottin.«

»In meinen Ohren klingt das alles gleich.«

»In meinen manchmal auch. Danke.«

Die Garderobe war gleich rechts vom Eingang. Heather gab ihr Gepäck ab, steckte die Quittung ein und ging zum Auskunftsschalter, wo eine freundliche Frau mit blaugetöntem Haar sie lächelnd fragte, ob sie ihr behilflich sein könnte.

»Ja, ich hätte gern Chloe Prentwhistle gesprochen.«

»Sind Sie angemeldet?«

»Nein, aber ich denke, sie wird mich empfangen. Es handelt sich um – um das, was gestern abend hier geschehen ist.«

Das Gesicht der Frau wurde ernst. »Ach so. Einen Augenblick.« Sie schlug in einem Verzeichnis nach, wählte drei Ziffern und erklärte der Person, die sich meldete, Chloe Prentwhistle hätte Besuch.

»Ihren Namen bitte?« fragte sie Heather.

»Heather McBean.«

»Heather McBean«, sagte die Frau ins Telefon. Einen Moment lang lauschte sie stumm, dann blickte sie auf. »Sie sagten doch, Ihr Nachname sei McBean?«

»Ja. Ich bin Heather McBean.«

Sie fühlte sich plötzlich flau und wurde sich bewußt, daß sie sehr hungrig war.

»Miss Prentwhistle schickt gleich jemanden herunter.«

»Wie bitte? Ach so, ja, danke.«

Heather blickte durch den Saal zum Foucault'schen Pendel, wo eine Gruppe Schulkinder darauf wartete, daß das Messinggewicht den nächsten roten Klotz umstieß.

»Ich bin da drüben«, sagte sie und schlenderte zu der Schulklasse hinüber.

Die Kinder kicherten aufgeregt, während sie auf den entscheidenden Moment warteten, und flüchtig vergaß Heather, was sie veranlaßt hatte, die weite Reise über den Ozean anzutreten – das schrille Läuten des Telefons mitten in der Nacht, die ferne Stimme, die ihr etwas mitteilte, was zunächst unfaßbar war und dann immer noch unglaublich. Konnte wirklich ein einziger Telefonanruf sie aus der Glückseligkeit des siebenten Himmels in die tiefste Verzweiflung stürzen? Ja. Ja, so schrecklich es war.

Erst wenige Wochen zuvor hatte sie ihren vierunddreißigsten Geburtstag gefeiert, hatte sich nie lebendiger gefühlt, der Zukunft nie zuversichtlicher entgegengeblickt. Wenn es eine Hochblüte des Lebens gab, so war sie jetzt, sagte sie sich, vom Mouton-Cadet Bordeaux, ihrem Lieblingsrotwein, und der herzlichen Zuneigung ihrer Freunde erwärmt. Sie hatte an diesem Abend tatsächlich einen Schwips gehabt, und das kam bei ihr nur höchst selten vor. Ihr Onkel, Calum McBean, hatte einmal über sie gesagt: »Sie besitzt das Aussehen, den Duft und das Benehmen einer Frau, aber trinken tut sie wie ein Mann...«

Das triumphierende Kreischen der Kinder beim Sturz des nächsten roten Klotzes riß sie aus ihren Gedanken. Sie mußte beinahe lächeln über ihre Ausgelassenheit.

»Miss McBean?«

Heather drehte sich um.

»Ich bin Chloe Prentwhistle.«

»Oh. Ja, ich...« Sie blickte auf die Kinder. »Was für einen Spaß ihnen das macht!«

»Ja. Ein Glück, daß sie nicht wissen, daß es hier geschah –.«

»Was? Ich verstehe nicht.«

»Diese schreckliche Geschichte... Doktor Tunney... Er stürzte hier herunter. Die Polizei gestattete uns –.«

Das Gesicht, zu dem sie gesprochen hatte, verschwand plötzlich vor ihren Augen, als Heather zu Boden sank.

»Mein Gott, sie ist ohnmächtig geworden«, rief Chloe Prentwhistle und rief einen Aufseher. »Kommen Sie! Schnell!«

Kapitel 5

Heather erwachte auf einer Couch in Chloe Prentwhistles Büro. Ein Arzt beugte sich über sie. Er hielt ein geöffnetes Riechfläschchen in der Hand und fühlte mit der anderen ihren Puls.

»Nichts Ernstes. Sie sind nur ohnmächtig geworden.«

Heather versuchte, sich auf sein Gesicht zu konzentrieren. Ihr war immer noch flau, und in ihren Ohren war ein Dröhnen.

»Hier, mein Kind, trinken Sie einen Schluck Tee«, sagte Chloe, während sie Heather die Hand in den Nacken schob, um ihr zu helfen, sich aufzusetzen. »So gut, wie Sie ihn in England gewöhnt sind, ist er nicht, aber er ist auch nicht schlecht. Ein Kräutertee, Hibiskusblüten, Hagebutten, Apfelblüten – versuchen Sie. Trinken Sie einen Schluck.«

»Ich gehe jetzt«, sagte der Arzt. »Es freut mich, daß es Ihnen wieder besser geht.«

Als er weg war, sog Heather den Duft des Tees ein.

»Das riecht köstlich. Ich glaube, ich war nur hungrig.«

»Natürlich. Sie sehen schon viel besser aus. Sie haben wieder Farbe im Gesicht. Was möchten Sie gern essen?«

»Im Augenblick gar nichts, danke. Der Tee reicht mir vollkommen.«

Chloe betrachtete Heather aufmerksam. Das schottische Blut war unverkennbar – helle Haut, schwarzes Haar, das schulterlang ihr Gesicht umrahmte, breite Backenknochen und eine scharfgeschnittene, markante Nase, die für ihr Gesicht genau die richtige Größe besaß. Chloe schätzte sie auf etwa einen Meter sechzig mit einer Neigung zur Pummeligkeit.

Und auch ihr Anzug verriet das schottische Erbe. Sie trug einen rot-, grün- und weißkarierten Rock im Muster des McBean-Clans. Die weiße Bluse hatte Rüschen und einen hohen Kragen, und auf dem blauen Blazer prangte das Wappen des Clans, eine rote aufgerichtete Halbkatze. Das Motto darunter besagte: *»Touch not the cat but a glove«.* Was soviel bedeutete wie, ›Fasse die Katze nicht ohne Handschuh an!‹ Die McBeans waren berühmt für ihre Kampfeslust.

Heather stellte die Tasse auf einen Tisch, stand auf und ging hinüber zu der Wand, an der eine Anzahl gerahmter Fotografien aufgehängt war. Jede zeigte Chloe mit einer prominenten Person aus der Politik oder aus der Welt der Kunst. In einer Gruppenaufnahme, die offenbar bei einem Festessen gemacht worden war, erkannte Heather Peter Peckham.

»Sie kennen Peter?« fragte sie.

»Peter Peckham? Ich bin ihm nur einmal begegnet, bei dem Bankett damals.«

»Kannten Sie Lewis? – Dr. Tunney?«

»Nein, eigentlich nicht.« Chloe schwieg einen Moment, dann sagte sie: »Sie sind Calum McBeans Tochter, nicht wahr?«

Heather wandte den Fotografien den Rücken.

»Ich bin seine Nichte. Aber er hat mich wie eine Tochter großgezogen. Haben Sie meinen Onkel einmal kennengelernt?«

»Nein.«

Heather kehrte zur Couch zurück. Sie umfaßte die Teetasse mit beiden Händen und schloß einen Moment die Augen.

»Ich möchte alles wissen«, sagte sie langsam. »Alles darüber, wie er gestorben ist.«

Chloe trat zu ihrem Schreibtisch und schob zerstreut Papiere hin und her. Über die Halbgläser ihrer Brille hinweg sah sie Heather an.

»Wieso sind Sie an den Umständen von Dr. Tunneys Ermordung so interessiert?«

»Wir waren verlobt.«

»Oh, das wußte ich nicht. Im allgemeinen verbreiten sich solche Neuigkeiten schnell.«

»Wir verlobten uns erst vor wenigen Wochen, an meinem Geburtstag. Und wir gaben es nur den nächsten Freunden bekannt.«

Beinahe hätte Chloe ihr gratuliert, doch im letzten Moment besann sie sich.

»Das tut mir aufrichtig leid«, sagte sie und setzte sich zu Heather auf die Couch. »Wie schrecklich für Sie.«

Heather verlor den Kampf gegen die Tränen, die sie bis jetzt zurückgehalten hatte. Chloe legte den Arm um sie, und einen Augenblick lang gestattete sich Heather den Trost dieser Umarmung.

»Entschuldigen Sie«, stieß sie dann hervor. »Und vielen Dank für Ihr Verständnis.«

»Ich kann mir kaum etwas Schlimmeres vorstellen als das, was Sie jetzt durchmachen.«

»Ich habe mich bis jetzt dagegen gewehrt, die Realität anzunehmen, aber ich muß ihr endlich ins Auge sehen. Ich habe ihn verloren, er ist tot – nun muß ich wenigstens herausfinden, *warum* er getötet wurde. Ich muß es wissen. Es kommt mir so vor, als wäre das das einzige, was mir geblieben ist – eine Erklärung zu finden...«

Chloe spielte mit der goldenen Kette, die über ihren schokoladenbraunen Pullover herabhing. Ihre beigefarbenen langen Hosen waren am Gesäß ausgebeult, und auf einer der vorderen Taschen war, wie Heather bemerkte, ein großer Fleck. Chloes Haar war kurzgeschnitten, mausbraun und von grauen Strähnen durchzogen. Sie war nahezu einen Meter achtzig groß und hielt sich sehr gerade, was ihr eine gewisse Würde verlieh. Ihre dunklen Augen wirkten wach und intelligent, und von ihrer Persönlichkeit ging eine Ausstrahlung der Stärke aus, die manche vielleicht beruhigend oder imponierend fanden, oder beides.

»Was wissen Sie darüber?« fragte Heather nach einem kurzen Schweigen.

»Über den vergangenen Abend? Leider nur wenig. Es – es geschah einfach.«

»Hatten Sie Gelegenheit, mit Lewis zu sprechen, bevor –«

»Ja. Ja, wir unterhielten uns ein paar Minuten lang miteinander, aber er schien zerstreut. Das lag wahrscheinlich an seiner verspäteten Ankunft. Er wollte wohl noch seine Gedanken ordnen, ehe er seine Rede halten mußte.«

»Er wirkte auch schon vor seinem Abflug aus London zerstreut.«

»Ach ja? Wissen Sie, wieso?«

»Nein. Ich fragte ihn danach, aber er sagte nur, es gäbe da ein Problem, das er in Washington klären wolle. Er würde mir bei seiner Rückkehr alles erzählen. Haben Sie eine Ahnung, was für ein Problem das war, Miss Prentwhistle?«

Chloe schüttelte den Kopf.

»Ich wollte, ich könnte Ihnen helfen. Und bitte, nennen Sie mich Chloe.«

Heather nickte, zwang sich zu einem Lächeln und kniff dann die Augen zusammen.

»Er muß wegen dieses Problems getötet worden sein, von dem er sprach. Was immer es auch war –«

»Nicht unbedingt. Die Polizei geht von der Theorie aus, daß er Diebe überraschte, die die Harsa-Medaille stehlen wollten –«

»Ach ja, die Medaille. Darüber wollte ich auch mit Ihnen sprechen. Ich verstehe nicht, wieso es so lange gedauert hat, ehe sie ausgestellt wurde, nachdem mein Onkel sie Ihrem Museum geschenkt hatte.«

»Das müßten Sie aber doch verstehen, da Sie ja aus derselben Branche sind. – Arbeiten Sie noch im Britischen Museum in London?«

»Nein. Nach dem Tod meines Onkels nahm ich unbezahlten Urlaub und zog aufs Schloß, um seinen Nachlaß zu ordnen. Die Arbeit war umfangreicher und verwickelter, als ich mir vorgestellt hatte. Ich sitze immer noch dort oben. Wenn alles so läuft wie geplant, wird aus dem Schloß eine Art Museum, das der Öffentlichkeit zugänglich ist. Ich bin noch in Verhandlung mit den Behörden in Edinburgh.«

»Hat Ihr Onkel mit Ihnen über die Schenkung der Harsa gesprochen?«

Heather schüttelte den Kopf.

»Kann ich noch einen Schluck Tee haben? Er ist wirklich gut... Wissen Sie, ich habe nie ganz begriffen, was zwischen meinem Onkel und dem Smithsonian eigentlich vorging. Seine Briefe an Sie waren so zornig...«

Chloe lächelte, als sie Heathers Tasse nahm.

»Ja, das waren sie, und ich bekam alles ab. Wir waren alle hoch erfreut über die Schenkung, aber Sie wissen ja, daß wir nicht daran denken konnten, die Medaille auszustellen, solange wir nicht ihre Echtheit unzweifelhaft festgestellt hatten. Und dazu gehörten gründliche Nachforschungen.«

Heather nickte. »Mein Onkel war ein reizbarer alter Mann, wie jeder weiß, der mit ihm zu tun hatte, aber hinter dem unwirschen Äußeren verbarg sich ein sehr zartfühlender und lieber Mensch. Er hat mich großgezogen, nachdem meine Eltern bei einem Autounfall ums Leben gekommen waren.«

»Es sind immer so viele Geschichten über Calum McBean erzählt worden. Ich habe den Eindruck, einen leidenschaftlicheren Sammler hat es kaum gegeben. Ich wünschte, ich hätte die Gelegenheit gehabt, ihn kennenzulernen.«

»Diese Gelegenheit bekamen nur wenige Menschen. Er war ein ausgesprochener Einsiedler.«

»Ja, ich weiß. Dieses letzte Jahr vor seinem Tod war ja merkwürdig. Plötzlich war er verschwunden, und als alle Welt schon glaubte, er wäre tot, tauchte er plötzlich wieder auf.«

»Ich wußte, daß er nicht tot war.« Heather trat wieder zu der Wand mit den Fotografien und betrachtete ein Bild, das Chloe mit William Oxenhauer zeigte.

»Ihr Vizepräsident«, sagte sie. »Lewis und er waren alte Freunde. Lewis freute sich darauf, ihn hier in Washington zu sehen. Es würde mich interessieren, ob die beiden dazu kamen, miteinander zu sprechen.«

»Das weiß ich leider nicht.«

»Glauben Sie, er würde mich empfangen?«

»Der Vizepräsident? Keine Ahnung. Rufen Sie ihn doch an.«

»Das werde ich tun.«

»Noch besser – ich rufe an. Wie lange wollen Sie in Washington bleiben?«

»Bis ich weiß, warum es geschah, und wer es getan hat.«

Sie wußte, daß sie gleich wieder zu weinen anfangen würde, und zwang sich, die Tränen hinunterzuschlucken.

Chloe trat hinter sie und legte ihr den Arm um die Schultern. »Wo wohnen Sie, Heather?«

»Im Madison.«

»Gut. Rufen Sie mich doch später an. Wenn ich den Vizepräsidenten erreicht habe, gebe ich Ihnen Bescheid. Wir sollten auf jeden Fall in Verbindung bleiben.«

»Danke. Oh, ehe ich es vergesse, ich habe unter den Papieren meines Onkels noch einige Harsa-Dokumente gefunden.«

Chloe zog die Brauen hoch.

»Wirklich? Was sind das denn für Dokumente?«

»Kopien anderer Briefe, Notizen, die er sich in dem Jahr machte, als er verschwunden war. Ungeheuer wichtig sind die Sachen nicht.«

»Ich würde sie trotzdem gern sehen. Seit Ihr Onkel vor fünf Jahren dem Smithsonian die Harsa schenkte, ist sie für mich – nun, sie ist fast zu einem Teil meines Lebens geworden.« Sie schüttelte den Kopf. »Offen gestanden, ich dachte nie an eine größere Ausstellung, aber der Vizepräsident drang darauf, und –«

»Ich mache Kopien von den Unterlagen und bringe sie Ihnen dann.«

»Die Kopien kann ich auch hier machen. Lassen Sie die Papiere einfach da. Ich lasse Ihnen die Originale dann ins Hotel schikken.«

Heather nahm ihre große Handtasche, machte Anstalten, sie zu öffnen und hielt inne. »Ich möchte sie doch lieber bei mir behalten«, sagte sie. »Ich konnte sie noch gar nicht aufmerksam durchlesen. Die Lektüre wird mich vielleicht ein Weilchen ablenken. Ich komme morgen wieder, wenn Ihnen das recht ist.«

»Wie Sie meinen, Heather. Fühlen Sie sich wirklich schon wieder so wohl, daß Sie gehen können? Möchten Sie nicht erst eine Kleinigkeit essen?«

»Ich esse lieber etwas später. Vielen Dank inzwischen für Ihr Interesse und Ihre Teilnahme. Mir fielen verschiedene Leute ein, mit denen ich hier hätte Verbindung aufnehmen können, aber Ihr Name drängte sich mir immer wieder auf. Ich nehme an, Ihre ausgedehnte Korrespondenz mit meinem Onkel hatte viel damit zu tun.«

»Ja, sicher«, antwortete Chloe, aber ihr Gesicht, als sie sich abwandte, zeigte eine Angespanntheit, die, wie sie hoffte, ihre Stimme nicht verriet.

Kapitel 6

»Ich bin Ihnen sehr dankbar für diese Informationen, Herr Vizepräsident.«

»Eines möchte ich noch klarstellen, Captain. Wenn diese Geschichte mit der Ermordung von Lewis Tunney zu tun hat, so ist das *eine* Sache; wenn sie aber nichts damit zu tun hat, so könnte sie dazu ausgenutzt werden, eine der hervorragendsten Institutionen dieses Landes in ein schlechtes Licht zu setzen. Ich bin überzeugt, Sie wissen, wie wichtig mir das Smithsonian ist.«

»Ich habe davon gehört.«

»Ich möchte weder Gerüchte noch Mutmaßungen zu hören bekommen, und ich möchte auf keinen Fall Anspielungen in den Klatschspalten lesen. Ich setze mein ganzes Vertrauen in die Diskretion der Polizei.«

»Nun ja, Sir, aber wir kommen nicht darum herum, daß es sich hier um einen Mordfall handelt. Ich habe Verständnis für Ihre Besorgnis, aber derartige Informationen kann man unter den gegebenen Umständen nicht einfach unterschlagen.«

Oxenhauer war offensichtlich verärgert. Hanrahan verstand das, hätte aber dennoch gern gesagt – was er nicht tat –, daß Oxenhauer zwar der Vizepräsident war, daß es sich hier aber um einen Mord handelte. Und daß der ermordete Mensch angeblich ein enger Freund von ihm gewesen war.

»Wenn nur der Zeitpunkt nicht so denkbar unglücklich wäre, Captain.«

»Einen glücklichen Zeitpunkt zum Sterben gibt es nicht, Sir. So sagt man jedenfalls. Schon gar nicht bei Mord... Entschuldigen Sie, wenn ich heute morgen ein bißchen reizbar bin, Sir...«

»Entschuldigen Sie sich nicht. Sie haben ein Recht darauf. Ich wollte mit meiner Bemerkung sagen, daß wir einen Monat vor dem bedeutendsten nationalen Feiertag dieses Landes stehen, dem vierten Juli. Zum ersten Mal soll das Smithsonian bei den geplanten Feierlichkeiten eine Hauptrolle spielen, wie es das längst verdient hätte. Wenn es nun vor dem Vierten in ein schiefes Licht geriete, wäre das katastrophal. Besonders, wenn sich herausstellen sollte, daß jeglicher Verdacht völlig unbegründet war.

Ich will damit folgendes sagen, Captain Hanrahan: Wenn es nicht einen zwingenden, alles andere überschattenden Grund gibt, das, was ich Ihnen mitgeteilt habe, publik zu machen, sollte es nicht geschehen. Können Sie mir das versprechen?«

»Ich denke schon, Sir. Ich werde mich bemühen, verlassen Sie sich darauf, aber wenn –«

»Ja, ich verstehe. Gut, halten Sie mich über Ihre Fortschritte auf dem laufenden. Ich habe einen Freund verloren, der mir nahestand und dem ich vertraute.«

Hanrahan nickte. Ewige Freundschaft...

»Geht es Ihrer Gattin besser?«

»Sie fängt langsam an, es zu akzeptieren, denke ich. Das müssen wir alle. Ja, also, vielen Dank, daß Sie vorbeigekommen sind, und entschuldigen Sie nochmals, daß ich gestern absagen mußte. Es ging nicht anders.«

Wieder im Präsidium, wollte Hanrahan gerade zu einer Besprechung über den Fall Tunney, als ihn der diensthabende Sergeant anrief.

»Captain, hier ist eine Frau, die Sie sprechen möchte. Sie sagt, es handelt sich um den Mordfall Tunney.«

Hanrahan verdrehte die Augen und schob, dem Sodbrennen vorzubeugen, ein *Tums* in den Mund. Jetzt ging es also los; jetzt trat die Prozession der Verrückten und der Wichtigtuer an, die unbrauchbare Informationen und entsprechende Theorien anboten. In der Stadt wimmelte es von diesen Leuten, den Einsamen und den Neurotikern, die niemanden hatten, mit dem sie einmal reden konnten, niemanden, der ihnen das Gefühl vermittelte, wichtig zu sein. Sie riefen bei Radiosendungen mit Hörerbeteiligung an, um von ihren Begegnungen mit Marsmenschen zu berichten oder von ihren persönlichen Kümmernissen mit hartherzigen Verwandten, sturen Behörden, mißgünstigen Expartnern und so weiter.

Erst vor kurzem war dieser irre junge Mann aufgetaucht, der behauptete, ein Neffe von James Smithson zu sein – nach dem das Smithsonian benannt war. Er hatte in den verschiedenen Museen des Smithsonian schriftliche Mitteilungen hinterlassen, in denen er drohte, alles in die Luft zu sprengen, wenn ihm nicht seine ›rechtmäßige Anerkennung‹ zuteil wurde. Bisher war noch keine Bombe explodiert, doch die Sache war für Hanrahan eine ständige Nervenbelastung.

Jetzt sagte er zu dem diensthabenden Sergeanten, der Arey hieß und dafür berüchtigt war, daß er immer wieder telefonisch hinterlassene Mitteilungen durcheinanderbrachte: »Lassen Sie sich ihre Nummer geben und sagen Sie ihr, wir rufen sie zurück.«

»Sie sagt, sie ist extra aus Schottland rübergekommen, Captain. Sie behauptet, sie wäre die Verlobte.«

»Tunneys Verlobte?«

»Genau.«

»Wie heißt sie?«

»Heather McBean.«

»Lassen Sie mich mit ihr sprechen.«

»Hallo«, sagte Heather.

»Hallo. Ich bin Captain Hanrahan. Sie waren mit Dr. Tunney verlobt?«

»Ja.«

»Und Sie sind gerade aus Schottland angekommen?«

»Ja.«

»Wissen Sie etwas, was uns weiterhelfen könnte?«

»Wissen Sie etwas, was *mir* weiterhelfen könnte, Captain? Ich war mit Lewis Tunney verlobt. Wir wollten heiraten. Er ist in Ihrer Stadt ermordet worden, in einem weltbekannten Museum. Auf brutale, kaltblütige Art und Weise. Die Hochzeit findet nicht statt, Captain, aber ich habe die Absicht, hier zu bleiben, bis meine Fragen beantwortet sind.«

Hanrahan mußte lächeln. Eine echte Schottin. Dialekt und Temperament bestätigten es. Er ordnete an, Heather McBean in sein Büro hinaufbringen zu lassen, legte den Telefonhörer auf und rief Joe Pearl an, um die Besprechung eine Stunde zu verschieben.

»Warum?« fragte Pearl. »Es sind schon alle da.«

»Aber ich nicht. Und ich komme auch erst in einer Stunde.«

»Okay, Mac, wie Sie wollen.«

Heather setzte sich in den Sessel, den Hanrahan ihr angeboten hatte und schlug die Beine übereinander; wohlgeformte Beine, wie Hanrahan feststellte, durchtrainiert wie die einer Ballettänzerin oder einer Frau, die in einer hügeligen Stadt wie San Francisco lebte.

»Ist Edinburgh hügelig?« fragte er. Es war die einzige Stadt in Schottland, die ihm auf Anhieb einfiel.

»Warum fragen Sie?«

»Nur so. Ich war nie dort.«

»Nein, es ist nicht besonders hügelig. Aber windig dafür. Es liegt am Golfstrom.«

Sie lächelte, und er erwiderte das Lächeln. Hanrahan – dachte sie. An seiner irischen Abstammung gab es keinen Zweifel. Schwarzes Haar, helle Haut und grüne Augen, die ständig in Bewegung waren.

»Also, Miss McBean, Sie waren mit Lewis Tunney verlobt. Ich möchte Ihnen mein Beileid aussprechen. Es tut mir aufrichtig leid.«

»Danke, Captain. – Wir waren noch nicht lange verlobt, erst ein paar Wochen...«

»Das macht es sicher besonders bitter«, sagte Hanrahan, der nicht so recht wußte, was er sagen sollte. »Haben Sie mit ihm gearbeitet, ich meine, auf dem gleichen Gebiet?«

»Ja, so könnte man sagen. Ich war Kustodin an einem Museum.«

»An welchem?«

»Am Britischen Museum in London.«

»Ich dachte, Sie wären Schottin.«

»Schottin zu sein ist nicht mit einem lebenslänglichen Reiseverbot verbunden.«

Er lehnte sich zurück. Die Dame war offensichtlich nicht auf den Mund gefallen. Die Frage war nur, ob sie sich als Hilfe oder als Hindernis entpuppen würde.

»Haben Sie Dr. Tunney über Ihre Arbeit kennengelernt?«

»Ja, gewissermaßen. Er war seit Jahren mit meinem Onkel, Calum McBean, befreundet, einem leidenschaftlichen Sammler. Sie interessierten sich beide für Geheimgesellschaften des nachrevolutionären Amerika. Gesehen haben sie sich allerdings nur selten. Mein Onkel lebte sehr zurückgezogen. Aber sie hatten einander gern.«

»Und Ihr Onkel hat Sie mit ihm bekanntgemacht?«

»Nein, Dr. Tunney kam einmal ins Museum und machte sich mit mir bekannt, nachdem er meinen Onkel besucht hatte. Wissen Sie, Captain, meine Eltern starben, als ich noch ein Säugling war, und mein Onkel zog mich groß. Er war wie ein Vater zu mir.«

»Scheint ein guter Mensch gewesen zu sein.«

»Ich habe ihn sehr geliebt, und er liebte mich auch.«

Es fiel Hanrahan nicht schwer, das zu glauben. Ihre frische

Schönheit und diese Augen, die einen niemals losließen, beeindruckten ihn. Ganz allgemein hatte er den Eindruck, daß diese junge Frau ernstzunehmen war, keine Spielchen machte, sondern klar und deutlich sagte, was sie meinte, ohne damit kränken zu wollen. Sie war ihm sympathisch.

»Wissen Sie etwas über Dr. Tunneys Aktivitäten, bevor er aus London abflog, Miss McBean? Es könnte uns vielleicht weiterhelfen, wenn wir da Näheres wüßten. «

»Ach, er tat nichts Besonderes. Er war damit beschäftigt, sein Leben neu zu organisieren, nachdem er zwei Jahre an ein Forschungsprojekt gehängt hatte, das dann platzte. Er war froh, daß es vorbei war, und war zuversichtlich und guter Dinge, obwohl er zwei Jahre damit zugebracht hatte, einem Regenbogen nachzujagen.«

»Wie war er unmittelbar vor der Reise hierher? Machte er irgendeine Bemerkung, die für das, was ihm zustieß, von Belang sein könnte?«

Sie sagte ihm das gleiche, was sie schon Chloe Prentwhistle gesagt hatte.

»Keine Namen?« fragte Hanrahan. »Sagte er etwas darüber, mit wem er in Washington sprechen wollte, um das Problem zu klären?«

Sie schüttelte den Kopf.

»Ich weiß, daß er unbedingt mit Ihrem Vizepräsidenten, Mr. Oxenhauer, zusammentreffen wollte. Sie waren alte Freunde.«

Er machte sich Notizen auf einem gelben Block.

»In der Nacht, als Dr. Tunney umkam, wurde außerdem ein Diebstahl verübt. Wußten Sie das?«

»Ja. Mein Onkel war ja derjenige, der dem Smithsonian die Legion von Harsa schenkte.«

»Ach?«

»Ja, und dadurch kamen eine Menge Unruhe und Ärger in sein Leben. Er hatte die Medaille an Chloe Prentwhistle am Museum für Amerikanische Geschichte geschickt. Sie nahm sie an, schrieb aber zurück, es würde wahrscheinlich jahrelanger Nachforschungen bedürfen, um ihre Echtheit festzustellen. Das ärgerte meinen Onkel, um es milde auszudrücken. Er antwortete ihr postwendend und schrieb unter anderem…« Sie lachte. »Ich hab' die Worte noch lebhaft im Gedächtnis. Er schrieb, wenn ihre ›selbstgerechte, arrogante und hochnäsige Einstellung‹ ein Indiz der amerikanischen Grundhaltung sei, dann wäre er froh, das Land nie besucht zu haben, und er würde es sich angelegen sein lassen, dies auch nie zu tun.«

»Ihr Onkel scheint genau gewußt zu haben, was er will. – Wie lange wollen Sie in Washington bleiben?«

»Bis Lewis' Mörder gefunden ist.«

»Das kann lang dauern.«

»Das ist mir gleich.«

»Wo wohnen Sie?«

»Im Madison.«

»Gut, ich melde mich... Wissen Sie, bei diesem Fall tauchen Aspekte auf, denen gegenüber ich mich etwas hilflos fühle.«

»Zum Beispiel?«

»Nun, ich bin mit der Museumswelt überhaupt nicht vertraut, ich weiß nichts über diese verschwundene Medaille, nichts über Dr. Tunneys Biographie, was eventuell mit seinem Tod zu tun haben könnte. Da könnten Sie mir helfen.«

»Gern. Ich werde alles tun, worum Sie mich bitten.«

»Das ist sehr nett von Ihnen, Miss McBean. Hier ist meine Karte. Ich schreibe meine Privatnummer darauf. Sie können mich jederzeit anrufen, bei Tag und Nacht.«

Sie steckte seine Karte ein, und er brachte sie nach unten, sah ihr nach, bis sie um die Ecke verschwunden war.

Zehn Minuten später saß er in Commissioner Johnsons Büro.

»Wie ging's beim Vizepräsidenten, Mac?«

»Ganz gut... Tunney hat ihm, kurz bevor er ermordet wurde, etwas Interessantes erzählt.«

Johnson beugte sich vor.

»Oxenhauer behauptet, Tunney hätte gesagt, er besäße Beweise für einen Riesenskandal am Smithsonian, der das ganze Institut hochgehen lassen könnte.«

»Und?«

»Der Vizepräsident hat mir aber erklärt, er wüßte nicht, worin dieser Skandal eigentlich besteht.«

Johnson lehnte sich wieder zurück.

»Wie kann er das *nicht* wissen, wenn Tunney es ihm gesagt hat?«

»Oxenhauer behauptet, Tunney wäre nicht ins einzelne gegangen. Sie hätten sich für den folgenden Morgen verabredet, aber dieses Gespräch kam ja nicht mehr zustande.«

»Glauben Sie Oxenhauer?«

»Er ist der Vizepräsident.«

»Er ist auch Politiker.«

»Dann sagen wir mal, ich glaube ihm zur Hälfte. Ich habe eben mit Tunneys Verlobter gesprochen, einer gewissen Heather McBean. Sie hat das, was Oxenhauer mir erzählte, im großen und ganzen bestätigt – Tunney wußte, daß am Smithsonian etwas faul war. Er hatte auch ihr keine Einzelheiten gesagt, sondern vertröstete sie auf seine Rückkehr nach England.«

Hanrahan berichtete Johnson weitere Einzelheiten über seine Gespräche mit Oxenhauer und Heather und erwähnte auch Oxenhauers dringende Bitte, nichts publik zu machen, wenn es nicht zur Klärung des Falles unbedingt erforderlich sei.

Johnson zuckte die Achseln.

»Er hat Ihnen ja auch nichts erzählt, was es wert wäre, publik gemacht zu werden.«

»Nein, im Grunde nicht. Vielleicht finden wir mehr über diesen vagen Skandal heraus, wenn wir uns eingehender mit Tunney befassen. Eines weiß ich, Cal: Meine ursprüngliche Theorie, daß Tunney ganz einfach ein paar Diebe überrascht hat, läßt sich nicht halten. Wenn Tunney wirklich etwas wußte und drauf und dran war, dieses Oxenhauer und der ganzen Welt zu enthüllen, kann jeder im Museum daran interessiert gewesen sein, ihn mundtot zu machen.«

Johnson ging zur Tür.

»Berichten Sie mir am Ende des Tages.«

Hanrahan schüttete einige *Tums* aus dem Fläschchen in seine Tasche und machte sich auf den Weg zur Besprechung mit seinen Leuten.

Johnson kehrte in sein Büro zurück und nahm einen Anruf von Vizepräsident William Oxenhauer entgegen.

Kapitel 7

Heather mietete sich im Madison Hotel an der Ecke 15. Straße und M Street ein, packte ihre Koffer aus, stellte ihre Toilettensachen ins Bad und überlegte einen Moment – essen oder schlafen. Ihr Magen siegte, und sie rief den Etagenkellner an. Zwanzig Minuten später wurde ihr das Essen gebracht: frische Forelle vom Grill, frische grüne Bohnen und Petersilienkartoffeln. Sie aß langsam, doch ihr schmeckte das Essen kaum. Sie hatte nur das eine Bedürfnis, die schreckliche Realität dessen, was geschehen war, wenigstens ein paar Minuten lang zu vergessen.

Nach dem Essen zog sie sich aus, schlüpfte in einen Bademantel und schlief ein. Um vier wachte sie auf, duschte, kleidete sich an und fuhr ins Foyer hinunter, wo sie die *Washington Post* kaufte. Da stand es – auf der ersten Seite; ein Bericht über Lewis' Ermordung. Die Zeitung brachte auch ein Foto von ihm, ein altes, das man aus dem Archiv ausgegraben hatte. Ein schmerzhafter Stich durchzuckte sie beim Anblick des Bildes. Sie atmete einmal tief durch und ging nach draußen. Der Himmel war bewölkt; es war heiß und stickig. Die Zeitung unter den Arm geklemmt, ging sie die 15. Straße in südlicher Richtung hinunter. Sie hatte kein Ziel – nicht in diesem Augenblick, auch nicht mehr in ihrem Leben, wie ihr schien.

Vor dem Finanzministerium blieb sie stehen und betrachtete den Bau. Dahinter war das Weiße Haus. Sie setzte sich auf die Treppe und las den Bericht der *Post* über den Mord. Text und Bild schienen jetzt nur noch die sachliche Aufzeichnung irgendeines Verbrechens. Sie selbst wurde in dem Artikel nicht erwähnt. Weshalb hätte man sie auch erwähnen sollen? Sie wünschte, sie hätten damals vor zwei Wochen nicht Verlobung, sondern Hochzeit gefeiert. Dann wäre wenigstens schwarz auf weiß belegt gewesen, daß sie in seinem Leben existiert hatte und er in ihrem.

Sie riß die erste Seite der Zeitung heraus und stopfte sie in ihre Handtasche. Die war jetzt wenigstens nicht mehr so voll wie bei ihrer Anreise, denn sie hatte einen großen Teil ihres Inhalts im Hotel hinterlegt, auch die Harsa-Unterlagen, die sie aus England mitgebracht hatte.

Sie kam zum Washington Monument, und als sie nach links blickte, sah sie, daß sie sich an der Mall befand, einer Allee, die von den Museen des Smithsonian gesäumt war. Ihre Stimmung hob sich ein wenig. Soweit sie zurückdenken konnte, war für sie ein Museum stets ein Ort friedlicher Ruhe gewesen, wo man ungestört seinen Gedanken nachhängen konnte. Das war einer der Gründe, weshalb sie Kustodin geworden war. Museen waren wie Freunde; man flüchtete sich zu ihnen, wenn man Kummer hatte.

Sie schritt die ganze Länge der Ost-Mall hinunter. Linkerhand war das Museum, in dem sie an diesem Morgen schon einmal gewesen war, das Museum für Amerikanische Geschichte. Daneben stand das Museum für Naturgeschichte, dann kam die Eisbahn. Rechts lagen die Free Galerie mit ihrer weltberühmten Sammlung orientalischer Kunst; das ursprüngliche Smithsonian, das ›Schloß‹, wie die Leute es nannten, das jetzt die Verwaltung beherbergte; dann das Hirshorn Museum und der Skulpturengarten und schließlich das sehr moderne Nationalmuseum für Luft- und Raumfahrt. Gegenüber standen die beiden Gebäude der Nationalgalerie der Kunst. Das erste, der Westbau, war in seiner Architektur mehr dem traditionellen Stil verhaftet als der neuere Ostbau. Entsprechend verhielt es sich mit den Sammlungen, die in den beiden Gebäuden untergebracht waren.

In der Rotunde des Westbaus blieb sie stehen – Säulen aus toskanischem Marmor, der Boden aus grünem Marmor aus Vermont und grauem Marmor aus Tennessee; an den Wänden Rockwood Stein aus Alabama, Kalkstein aus Indiana und italienischer Travertin.

»Wunderschön«, sagte sie laut.

Sie überlegte, welche Ausstellung sie zuerst besuchen sollte. Sie liebte die venezianischen und norditalienischen Meister, obwohl ihr Fachgebiet im Britischen Museum die britische Malerei des achtzehnten Jahrhunderts gewesen war, insbesondere die Werke der Porträtisten Thomas Gainsborough und Joshua Reynolds.

Sie entschied sich für die venezianische Abteilung und schwelgte in Bellini, Giorgione und Tizian. Sie beschloß dann, keine weitere Ausstellung zu besuchen, sondern in den Ostbau hinüberzugehen, um sich einen allgemeinen Eindruck des Gebäudes und seiner Sammlungen zu verschaffen, und dann ins Hotel zurückzukehren.

Auf dem Rückweg zur Rundhalle verweilte sie in einem Raum, wo die Werke florentinischer und mittelitalienischer Renaissancemaler ausgestellt waren. Wie gebannt stand sie vor Leonardo da

Vincis ›Ginevra de Benci‹. Schließlich sah sie auf die Uhr. Halb neun. Auf den Hinweistafeln stand, daß das Museum um neun schloß.

Sie trat aus dem Westbau ins Freie und blickte über einen mit Kopfsteinpflaster ausgelegten Hof hinweg auf zwei wuchtige Dreiecke aus rosafarbenem Marmor, die den neuen Ostflügel bildeten. Es war jetzt fast dunkel. Ein Geruch von Regen hing in der schweren, schwülen Luft. Im Hof waren nur wenige Menschen, da die meisten Besucher es vorzogen, eine Unterführung zu benutzen, die die beiden Museumsflügel miteinander verband. Sie schlenderte zu dem Springbrunnen in der Mitte des Hofs, wo Wasserfontänen in die Luft sprühten und das herabfallende Wasser ungehindert über Kopfsteine und Betonterrassen zu einer riesigen Glasscheibe strömte, die eine Wand der Unterführung bildete.

Heather blickte über das sprudelnde Wasser zu der Glaswand hinunter. Kinder, die sich am Glas die Nasen plattdrückten, blickten zu ihr herauf. Eines winkte. Heather erwiderte den Gruß. Eine Frau, wohl die Mutter, gesellte sich zu den Kindern.

Heather winkte noch einmal und fragte sich gleichzeitig, was das für ein durchdringender Geruch war – Parfum vielleicht? –, der ihr plötzlich in die Nase stieg.

Ihr blieb nicht viel Zeit, sich darüber den Kopf zu zerbrechen. Es ging alles sehr schnell. Jemand tauchte plötzlich hinter ihr auf und schlug ihr mit einem langen, schlanken Stock quer über das Genick. Zugleich riß eine Hand ihr den Riemen ihrer Handtasche von der Schulter.

Die Kinder und die Frau starrten aus aufgerissenen Augen durch das Glas, als Heather taumelte und stürzte. Mit der rechten Schulter voraus rutschte sie die Terrassenstufen hinunter, und das Wasser überspülte sie, während ihre Hände verzweifelt einen Halt suchten. Sie prallte schließlich gegen die Glaswand. Mutter und Kinder fuhren instinktiv zurück, doch das Glas zerbrach nicht. Schlaff und zusammengekrümmt lag Heather da. Um sie herum sprudelte das Wasser, rann glucksend über sie hinweg. Sie schüttelte langsam den Kopf und zwinkerte. Wasser strömte ihr in den geöffneten Mund. Sie hob den Kopf und blickte benommen auf die Gesichter auf der anderen Seite der Glaswand.

Zwei Männer kletterten hinter ihr die Stufen hinunter und trugen sie in den Hof hinauf. Einer legte ihr sein Jackett um die Schultern.

»Haben Sie sich was gebrochen?« fragte er.

»Ich – ich weiß nicht...«

Ein Krankenwagen der Polizei kam. Heather hatte sich schon so weit erholt, daß sie aufrecht sitzen konnte. Sie unterhielt sich mit den Wächtern des Museums. Sie brauche nicht in ein Krankenhaus, erklärte sie, doch sie wurde überstimmt, und der Rettungswagen brachte sie zur Unfallstation des Capitol-Hill-Krankenhauses. Nach einer gründlichen Untersuchung, die nichts Schlimmeres offenbarte als einige Blutergüsse und Schrammen, wurde sie wieder entlassen. Ein uniformierter Polizeibeamter fragte, ob sie sich wohl genug fühle, um eine Aussage zu machen.

»Ich denke schon«, antwortete sie, »aber ich möchte zuerst in mein Hotel und mich umziehen. Meine Sachen sind klatschnaß und völlig zerrissen.«

»Wir fahren Sie hin, Madam«, sagte der Beamte.

»Könnte ich mit Captain Hanrahan sprechen?«

»Mac Hanrahan? Der wird um diese Zeit nicht mehr da sein.«

»Ich habe seine Privatnummer. Ich würde ihn gern persönlich sprechen.«

Sie zog Hanrahans nasse, zerdrückte Karte aus ihrem Blazer.

»Aber sicher, versuchen Sie's ruhig«, meinte der Beamte.

Sie wählte Hanrahans Privatnummer von einer Zelle im Foyer des Museums aus.

»Hallo«, meldete sich Hanrahan nach dem ersten Läuten.

»Hier ist Heather McBean.«

»Oh, Miss McBean, wie geht es?«

»Leider nicht so gut.« Etwas überstürzt berichtete sie ihm, was geschehen war.

»Das tut mir aber wirklich leid«, sagte er. »Lassen Sie sich doch direkt in Ihr Hotel fahren. Die Aussage können Sie auch morgen noch machen. Kommen Sie zu mir ins Büro, dann nehme ich alles auf.«

»Das ist sehr freundlich von Ihnen, aber ich würde gern heute abend noch mit Ihnen sprechen.«

»Warum das?«

»*Warum*? fragen Sie! Ja, glauben Sie denn nicht, daß dieser Überfall mit Lewis' Ermordung zu tun hat?«

»Warum nehmen Sie das an?«

»Wollen Sie behaupten, es wäre nur ein Zufall gewesen?«

»Ich behaupte gar nichts, aber ich muß leider sagen, daß Straßenüberfälle in Washington nicht gerade eine Seltenheit sind. Wenn Sie mich fragen, so würde ich tatsächlich sagen, daß es wahrscheinlich ein Zufall war –«

»Ich wurde von einer Frau überfallen.«

»Von einer Frau? Haben Sie sie denn gesehen?«

»Ich hörte, wie ein Museumswächter einem Ihrer Beamten sagte, ein Zeuge hätte gesehen, daß eine *Frau* mich niedergeschlagen und mir die Handtasche entrissen hat. Und kurz bevor es passierte, roch ich ganz deutlich Parfum.«

»Lassen Sie mich mit dem Beamten sprechen.«

Heather reichte den Hörer weiter.

»Hallo, Captain. Officer Scheiner hier. Es stimmt, ja. Ein Zeuge hat ausgesagt, er hätte gesehen, wie eine große Frau Miss McBean mit einem Stock zusammengeschlagen hat.«

»Sonst noch etwas?«

»Nein, Sir. Außer daß die Frau oder wer es war ihr die Handtasche weggerissen hat und getürmt ist.«

»Schön, Scheiner, seien Sie nett zu ihr. Sie kann uns eine Menge Informationen zu dem Mord im Smithsonian liefern. Fahren Sie sie in ihr Hotel zurück – sie wohnt im Madison – und drängen Sie sie nicht, eine Aussage zu machen. Das erledige ich morgen selbst.«

»Okay, Captain.«

Heather nahm den Hörer wieder.

»Miss McBean«, sagte Hanrahan, »fahren Sie jetzt in Ihr Hotel und schlafen Sie sich gründlich aus. Das wird Ihnen sicher guttun.«

»Ja, danke –«

»Kommen Sie dann morgen zu mir ins Büro, und wir unterhalten uns über diese Geschichte. Gründlich. Ich will nichts unter den Teppich kehren, sondern stehe allen Möglichkeiten offen gegenüber.«

»Gut, vielen Dank, Captain. Bis morgen.«

Die beiden uniformierten Beamten begleiteten Heather ins Hotel, was die Leute natürlich veranlaßte, die Köpfe zu drehen. Am Empfang berichtete sie, was geschehen war, und erklärte, daß ihr Zimmerschlüssel in ihrer Handtasche gewesen war. Man gab ihr einen anderen und versicherte ihr, daß das Personal jederzeit zu ihrer Verfügung stünde, falls sie Hilfe brauchte. Danach fuhr sie mit den Polizeibeamten in die zwölfte Etage hinauf. Vor ihrem Zimmer blieben sie stehen, und einer der Beamten sagte: »Ich mache Ihnen auf.«

Sie reichte ihm den Schlüssel. Er schob ihn ins Schloß, drehte den Türknauf, trat ins Zimmer und knipste die Deckenbeleuchtung an.

»Verdammt!« knurrte er.

»Was ist denn?« fragte Heather und wartete gar nicht auf eine Antwort. Sie blickte ins Zimmer. »Um Gottes willen!«

Das Zimmer war verwüstet. Jede einzelne Schublade war herausgerissen und zu Boden geschleudert worden. Ebenso ihre Kleider. Das Bett war abgezogen, die Vorhänge von den Stangen gerissen.

»Könnte ich von Ihnen Captain Hanrahans Privatnummer haben, Miss?« fragte Scheiner. Er wählte. »Captain, Scheiner hier.«

»Was ist denn jetzt wieder los?«

»Wir haben Miss McBean eben in ihr Zimmer gebracht. Es ist ein einziges Chaos. Irgend jemand hat da offensichtlich etwas gesucht –«

»Lassen Sie mich mit ihr sprechen.«

»Ich kann es nicht glauben«, sagte Heather zu Hanrahan. Sie spürte, wie sie am ganzen Körper zitterte.

»Bleiben Sie, wo Sie sind. Ich bin in fünfzehn Minuten da. Sagen Sie den Beamten, Sie sollen bleiben, bis ich komme.«

Hanrahan legte auf, schaltete den Fernsehapparat ab und ging ins Bad. Er zog seinen blauen Bademantel aus Frotté aus, zog die Sachen an, die er sich für den nächsten Morgen zurechtgelegt hatte, und setzte sich in seinen Wagen. So hatte er den Abend eigentlich nicht verbringen wollen. Es war seine Absicht gewesen, endlich einmal früh schlafen zu gehen. Er war hundemüde. Der Rücken tat ihm weh, und sein Magen, der immer empfindlich war, rebellierte wütend.

Er drehte den Zündschlüssel, schob ein *Tums* in den Mund und machte sich auf die Fahrt zum Madison.

Kapitel

8

Sie saßen an einem Ecktisch in der Bar des Madison. Heather hatte nicht hinuntergehen wollen, doch Hanrahan hatte ihr erklärt, *er* brauche dringend einen Drink.

Sie hielt das Glas mit dem Whisky in beiden Händen. Hanrahan hatte seinen gewohnten *Gin on the rocks* bestellt.

»Ich sehe immer noch nicht ein, warum ich mit einer Polizeibeamtin mein Zimmer teilen soll«, sagte Heather.

»Lassen Sie mir meinen Willen. In meinem Alter hab ich es gern, wenn man mir meinen Willen läßt.«

Heather lächelte. Hanrahan hatte die Polizeibeamtin, Sergeant Shippee angerufen, ehe er sein Haus verlassen hatte. Mit einem kleinen Koffer war sie im Hotel eingetroffen, hatte Heather erklärt, sie wäre solche Aufträge gewöhnt, sie kämen sicher gut miteinander zurecht, hatte zusätzliche Bettwäsche bestellt und sich daran gemacht, die Ausziehcouch zu beziehen.

»Wie alt sind Sie denn, Captain?« fragte Heather.

»Das kommt immer auf den Tag an. Manchmal bin ich siebenundvierzig, manchmal eher vierundsiebzig. Und dann gibt's wieder Tage, an denen ich gerade einundzwanzig geworden bin.«

»Und heute?«

»Heute? Also heute morgen fühlte ich mich alt. Aber jetzt hab' ich das Gefühl, ein paar Jährchen abgeschüttelt zu haben.«

Er warf ihr einen Blick zu, um zu sehen, ob sie das als ›Masche‹ auffassen würde. Er hatte es nicht so gemeint, und sie schien es auch nicht in die falsche Kehle bekommen zu haben. Das Glas in den Händen, lehnte sie sich zurück. Sie hatte einen beigefarbenen Cordrock angezogen und eine grüne Bluse dazu. Das Haar war aus dem Gesicht gebürstet, und sie war nicht geschminkt. Sie brauchte keinen Lippenstift. Eine rundum reizvolle Frau, dachte Hanrahan und seufzte.

Eine Weile blieb es still, während sie aus ihren Gläsern tranken und in verschiedene Richtungen blickten. Schließlich sagte Hanrahan: »Berichten Sie mir von heute abend. Fangen Sie beim Museum an.«

»Ist das die Aussage, die Sie zu Protokoll nehmen wollten?«

»Nein. Das erledigen wir morgen. Das ist jetzt ganz inoffiziell.«

»Viel kann ich Ihnen nicht sagen. Ich stand im Hof zwischen

dem Ost- und dem Westflügel der Nationalgalerie, als mir jemand von hinten einen Schlag ins Genick gab und mir meine Handtasche stahl.«

»Haben Sie die Person gesehen?«

»Nein.«

»Hatten Sie vorher das Gefühl, verfolgt zu werden?«

»Nein. Ich spürte nur einen Schlag, und als ich wieder zu mir kam, lag ich unten an der Glaswand im Wasser.«

»Das tut mir wirklich leid«, sagte Hanrahan bedauernd. »Miss McBean, Ihr Onkel scheint in Ihrem Leben eine wichtige Rolle gespielt zu haben, und ich habe den Eindruck, daß von dem vorliegenden Fall zu ihm eine gewisse Verbindung besteht. Ich glaube, ich sollte mehr über ihn wissen.«

»Vielleicht haben Sie recht, Captain. – Man deklarierte seinen Tod als Selbstmord, aber ich bin sicher, daß es das nicht war.«

Hanrahan bedeutete dem Kellner, daß er einen frischen Drink haben wollte. Heather schüttelte den Kopf, als er auf ihr zur Hälfte geleertes Glas wies. Er wartete, bis sein Drink kam, ehe er sagte: »Es heißt also, Ihr Onkel hätte Selbstmord verübt, aber Sie glauben nicht daran. Warum nicht?«

Sie seufzte. »Ach, ich glaube, ich nehme doch noch einen Whisky.«

Hanrahan bestellte. »Also …«

»Mein Onkel hat sich nicht selbst das Leben genommen, da kann die Polizei von Edinburgh sagen, was sie will. Er war ein Jahr lang verschollen. Er war einfach verschwunden, weil er Nachforschungen über die Legion von Harsa anstellen wollte. Während seiner Abwesenheit verbreitete sich das Gerücht, er müsse wohl gestorben sein. Ich wußte, daß das nicht stimmte. Ehe er verschwand, sagte er nämlich zu mir, ganz gleich, wie lange er fortbleiben würde, ganz gleich, was für Mutmaßungen man anstellen würde, er würde gesund und wohlbehalten zurückkehren.«

»Und?«

»Genau so war es. Eines Tages kam er nach Hause aufs Schloß, nahm mich in die Arme, sagte, es sei schön, mich wiederzusehen, und begab sich in sein Arbeitszimmer, um zu arbeiten.«

»Und weiter?«

»Eine Woche später fand ich ihn in eben diesem Arbeitszimmer tot vor. Mit einem Kopfschuß. In der Hand hielt er eine Pistole.«

»Konnte man nachweisen, daß die Kugel, die ihn getötet hatte, aus dieser Pistole stammte?«

»Ja, jedenfalls behauptete das die Polizei. Aber das ist völlig belanglos. Ich gebe nichts auf Indizienbeweise. Ich *weiß*, daß mein Onkel sich nicht selbst das Leben genommen hat. Er war sein Leben lang dagegen, Aufsehen zu erregen. Er war einfach nicht der Mensch, der so aus dem Leben gehen würde. Im übrigen, hätte er sich niemals auf diese Art und Weise von mir fortgestohlen.«

Er schwieg, doch sie spürte, daß er von ihrer Beweisführung nicht übermäßig beeindruckt war.

»Captain Hanrahan, mein Onkel war kein Mensch, der sein Leben vorzeitig durch eigene Hand beendet hätte. Er wurde ermordet - genau wie der einzige andere Mann, der in meinem Leben wichtig war. Ich bin entschlossen, der Wahrheit auf den Grund zu gehen, und wenn ich - nun, Zeit habe ich genug.« Zuviel, dachte sie.

Hanrahan spülte den Rest seines Drinks hinunter.

»Das glaube ich Ihnen, Miss McBean, und wir von der Polizei sind bereit, Ihnen dabei zu helfen - zumindest was Dr. Tunneys Tod angeht. Lassen Sie mich deshalb einige Fragen stellen. Sie erzählten mir, daß Sie Dr. Tunney durch seine Bekanntschaft mit Ihrem Onkel kennengelernt haben. Glauben Sie, daß zwischen den beiden Todesfällen irgendeine Verbindung besteht? Ich meine, wenn wir davon ausgehen, daß Sie recht haben, und Ihr Onkel nicht Selbstmord verübt hat.«

»Wenn kein Zusammenhang besteht, wäre es doch ein ziemlicher Zufall, meinen Sie nicht?«

»Hm, weiter... Was ist mit dieser Geschichte, auf die Dr. Tunney angespielt hat, ehe er nach Washington flog? Dieses Problem, das er klären wollte. Ist Ihnen da seit unserem letzten Gespräch nichts Konkreteres eingefallen?«

»Nein, leider nicht.«

Hanrahan steckte ein *Tums* in den Mund.

»Sodbrennen«, erklärte er. »Noch einmal das gleiche«, sagte er zum Kellner und deutete auf sein Glas. Dann wandte er sich wieder an Heather. »Jetzt zu dem Einbruch in Ihrem Hotelzimmer. Haben Sie eine Ahnung, wer dahinter stecken könnte, warum eingebrochen wurde, was der Täter suchte? Ich muß hinzufügen, daß solche Einbrüche hier wahrhaftig nichts Besonderes sind. Ein Straßenräuber findet in einer gestohlenen Handtasche einen Hotelschlüssel und macht sich schleunigst auf die Socken, um in dem Zimmer sein Glück zu versuchen, ehe das Opfer zurückkehrt.«

»Und Sie glauben, mit der Frau, die mich beraubt hat, war das auch so?« Eine gewisse Schärfe lag in ihrem Ton.

»Gleichberechtigung, Miss McBean... Ach, kommen Sie, wir wollen einander doch nicht anfeinden... Sie haben ein schreckliches Erlebnis hinter sich. Ich bin der Mann, der versuchen muß, die Sache zu klären. Wir sind natürliche Verbündete. Okay?«

Ihre Augen füllten sich mit Tränen, und sie hatte Mühe, sie zurückzuhalten. Sie nickte heftig und brachte ein Lächeln zustande. Hanrahan hätte gern ihre Hand berührt, doch er unterdrückte den Impuls. Thema wechseln, befahl er sich selbst.

»Erzählen Sie mir etwas über die Legion von Harsa.«

Ehe sie die Fassung verloren hatte, hatte sie seine Frage, warum jemand ein Interesse daran haben konnte, ihr Hotelzimmer zu durchsuchen, mit einem Hinweis auf die Notizen ihres Onkels und Chloe Prentwhistles augenscheinliches Interesse an ihnen beantworten wollen. Aber das, sagte sie sich jetzt, wäre unfair. Wieso sollte Chloe, die doch über längere Zeit hinweg mit ihrem Onkel zu tun gehabt hatte, nicht an seinen Aufzeichnungen interessiert sein. Vielleicht maß sie der Tatsache, daß sie von einer Frau überfallen worden war, zuviel Bedeutung bei. Chloe Prentwhistle als Straßenräuberin? Eine ziemlich lächerliche Vorstellung. Sie suchte wohl nach Strohhalmen. Captain Hanrahans Frage nach der Legion von Harsa war eine willkommene Ablenkung.

Sie trank einen Schluck aus ihrem Glas und lehnte sich zurück.

»Na schön, Captain. Sie wollten es nicht anders. Ich kann nur hoffen, Sie werden sich nicht langweilen. Die Gesellschaft wurde nach Gaius Terentilius Harsa benannt, einem Römer, der etwa 460 vor Christus lebte. Er war ein Kritiker des römischen Diktators Lucius Quinctius Cincinnatus, der die Grundsätze einer Elitegesellschaft vertrat. Harsa drängte auf eine Sammlung schriftlich niedergelegter Gesetze, die auf Patrizier und Plebejer in gleicher Weise Anwendung finden sollten. Er erreichte sein Ziel nie.

Nach der amerikanischen Revolution bildeten nun Offiziere Ihrer Armee eine Vereinigung, die sie nach dem Römer Cincinnatus die Cincinnati-Gesellschaft nannten. Sie vertraten Ansichten, die von einigen Leuten als ausgesprochen elitär betrachtet wurden. Ich nehme an, ihre Absichten waren durchaus ehrenhaft – sie wollten die Freundschaft fördern, die Rechte verteidigen, für die sie gekämpft hatten, sich und ihren Familien gegenseitig helfen. Aber nicht alle Leute sahen das so.«

Hanrahan meinte, das hörte sich an wie eine der vielen Vereinigungen ehemaliger Kriegsteilnehmer. Was denn an dieser Gesellschaft so sensationell gewesen wäre?

»Die Art und Weise, wie sie die Gesellschaft führten, störte gewisse Leute, wie Ihren Thomas Jefferson und einen Richter namens Burke aus einem ihrer Staaten im Süden. Sie griffen die Cincinnati an, weil sie die Mitgliedschaft auf die ältesten männlichen Nachkommen von bereits aufgenommenen Mitgliedern beschränkte. Die Kritiker warfen ihnen vor, eine Rasse – nun, so wie es auf dem Anschlag unter der Medaille steht – ›eine Rasse von Erbpatriziern und Erbaristrokraten heranziehen zu wollen‹.«

Hanrahan nickte. Er war beeindruckt von ihrem Wissen und sagte es ihr.

»Danke«, antwortete Heather. »Das habe ich meinem Onkel zu verdanken. Er war wahrscheinlich die erste Autorität überhaupt auf dem Gebiet der Harsa- und der Cincinnati-Gesellschaft.

»Und die Harsa wurde als Gegenstück zur Cincinnati gegründet?«

»Genau. Thomas Jefferson war ihr erster Präsident, gerade so wie George Washington der erste Generalpräsident der Cincinnati war.«

»Sind die beiden Vereinigungen heute noch aktiv?«

»Nein, nicht beide. Die Cincinnati ist hier in Amerika und drüben in Frankreich noch sehr lebendig. Sie hat ihren Hauptsitz in Washington, in einer Villa, die von einem ehemaligen Mitglied, einem Mr. Lars Anderson, bereitgestellt wurde. Soviel ich weiß, ist es ein Prachtbau, der der Öffentlichkeit zugänlich ist. Die Gesellschaft bemüht sich vor allem, Spenden zur Förderung von Erziehung und Bildung lockerzumachen:« Sie lächelte. »Die Stadt Cincinnati wurde nach der Gesellschaft benannt, nicht nach dem römischen Diktator, wie viele Leute hier glauben.«

»Interessant«, meinte Hanrahan. »Und was wurde aus der Harsa?«

»Die löste sich im Lauf der Jahre auf. Gerade das veranlaßte meinen Onkel, sich so angestrengt darum zu bemühen, zwischen den Gelehrten von heute und der Geschichte der Harsa eine Brücke des Wissens zu schlagen. Lewis ließ sich von diesem Interesse anstecken und wurde bald selbst zu einer Autorität auf diesem Gebiet.«

»Also noch eine Verbindung zwischen den beiden.«

»Noch eine?«

»Sie selbst und die Harsa. Gibt es noch andere?«

»Nicht daß ich wüßte.«

»Halten Sie es für möglich, daß das gemeinsame Interesse an der Harsa beim Tod der beiden Männer eine Rolle gespielt haben könnte?«

»Inwiefern?«

»Nun – die Medaille wurde gestohlen. Ihr Onkel hatte sie dem Smithsonian geschenkt. Vielleicht hatte da jemand von der Cincinnati die Hand im Spiel...«

»Und wozu das Ganze?«

»Rache für vergangene Schmach? Ein bißchen verrückt, aber Fanatiker handeln selten vernünftig.«

Sie zuckte die Achseln.

»Das könnte wirklich nur die Tat eines Verrückten sein. Die Cincinnati ist eine angesehene und achtbare Organisation. Die Harsa existiert schon seit Jahren nicht mehr. Möglich, daß die Harsa-Medaille deshalb gestohlen wurde. Sie ist nun weit wertvoller, da die Gesellschaft nicht mehr existiert.«

»Okay, Miss McBean, Sie sind todmüde und arg strapaziert. Wir können das morgen in meinem Büro fortsetzen. Überlegen Sie, was Ihnen sonst noch zu der Harsa-Medaille einfällt. – Übrigens, wer würde den Dieben ein solches Stück abkaufen?«

»Sammler vielleicht. Mein Onkel hat oft gesagt, daß die Welt voll ist von gewissenlosen Sammlern, die über den schwarzen Markt kaufen.«

»Über diesen schwarzen Markt wüßte ich gern mehr – morgen?«

»Ich erzähle Ihnen gern alles, was ich weiß. Und danke für die Drinks, und das Verständnis...«

Die Polizeibeamtin öffnete die Tür.

»Passen Sie gut auf Miss McBean auf«, sagte Hanrahan. »Ich kann noch eine Menge von ihr lernen.«

»Sie werden vielleicht noch dahinterkommen, Captain, daß ich weniger weiß, als Sie glauben.«

»Das bezweifle ich, Miss McBean. Aber wie dem auch sei, ich wünsche Ihnen eine gute Nacht. Mrs. Shippee bringt Sie morgen vormittag aufs Präsidium.«

Auf dem Heimweg machte Hanrahan einen Abstecher in seine bevorzugte Imbißstube. Er setzte sich an die Theke gegenüber vom Grill, nahm sein Notizbuch heraus und schrieb sich, wie das seine Gewohnheit war, alles auf, was Heather gesagt hatte. Der Koch, einen Zentner zehn, mit rotem, verschwitztem Gesicht, schob Spiegeleier, Waffeln, Omelettes und einen Hamburger über die Theke. Dann sah er Hanrahan.

»Das Übliche, Captain?«

»Nein, geben Sie mir einen Hamburger ohne Zwiebeln und einen Vanille-Milchshake.«

»Macht der Magen wieder Schwierigkeiten?«

Der Koch wischte sich die Hände an seinem fettigen T-Shirt ab, warf eine Frikadelle auf den Grill und schob zwei Brötchenhälften in den Toaster. Hanrahan sah ihm dabei zu, wie er mit flinken Händen eine ganze Liste neuer Bestellungen vorbereitete, die ihm die Kellnerin zurief.

»Bill«, rief der Koch nach rückwärts, »eine dicke weiße Bessie für Sherlock Holmes.« Blitzschnell, wie ein Jongleur, richtete er den Teller – Brötchen, Salatblatt, Tomate, saure Gurke, Fleisch darauf und fertig. Der Arm, der Hanrahan den Teller hinschob, sah aus wie ein tätowierter Telefonmast.

»Danke«, sagte Hanrahan.

»Für unsere Gäste ist uns nichts zuviel.« Der Koch kehrte an den Grill zurück.

Hanrahan aß langsam und genoß die kühlende Wirkung des Milchshakes, der in seinen Magen hinunterfloß.

Eine halbe Stunde später lag er zu Hause in seinem Bett und schlug sich in Gedanken mit dem Fall Tunney herum. Als endlich der Schlaf kam, galten seine letzten Gedanken Heather McBean. Sie war nicht das Zufallsopfer eines Straßenräubers geworden. Dessen war er jetzt sicher. Der Überfall auf sie stand in direktem Zusammenhang mit der Ermordnung ihres Verlobten, und er ahnte, spürte, wußte, daß er auf die reizvolle Heather McBean scharf aufpassen mußte, wenn er einen weiteren Mord vermeiden wollte. Solche Frauen waren so selten wie ehrliche Politiker.

Kapitel 9

Constantin Kazakis fuhr mit dem Aufzug in den zweiten Stock des Museums für Naturgeschichte hinauf. Langsam schritt er die runde Galerie entlang und blickte dabei ab und zu auf den acht Tonnen schweren afrikanischen Elefanten hinunter, der die Rundhalle im Erdgeschoß beherrschte.

Er kam zu einer Tür mit der Aufschrift ›Nur Personal‹, öffnete sie mit einem Schlüssel und trat in den Raum ein. Vor ihm dehnten sich lange Reihen weißer Stahlschränke, hohe und niedrige, breite und schmale. Ein kleiner bärtiger Mann hatte aus einem dieser Schränke eine Schublade herausgenommen und begutachtete ihren Inhalt. Als er Kazakis kommen hörte, blickte er über die Ränder seiner Brillengläser und sagte: »Guten Morgen, Constantin.«

»Guten Morgen, Sanford. Sie sind aber früh da.«

»Wie spät ist es denn?«

»Acht.«

»Ich konnte nicht schlafen. Wir bereiten diese Woche die *Gryllidae*-Ausstellung vor.«

Kazakis lächelte. In dem Kasten, den Sanford in den Händen hielt, befand sich eine Vielzahl verschiedener Grillen, die den Grundstock der Ausstellung bildeten, von der er gesprochen hatte. Dies hier war die entomologische Abteilung, wo, wie Kazakis wußte, kein Mensch jemals von Grillen sprach, wenn man *Gryllidae* sagen konnte. Genauso war es in der Ornithologie, wo ein simpler Kreuzschnabel immer ein *Loxia curviorstra* war.

Von der Entomologie ging Kazakis weiter in seine eigene Abteilung, Edelsteine und Mineralien, wo er als zweiter Kustode angestellt war. Auch er war früh daran. Dies war der Tag, an dem der berühmte *Hope*-Diamant, für Millionen von Besuchern die Hauptattraktion im Edelsteinsaal, zum ersten Mal seit Jahren aus seinem Schaukasten entfernt werden sollte.

Der *Hope* war ursprünglich aus dem 112 Karat schweren *Tavernier* Diamanten geschnitten worden, der Ludwig XIV. gehört hatte. Während der Französischen Revolution war er gestohlen worden und dann 1830 in seiner neuen Form am Londoner Markt wiederaufgetaucht. 1958 war er dem Smithsonian von dem berühmten Edelsteinsammler Harry Winston geschenkt worden.

Der *Hope* war stets als absolut lupenrein angesehen worden, doch Kazakis' Chef, Walter Welsh, hatte beschlossen, einen unabhängigen Fachmann zuzuziehen, um nach eventuell versteckten Unreinheiten suchen und den Stein neu wiegen zu lassen. Sein Gewicht war mit 44,5 Karat angegeben, doch vor kurzem erst hatte sich der Weltrichtwert für den Karat geändert.

Kazakis setzte sich an seinen Schreibtisch und las die *Post.* Der Mordfall Tunney beherrschte immer noch die erste Seite, und es hieß, Captain Hanrahan hätte gesagt: ›Alle verfügbaren Kräfte sind im Einsatz, um den Mord an Dr. Tunney möglichst rasch aufzuklären. Wir gehen allen Spuren nach.‹ Auf die Frage, ob sich schon etwas Neues ergeben hätte, hatte Hanrahan geantwortet: ›Nein, nichts Konkretes. Das ist ein komplizierter Fall. Ich kann im Augenblick nur sagen, daß wir zuversichtlich darauf vertrauen, daß sich in nächster Zeit positive Entwicklungen zeigen werden.‹

Kazakis legte die Zeitung weg, als eine Sekretärin eintrat.

»Kaffee?« fragte sie.

»Ja, bitte.«

Bald gesellten sich andere Angestellte der Edelstein- und Mineralienabteilung zu ihm.

»Wollen wir Wetten abschließen?« fragte einer.

»Worüber?«

»Über das Gewicht des *Hope.*«

Kazakis schüttelte den Kopf.

»Wie steht's mit Unreinheiten? Ich wette fünf Dollar, Connie, daß sie mindestens eine entdecken.«

»Sparen Sie sich Ihr Geld«, versetzte Kazakis.

Um zehn traf der Experte, Dr. Max Shilter, ein. Die Leute von der Edelsteinabteilung begleiteten ihn zu dem verglasten Tresor, in dem der *Hope*-Diamant funkelte. Zehn bewaffnete Museumswächter, durch vier Polizeibeamte verstärkt, bildeten einen Kreis um Walter Welsh, der, sichtlich nervös, den Tresor aufschloß und den blauen Diamanten so behutsam wie ein Neugeborenes von seinem Polster nahm.

»Gehen wir«, sagte er dann mit starrer Miene.

Die ganze Prozession begab sich in Welshs Büro, wo unter den Blicken der anderen Dr. Shilter mit einer gewissenhaften und gründlichen Untersuchung des Diamanten begann.

Kazakis sah ihm aufmerksam zu. Ehe er im Smithsonian angefangen hatte, hatte er als Goldschmied und Edelsteinschleifer gearbeitet. In seiner Stellung als Kustode verdiente er zwar weniger, aber man mußte auch an das Prestige denken. Er hatte die Absicht, fünf Jahre als Kustode abzusitzen und dann zu seiner ursprünglichen Arbeit als Schmied und Schleifer zurückzukehren. Dabei wollte er seine Jahre beim Smithsonian als Aushängeschild benützen, um höhere Preise verlangen können. Er war schließlich erst vierunddreißig.

Er war klein und kompakt mit muskulösem Oberkörper dank regelmäßiger Arbeit mit Gewichten. Das kantige, olivbraune Gesicht war von dunklem lockigen Haar umrahmt, und die schwarzen Augen blitzten unternehmungslustig. Bei seinem Umzug in die Hauptstadt der Vereinigten Staaten hatte er sämtliche Errungenschaften seiner vorherigen geschäftlichen Karriere mitgenommen. Er fuhr einen silbernen Corvette, besaß eine umfangreiche Garderobe an eleganten Maßanzügen, dazu goldenen Schmuck einschließlich einer siebzehntausend Dollar Rolex Armbanduhr. Er wohnte in einem Watergate-Apartment, das er ganz in Leder und Chrom eingerichtet hatte.

»Immer wieder beeindruckend«, sagte Dr. Shilter, der mit deutschem Akzent sprach und dicke Wurstfinger hatte. »Der Originalstein muß eine Pracht gewesen sein. Ich habe den *Brunswick* untersucht«, bemerkte er und meinte damit einen vierzehnkarätigen Diamanten vom gleichen Feuer wie der *Hope*, der angeblich auch von den Dieben aus dem *Tavernie* herausgeschnitten worden sein sollte. »Keine Frage, daß sie vom selben Mutterstein stammen.«

Eine Sekretärin flüsterte Kazakis zu: »Mr. Throckly von der Amerikanischen Geschichte ist am Telefon. Er sagt, es ist wichtig.«

»Jetzt nicht. Ich rufe ihn in einer Stunde zurück. Ich möchte mir das hier ansehen.«

Eine Stunde später, nachdem Shilter den *Hope* für absolut lupenrein erklärt und sein Gewicht in Übereinstimmung mit den neuen Richtwerten mit 45.5 Karat festgestellt hatte, rief Kazakis Throckly zurück.

»Das hat aber lange gedauert«, sagte Throckly.

»Wir hatten mit dem *Hope* zu tun. Was gibt's denn?«

»Hat Walter Sie angerufen?«

»Walter Jones? Nein.«

»Er hatte es vor. Er möchte heute abend mit uns essen.«

»Da kann ich nicht. Ich habe andere Pläne.«

»Ändern Sie sie.«

»Warum?«

»Sie stellen meine Geduld auf eine harte Probe, Constantin, und ich kann Ihnen versichern, daß es Walter nicht anders geht.«

»Ich tanze nicht gern nach anderer Leute Pfeife. Ich habe schließlich ein Eigenleben –.«

»Sagen Sie das Walter, wenn er anruft.«

»Das werde ich tun. Ich will keine Schwierigkeiten machen, Alfred, aber diese Pläne, die ich für heute abend habe, lassen sich nicht einfach ändern. Wir sprechen uns später.«

Wenige Minuten später erhielt er einen Anruf von Walter Jones.

»Constantin, wie geht es Ihnen?« erkundigte sich Jones liebenswürdig.

»Gut, danke, Walter. Wir haben heute den *Hope* untersucht. Absolut lupenrein, sagte Max Shilter, und einen Karat schwerer als zuvor.«

»Das wundert mich nicht. Liegt er wieder wohlbehalten in seinem Kasten, oder hat ihn vielleicht ein unternehmungslustiger junger Kustode unterwegs mitgehen lassen?« Er lachte etwas zu laut.

Kazakis lachte ebenfalls. »Ich habe ihn tatsächlich mitgehen lassen, Walter. Als Sie anriefen, wollte ich ihm gerade mit dem Meißel zu Leibe rücken.«

»Prächtig! Hören Sie, Connie, Chloe und ich, möchten für heute abend ein paar Gäste zum Essen einladen. Nur ein paar Freunde, nichts Aufwendiges. Natürlich stehen Sie auf unserer Liste ganz oben.«

»Ich fühle mich geschmeichelt. Was ist denn aus den anderen tausend Leuten geworden?«

»Alles nur flüchtige Bekannte. Sie sind etwas Besonderes. Sieben Uhr?«

»Ich habe aber schon etwas anderes vor, das ich –.«

»Sie ist jung, blond, sehr hübsch und unsterblich in Sie verliebt. Da wird sie sicher Verständnis dafür haben, daß Sie ihr einen Abend mal das Herz brechen müssen. Also, um sieben?«

»Ja, gut. Ich komme.«

»Ganz zwanglos, ein nettes einfaches Beisammensein. Und vorsichtig mit dem Meißel, Constantin. Das würde Ihnen nie verziehen werden.«

Kapitel 10

Vor einem Polizeistenographen machte Heather McBean eine umfassende Aussage über den Überfall, der am vergangenen Abend auf sie verübt worden war. Als sie geendet hatte und der Stenograph gegangen war, fragte Hanrahan: »Was haben Sie jetzt für Pläne?«

Heather blickte ihn verwundert an.

»Das habe ich Ihnen doch gesagt, Captain. Ich beabsichtige, hier zu bleiben, bis Lewis' Mörder gefaßt ist.«

»Ich weiß, was für Pläne Sie *hatten*, Miss McBean, aber ich dachte, in Anbetracht dessen, was Ihnen in den vergangenen vierundzwanzig Stunden alles zugestoßen ist, würden Sie vielleicht daran denken, nach England zurückzukehren.«

»Der Gedanke ist mir überhaupt nicht gekommen.«

Hanrahan schob ein paar verstreut liegende Papiere zu einem Stapel zusammen und versah sie mit einer Heftklammer.

»Ich finde Ihre Entschlossenheit bewundernswert, und ich kann Sie natürlich nicht zwingen, nach Hause zu fliegen, aber ehrlich gesagt, würde ich Sie gern dazu überreden.«

»Warum?«

»Weil ich glaube, daß Sie dort sicherer sind.« Er lehnte sich zurück und faltete die Hände auf der Brust. »Und es würde mir meine Arbeit erleichtern, wenn Sie nicht in Washington wären.«

»Das verstehe ich nicht. Sie sagten doch selbst, ich könnte Ihnen helfen.«

»Ja, das meinte ich auch so, als ich es sagte. Aber durch die gestrigen Ereignisse hat sich einiges geändert. Miss McBean, ich möchte mir nicht ständig um Ihre Sicherheit Sorgen machen und gleichzeitig nach Dr. Tunneys Mörder suchen müssen.« Er sah, wie sie erstarrte. »Bitte, versuchen Sie wenigstens, mich zu verstehen, Miss McBean. Ich will ja nicht –.«

»Ich verstehe Sie, aber Sie müssen auch mich verstehen. Sie *sollen* sich um meine Sicherheit keine Sorgen machen. Ich bin ganz gut imstande, auf mich selbst aufzupassen. Das war schon immer so. Gestern war ich unachtsam. Das gebe ich zu. Mir kam gar nicht der Gedanke, über die Schulter zu blicken, während ich durch die Straßen ging, und ich hätte mir nicht träumen lassen, daß jemand mein Hotelzimmer ausräumen würde. Aber jetzt habe ich meine amerikanische Lektion gelernt, und ich werde nicht zweimal den gleichen Fehler machen. Nein – ich könnte mir selbst nicht ins Gesicht sehen, wenn ich jetzt abreiste und Tausende von Meilen entfernt untätig in London sitzen und auf Nachricht warten würde. Irgendwie fühle ich mich Lewis hier nahe. Das klingt vielleicht merkwürdig, Captain, aber so ist es... Und Miss Prentwhistle hat sich sehr hilfsbereit gezeigt –.« Wieder dieser bohrende Gedanke von früher, den sie auch diesmal beiseite schob. »Und ich weiß, daß ich noch andere Leute kennenlernen werde, die mir helfen können. Inzwischen werde ich mich schlicht und einfach an den Rat meines Onkels halten.«

»Und wie lautet der?«

»Nehmen Sie es mir nicht übel, Captain, aber er sagte immer: ›Verlaß dich nicht auf andere, tu es selbst‹.«

»Das nehme ich Ihnen nicht übel, Miss McBean –« jedenfalls nicht sehr, dachte er –, »aber ich muß Ihnen sagen, daß auch Polizeibeamte manchmal recht haben und ab und zu sogar eine Hilfe sein können. Nun, die Entscheidung liegt selbstverständlich bei Ihnen, aber wenn Sie bleiben, dann müssen Sie sich nach meinen Anweisungen richten und akzeptieren, daß die Ermittlungsarbeit mein Ressort ist.«

»Sie können sich darauf verlassen, daß ich Ihnen nicht ins Handwerk pfusche, Captain. Andererseits will ich aber auch nicht vorgeben, daß ich ein hilfloses kleines Weibchen bin. Mein Onkel hat mich noch etwas gelehrt, wissen Sie: ›Handeln, gleich wie, ist immer besser als tatenlos zusehen.‹ Deshalb habe ich in London einen Privatdetektiv engagiert.«

»Und was soll der tun?« Der gereizte Ton seiner Stimme gefiel ihm gar nicht.

»Er soll versuchen festzustellen, was in Lewis' Leben in der Woche vor seinem Abflug nach Washington geschah. Ich möchte wissen, was ihn in dieser Woche so aus der Fassung gebracht hat.«

Hanrahan rieb sich die Augen.

»Ich würde sagen, Sie verschwenden Ihr Geld, Miss McBean. Ich habe bereits mit Scotland Yard Verbindung aufgenommen. Man hat mir uneingeschränkte Hilfe versprochen –.«

»Hier geht es doch wirklich nicht ums Geld, Captain.«

»Sicher, das ist mir klar. Ja. Und wer ist dieser Detektiv?«

»Ich habe ihn aus dem Londoner Branchenverzeichnis. Er heißt Elwood Paley und scheint ganz vertrauenswürdig. Ich habe gestern abend mit ihm telefoniert, und er war bereit, den Fall zu übernehmen.«

Er war bereit? hätte Hanrahan beinahe gesagt. Hat es denn je einen Privatdetektiv gegeben, der einen Fall ablehnte, bei dem Geld keine Rolle spielte?

Statt dessen jedoch sagte er: »Wenn Ihr Mr. Paley irgendwelche Informationen benötigt, dann brauchen Sie es mir nur zu sagen.«

»Das ist sehr liebenswürdig von Ihnen. Ich werde daran denken. Und Sie können sich weiterhin auf meine Mitarbeit verlassen, an der Ihnen vor vierundzwanzig Stunden doch noch recht gelegen zu sein schien.«

Hanrahans Telefon läutete. Er hob ab und hörte die Stimme des diensthabenden Sergeanten.

»Captain, diesmal ist es das Museum für Luft- und Raumfahrt. Der Verrückte hat wieder eine Bombendrohung hinterlegt.«

»Gottverdammich!« schimpfte Hanrahan, und zu Heather gewandt: »Entschuldigen Sie, aber –.«

»Sie brauchen sich nicht zu entschuldigen«, sagte Heather. »Von meinem Onkel bin ich viel stärkeren Tobak gewöhnt. Was gibt es denn?«

Hanrahan lächelte. »Dieser Irre, der seit Wochen damit droht, das Smithsonian in die Luft zu sprengen, hat wieder mal ein Briefchen dagelassen. Er behauptet, ein Nachkomme vom alten Smithson zu sein.« Hanrahan lachte.

»Kann ich mitkommen?«

Hanrahan stand auf und nahm sein Jackett vom Garderobenständer.

»Besser nicht. Vielen Dank, daß Sie vorbeigekommen sind. Wir melden uns –.«

»Aber wenn dieser Verrückte mit der Ermordung von Lewis zu tun hat? Ich habe Ihnen gesagt, Captain, daß ich an jeder Phase der Ermittlungen teilhaben möchte. Und das war mein Ernst. Ich finde, das steht mir auch zu.«

»Und ich habe Ihnen gesagt, Miss McBean, daß ich es für das Beste halte, wenn Sie nach England zurückkehren würden. Das hier ist mein Beruf. Hier muß ich entscheiden.«

Sie konnte ihn verstehen, aber es gefiel ihr nicht. Doch *er* gefiel ihr sonderbarerweise...

Hanrahan betrat das Museum für Luft- und Raumfahrt durch den Eingang vom Jefferson Drive. Zwei uniformierte Polizeibeamte standen mit Museumswächtern nicht weit von der ›Friendship Seven‹, die John Glenn 1962 auf dem ersten bemannten Raumflug Amerikas ins Weltall hinausgetragen hatte. Der säuberlich getippte Drohbrief war an ein kleines Fenster geklebt, durch das Glenn zur Erde hinuntergeblickt hatte. Der Text lautete:

> Mein Geduld geht zu Ende. Ich habe Ihnen mehr Zeit als genug gegeben, um sich darüber klarzuwerden, daß meine Ansprüche legitim und meine Drohungen ernstgemeint sind. Sie haben meiner Familie das Smithsonian gestohlen, und das ist ein Verbrechen gegen jeden anständigen Menschen. Es muß unverzüglich korrigiert werden. Ich werde deshalb, wenn jetzt nicht meine rechtmäßigen Ansprüche ohne weitere Verzögerung anerkannt werden, das Smithsonian, und alles was sich darin befindet, zerstören. Hören Sie endlich auf, meine Drohungen auf die leichte Schulter zu nehmen. Es ist mir ernst damit. Der Betrogene.

»Haben Sie Ihre Leute befragt, ob Sie jemanden beobachtet haben, der den Zettel angeklebt haben könnte?« wandte sich Hanrahan an den Chef der Wachabteilung.

»Ja, Sir, aber heute morgen war viel los. Wie das im Sommer so ist.«

»Keine ungewöhnlichen Personen?«

Der Chef der Wachabteilung schüttelte den Kopf.

»Forschen Sie weiter nach.«

Hanrahan befahl einem seiner Leute, den Zettel von dem Fensterchen abzulösen und ins Labor zu bringen, um ihn auf Fingerabdrücke prüfen zu lassen. Dann trat er hinaus in den schwülen Sommertag. Zwei Reporter, ein Mann und eine junge Frau, die die Meldung über den Polizeifunk aufgefangen hatten, traten zu ihm. Die junge Frau im gelben Sommerkleid, Block und Kugelschreiber in der Hand, fragte ihn, ob der Drohbrief des Smithsonian Bomber mit dem Mordfall Tunney in Zusammenhang stünde.

Hanrahan hatte keinen Kommentar dazu.

»Behaupten Sie immer noch, daß es nur ein Zufall ist?«

»Ich behaupte gar nichts.« Wie konnte er auch? Er wußte kaum mehr als die beiden.

Er setzte sich in seinen Wagen, knallte die Tür zu, ließ den Motor an und schaltete die Klimaanlage ein. Er fuhr bis zum sogenannten ›Schloß‹, einem roten Sandsteinbau mit acht gezinnten Türmchen, das für Millionen von Besuchern das ganze Smithsonian symbolisierte. In den frühen Jahren des Smithsonian waren alle seine Abteilungen und Museen hier untergebracht gewesen, darunter ein wissenschaftliches Museum, eine Aula, eine Kunstgalerie, Forschungslaboratorien und Verwaltungsbüros. Seit dem Bau der neuen Museen beherbergte das ›Schloß‹ nur noch die Verwaltung des Smithsonian und das International Woodrow Wilson Center für Geisteswissenschaftler. Außerdem befand sich in ihm das Grabmal von James Smithson.

Hanrahan ging um das ›Schloß‹ herum zum Eingang, der von der Mall hereinführte, wobei er hin und wieder stehenblieb, um verschiedene Pflanzenexemplare zu bewundern, die mit kleinen Schildchen gekennzeichnet waren. Er stieg die Treppe hinauf und machte im Foyer halt. Gleich zu seiner Linken war die Familiengruft.

Er betrat den kleinen Raum und sah sich um. Das Symbol des Smithsonian sollte, wie auf der Tafel darunter zu lesen war, das Leben Smithsons darstellen. Der Löwe mit den Rubinaugen aus seinem Familienwappen war aus Smithsonite gemeißelt, einem Mineral, das ebenfalls nach James Smithson benannt worden war.

Den Tafeln an den Wänden zufolge war Smithson der uneheliche Sohn von Elizabeth Hungerford Keate (Macie) und Sir Hugh Smithson, Herzog von Northumberland, gewesen. Der jüngere Smithson wurde als wissenschaftlich interessierter Gentleman in der Tradition des achtzehnten Jahrhunderts beschrieben, der seinen Interessen zur Zeit von Mozart und Beethoven, von Voltaire und Georg III., Cavendish, Priestley, Arago, Lavoisier, Lord Byron, Napoleon und, in Amerika, Washington, Jefferson und Adams nachgegangen war. Er hatte 1786 als James Lewis Macie seine Studien in Oxford abgeschlossen und war später aufgrund seiner Kenntnisse in der Naturphilosophie, der Chemie und der Mineralogie in die Königliche Gesellschaft aufgenommen worden.

Eine weitere Tafel berichtete, daß Smithson in seinem Testament verfügt hatte, daß in Washington unter der Bezeichnung Smithsonian Institution ›eine Einrichtung zur Steigerung und Verbreitung des Wissens unter den Menschen‹ gegründet werden sollte. Seine Motive blieben unbekannt, man vermutete jedoch, daß er damit seinem unehelichen Namen einen besseren Klang hatten geben wollen. Was ihn bewogen hatte, ausgerechnet Washington zum Sitz dieses Zentrums der Gelehrsamkeit zu bestimmen, war schleierhaft, denn er hatte sein Leben lang Amerika nie besucht. Wieder konnte man nur Mutmaßungen anstellen, und der Autor der Schrifttafel meinte, Amerika könnte vielleicht als uneheliches Kind von Mutter England angesehen werden und hätte aus diesem Grund besondere Anziehungskraft für Smithson besessen.

Entfernte Verwandte Smithsons hatten das Testament angefochten. Erst nach langen Kämpfen obsiegten die Vereinigten Staaten. Das war im Jahr 1838 gewesen, und in den folgenden acht Jahren hatte man im Kongreß darüber debattiert, welcher Art die zu gründende wissenschaftliche Einrichtung sein sollte. Sollte es ein College werden, ein Arboretum, eine Bibliothek, ein Observatorium oder ein Forschungsinstitut? 1846 schließlich entschied man sich in Anbetracht von Smithsons eigenem Interesse an der Wissenschaft für ein wissenschaftliches Forschungsinstitut.

Die letzte Information, die Hanrahan sich einzuprägen versuchte, ehe er ging, war, daß Smithsons Papiere und persönliche Effekten 1865 bei einem Brand vernichtet worden waren, der das erste Stockwerk des ›Schlosses‹ zerstört hatte.

Nach dem kurzen Abstecher in die Familiengruft machte sich Hanrahan auf die Suche nach dem Büro des Sekretärs des Smithsonian, einem Mann namens Borden G. Costain. Costains Sekretärin teilte ihm mit, ihr Chef befände sich derzeit in Mittelamerika, wo er archäologische Ausgrabungen überwachte. Hanrahan wußte selbst nicht recht, warum er eigentlich mit Costain sprechen wollte. Der Mann stand nicht unter Verdacht, zumal er zur Zeit von Tunneys Ermordung gar nicht in Washington gewesen war. Dennoch hatte Hanrahan das starke Gefühl, er müßte sich eingehender mit dem Smithsonian beschäftigen, versuchen, seine besondere Atmosphäre aufzunehmen. Er wußte, daß er das bisher vermieden hatte, weil er sich – aus was für psychologischen Gründen auch immer – von dieser Institution und der Atmosphäre, die sie umgab, eingeschüchtert gefühlt hatte.

Damit, sagte er sich, als er zum Präsidium zurückfuhr, mußte jetzt Schluß sein. Es war ziemlich klar, daß zwischen dem mysteriösen Mord an Dr. Lewis Tunney und dem Smithsonian eine direkte Verbindung bestand.

Kapitel

11

Alfred Throckly las das Telegramm langsam vor, um ihm eine dramatische Wirkung zu geben. Ford Saunders und Chloe Prentwhistle saßen ihm an seinem Schreibtisch gegenüber.

»›rückkehr in drei tagen stop erwarte konkrete fortschritte im fall tunney stop gesamtes institut steht auf dem spiel stop costain!‹«

Saunders musterte seine Fingernägel. »Und?«

»Und?« ahmte Throckly ihn nach. »Es ist ihm bitter ernst.«

»Was sollen wir denn tun? In einen Schaukasten greifen und Tunneys Mörder herzaubern?«

»Wenn das möglich wäre!« sagte Throckly. Sein Ton war gebührend bedrückt.

Chloe Prentwhistle, die ein taubenblaues Schneiderkostüm mit Rüschenbluse aus dunkelblauer Seide trug und dazu blaue Strümpfe und schwarze Pumps, berührte Saunders' Arm.

»Beruhigen Sie sich, Ford. Borden steht natürlich stark unter Druck. Wir können nicht erwarten, daß er zurückkommt, in sein Reich und an den Ort, wo ein führender Historiker ermordet wurde, und uns allen mit einem freundlichen Händedruck sein Wohlwollen ausspricht.«

Throckly stand auf und wanderte nervös auf und ab.

»In diesem Museum, in *meinem* Museum, wurde Dr. Tunney ermordet. Mit Thomas Jeffersons Schwert. Eine wertvolle Medaille wurde gestohlen. Costain sagt uns klar und deutlich, was er will – daß die Bewohner dieses Hauses, nämlich wir, es auch säubern sollen. Aber wie, frage ich, sollen wir das schaffen?«

»Was können wir überhaupt tun?« meinte Chloe. »Das ist eine Sache für die Polizei. Gewiß, es ist betrüblich, daß der Mord und der Diebstahl hier verübt worden sind, aber das macht die Sache noch längst nicht zu unserem Problem oder gar zu unserem Verschulden. Wir sind nicht dazu da, Mordfälle aufzuklären. Das tut die Polizei.«

»Vielleicht möchten Sie das Costain auseinandersetzen, wenn er zurückkommt.«

»Gehalt und Titel eines Direktors gehen mit gewissen unerfreulichen Pflichten Hand in Hand«, bemerkte Saunders.

»Das hilft uns nicht weiter«, sagte Throckly.

»Tut mir leid.«

Throckly trommelte mit den Fingern gegen eine Fensterscheibe.

»Ich habe noch andere Termine. Deshalb eine Frage – halten Sie es für eine gute Idee, wenn wir auf eigene Faust einen Privatdetektiv engagieren?«

»Ich halte das für eine unmögliche Idee«, sagte Saunders.

Chloe stand auf, klemmte ihre große lederne Handtasche unter den Arm und steuerte auf die Tür zu.

»Sie teilen Fords Meinung?« fragte Throckly.

»Ja«, antwortete sie. »Überlassen Sie alles der Polizei. Das ist nicht unsere Sache. Kommen Sie, Ford? Ich möchte noch die Pläne für den Roosevelt-Empfang mit Ihnen durchgehen.«

Hätten Sie Throcklys Büro nur wenige Augenblicke später verlassen, so hätten sie den spanisch aussehenden Mann bemerkt, der die Hintertreppe heraufkam, vor dem Wegweiser stehenblieb und dann zu Throcklys Büro ging. Er sagte der Vorzimmerdame, er wünsche Mr. Throckly zu sprechen. Sie fragte, ob er angemeldet sei. Er verneinte. Sie erklärte, Throckly wäre beschäftigt. Er behauptete, er müßte ihn dringend sprechen; es sei wichtig.

»Er wird mich ohne Zweifel empfangen wollen.«

Die Vorzimmerdame seufzte, rief Throckly an, erklärte die Situation.

Throckly wollte gerade über die Sprechanlage verkünden, daß er zu tun hätte, als der Mann dazwischenfuhr.

»Ich weiß, wo die Medaille ist«, rief er.

»Schicken Sie ihn herein«, sagte Throckly.

Der Mann trat ins Büro und schloß die Tür hinter sich. Er trug eine ausgebeulte weiße Hose, abgestoßene schwarze Schuhe, ein gelbgrünes Hemd mit Blumenmuster, eine zerknautschte und flekkige beigefarbene Jacke.

»Also?« fragte Throckly.

»Ich arbeite in der Küche.«

»Wie heißen Sie?«

»Carlos Montenez. Ich wollte Sie wegen der verschwundenen Medaille sprechen.«

»Bitte.«

»Ich weiß, wo sie ist.«

Throckly schüttelte ungeduldig den Kopf.

»Machen Sie keine Spielchen mit mir, Mr. Montenez. Die Medaille ist nicht nur sehr wertvoll, sie spielt auch eine Rolle in einem Mordfall.«

»Das weiß ich, Señor Throckly. Deshalb bin ich zu Ihnen gekommen. Sie wollen die Medaille sicher zurückhaben.« Montenez setzte sich und blies eine Rauchwolke in die Luft. »Gegen Geld sage ich Ihnen, wo sie ist.«

»Erpressung?«

Montenez schüttelte den Kopf.

»Nur eine Belohnung. Wenn etwas Wertvolles verlorengeht, muß der Eigentümer dafür bezahlen, daß er es zurückbekommt.«

»Ich werde die Polizei benachrichtigen –.«

»Wenn Sie das tun, sehen Sie die Medaille nie wieder.«

»Wieviel wollen Sie?«

»Fünftausend Dollar. Ich weiß, sie ist viel mehr wert.«

Throckly zögerte. Dann fragte er: »Wie sind Sie zu der Medaille gekommen?«

»Das ist unwichtig.«

Da hat er wohl recht, dachte Throckly.

»Ich muß das mit jemand anderem besprechen. Ich habe nicht die Vollmacht, für gestohlene Gegenstände Belohnungen auszuzahlen. Ich bin in zehn Minuten wieder da.«

Montenez drückte seine Zigarette aus. Damit hatte er offensichtlich nicht gerechnet. Das dauerte ihm alles zu lang.

»Fünf Minuten«, sagte er.

»Gut, gut.« Eilig lief Throckly ins Vorzimmer hinaus, und weiter zu Chloe Prentwhistles Büro. Sie saß mit Ford Saunders zusammen. »Sie werden es nicht glauben«, begann Throckly, »aber in meinem Büro ist ein Mann, der behauptet, er hätte die Harsa.«

Saunders und Chloe Prentwhistle sahen einander an.

»Wer?« fragte Chloe.

»Ein Spanier, der in der Küche arbeitet. Aber das ist ja gleichgültig. Er behauptet jedenfalls, für fünftausend Dollar könnte er uns die Harsa beschaffen –.«

»Ausgeschlossen.«

»Ich weiß, aber –.«

»Ich meine nicht, daß es ausgeschlossen ist, ihn zu bezahlen, Alfred. Ich meine, es ist ausgeschlossen, daß er die Medaille hat. Woher hat er sie?«

»Das weiß ich nicht. Ich finde, wir sollten die Polizei benachrichtigen –.«

»Guter Gott, nein«, unterbrach Chloe. Sie klappte ihre Handtasche auf und entnahm ihr ein Scheckbuch. »Ich bezahle ihn.«

»Mit einem Scheck?« fragte Saunders.

»Ich gehe auch zur Bank, wenn er darauf besteht.«

»Chloe, das ist –.«

»Beruhigen Sie sich, Alfred«, sagte sie. »Denken Sie doch einen Augenblick nach. Costain wünscht, daß wir selbst unser Haus säubern. Wenn wir die Polizei zuziehen, kann es passieren, daß der Mann in Ihrem Büro den Kopf verliert und davonläuft. Was haben wir dann? Gar nichts. Aber wenn wir die Harsa tatsächlich zurückbekommen können, dann haben wir die Genugtuung, das selbst geschafft zu haben, und vor allem ist das Ding wieder da. Darauf kommt es doch an.«

»Es gibt nur eines«, mischte sich Saunders ein. »Wir müssen die Harsa zurückbekommen. Chloe hat recht. Über alles andere können wir uns später den Kopf zerbrechen.«

»Aber wenn er selbst sie gestohlen hat? Oder wenn er der Strohmann für die Diebe ist?«

»Alfred, jetzt ist nicht der Zeitpunkt für solche Spekulationen. Wir wollen uns doch diese Chance nicht entgehen lassen.«

Montenez war schon auf dem Sprung, als sie wieder in Throcklys Büro traten.

»Zu spät«, sagte er. »Zu spät. Auf Wiedersehen –.«

»Warten Sie, Mr. Montenez«, rief Throckly. »Sie sollen haben, was Sie wünschen.«

Chloe bat ihn, sich wieder zu setzen. Mit dem Scheckbuch in der Hand stellte sie sich vor ihn auf.

»Wie ich höre, wollen Sie fünftausend Dollar für die Harsa-Medaille. Haben Sie sie bei sich?«

»Nein.«

»Wo ist sie?«

»Das sage ich Ihnen, wenn ich die Belohnung habe.«

»Glauben Sie im Ernst, wir übergeben Ihnen fünftausend Dollar, ohne die Medaille gesehen zu haben?« fragte Saunders.

Chloe gebot ihm Schweigen und wandte sich wieder Montenez zu.

»Wir gehen zusammen zur Bank, und ich löse diesen Scheck ein.«

In Saunders' rotem Chevrolet fuhren sie zu einer Zweigstelle von Chloe Prentwhistles Bank, wo sie den Scheck einlöste. Dann fuhren sie wieder in die Florida Avenue in der Nähe der 14. Straße, eines von Washingtons Ghettos.

Widerstrebend hielt Saunders am Bordstein an. Zwei Männer hockten auf dem Bürgersteig und tranken Wein aus Flaschen, die in Papiertüten steckten. Sie musterten sie kritisch, als sie ausstiegen und vor einem heruntergekommenen dreistöckigen Haus stehenblieben. Im Erdgeschoß war eine Firma für sanitäre Einrichtungen. Die Fenster waren schmutzig; Rohre und Armaturen, die auf einer Konsole lagen, waren kaum zu erkennen.

»Die Medaille ist oben?« fragte Chloe.

»*Si.* Kommen Sie herein.«

Sie traten in den Hausflur, sahen den handgeschriebenen Zettel über einem der Briefkästen: Montenez. Dann stiegen sie eine knarrende, abgetretene Treppe in den ersten Stock hinauf, wo in einer Ecke ein Mann schlief.

Chloe fragte Montenez, welche Wohnung es wäre.

Montenez ging zu einer Tür, klopfte, sagte etwas auf Spanisch. Als sich nichts rührte, zog er einen Schlüssel heraus und öffnete die Tür. Die anderen folgten ihm in die Wohnung.

»Betty!« rief er.

Es kam keine Antwort.

Er ging, von Chloe gefolgt, in ein Schlafzimmer im hinteren Teil der Wohnung. Das ungemachte Bett stand in der Mitte des Raums. Montenez trat zum Schrank und zog mehrere Schachteln heraus.

»Also?« fragte Chloe.

»Sie ist weg.«

»Die Medaille?«

«*Si.* Sie hat sie genommen.«

»Ihre Frau?«

«*Si.*«

»Ich wußte ja gleich, daß da etwas nicht stimmt«, ließ sich Throckly vernehmen. »Wir hätten die Polizei benachrichtigen –.«

»Wo ist sie hin?« fragte Chloe Montenez.

Er zuckte die Achseln und schleuderte eine der Schachteln durch das Zimmer.

»Sind Sie sicher, daß sie die Medaille hat?«

Statt einer Antwort, begann er auf Spanisch zu fluchen und knallte ein Kleid zusammengeknüllt gegen das Fenster.

»Gehen wir«, sagte Cloe.

Sie verließen die Wohnung und setzten sich wieder in den Wagen.

»Glauben Sie, er hatte sich das nur ausgedacht?« fragte Saunders, während er den Chevrolet in den fließenden Verkehr einreihte.

»Das liegt ja wohl auf der Hand«, antwortete Throckly und wischte sich das Gesicht mit einem Taschentuch. »Meinen Sie nicht auch, Chloe?«

»Es war den Versuch wert«, erwiderte sie. »Und wenigstens haben wir uns nicht öffentlich lächerlich gemacht, indem wir die Polizei holten. Der Mord hat uns schon genug unangenehme Publicity gebracht. Übrigens, wenn diese Sache abgeschlossen ist, dann sorgen Sie dafür, daß der Bursche entlassen wird.«

Betty Rodriguez saß Mac Hanrahan an seinem Schreibtisch gegenüber. Vor ihr lag die Legion von Harsa. Hanrahan starrte sie an, als wäre sie lebendig. Zwei Kriminalbeamte standen hinter ihm. Ein Stenograph wartete mit gezücktem Bleistift auf einem Stuhl in der Ecke.

Hanrahan hob den Blick und sah Betty an, die unter dem hellen Trenchcoat ein weißes Schwesternkleid trug.

»Sie wissen wohl, Miss Rodriguez, daß diese Medaille an einem Ort gestohlen wurde, wo ein Mord verübt wurde?« fragte er.

»Ja, das weiß ich«, antwortete sie. »Carlos fand sie in der Nacht und brachte sie mit nach Hause.«

»Carlos ist Ihr Mann?«

Sie schüttelte den Kopf.

»Wir leben zusammen. Er heißt Carlos Montenez.«

»Und er arbeitet im Museum für Amerikanische Geschichte?«

»Ja, in der Küche.«

»Er ist Koch?«

»Nein, er spült das Geschirr.«

»Wo hat Carlos die Medaille gefunden?«

»Er erzählte mir, er hätte sie im Müll gefunden, als er nach Hause gehen wollte.«

»In derselben Nacht, in der der Mord begangen wurde, von dem Sie gehört haben?«

»Ja.«

Hanrahan wandte sich einem der Beamten zu.

»Holen Sie mir mal die Liste mit den Namen der Leute, die in der Nacht verhört wurden.« Dann zu Betty Rodriguez: »Erzählen Sie weiter. Sie haben nichts zu befürchten. Es war ganz richtig von Ihnen, hierher zu kommen.«

»Ich sagte Carlos, er solle die Medaille zu Ihnen bringen, und er versprach mir, daß er das tun würde. Aber er wollte eine Belohnung dafür haben.«

»Von der Polizei?«

»Vom Museum. Er sagte, für so einen wertvollen Gegenstand würden sie bestimmt eine Belohnung zahlen.«

Der Beamte kam mit der Liste zurück. Hanrahan sah sie durch. In dem Abschnitt mit dem Küchenpersonal fand er Carlos Montenez.

»Hat er Ihnen gesagt, wann genau er die Medaille gefunden hat, Miss Rodriguez? War es vor oder nach dem Verhör durch die Polizei?«

»Das habe ich Ihnen doch schon gesagt. Er fand sie, als er nach Hause gehen wollte. Er sagte, er ging durch die Hintertür hinaus, und da sah er in einer der Mülltonnen etwas glitzern.«

»In einer *Müll*tonne?« brummte einer der Beamten. »Das ist doch unsinnig, Mac. Warum sollte sich jemand die Mühe machen, das Ding zu stehlen, um es dann in den Müll zu werfen?«

Hanrahan ignorierte den Mann.

»Betty, Sie sagten, Ihr Mann – Mr. Montenez – hätte die Medaille mit nach Hause gebracht und Ihnen gezeigt. Sie hätten ihm dann geraten, die Medaille zurückzugeben, aber er hätte eine Belohnung gewollt. Wie kommt es, daß Sie jetzt die Medaille haben?«

»Als er heute morgen wegging, um mit den Leuten im Museum zu sprechen, sagte er zu mir, ich sollte die Medaille im Schrank lassen, wo er sie versteckt hatte. Ich mußte dauernd daran denken. Seit der Nacht, als der Mann umgebracht wurde, lag sie da, und Nacht für Nacht mußte ich daran denken und konnte nicht schlafen. Als er heute morgen gegangen war, weinte ich. Carlos ist ein guter Mann, aber manchmal denkt er falsch. Wie viele Männer.«

»Mit wem wollte Carlos sprechen?«

»Das weiß ich nicht. Mit jemandem, der im Museum viel zu sagen hat.«

»Mit dem Direktor?«

»Er hat es mir nicht gesagt. Als er fort war, sagte ich mir, daß es das Richtige wäre, die Medaille zur Polizei zu bringen. Carlos hat ja nichts verbrochen. Er hatte sie ja nur im Müll gefunden.«

»Er unterschlug Beweismaterial und war im Besitz gestohlener Ware«, sagte einer der Beamten.

Hanrahan warf ihm einen Blick zu. »Haben Sie nicht etwas zu tun?«

»Ich? Wie Sie meinen, Mac.«

»Dann gehen Sie doch mal raus. Sagen Sie dem Diensthabenden, er soll meinen Wagen vor die Tür bringen lassen.«

»Der steht doch gleich unten in der Garage.«

»Ja, ich weiß, aber mein Bein macht mir zu schaffen.«

»Was ist denn mit Ihrem Bein?«

»Die Gicht. *Holen Sie den Wagen.*«

»Natürlich.« Er beugte sich dicht zu Hanrahan und flüsterte: »Ich glaub' ihr die Geschichte nicht, Mac.«

Ein richtiger kleiner Sherlock Holmes, dachte Hanrahan und seufzte. Als der Mann gegangen war, stand Hanrahan auf und ging hinaus in den Dienstraum vor seinem Büro. Von dort rief er Commissioner Johnson an.

»Cal«, sagte er. »Ich glaube, jetzt tut sich was im Fall Tunney. Ich hab' da eine Dame in meinem Büro, die was zu erzählen hat.«

»Worum geht es?«

»Später. Jetzt brauche ich erst einmal einen Anwalt. Vorher will ich keine weiteren Fragen stellen.«

»Wen verhören Sie denn?«

Hanrahan gab ihm eine kurze Schilderung von Betty Rodriguez. Johnson sagte, er würde spätestens in fünfzehn Minuten jemanden schicken.

»Können Sie noch ein paar Minuten warten?« fragte Hanrahan Betty Rodriguez, als er wieder ins Büro trat.

»Ich muß zur Arbeit.«

»Rufen Sie an. Hier ist mein Telefon.«

»Ich möchte meine Stellung nicht verlieren. Ich hab' erst vor zwei Wochen angefangen.«

»Man wird sicher Verständnis für Ihre Situation haben.«

Eine Viertelstunde später traf ein junger, kleiner, pummeliger Rechtsanwalt von der Rechtshilfe ein. Er wurde Betty vorgestellt, die darauf sagte: »Ich brauche keinen Anwalt. Ich habe nichts getan.«

»Das weiß ich, und das glaube ich Ihnen«, erwiderte Hanrahan, »aber es ist für alle Beteiligten besser, wenn einer hier ist.«

Er wollte keinesfalls eine mögliche Spur wegen einer rechtlichen Formalität aufs Spiel setzen. Es wäre nicht das erste Mal gewesen...

Der Anwalt hieß Michael Petrella.

»Nehmen Sie ein Brötchen und eine Tasse Kaffee, Mr. Petrella«, sagte Hanrahan und wandte sich wieder Betty Rodriguez zu. »Machen wir weiter, Miss –.«

»Nein. Ich bin zu Ihnen gekommen, weil ich nicht wollte, daß Carlos Schwierigkeiten bekommt. Er ist bisher noch nie in Schwierigkeiten gewesen. Er hat das Ding da nicht gestohlen.«

Sie wies mit so ablehnender Geste auf die Medaille, die vor ihr auf dem Schreibtisch lag, als handle es sich um einen bösen Talisman.

»Ich sagte Ihnen doch, daß ich Ihnen glaube –.«

»Soll sie unter Anklage gestellt werden?« fragte Petrella mit vollem Mund.

»Nein«, antwortete Hanrahan. »Versuchen Sie, Alfred Throckly im Museum zu erreichen«, sagte er zu dem verbleibenden Kriminalbeamten, »und verbinden Sie mich mit ihm.«

»Wissen Sie die Nummer?«

»Lieber Himmel!« Hanrahan suchte Throcklys Nummer aus den Akten heraus und wählte selbst.

»Ich wollte Sie gerade anrufen, Captain«, sagte Throckly, der Chloe zum Trotz beschlossen hatte, die Polizei zu unterrichten. Schließlich mußte er ja auch an seinen Ruf denken. »Hier ist nämlich heute morgen etwas Unglaubliches geschehen –.«

»In bezug auf Tunney?«

»Ja. Ein Mann kam zu mir ins Büro und erklärte, er wüßte, wo die Harsa ist. Er wollte eine Belohnung. Ich fuhr mit ihm zu seiner Wohnung, aber die Medaille war nicht da. Er behauptet –«

»– daß seine Frau sie genommen hat.«

Gott sei Dank, dachte Throckly, daß er die Geschichte freiwillig erzählt hatte.

»Woher wissen Sie das?«

»Sie sitzt hier bei mir. Mit der Medaille. Wo ist Mr. Montenez?«

»In seiner Wohnung, nehme ich an.«

»Wann waren Sie bei ihm?«

»Vor ungefähr zwanzig Minuten.«

»Wo wohnt er?«

Throckly gab ihm die Adresse.

»Sie hätten mich anrufen sollen, Mr. Throckly.«
»Ja – das sehe ich jetzt auch – aber seine Geschichte schien so weit hergeholt, daß wir fürchteten, uns lächerlich zu machen.«
»Bleiben Sie in der Nähe des Telefons.«
Hanrahan legte auf und wies den Kriminalbeamten an, mit ein paar Leuten zu Montenez zu fahren.
»Wollen Sie ihn verhaften?« fragte Betty Rodriguez.
»Nein. Er soll verhört werden.«
»Er hat die Medaille gefunden. Ich kann es beschwören.«
»Sicher. Besitzt Ihr Mann eine Waffe?«
Sie schüttelte den Kopf.
»Er hat nie einem Menschen etwas zuleide getan.«
»Bringen Sie ihn her«, sagte Hanrahan zu dem Beamten. »Aber springen Sie nicht so hart mit ihm um.«

»Kaffee, Mr. Montenez?« fragte Hanrahan.
»Nein, keinen Kaffee.« Montenez saß neben Betty Rodriguez. Sie hatte ihre Hand auf die seine gelegt.
»Das ist Mr. Petrella, Mr. Montenez. Er soll Sie hier anwaltschaftlich vertreten.«
»Ich brauche keinen Rechtsanwalt. Ich habe nichts getan.«
»Okay, aber wir möchten doch gern von Ihnen hören, was heute morgen eigentlich geschehen ist. Das könnte uns eine Hilfe sein, und Ihnen vielleicht auch.«
Er fragte den Beamten, ob Montenez auf seine Bürgerrechte hingewiesen worden war. Der Beamte bejahte. Hanrahan sah zuerst den Stenographen an, dann Montenez.
»Unsere Beamten haben Sie auf Ihre Bürgerrechte hingewiesen, Mr. Montenez, als sie zu Ihnen in die Wohnung kamen?«
»Si.«
Petrella, der bisher auf der Kante des Tisches gehockt hatte, wo die Brötchen und der Kaffee standen, erhob sich endlich.
»Mr. Montenez, Sie brauchen keinerlei Fragen zu beantworten, wenn Sie das nicht möchten. Wollen Sie ihn unter Anklage stellen« fragte er Hanrahan.
»Vielleicht.«
»Mit welcher Begründung?«
»Besitz gestohlener Ware, vielleicht auch Erpressung. Je nachdem, was wir hier herauskriegen, nehme ich ihn vielleicht auch als wichtigen Zeugen fest.«

»In meiner Eigenschaft als Ihr Anwalt sage ich Ihnen noch einmal, Mr. Montenez, daß Sie nicht verpflichtet sind, irgendwelche Fragen zu beantworten.«

»Okay, Mr. Montenez«, sagte Hanrahan, »bitte berichten Sie mir jetzt so genau wie möglich, wie Sie diese Medaille gefunden haben, was Sie danach mit ihr taten und was Sie heute morgen mit ihr tun wollten.«

Nachdem Montenez zum Ende seines Berichts gekommen war, sagte Hanrahan: »Sie behaupten also, daß Sie keine Ahnung davon hatten, daß die Medaille gestohlen worden war und einen hohen Wert hatte, als Sie sie im Müll fanden?«

»*Si,* das stimmt.«

»Das war in derselben Nacht, in der Dr. Lewis Tunney ermordet wurde. Aber davon wußten Sie auch nichts?«

»Doch, davon wußte ich. Die Polizei war in die Küche gekommen und hatte mich vernommen, genau wie die anderen. Aber von der Medaille wußte ich nichts.«

»Fanden Sie es nicht seltsam, daß ein so wertvolles Stück mit Diamanten und Rubinen in einer Mülltonne lag?«

»Doch, schon...«

»Ich hab' ihm am nächsten Tag gesagt, daß es in der Zeitung steht«, warf Betty Rodriguez ein, »und hab' gesagt, er soll sie gleich zurückgeben.«

»Warum haben Sie das nicht getan, Mr. Montenez?«

»Ich wollte eine Belohnung haben. Ist da vielleicht was dabei?«

»Und die Leute im Museum besorgten heute morgen das Geld für Sie und fuhren mit Ihnen nach Hause, um die Medaille zu holen?«

»*Si.*«

»Wer außer Mr. Throckly fuhr noch mit Ihnen?«

»Ich weiß die Namen nicht.«

Hanrahan lehnte sich in seinem Sessel zurück und rieb sich die Augen.

»Mr. Montenez, es kann sein, daß Sie die Wahrheit sagen, aber ich muß mich vergewissern.« Zu Petrella: »Wir behalten Mr. Montenez als wichtigen Zeugen und wegen Besitzes gestohlener Ware hier und –.«

Joe Pearl kam herein.

»Mr. Throckly vom Museum ist hier, Mac. In meinem Büro.«

»Gut. Ich möchte mit ihm sprechen. Entschuldigen Sie mich.«

Als Hanrahan und Pearl gingen, wurde Montenez abgeführt.

»Captain Hanrahan«, sagte Throckly. Er stand auf und bot Hanrahan beinahe überschwenglich die Hand. »Welch freudige Nachricht. Die Harsa ist hier? Sicher und unversehrt?«

»Ganz recht, Mr. Throckly. Ihnen und Ihren Mitarbeitern ist das sicher nicht zu verdanken, wenn ich das einmal sagen darf. Wer hat Sie auf dem kleinen Ausflug zu Montenez begleitet?«

Throckly zögerte.

»Wer, Mr. Throckly?«

»Miss Prentwhistle und Mr. Saunders.«

»Und keiner von Ihnen hielt es für nötig, die Polizei zu benachrichtigen?«

»Bitte, Captain Hanrahan, versuchen Sie zu verstehen –.«

»Aber das tue ich ja, Mr. Throckly. Glauben Sie mir, ich verstehe durchaus –.« Er schüttelte angewidert den Kopf.

Throckly seufzte und preßte die Lippen aufeinander.

»Könnte ich die Medaille sehen, Captain?«

»Sie ist auf dem Weg ins Labor.«

»Ins Labor?«

»Zur Untersuchung und zur Sicherung von Fingerabdrücken.«

»Wann können wir sie zurückhaben?«

»Wenn dieser Fall geklärt ist.«

»Aber wir brauchen Sie früher. Sie ist der Mittelpunkt der ganzen Ausstellung –.«

»Vergessen Sie's.«

»Kann ich sie wenigstens sehen?«

»Vielleicht in ein paar Tagen.«

»Das ist von höchster Bedeutung, Captain. Wir müssen feststellen, ob es wirklich die echte Harsa ist –.«

»Das will ich doch hoffen, Mr. Throckly, sonst hätten wir uns alle sauber blamiert. Ich möchte gern mit Miss Prentwhistle und Mr. Saunders sprechen.«

»Oh? Wann?«

»Heute nachmittag. Bitte richten Sie es so ein, daß Sie drei heute nachmittag um fünfzehn Uhr im Museum sind.«

Um eins wimmelte es im Präsidium bereits von Journalisten und Reportern. Radio und Fernsehen meldeten eine wichtige neue Entwicklung im Mordfall Tunney und bezeichneten den armen Carlos Montenez sogar als einen Hauptverdächtigen.

Um drei verhörten Hanrahan und Joe Pearl Chloe Prentwhistle, Ford Saunders und Alfred Throckly. Sie erzählten alle drei das gleiche. Sie waren sich darin einig, daß sie in ihrer Aufregung über die mögliche Wiederbeschaffung der Harsa unüberlegt gehandelt hatten.

»Ich glaube, sie sagen die Wahrheit, Mac«, meinte Pearl, als sie ins Präsidium zurückfuhren.

»Wahrscheinlich haben Sie recht, Joe«, erwiderte Hanrahan. »Verdammter Mist.«

Um vier kam Calvin Johnson zu Hanrahan ins Büro.

»Der Richter hat es abgelehnt, Montenez auf Kaution freizulassen«, berichtete er.

»Warum?«

»Weil er ein wichtiger Zeuge ist. Ich finde, er hat recht. Es wäre mir höchst unsympathisch, wenn Montenez uns durch die Lappen ginge –.«

»Er hat Tunney nicht umgebracht. Ich glaube nicht einmal daran, daß er irgend etwas gestohlen hat. Er ist nur ein armes Schwein –.«

»Besser irgendeinen Verdächtigen als keinen. Wenigstens für ein paar Tage. Da läßt der Druck etwas nach, und ihn bringt es nicht um.« Er deutete Hanrahans Miene richtig. »Es wird auch den Druck vermindern, dem Sie ausgesetzt sind, Mac.«

»Was kann ich sonst noch für Sie tun, Cal?«

»Zweierlei. Erstens, ich habe eben mit dem Vizepräsidenten telefoniert. Er möchte, daß die Harsa an das Museum zurückgegeben wird, damit sie wieder ausgestellt werden kann.«

»Ausgeschlossen, wir können doch nicht –.«

»Nichts ist ausgeschlossen, wenn der Vizepräsident es wünscht. Der vierte Juli steht vor der Tür, und Oxenhauer möchte, daß im Smithsonian bis dahin alles wieder seinen normalen Gang geht. Ich wüßte nicht, warum wir sie nicht zurückgeben sollten, sobald das Labor mit ihr fertig ist. Dort ist sie wahrscheinlich sicherer als hier. Sorgen Sie nur dafür, daß die Bewachung verstärkt wird. Was haben Sie übrigens heute abend vor, Mac? Julia kocht etwas Besonderes, und wir dachten, Sie würden gern einmal Hausmannskost essen.«

»Was glauben Sie denn, was ich jeden Abend esse?«

»Ich weiß ja, Mac, Sie sind ein ausgezeichneter Koch. Aber Sie waren schon lange nicht mehr bei uns. Wir würden uns freuen, wenn Sie kämen.«

»Danke, Cal, aber ich wollte eigentlich früh zu Bett. Ein andermal, ja?«

»Natürlich. Lassen Sie sich das mit der Harsa durch den Kopf gehen, Mac. Ich melde mich morgen bei Ihnen.«

»Okay. Was wollen Sie übrigens den Presseleuten erzählen, wenn die fragen, warum die Juwelendiebe sich erst die Mühe machten, eine wertvolle Medaille aus einem großen Museum zu stehlen, um sie dann in den Müll zu werfen?«

Johnson lachte und klopfte ihm kräftig auf den Rücken.

»Da antworte ich so, wie wir auf solche Fragen immer antworten, Mac: nämlich gar nicht. Wir wissen nur, daß dank gewissenhafter und scharfsinniger Kleinarbeit der Polizei ein entscheidender Fortschritt im Fall Tunney erzielt werden konnte.«

Hanrahan zeigte keine lächelnde Anerkennung über diese Art polizeilicher Öffentlichkeitsarbeit.

Zehn Minuten später erhielt Hanrahan einen Anruf von Heather McBean.

»Ist es wahr?« fragte sie. »Das mit der Harsa?«

»Ja.«

»Das ist ja wunderbar. Aber was bedeutet das – ich meine, in bezug auf den Tod von Lewis?«

»Schwer zu sagen.«

»Können wir uns nicht treffen? Ich möchte das gern ganz genau hören. Darf ich die Harsa sehen?«

»Nein, vorläufig nicht. Jedenfalls nicht in den nächsten Tagen. Treffen – hm, passen Sie auf, ich wollte eigentlich einen ruhigen Abend allein verbringen, mit gutem Essen und einem Glas Wein. Wenn Ihnen das zusagt, sind Sie eingeladen. Essen Sie gern Huhn?«

»Huhn? Wieso? Gibt es in Washington ein Restaurant, das sich auf Hühnergerichte spezialisiert?«

»Ja, der Koch bin ich. In aller Bescheidenheit, Miss McBean, es gibt in ganz Washington keine bessere Küche als die meine zu Hause. Wissen Sie, wenn die Dinge ein bißchen schwierig werden, so wie jetzt, dann koche ich. Das entspannt mich, macht mir Spaß, gibt mir die Illusion, jemand zu sein, der ich gar nicht bin, und führt meinem armen Polizistenmagen eine ordentliche Mahlzeit zu. Glauben Sie mir, ich bin kein alternder Lüstling, der hübsche Schottenmädchen verführt. Ich bin ein Bulle, der gern kocht. Also, was sagen Sie?«

War es ihm wirklich ernst mit all diesen Beteuerungen?
»Vielen Dank, ich komme gern.«
»Gut, dann hole ich Sie um sieben im Hotel ab.«
Das Hauptgericht dieses Abends, beschloß Hanrahan, würde Huhn mit Dill sein. Was er Heather erzählt hatte, stimmte zumindest teilweise. Er kochte wirklich gern, hatte Kurse an einigen sehr guten Kochschulen genommen und konnte in seiner Kocherei so aufgehen wie andere in einem Buch oder einem Film, auf Reisen oder in Museen. Auf dem Heimweg besorgte er Hühnerbrüste, frischen Dill und Petersilien, Schalotten und kleine Gartentomaten. Alle restlichen Zutaten hatte er zu Hause – Sahne, Mayonnaise, Salz, weißen Pfeffer. Er stellte alles in der Küche bereit, duschte und machte sich auf die Fahrt zum Madison.
Erst als er vor dem Hotel anhielt, kamen ihm die ersten leisen Zweifel. Sie war Engländerin, und alle Welt wußte, daß die Engländer nicht gerade Feinschmecker waren. Sie war ein entzückendes junges Ding, und er hatte sie gern, aber – nun, unter den vielen Dingen im Leben, die er nicht ausstehen konnte, standen an erster Stelle Ärzte, Rechtsanwälte, Politiker, Frauen, die unentwegt von der sexuellen Freiheit redeten, und Leute mit unsensiblem Gaumen, vor allem diese.

Kapitel 12

Constantin Kazakis stand bei F. Scott's an der Art-Deco-Bar in Schwarz und Chrom und trank einen *Buck's Dream – Kahlúa* und *Chambord* mit Vanilleeis. Er kannte die attraktive junge Orientalin, die neben ihm stand. Sie war in Begleitung eines gutangezogenen jungen Mannes und sagte gerade: ».... steh' ich echt auf Liebe und Romantik. Hast du neulich den Artikel im *Esquire* gelesen, über den Tod des Sex? Der traf voll ins Schwarze. Die sexuelle Befreiung hat die Liebe und die Romantik kaputtgemacht.«
Kazakis mußte lächeln. Drei Monate zuvor hatte sie, nachdem sie einander in der Bar kennengelernt hatten und dann in seine Wohnung gefahren waren, aus einer anderen Zeitschrift zitiert, in der es hieß, die Liebe wäre fade und abgeschmackt, und hatte ihm versichert, sie wäre voll auf dem Body-Trip. Was sie wohl in drei Monaten ihrer nächsten Bekanntschaft erzählen würde...?

In diesem Moment bemerkte er Janis Dewey, die eben zur Tür hereinkam. Sie blickte sich um, sah ihn und drängte sich an den tanzenden Paaren vorbei, die sich durch eine alte Sinatra-Platte quälten. Sie küßte ihn auf die Wange, lehnte sich mit dem Rücken an die Theke und schloß die Augen.

Kazakis legte seine Hand auf ihren Arm.

»Anstrengender Tag?«

Sie öffnete die Augen und lächelte. »Ja, sehr. Und wie war's bei dir?«

»Wie jeder andere Tag in Präsident Washingtons Gegenstück zu Disneyland. Hast du die Berichte über den *Hope* gelesen? Er ist neu gewogen worden.«

»Ja. Ich habe deinen Namen vermißt.«

Er lachte. »Ich bin die lautlose Kraft hinter den Kulissen. Was möchtest du trinken?«

»Weißwein. Essen wir etwas? Ich vergehe fast vor Hunger.«

»Ja, das hatte ich eigentlich vor.«

»Hier?«

»Warum nicht?«

»Weil ich mir hier immer wie eine Statistin aus einem Busby-Berkeley-Film vorkomme.«

»Ah, du schwärmst immer noch für alte Filme?«

»Sie gefallen mir eben. Die neuen finde ich enttäuschend.« Sie nahm ihren Wein von der Theke, kostete und schnitt ein Gesicht. »Typischer Kneipenwein.«

»Der Taittinger Blanc de Blanc ist uns leider ausgegangen ...«

»Entschuldige, Connie«, sagte sie. »Ich bin nervös.«

»Wegen neulich abend?«

»Unter anderem.«

»Mir hat's Spaß gemacht, die alternden Mäzene des Smithsonian an ihren Stöcken herumhumpeln zu sehen.«

»Tatsächlich? Nein, streite es nicht ab. Natürlich hat's dir Spaß gemacht.«

»Sie haben aber auch wirklich ihre amüsanten Seiten.«

»Sie haben auch andere Seiten, die alles andere als amüsant sind. Amüsant – das ist ein Wort, das ich hasse. Es ist mir zu hinterhältig. Unecht.«

»Verzeiht, Hüterin der Sprache und alles Reinen. Hör mal, Janis, wenn du lieber nach Hause möchtest, suche ich mir für heute abend einen anderen Zeitvertreib.«

»Das wäre vielleicht das Gescheiteste. Ich bin nicht der Typ von Frau, mit dem du sonst deine Abende verbringst.«

»*Ich* habe die Verabredung nicht getroffen, Janis. Du hast mich angerufen, weißt du noch? Du schlugst vor, wir sollten uns treffen und miteinander reden. Erinnerst du dich?«

»Suchen wir uns einen Tisch.«

Er bestellte Tatar, sie nahm Agnolotti in Sahnesauce. Sie sprachen wenig, während sie auf das Essen warteten. Nachdem es gebracht worden war, sagte Constantin Kazakis: »Ich habe den Eindruck, die kühle und immer gelassene Miss Dewey ist am Rande eines Zusammenbruchs.«

»Mach dich nicht lächerlich.«

»Was macht dir zu schaffen, Janis? Es war doch ein nettes Zusammensein bei Walter. Die Pâté war gut, der Wein von gehobener Qualität und die Konversation – nun, die Konversation war wie immer, ein Gespräch unter Insidern und –.«

»Du weißt genau, daß mir das übliche Blabla nichts ausmacht, Connie. Walter und Chloe machten einige Bemerkungen, die mich beunruhigt haben.«

»Zum Beispiel?«

»Muß ich sie wirklich wiederholen? Sie gingen dich genauso an.«

»Wir beide sehen diese Sache völlig unterschiedlich, das ist der ganze Witz. Reg dich ab, es geht vorbei.«

Sie drückte die Augen zu und preßte die Lippen aufeinander. Er griff über den kleinen Tisch und nahm ihre Hand.

»Ruhig, Janis, du machst hier wirklich aus einer Mücke einen Elefanten.«

Das Bewußtsein ihrer Schönheit traf ihn plötzlich wie ein Schlag – milchige Haut, volles kastanienbraunes Haar mit einem rötlichen Schimmer, das ihr über den Rücken herabhing, üppige rote Lippen und große grünliche Augen, ein hochgewachsener, geschmeidiger Körper mit vollen Brüsten.

Sie öffnete die Augen und entzog ihm ihre Hand.

»Ich habe Angst, Connie, und ich glaube, ich habe Grund dazu.«

»Menschen, die Angst haben, machen Fehler. Wir brauchen nur keine Fehler zu machen, und bald kräht kein Hahn mehr danach... Iß deine Nudeln, sonst werden sie kalt.« Er schwieg einen Moment. »Schau, Janis, du hast doch gewußt, worauf du dich da eingelassen hast, und ich wußte es auch. Manchmal werden schöne simple Dinge plötzlich kompliziert. Der Schlüssel, mit solchen Komplikationen fertigzuwerden, ist, wieder aufs Grundlegende zurückzukommen. Das sagte Walter auch. Erinnerst du dich? Gott, du solltest dich sehen. Du siehst aus, als wärst du einem Gespenst begegnet. Beruhige dich doch, reiß dich zusammen, und irgendwann ist alles vorbei.«

»Ich gehe vielleicht weg.«

»Vom Museum?«

»Ja.«

»Nicht gut. Das fordert höchstens Fragen heraus. – Möchtest du deine Nudeln aufgewärmt haben?«

»Nein. Ich möchte nach Hause. Sei mir nicht böse, Connie.«

Nachdem Janis gegangen war, kehrte Kazakis an die Bar zurück. Die junge Orientalin war jetzt allein.

»Hallo«, sagte er.

»Hallo.«

»Verzeihung, dein Name ist –.«

»Tina. Und du hast so einen komischen griechischen Namen. Connie, stimmt's?«

»Stimmt. Wo ist denn dein Bekannter abgeblieben?«

»Das war mein Chef. Der ist heim zur Mama. Und was ist aus deiner Freundin geworden?«

»Heim in die Heia. Hast du schon gegessen?«

»Nein.«

»Hast du Lust?«

»Hab' ich dich nicht vorhin essen sehen?«

»Ich hab' nur geknabbert. Komm, verschwinden wir hier. Ich hab' Lust auf was Chinesisches.«

Er sagte es, ohne eine Miene zu verziehen.

Kapitel 13

Hanrahan stand im großen Besprechungsraum des Polizeipräsidiums vor einem Dutzend Journalisten und las eine Erklärung vor, die Commissioner Johnson, der neben ihm stand, vorbereitet hatte.

»Ein Team von Fachleuten vom Smithsonian hat die Medaille

begutachtet, die vor kurzem von der Polizei sichergestellt wurde. Es war angenommen worden, daß es sich bei der Medaille, die unter dem Namen Legion von Harsa bekannt ist, um die handelt, die in der Nacht der Ermordung von Dr. Lewis Tunney aus dem Museum für Amerikanische Geschichte gestohlen wurde. Die Experten vom Smithsonian haben festgestellt, daß es sich bei der sichergestellten Medaille tatsächlich um dieselbe Medaille handelt. Die Legion von Harsa wurde dem Museum für Amerikanische Geschichte zur weiteren öffentlichen Besichtigung zurückgegeben. Die erkennungsdienstliche Untersuchung der Medaille hat jedoch keine Ergebnisse gezeitigt, die für den Fall Tunney von Relevanz sind. Dennoch betrachten wir die Wiederauffindung der Legion von Harsa als einen bedeutsamen Fortschritt im Rahmen unserer Ermittlungsarbeit. Der Mann, der die Legion von Harsa an sich genommen hatte, ein gewisser Carlos Montenez, wurde wegen Besitzes gestohlener Waren unter Anklage gestellt. Er ist derzeit auf Kaution frei. Er gilt uns als wichtiger Zeuge im Fall Tunney, in dem weiter ermittelt wird.«

Er fügte nicht hinzu, daß er Montenez rund um die Uhr überwachen ließ. Was sonst blieb ihm übrig? Aus den Reihen der Journalisten wurden Fragen laut. Hanrahan hob die Hand.

»Tut mir leid, ich kann im Augenblick keine weiteren Kommentare abgeben.« Er sah Johnson an, und der nickte. »Der Commissioner nimmt Ihre Fragen entgegen.«

Danach drängte sich Hanrahan zum Korridor durch und winkte Joe Pearl, ihm zu folgen. Sie fuhren zur Souterrain-Garage hinunter, wo Hanrahans Wagen stand.

»Joe«, sagte Hanrahan, »ich möchte jemanden ins Museum einschleusen.«

»In welcher Eigenschaft.«

»Eigenschaft? Ach, Sie meinen, in welcher Verkleidung – am besten jemanden, der in die Küche paßt.«

»Da läßt sich vielleicht mit dem Küchenchef etwas arrangieren –.«

»Nein, ich traue keinem da drüben über den Weg.«

»Dann wird's schwierig werden.«

»Dann müssen eben ein paar Leute Touristen spielen. In wechselnden Schichten, wohlgemerkt. Sie sollen die Harsa-Ausstellung im Auge behalten.«

»Okay, Mac. Wohin fahren Sie jetzt?«

»Ins Museum. Ich möchte mir diese Medaille noch einmal ansehen.«

Pearl lächelte. »Wenn der Fall sich noch weiter in die Länge zieht, werden Sie noch ein hochgebildeter Mensch, Mac.«

Eine Menge Leute drängte sich vor dem Eingang zur Harsa-Cincinnati-Ausstellung. Hanrahan reihte sich geduldig in die Schlange ein und hörte sich die Kommentare rundherum an. Der Diebstahl der Harsa und ihr Wiederbeschaffen hatten sich aufs Geschäft günstig ausgewirkt. Beinahe jeder, den er belauschte, redete nur davon. Eine matronenhafte Frau sagte zu ihrem Mann: »Ich habe gehört, daß ein Fluch auf ihr liegt, genau wie auf dem *Hope*-Diamanten. Darum wurde dieser Mann umgebracht.« Ein junger Mann in Jeans und Sandalen mit einem T-Shirt, auf dem stand ›Keine Atomwaffen‹, meinte zu seiner Freundin: »Vielleicht stanken Thomas Jefferson die Zustände im Land, und er kam wieder ins Leben zurück.« Sie fand das »total irre«.

Schließlich gelangte auch Hanrahan vor den Schaukasten, wo die beiden Medaillen funkelnd hinter Glas lagen. Er sah genau hin und bemerkte einen feinen Draht mit einem Druckpunkt an der rechten unteren Ecke der Harsa-Scheibe. Er war sehr froh darüber. Die Vitrine war jetzt endlich, wie sie das von Anfang an hätte sein sollen, durch eine elektronische Alarmanlage gesichert.

Ein Museumswächter stand etwa zwei Meter entfernt und beobachtete die Besuchermenge. Hanrahan mußte unwillkürlich an den Smithson Bomber denken und überlegte sich, daß der in diesem Augenblick neben ihm stehen könnte. Die Tatsache, daß der Harsa soviel Aufmerksamkeit galt, würde vielleicht das Interesse des Bombers wecken, ihn möglicherweise sogar veranlassen, seinen nächsten Drohbrief hier zu hinterlegen. Hanrahan war froh, dafür gesorgt zu haben, daß seine Leute die Dinge im Auge behielten.

Er schlenderte hinüber zu dem Geländer, über das Tunney in die Tiefe gestürzt war. Er blickte hinunter. Das Pendel schwang langsam hin und her. Eine große Anzahl von Leuten drängte sich am Geländer im Erdgeschoß und wartete darauf, daß der nächste rote Klotz umgestoßen würde.

Hanrahan dachte an den Abend, an dem Tunney getötet worden war und an dem er unter Führung eines Wächters noch einen Rundgang durch das verdunkelte Museum gemacht hatte. Er sah zu dem Torbogen hinüber, der ins ›First-Ladie-Kabinett‹ führte, ging hindurch und wanderte weiter, bis er vor dem Salon stand, den er an jenem Abend bewundert hatte. Eine ganze Weile starrte er angestrengt durch das Glas.

»Verdammt...«

Er machte sich auf die Suche nach Chloe Prentwhistles Büro. Ihre Sekretärin, jung, blond und beinahe hübsch, deutete mit dem Kopf auf eine geschlossene Tür und erklärte, Miss Prentwhistle wäre in einer Besprechung.

»Möchten Sie vielleicht mit Mr. Saunders sprechen? Er ist Miss Prentwhistles Assistent.«

Hanrahan nickte. Ein paar Minuten später trat Ford Saunders ins Vorzimmer, ein eleganter junger Mann im königsblauen Samtjackett mit grauer Hose, dazu schwarze Gucci-Slippers, ein weißes Seidenhemd, das am Hals offenstand und ein scharlachrotes Halstuch.

»Captain Mac Hanrahan von der Kriminalpolizei«, stellte sich Hanrahan vor und zeigte seine Dienstmarke.

Dieser Bursche soll Kultur haben? ging es Hanrahan durch den Kopf. Ein verdammter Geck ist er.

»Was kann ich für Sie tun, Captain?«

»Mr. Saunders, ich bin etwas verwirrt. Es handelt sich um einen der Ausstellungsräume im Kabinett der First Ladies.«

»Was gibt es denn da?«

Hanrahan warf einen Blick auf die Sekretärin, die begierig jedes Wort aufnahm.

»Können wir uns vielleicht unter vier Augen miteinander unterhalten?«

Saunders' Büro war – nicht überraschend – eine wahre Symphonie antiken Charmes. Der Schreibtisch bestand aus einem graziösen Mahagonitisch von 1810 mit zierlichen, sich nach unten verjüngenden Beinen. An einer Wand stand ein Queen-Anne-Sekretär, etwa 1730. Holz und Messingbeschläge waren auf Hochglanz poliert. Alte Stiche in Messingrahmen schmückten die Wände. Der Schreibtisch war nackt und leer, nicht einmal ein Fingerabdruck verunglimpfte seine Platte.

Hanrahan äußerte unverhohlen seine Bewunderung für den Schreibtisch.

»Das ist ein kleines Sonderrecht, das man genießt, wenn man in einem Museum arbeitet«, erklärte Saunders. »Wir haben so viele

Stücke, die nicht ausgestellt werden, daß wir sie ausleihen können, um unsere Büros damit einzurichten. Bitte, nehmen Sie Platz.« Er wies auf zwei Chippendalesessel aus Kirschholz. Hanrahan setzte sich. Saunders blieb hinter seinem Schreibtisch stehen. »Nun, Captain, was hat Sie im Kabinett der First Ladies verwirrt?«

»Die Zahl der Puppen in einem der Ausstellungsräume, Mr. Saunders.«

Saunders zog die Brauen hoch.

»Ich kann Ihnen nicht folgen.«

»Heute zählte ich sieben, Mr. Saunders. Aber in der Mordnacht zählte ich acht.«

»Sehr mysteriös«, meinte Saunders. Er stützte einen Ellbogen auf und berührte mit der erhobenen Hand seinen Mund.

Saunders' Gehabe ärgerte Hanrahan, doch er sagte nichts.

»Ist es möglich«, hakte er nach, »daß in der Nacht, als Dr. Tunney ermordet wurde, tatsächlich acht Puppen in dem Raum standen?«

»Nein, Captain, keinesfalls. Verzeihen Sie, aber in diesem Raum stehen seit Jahren nur sieben ›Erste Damen‹. Es sei denn, eine von ihnen hatte in der fraglichen Nacht Besuch und sagte uns nichts davon.« Er lachte. »Sie müssen sich getäuscht haben. Es tut mir leid –.«

»Möglich... Es wäre nicht das erste Mal, daß ich mich irre. Trotzdem...«

»Haben Sie sie denn tatsächlich gezählt? Verzeihen Sie nochmals, Captain, aber ich habe bisher noch nie gehört, daß jemand die Puppen allen Ernstes gezählt hätte.«

»Aber jetzt haben Sie es gehört.«

Dennoch mußte er zugeben, daß Saunders recht haben konnte. Und doch – jahrelange Erfahrung hatte ihn gelehrt, aufs Detail zu achten. Es lag ihm förmlich im Blut.

»Ich wollte nicht –.«

Hanrahan stand auf. »Ich danke Ihnen, Mr. Saunders.«

»Ich muß sagen, ich beneide Sie nicht, Captain.«

»Worum?«

»Daß Sie in diesem – äh, in diesem Heuhaufen gewissermaßen einen Mörder finden müssen. Gibt es schon irgendwelche Spuren?«

»Einige.«

»Rufen Sie mich an, wenn ich Ihnen behilflich sein kann.«

»Natürlich. Auf jeden Fall.« Gott, war der Kerl ihm unsympathisch!

Als er aus Saunders' Büro trat, sah er, daß die Tür zu Chloe Prentwhistles Büro offen war. Und unter der Tür standen Chloe und Heather McBean. Chloe lächelte, ihre Hand liebevoll auf Heathers Schulter.

Hanrahan wartete im Korridor, bis Heather herauskam.

»Hallo«, sagte sie. »Das ist aber eine Überraschung.«

»Ja, nicht wahr? Ich wollte eigentlich zu Miss Prentwhistle. Aber Sie scheinen mir zuvorgekommen zu sein.«

»Ich habe ihr nur die Harsa-Unterlagen gegeben«, erklärte Heather auf dem Weg zum Aufzug, »die ich von England mitgebracht habe.«

Hanrahan blieb wie angewurzelt stehen.

»Was für Unterlagen?«

Sie erzählte ihm, daß sie in den Akten ihres Onkels zusätzliche Unterlagen gefunden hatte.

»Warum haben Sie die nicht mir gegeben? Wo sind sie jetzt?«

Der Aufzug kam, und sie fuhren schweigend ins Erdgeschoß hinunter.

»Ich hatte sie im Hotelsafe«, sagte Heather, als sie aus dem Lift traten.

Er unterließ es, sie darauf aufmerksam zu machen, daß sie nur eine seiner Fragen beantwortet hatte.

»Wohin wollen Sie jetzt?«

»Ich wollte mir die Harsa ansehen. Chloe hat mir einen Sonderausweis gegeben, damit ich nicht anstehen muß.«

»Da komme ich eben her, aber ich begleite Sie noch einmal, wenn es Sie nicht stört.«

Sie warf ihm einen Blick zu.

»So förmlich, Captain? Als Koch gefallen Sie mir besser. Das Essen war übrigens noch köstlicher als angekündigt.«

Er zuckte mit den Achseln, um seine Freude zu verbergen.

Diesmal zeigte Hanrahan am Eingang zur Ausstellung seine Dienstmarke vor. Er und Heather bewunderten die Medaillen. Als sie wieder gingen, fragte er, ob sie Lust auf eine Tasse Kaffe hätte.

»Tee wäre mir ehrlich gesagt lieber.«

Sie suchten sich einen Tisch im Eiscafé, das sich an die Rekonstruktion einer alten Eisfabrik anschloß. Sie bestellte Darjeeling-Tee; er nahm ein Eiskrem-Soda.

»Ich wüßte gern mehr über diese Unterlagen«, bemerkte Hanrahan.

»Da gibt es nicht viel zu berichten. Sie sind im Grunde nicht sehr wichtig, völlig bedeutungslos im Vergleich mit den Dokumenten, die mein Onkel an das Museum geschickt hat, als er die Schenkung machte.«

»Haben Sie sich Kopien angefertigt?«

»Ich wollte es erst tun, aber dann hielt ich es für überflüssig.«

»Wußte jemand an dem Tag, an dem Sie überfallen wurden, daß diese Unterlagen in Ihrem Besitz waren? Das war am selben Tag, als auch Ihr Hotelzimmer durchsucht wurde.«

»Himmel, ich kann mir nicht vorstellen, daß es da einen Zusammenhang gibt. Ich meine, wie ich eben schon sagte, die Unterlagen sind nicht wichtig; sie haben keinen Wert.«

»Aber jemand, der von der Existenz der Papiere wußte, glaubte vielleicht, sie wären von Bedeutung.«

Sie überlegte, ob sie Chloe erwähnen sollte und tat es wiederum nicht. Hanrahan würde sofort alle möglichen Schlüsse ziehen, und sie wollte Chloe nicht in eine unangenehme Lage bringen. Sie hatte schon Sorgen genug und war zu ihr – Heather – ausgesprochen nett gewesen. Mac Hanrahan tat seine Arbeit, und sie respektierte ihn dafür. Ja, sie war ihm sehr dankbar. Sie zogen ja im Grunde beide am gleichen Strang, und wenn er auch gelegentlich den Brummbären herauskehrte, so war er doch ein anständiger Kerl – ein grundanständiger Kerl. Aber sie war erwachsen, und es gab gewisse Dinge, die sie nach eigenem Ermessen entscheiden konnte und wollte.

Sie trank ihren Tee aus.

»Sie können natürlich recht haben, Captain, und ich will Sie gewiß nicht Ihr Handwerk lehren – wenn ich auch manchmal den Verdacht habe, daß Sie es anders sehen«, sagte sie lächelnd, »aber ich glaube nicht, daß Sie recht haben. – Nun, wie dem auch sei, der Tee war köstlich. Und wie ist Ihr Eiskrem-Soda?«

Er sah sie an. Es war schwer, ihr lange böse zu sein.

»Sehr gut. Ein wirklich gutes Eiskrem-Soda ist heute eine Seltenheit.«

Sie traten aus dem Museum auf die Mall hinaus, Arbeiter waren dabei, Tonbühnen und -kabinen für die Eröffnung des alljährlich vom Smithsonian veranstalteten *Festival of American Folk Life* zu errichten, das vom 24. Juni bis zum Wochenende des 4. Juli einschließlich stattfinden sollte. Das diesjährige Fest war eine Huldigung an die Künstler, Musiker und Handwerker der Britischen Inseln und des Staates Arizona. Ein seltsames Gespann, dachte Heather.

»Interessant«, sagte Heather.

»Ja, um diese Zeit ist in Washington immer etwas los.« Hanrahan deutete zum knapp hundertsiebzig Meter hohen Washington Monument hinauf. »Da sollten Sie mal raufsteigen, solange Sie hier sind. Hinauf fährt man im Aufzug, abwärts geht man zu Fuß. Es heißt, bei warmem Wetter sei die Kondensation da drinnen so stark, daß es richtiggehend regnet. Ich kann das allerdings nicht bestätigen. Ich war nämlich im Winter oben.«

»Es ist schön«, sagte sie, und ihre Stimme klang ein wenig brüchig.

»Das höchste Bauwerk in Washington. Tja, ich muß ins Büro zurück. Kann ich Sie irgendwohin mitnehmen?«

»Nein, danke...« In ihren Augen standen Tränen. Hanrahan hätte ihr gern den Arm um die Schultern gelegt, doch er hielt sich zurück. »Entschuldigen Sie - die Tränen überraschen mich immer wieder und - ich weiß, Sie haben Verständnis...«

Sie wandte sich ab, eilte die Treppe hinunter und ging in östlicher Richtung die Mall hinunter.

Hanrahan ging wieder ins Museum und kehrte noch einmal zu Chloe Prentwhistles Büro zurück. Sie wollte gerade gehen, als er kam.

»Ich werde Sie nicht lange aufhalten«, versprach er. Als sie in ihrem Büro waren, sagte er: »Miss McBean hat mir erzählt, daß sie Ihnen verschiedene Unterlagen übergeben hat, die mit der Harsa zu tun haben. Ich würde mir die Papiere gern einmal ansehen.«

Chloe zeigte Verärgerung. »Aber, Captain, wir stehen hier doch wirklich alle auf einer Seite. Manchmal habe ich den Eindruck, daß Sie es anders sehen.« Sie nahm einen Umschlag von ihrem Schreibtisch und reichte ihn dem Captain. Es kostete sie offensichtlich Mühe, mit ihrer Empörung hinter dem Berg zu halten. »Ich habe sie mir eben angesehen. Sie sind ziemlich bedeutungslos, wenn es natürlich auch immer angenehm ist, alles an Unterlagen beisammen zu haben, was zu einer Ausstellung gehört.«

»Kann ich diese Papiere mitnehmen?«

Sie maß ihn mit kühlem Blick.

»Aber bitte. Haben Sie etwas dagegen, wenn ich mir vorher Kopien mache? Es dauert nicht lang. Ich werde sie nicht hinausschmuggeln.« Sie befahl der Sekretärin, Kopien zu machen. »Sonst noch etwas, Captain?«

»Ich merke, daß Sie verärgert sind, Miss Prentwhistle und habe vielleicht sogar ein gewisses Verständnis dafür. In meinem Beruf muß man täglich Dinge tun und sagen, mit denen man sich weiß Gott nicht beliebt macht. Aber wie dem auch sei, ja, es gibt noch etwas...« Und er berichtete ihr von seiner Verwirrung hinsichtlich der Zahl der Puppen im Ausstellungsraum des ›First-Ladies-Kabinetts‹ in der Nacht, als Tunney ermordet worden war.

Sie lachte ein wahrhaft herzliches Lachen.

»Ohne Ihre Beobachtungsgabe schmälern zu wollen, Captain, muß ich Ihnen sagen, daß es in diesem Raum seit dem Tag, an dem Margaret Brown Klapthor die Ausstellung aufgebaut hat, niemals mehr als sieben ›Erste Damen‹ gegeben hat.«

Hanrahan lächelte freundlich, obwohl ihm gar nicht freundlich zumute war.

»Sie haben sicher recht, Miss Prentwhistle. Es hat mich einfach nicht ruhen lassen. Ich habe nämlich sonst einen ziemlich guten Überblick.«

Die Sekretärin kehrte mit den Kopien für Hanrahan zurück. Er verglich sie rasch mit den Originalen, reichte sie Chloe Prentwhistle zurück und verließ das Museum mit einem Gefühl von Frustration und vager Verstimmung.

Kapitel 14

»Wie geht es Ihnen heute morgen?« fragte Hanrahan Heather.

Er hatte sie im Hotel angerufen, und nach dem Klang ihrer Stimme zu urteilen, hatte er sie geweckt.

»Danke, gut...« Sie gähnte. »Ich finde Ihr Fernsehen nicht überragend, aber Nacht für Nacht sitze ich vor dem Kasten, bis ich viereckige Augen habe.«

»Da sind Sie nicht die einzige«, tröstete Hanrahan. »Ich habe übrigens gehört, daß Sie unserer Mrs. Shippee das Leben so schwer gemacht haben, daß sie um Ablösung gebeten hat.«

»Ach, es ist doch wirklich albern. Alles hat sich beruhigt. Wollen Sie das Geld der Steuerzahler unbedingt sinnlos vergeuden?

Außerdem geht es mir wirklich gegen den Strich, wenn sie ständig um mich herum ist – das richtet sich selbstverständlich nicht gegen die Frau persönlich.«

»Nein, das verstehe ich. Nun, mal sehen. Die Entscheidung müssen Sie uns überlassen. Kann ich irgend etwas für Sie tun?«

»Ich glaube nicht. Chloe Prentwhistle hat ein Zusammentreffen mit Vizepräsident Oxenhauer für mich arrangiert. Ich gehe um zwei zu ihm. Ich bin schon ziemlich aufgeregt.«

»Gut. Es würde mich interessieren, was er Ihnen zu sagen hat.«

»Damit Sie sehen können, ob sich Widersprüche zu dem finden lassen, was er Ihnen erzählt hat?«

»Das würde bedeuten, daß ich dem zweithöchsten Staatsdiener meines Landes nicht traue.«

»Trauen Sie ihm denn? Ich dachte, jeder steht unter Verdacht.«

»Rufen Sie mich an, wenn Sie zurück sind.«

»Werd' ich tun.«

Joe Pearl, der in Hanrahans Büro saß, fragte: »Was halten Sie von ihr, Mac?«

Hanrahan legte die Füße auf den Schreibtisch.

»Ich halte sie für eine nette, ehrliche junge Frau. Tunneys Ermordung war ein Schock für sie, aber sie hat ihren eigenen Kopf und ist fest entschlossen, hier auszuharren, bis der Fall geklärt ist. – Und was haben Sie über Ford Saunders rausgekriegt?«

»Nicht sehr viel. Er ist neununddreißig Jahre alt, ledig, war nie verheiratet, hat in anderen Museen gearbeitet, ehe er vor vier Jahren am Smithsonian anfing. Wieso dieses besondere Interesse an ihm?«

»Unter anderem mag ich ihn nicht.«

»Mir hat er auch nicht gefallen, als ich ihn verhörte.«

»Was erzählte er denn?«

»Er hätte sich nicht wohlgefühlt und wäre an dem fraglichen Abend früher gegangen.«

»Ach, er ist früher gegangen? Sie haben ihn in der Mordnacht nicht im Museum vernommen?«

»Nein. Wir stießen bei Durchsicht der Gästeliste auf seinen Namen, stellten fest, daß er nicht dagewesen war, als Tunney ermordet wurde, und riefen ihn am folgenden Tag an.«

»Wo ging er an dem Abend hin?«

Pearl zog ein mit Maschine beschriebenes Blatt aus einer dikken, dunkelroten Akte.

»Er behauptet, er hätte einen Freund in Georgetown besucht, einen gewissen Norman Huffaker.«

»Und?«

»Huffaker hat bestätigt, daß das stimmt. Er sagte, Saunders hätte sich nicht wohlgefühlt und die Nacht im Gästezimmer geschlafen.«

»Wie kommt's mit der Zeit hin?«

»Scheint in Ordnung zu sein. Huffakers Aussage zufolge war er schon etwa eine halbe Stunde vor Tunneys Ermordung bei ihm im Haus.«

»Und was ist dieser Huffaker für einer?«

Pearl beugte sich vor.

»Mac, wissen Sie eigentlich, daß Sie im rechten Schuh ein Loch in der Sohle haben?«

Hanrahan sah sich das Loch an.

»Ich bring' den Schuh zum Schuster«, sagte er.

»Das sollten Sie auch. Das Loch ist fast durch.«

»Ist ja gut, Joe. Also, was ist mit diesem Huffaker? Kann man dem glauben?«

»Scheint okay zu sein. Ein bißchen affig, aber sowas kennt man ja.«

»Was meinen Sie, haben er und Saunders was miteinander?«

»Kann schon sein. Warum?«

»Liebende lügen füreinander. Und das schon seit Jahrhunderten.«

»Wenn sie lügen, dann sind ihre Geschichten gut abgestimmt.«

»Sonst noch etwas über Saunders?«

»Zum Beispiel?«

»Na, rein gefühlsmäßig. Was haben Sie für einen Eindruck?«

»Daß er schwul ist, ein intelligenter Bursche, wahrscheinlich zu ängstlich, um zu lügen. Aber zwischen Saunders und einigen anderen am Museum besteht eine interessante Verbindung. Wir stießen rein zufällig darauf, als wir uns die Personalakten vornahmen.«

Hanrahan rülpste und griff nach dem Fläschchen mit den *Tums.*

»Was für eine Verbindung?« fragte er, während er einige Tabletten in seine Hand schüttete, eine orangefarbene wählte und die anderen wieder in die Flasche gab.

»Saunders hat seine Stellung beim Smithsonian hauptsächlich auf Empfehlung von Walter Jones bekommen.«

»Jones? Ach, ja, der Kunsthändler und Sachverständige. Und was ist daran –.«

»Eine Frau, die an dem Abend auf dem Fest war, bekam ihre Stellung am Smithsonian auch auf Empfehlung von Jones.«

»Wer ist die Frau?«

Pearl warf einen Blick in die Akte.

»Janis Dewey. Sie arbeitet in der Nationalgalerie der Kunst.«

Hanrahan starrte ihn wortlos an.

»Mac, ich halte immer nach Querverbindungen Ausschau. Genauso, wie mir das beigebracht wurde. Jones ist allem Anschein nach dick befreundet mit Chloe Prentwhistle.«

»Wie dick?«

»Ich habe mich ein bißchen umgehört. Jones und Prentwhistle – he, das ist wirklich ein komischer Name – gehen anscheinend schon seit dreißig Jahren miteinander. Mir stieß die Tatsache auf, daß Jones zwar keine offizielle Verbindung zum Smithsonian hat, daß er aber diesen Leuten dort Stellungen verschafft hat.«

»Ein Wohltäter?«

»Wenn Sie meinen…«

»Wer *mir* noch aufgefallen ist, ist einer der Kustoden, die auf dem Fest waren, ein gewisser Kazakis. Er arbeitet in der Edelsteinabteilung des Museums für Naturgeschichte.«

»Ich erinnere mich an den Namen.«

»Früher war er Goldschmied und Edelsteinschleifer. Und *er* hat auch Jones als Referenz angegeben.«

»Interessant.« Pearl stand auf.

»Wohin wollen Sie jetzt?« fragte Hanrahan.

»Wir lassen sämtliche Leute, die auf dem Fest waren, durch den Computer laufen. Mal sehen, was sich da noch für Verbindungen ergeben.«

»Schön, erzählen Sie mir dann, was dabei rausgekommen ist.«

»In Ordnung. Übrigens, Mac, neue Absätze auf Ihren Schuhen wären auch nicht unangebracht.«

»Hinaus mit Ihnen, Joe!«

»Ich hab's nur gut gemeint.«

Am Nachmittag gegen vier erhielt Hanrahan mehrere Anrufe. Der erste kam von seiner geschiedenen Frau Kathy. Sie wollte sich mit ihm zu einem, wie sie es formulierte, ›ernsthaften Gespräch‹ zusammensetzen.

»Hast du Schwierigkeiten?« fragte Hanrahan.

»Aber nein, in meinem Leben haben sich nur in letzter Zeit einige Veränderungen ergeben, über die ich mit dir sprechen wollte.«

»Zum Beispiel?«

»Bitte, Mac, sei nicht so verbittert. Ich möchte nur gern mit dir zusammen etwas essen und ein bißchen reden. Ist das so schlimm?«

»Das kommt darauf an, worüber wir reden. Also gut, wann paßt es dir?«

»Heute abend? Hättest du Lust, dich wieder mal als Kochkünstler zu betätigen?«

»Nein.«

»Dann schlag ein Restaurant vor.«

»Café de Paris.«

»Gehst du da immer noch hin?«

»Ja. Es ist reell, das Essen ist gut, die Preise sind in Ordnung. Um welche Zeit?«

»Sieben?«

»Gut. Bis dann.«

Es folgte ein Moment des Schweigens.

»Mac«, sagte sie dann, »bitte laß den Zorn und die Bitterkeit zu Hause, ja?«

»Ich werde mich bemühen.«

Der nächste Anrufer war Alfred Throckly.

»Sie wollten mich sprechen, Captain?«

»Ja. Ich hätte gern eine Liste der Personen, die die Echtheit der Harsa überprüft haben.«

»Die Liste wurde vorgelegt, ehe uns die Genehmigung gegeben wurde, aufs Präsidium zu kommen und die Medaille zu besichtigen.«

Hanrahan bemühte sich nicht, seinen Ärger zu verbergen.

»Dann geben Sie mir eben die Namen jetzt noch einmal, wenn es Ihnen nichts ausmacht.«

»Einen Augenblick...« Er meldete sich wieder. »Chloe Prentwhistle, Ford Saunders, Constantin Kazakis und ich selbst natürlich.«

»Kein unabhängiger Sachverständiger?«

Throckly ließ eine kleine Pause eintreten.

»Doch«, antwortete er dann, »ein unabhängiger Sachverständiger gehörte auch dazu. Mr. Walter Jones. Es ist üblich, unabhängige Sachverständige zuzuziehen.«

»Sonst noch jemand?«

»Nein.«

»Danke, Mr. Throckly.«

Der dritte Anruf kam von Heather. Ihre Stimme klang aufgeregt.

»... ein ausgesprochen netter Mensch, Ihr Vizepräsident. Ich wußte nicht, daß er und Lewis einander so befreundet waren. Es ging ihm richtig nahe, als wir über ihn sprachen.«

»Doch, ich hatte schon gehört, daß sie gute Freunde waren. Sagte er etwas von der Sache, die Dr. Tunney vor seinem Abflug aus London so beschäftigt hatte?«

»Nein. Er erzählte mir nur, daß er und Lewis kurz miteinander gesprochen und dann verabredet hatten, sich am folgenden Morgen zu treffen. Ach, wenn sie doch Gelegenheit gehabt hätten, ausführlicher miteinander zu sprechen. Vielleicht – vielleicht wäre dann –.«

Aber gerade dazu, dachte Hanrahan, hatten es gewisse Leute nicht kommen lassen wollen.

»Quälen Sie sich nicht, Heather.« Es war das erste Mal, daß er sie so nannte, und es kam ihm so natürlich über die Lippen, daß es keinem von beiden auffiel.

»Verzeihen Sie«, sagte sie, und er hörte ihrer Stimme an, daß sie lächelte. »Wenn ich mit Ihnen spreche, werde ich immer weinerlich. Vizepräsident Oxenhauer hat übrigens versprochen, den ganzen Einfluß seines Amtes dafür einzusetzen, daß der Mord an Lewis aufgeklärt wird. Und als ich ins Hotel zurückkam, erwartete mich eine ganz wunderbare Überraschung.«

»Was denn?«

»Evelyn Killinworth.«

»Wer ist die Dame?«

»Das ist keine Dame. Das ist ein Herr. Dr. Evelyn Killinworth. Ich lernte ihn vor Jahren einmal kennen, als er Professor Emeritus für anglo-amerikanische Geschichte in Oxford war. Evelyn und mein Onkel hatten sich angefreundet – soweit man bei meinem Onkel so etwas überhaupt sagen konnte. Jedenfalls ging Evelyn von Oxford weg, um eine Professur an der Georgetown Universität hier in Washington anzunehmen, und seitdem lebt er hier. Ich hatte mir vorgenommen, ihn anzurufen, war aber bis jetzt nicht dazu gekommen. Er wäre sowieso nicht da gewesen. Er war nämlich einen Monat in Kalifornien, wo er an der Stanford Universität Gastvorlesungen gehalten hat. Aber jetzt ist er zurück und erwartete mich im Hotel, als ich kam.«

»Wie schön«, sagte Hanrahan, den die Nachricht, daß jetzt ein weiteres männliches Wesen auf der Bildfläche aufgetaucht war, aus irgendeinem Grund verstimmte.

»Sie müssen ihn unbedingt kennenlernen. Er hat einen wunderbaren Charme, und ich bin überzeugt, er könnte Ihnen eine Hilfe sein bei –.«

»Ja, sicher, Hilfe kann ich immer gebrauchen. Nehmen Sie es mir nicht übel, aber ich muß jetzt weg. Rufen Sie mich doch morgen an, dann können wir vielleicht ein Zusammentreffen mit diesem Herrn – wie heißt er gleich? – verabreden.«

»Dr. Evelyn Killinworth.«

»Rufen Sie mich an.«

»Ja, das werde ich tun. Und vielen Dank.«

Ehe Hanrahan sich zu der Verabredung mit seiner geschiedenen Frau auf den Weg machte, rief er Joe Pearl in sein Büro, nahm einen dunkelroten Ordner von seinem Schreibtisch und betrachtete ihn mit einer Grimasse.

»Wieso verwenden wir im Fall Tunney dunkelrote Ordner?«

Pearl lächelte. »Wahrscheinlich konnten sie billig eingekauft werden. Warum? Mögen Sie dunkelrot nicht?«

»Darum geht es nicht, Joe. Es sieht einfach lächerlich aus.«

Pearl zuckte die Achseln.

»Mir gefallen sie eigentlich, Mac. Dieses ewige Braun ist auf die Dauer langweilig. Immer das gleiche. Ein bißchen Farbe bringt Abwechslung rein.«

Joe Pearl, ein Mann mit Farbensinn, dachte Hanrahan, als er ging.

»Du siehst gut aus, Kathy.«

»Du auch, Mac. Der Bart gefällt mir.«

»Siehst du die Kinder häufig?«

»Häufiger als vorher. Ich glaube, sie verzeihen mir langsam. – Wie steht es mit dir?«

»Ob ich dir verzeihe?«

»Ja.«

»Nein.«

»Das habe ich bei dir nie verstanden, wo du doch katholisch bist. Eure Religion baut doch auf dem Gedanken der Vergebung auf.«

»Das ist die Religion. Aber wir befinden uns im wirklichen Leben.«

»Das weiß ich. Und das, was mit uns passiert ist, war auch wirkliches Leben.«

Hanrahan griff zur Speisekarte. Er blickte über sie hinweg.

»Was nimmst du?«

»Das gleiche wie immer.«

»Was ist das?«

»Weißt du es nicht mehr?«

»Nein.«

»Gebratenes Fischfilet mit Knoblauch und einen Kuskus-Salat.«

Hanrahan winkte dem Kellner und bestellte.

Sie tranken eine Flasche Weißwein zusammen. Hanrahan blickte über den Tisch hinweg auf die Frau, mit der er zweiundzwanzig Jahre zusammengelebt hatte, die die Mutter ihrer drei Kinder war. Sie sah nicht anders aus als an dem Tag, an dem sie sich getrennt hatten – ganz blauäugige Unschuld mit einem feingeschnittenen, ovalen Gesicht, das von weichem, schwarzem Haar umrahmt wurde. Sie wirkte immer so verdammt verletzlich. Das war unfair. Hanrahan wußte, daß sich unter der Verletzlichkeit ein eiserner Wille verbarg, die Entschlossenheit zu überleben, um jeden Preis.

»Mac«, sagte sie, »ich möchte zurückkommen.«

»Warum?«

»Weil ich nur da hingehöre, zu dir.«

»Vor zwei Jahren warst du anderer Meinung.«

»Da habe ich mich getäuscht. Ich habe einen Fehler gemacht – das passiert einem manchmal.«

»Wem passiert das?«

»Uns – uns Menschen.«

Der Kellner brachte das Essen. Kathy hob ihr Weinglas.

»Auf einen neuen Anfang?«

Hanrahan ließ sein Glas auf dem Tisch stehen.

Sie beugte sich näher zu ihm.

»Bitte, Mac, überleg es dir wenigstens.«

Sie stellte ihr Glas auf den Tisch. Er hob das seine.

»Könnten wir nicht wenigstens darüber sprechen? Es tut mir alles so leid, Mac –.«

»Mir auch. Aber das ist auch alles. – Iß, sonst wird dein Essen kalt.«

Beim Kaffee fragte Hanrahan: »Was ist aus deinem Freund geworden?«

»Bill?«

»Keine Ahnung, wie er hieß.«

»Ich weiß nicht. Wir haben erkannt, daß es keinen Sinn hatte, und deshalb beschlossen, uns wieder zu trennen.«

»Was stimmte denn nicht?«

»Alles.« Sie lachte. »Das Ganze stimmt nicht.«

»Du kamst dir alt vor?«

»Nein, nur albern.«

»Tja, Kathy, ich habe gute Nachricht oder schlechte, je nachdem, wie du es siehst. Ich bin darüber weg. Es dauerte eine Weile, und es war nicht leicht, aber ich hab's geschafft. Jetzt fühle ich mich eigentlich recht wohl als Junggeselle. Ich habe ein ganz angenehmes Leben. Darin gibt es keinen Platz –.«

»Für mich? Oder überhaupt für eine Frau?«

»Nicht für dich, vielleicht für niemanden. Wer weiß.«

Nur flüchtig schoß ihm der Gedanke an Heather durch den Kopf, doch einen Moment lang war sie wirklich dagewesen. Es überraschte und verblüffte ihn.

»Die Statistik besagt, daß wir Männer sofort wieder heiraten, weil wir mit der Wäsche und dem Kochen und diesem ganzen Kram nicht fertigwerden. Ich bin mit solchen Routinedingen immer ganz gut zurechtgekommen. Im Lauf der Monate ist das Alleinsein immer leichter geworden. Das ist vielleicht gefährlich, aber im Augenblick bin ich das, was man zufrieden nennen könnte – einsam manchmal, aber zufrieden.«

Sie berührte seine Hand, er zog sie zurück.

»Mac, es tut mir leid –.«

»Es braucht dir nicht leidzutun. Du hast das getan, was du für dich für richtig hieltest. Das Zusammenleben mit dir wiederaufzunehmen halte ich nicht für richtig für mich. Das hat weder mit Vergebung noch mit Schuld etwas zu tun. Das ist einfach das Leben.«

»Aber vielleicht geht es doch? Vielleicht stellen wir fest, daß wir die schönen Tage doch wiederhaben können?«

»Das ist eine Möglichkeit, bis –.«
»Bis was?«
»Bis der nächste bärtige Hippy daherkommt, der dir gefällt. Kathy, lassen wir es.«
»Mir bleibt ja gar nichts anderes übrig. Ich habe keine Wahl.«
»Nein, die hast du wohl nicht. Sei mir nicht böse, aber ich muß morgen früh raus...«
Er brachte sie zu ihrem Wagen. Er hatte das Verlangen, sie in die Arme zu nehmen und zu küssen. Sie schien so allein, schien ihn so sehr zu brauchen. Er kämpfte das Verlangen nieder. Sie brauchte ihn nicht aus den Gründen, aus denen er gebraucht werden wollte.
»Gute Nacht, Kathy. Es war schön, dich wiederzusehen. Paß auf dich auf.«
»Du auch, Mac. Danke für das Essen. Es war schön.«
»Das freut mich. Wirklich...«
»Ich weiß. Ja, also dann, Mac. Wir können alle besser schlafen, wenn wir wissen, daß Hanrahan über uns wacht.« Sie lächelte, als sie es sagte.

Kapitel 15

Sie saßen im ersten Stock des *La Brasserie.* Der kleine Speiseraum, der durch eine Klimaanlage gekühlt wurde, war knapp halb voll; die meisten Leute saßen draußen.
Ihnen gegenüber war eine orangefarben gekachelte Wand, hinter ihren Köpfen eine in Blau und Pink gehaltene Tapete. Die kleine Petroleumlampe auf ihrem Tisch stand neben einer schlanken Vase, in der eine einzelne rote Rose steckte. Französische Akkordeonmusik begleitete gedämpft die Gespräche der Gäste.
Evelyn Killinworth rückte seinen einen Meter achtzig großen, über zwei Zentner schweren Körper auf der gepolsterten Bank zurecht. Er war zu groß für diesen Raum, wirkte so unförmig wie ein zu groß geratenes Möbelstück in einem Puppenhaus. Er hatte seine Bemerkung dazu gemacht, als man ihn und Heather an einen freien Tisch führte.
»An Leute wie mich hat man nicht gedacht, als dieser Raum entworfen wurde«, bemerkte er gutgelaunt, »aber dafür entspricht die Speisekarte ganz meinen Bedürfnissen.«

Er hatte die Krebssuppe, überbacken mit buttrigem, lockerem Blätterteig, der beim Essen krümelig in die Suppe fiel, empfohlen. Auch den Salat, Brunnenkresse und Endivien mit Walnüssen und Roquefort, hatte Killinworth vorgeschlagen. Heather versuchte, der Lust auf einen Nachtisch zu widerstehen, doch Killinworth, der versicherte, die Crème Caramel wäre wirklich sehr gut, siegte. Die Crème war, wie Heather zugeben mußte, tatsächlich ausgezeichnet.

»Sie sitzen gar nicht bequem«, meinte sie, als der Kaffee gebracht wurde, und er, wie schon mehrmals zuvor, etwas unglücklich hin und her rutschte.

»Das ist der Preis, den man zahlen muß, wenn man gern ißt und dieser Leidenschaft frönt.«

Er lachte, und seine gewaltigen Hängebacken wackelten im Takt. Seine Wangen waren unnatürlich rosig. Das wenige Haar, das er noch hatte, war strähnig und reichte nicht aus, die vorhandenen, überdimensionalen kahlen Stellen zu bedecken. Sein Mund war klein und rund und immer in Bewegung, auch wenn er nicht kaute. Er trug einen zweireihigen blauen Blazer zu einer hellgrauen Hose, ein maßgeschneidertes weißes Baumwollhemd und eine rote Seidenkrawatte.

»Ich bin froh, daß Sie aus Kalifornien zurück sind«, bemerkte Heather. »Ich dachte so oft daran, Sie anzurufen, aber diese Woche war so schrecklich, und...« Wieder begannen die Tränen zu fließen, obwohl sie es nicht wollte.

Er tätschelte ihre Hand.

»Sie haben alles Recht zu weinen. ›Schwer der Schmerz und tief die Not, wenn die Liebe lebendig und die Hoffnung tot‹.« Er deklamierte mit tiefer, volltönender Stimme.

Heather tupfte sich die Augen mit einem Taschentuch.

»Wie schön! Von wem ist das?«

»Gilbert. Weinen Sie sich aus, Kind. Lassen Sie den ganzen Schmerz aus sich herausfließen.«

»Es tut so gut, einen alten Freund zu sehen.«

»Natürlich.«

Er legte einen Arm um sie, und sie vergrub ihr Gesicht an seiner Schulter. Als sie sich wieder von ihm löste, holte er eine lange, schwarze Zigarre hervor.

»Stört es Sie?«

»Nein, im Gegenteil, ich mag den Duft.«

Er zündete die Zigarre an, bließ eine Rauchwolke in die Luft, seufzte zufrieden und wandte sich ihr wieder zu.

»Haben Sie eine Ahnung, wer Lewis getötet haben könnte, Heather?«

Die Direktheit der Frage schockierte sie. Sie zog die dunklen Brauen hoch und schüttelte den Kopf.

»Nein.«

»Ich nehme an, Sie haben schon mit der Polizei gesprochen?«

»Ja. Ein Captain Hanrahan leitet die Ermittlungen, und er war sehr nett zu mir. Ich möchte gern, daß Sie ihn kennenlernen.«

»Schön. Was ist mit den Leuten im Museum? Haben Sie mit Chloe Prentwhistle gesprochen?«

»Ja. Sie ist nett. Ein bißchen seltsam, aber nett.«

Er zog an seiner Zigarre und blies blauen Rauch in die Luft.

»Wissen *Sie* etwas, was von Nutzen sein könnte?« fragte Heather ihn.

»Nein, so wenig wie ich die absurde Theorie widerlegen kann, daß Ihr Onkel Calum Selbstmord begangen hat, so wenig Brauchbares kann ich zu diesem Fall liefern.«

Ein kleines Lächeln sprang ihr auf die Lippen.

»Ach ja, richtig, Sie teilten von Anfang an meine Auffassung, daß er sich nicht selbst umgebracht hat. Ich glaube, das war das letzte Mal, daß wir miteinander Kontakt hatten.«

»Richtig. Kommen wir auf Lewis' Tod zurück. Es ist schlimm für Sie, ich weiß, ständig daran erinnert zu werden, aber wir müssen versuchen, den Dingen auf den Grund zu gehen.«

»Sie scheinen fest entschlossen zu sein.«

»Sind Sie das denn nicht?«

»Doch, natürlich, aber ich dachte, Ihr Interesse wäre mehr freundschaftlicher als kollegialer Natur.«

»Vielleicht, weil ich einen Freund im Augenblick dringender brauche als einen Partner.«

»Ich bin Ihr Freund, Heather, aber ich hoffe, das schließt nicht aus, daß ich Ihnen zu helfen versuche, Lewis' Mörder zur Strecke zu bringen. Und ich glaube, ich kann helfen. Ich kenne eine Menge Leute vom Fach. Ich verstehe sie. Ich bin überzeugt, Lewis wurde von jemandem getötet, der mit seiner Arbeit und seinen Interessen zu tun hatte.«

»Oh?«

»Was dachten Sie denn?«

»Ich weiß auch nicht. Ich vermute, es ist einfach leichter, davon auszugehen, daß es ein Verrückter war, ein ertappter Dieb, ein irrationaler Mensch, der im Affekt handelte.«

»Heather, das Wichtigste im Augenblick ist, daß Sie mir alles sagen, was Sie in Erfahrung gebracht haben. Gleich, aus welcher Quelle oder aus welchem Grund. Ich werde mir Notizen machen – das ist leider eine Angewohnheit von mir, ohne die ich nicht leben kann. Bitte fangen Sie an. Teilen Sie Ihre Informationen mit mir, dann können wir anfangen zusammenzuarbeiten. Sie wissen ja, Heather, Ihr Onkel Calum sagte immer: ›Wenn man in dieser Welt etwas schaffen will, muß man es selbst tun‹.«

Sie nickte, brachte ein Lächeln zustande.

»Diesen Ausspruch von ihm habe ich selbst erst neulich zitiert. Also gut, bis heute hat sich folgendes abgespielt...«

Nachdem sie ihm in aller Ausführlichkeit berichtet hatte, steckte er Block und Kugelschreiber weg und sagte: »Sie müssen aus dem Hotel ausziehen.«

»Warum?«

»Nach dem, was Sie mir erzählt haben, Heather, meine ich, daß Ihr eigenes Leben in Gefahr ist. Captain Hanrahan war offenbar auch dieser Meinung. Die Leute, die Lewis getötet haben, werden sich höchst unbehaglich fühlen, solange Sie auf der Bildfläche sind.«

»Aber –.«

»Bitte! Als ich nach Amerika ging, kaufte ich mir in Georgetown ein recht hübsches Haus. Kennen Sie die Gegend?«

»Ja, ich –«

»Ich wohne im Erdgeschoß. Bis zu meiner Abreise nach Kalifornien hatte ich den ersten Stock an einen Professor für Linguistik vermietet. Ich glaube, offen gestanden, daß er von irgendeiner staatlichen Behörde bezahlt worden ist, möglicherweise der CIA, aber das ist hier nicht von Belang. Er war ein charmanter Bursche, der bei den Damen viel Erfolg hatte, wenn meine Ohren mich nicht getrogen haben. Kurz und gut, er ist weg, Arizona oder Utah, und die Wohnung ist leer. Sie ist voll möbliert und frisch geputzt. Ich möchte, daß Sie für die Dauer Ihres Aufenthalts in den Staaten dort wohnen.«

»Aber das geht doch nicht!«

»Warum nicht?«

»Ich weiß auch nicht. Ich hätte das Gefühl, Sie auszunutzen, und –«

»Und Ihr Anstandsgefühl erlaubt Ihnen nicht, mit einem Mann unter einem Dach zu hausen? Unsinn! Erstens bin ich Ihnen viel eher ein Vater. Zweitens habe ich eine energische viktorianische Haushälterin, die selbst bei Micky Mouse-Cartoons errötet und die Sie bestens versorgen wird. Also – keine Widerrede. Hier!« Er reichte ihr den Schlüssel. »Sie können kommen und gehen, wie es Ihnen beliebt. Ich werde Ihre Wohnräume niemals unaufgefordert betreten. Bitte, tun Sie das für mich und für Calum. Er wäre entsetzt, wenn er wüßte, daß Sie ganz allein in einem Hotel wohnen. Man ist dort nicht sicher, wie Sie ja selbst feststellen mußten, nicht einmal in den besten. Und sie kosten Geld, das er, der eingefleischte Schotte, besonders hochschätzte.«

Heather blickte erst auf den Schlüssel, dann auf Killinworth. »Also gut. Vielen Dank.«

»Wunderbar. Wir fahren jetzt gleich ins Madison und verfrachten Sie samt Gepäck nach Georgetown.«

»Ich weiß nicht, was ich sagen soll, Evelyn.«

»Sagen Sie gar nichts. Sie sind eine Fremde in einer fremden Stadt. Ich bin Ihr Freund. Kommen Sie, Kind.«

Als Mac Hanrahan am folgenden Morgen Heather im Madison anrufen wollte, sagte man ihm, daß sie ausgezogen sei.

»Und wohin?«

»Das wissen wir leider nicht, Sir.«

Am Nachmittag meldete sie sich bei ihm und erzählte ihm von ihrem Umzug.

»Sie müssen Evelyn Killinworth unbedingt kennenlernen, Captain.«

»Gern. Sehr gern sogar.«

Sie verabredeten sich für den folgenden Tag zum Mittagessen.

Kapitel 16

»...und deshalb, Captain, ist es meiner Meinung nach ausgeschlossen, zumindest vom fachmännischen Standpunkt aus.«

»Ich danke Ihnen für Ihr Gutachten, Mr. Kazakis«, sagte Hanrahan.

Er war auf dem Weg zu seiner Mittagsverabredung mit Heather und Evelyn Killinworth im Museum für Naturgeschichte vorbeigegangen und hatte sich mit Constantin Kazakis eine halbe Stunde über die Harsa unterhalten. In erster Linie hatte er wissen wollen, ob es möglich war, eine gute Kopie der Harsa anzufertigen.

»Sehen Sie, Captain«, erklärte Kazakis, »das Handwerkliche an sich, der Entwurf und die Ausarbeitung, lassen sich leicht nachahmen, wenn man auf dem Gebiet eine Ahnung hat. Das Problem sind die Steine. Als die Harsa entworfen und zusammengestellt wurde, schliff man Edelsteine auf eine ganz andere Art und Weise als heute. Ein Laie könnte den Unterschied nicht erkennen – aber ich!«

»Und Sie sind gewiß, daß die Medaille, die dem Museum für Amerikanische Geschichte zurückgegeben wurde, tatsächlich das Original ist?«

»Daran gibt es keinen Zweifel.«

»Gegenstimmen?«

»Wie meinen Sie das?«

»War man einhellig der Auffassung, daß dies das Original ist?«

»Ja.«

»Auch Mr. Jones?«

»Walter? Ja, der war der gleichen Meinung. Warum fragen Sie?«

»Reine Neugier. Also dann, vielen Dank für Ihre Hilfe, Mr. Kazakis.«

»Es war mir ein Vergnügen, Captain. Gibt es Fortschritte in der Sache?«

»Ich bin zuversichtlich. Lassen wir es dabei bewenden.«

Er hatte mit Heather vereinbart, sie und Killinworth im *Le Lion d'Or* in der Connecticut Avenue zu treffen. Hanrahan wußte, daß das Restaurant so teuer wie gut war. Er hatte im Lauf der Jahre verschiedentlich besondere Anlässe dort gefeiert. Mit Kathy.

Die Erinnerungen erloschen schlagartig, als Killinworth, nachdem sie sich miteinander bekanntgemacht hatten, mit dröhnender Stimme verkündete: »Wirklich ein besonderes Vergnügen, mit einem hochgeschätzten Polizeibeamten zu Mittag zu speisen.«

Nachdem man sie an einen Tisch geführt hatte, bestellte Hanrahan Gin on the rocks, während Heather und Killinworth Wein nahmen, einen Robert Mondavi 1974 Cabernet Sauvignon Reserve. Hanrahan konnte nicht umhin zu bemerken, daß Killinworth in dem Restaurant gut bekannt und ein gern gesehener Gast war.

»Ehe wir uns der unerfreulichen Aufgabe zuwenden, über den Tod von Dr. Lewis Tunney zu sprechen«, sagte Killinworth, »würde ich gern einige Speisevorschläge machen. Wäre jetzt Bärensaison, so würde ich unbedingt Bär empfehlen. Da das jedoch nicht der Fall ist, plädiere ich für Hummersuppe, oder ein Gericht in Blätterteighülle. Aber auch Entenbrust mit Schwarzer Johannisbeersauce oder Wild werden sicherlich vorzüglich munden.« Er blickte von Heather zu Hanrahan, während er auf ihre Reaktionen wartete.

»Mich locken die Scampi in Basilikumsauce«, sagte Heather.

Hanrahan war versucht, alles andere zu bestellen als das, was dieser Evelyn Killinworth angepriesen hatte, erinnerte sich aber, hier einmal einen köstlichen Barsch in Blätterteig gegessen zu haben. Den bestellte er jetzt. Killinworth ließ es sich nicht nehmen, für sie alle gemeinsam heiße Kaninchenpastete als Vorspeise zu bestellen.

»Tja«, sagte er dann zu Hanrahan, »ich beneide Sie nicht um Ihre Aufgabe, diese schreckliche Geschichte aufklären zu müssen. Die sprichwörtliche Nadel im Heuhaufen, scheint mir.«

»Ganz so schlimm ist es nicht«, entgegnete Hanrahan. »Heather sagte mir, daß Sie uns vielleicht Hilfestellung geben können.«

Killinworth, der sich die Serviette in den Kragen gesteckt hatte, ließ ein bescheidenes Lachen hören und schüttelte zu Heather hin den Kopf.

»Die Bescheidenheit«, antwortete er Hanrahan, »verbietet mir zu bestätigen, daß das, was Sie eben sagten, möglicherweise zutrifft, Captain. Aber um bei der Wahrheit zu bleiben, es könnte durchaus sein, daß ich Ihnen helfen kann.«

Hanrahan wünschte inzwischen, er hätte die Einladung abgelehnt. Er fand diesen Elefanten von einem Mann, der ihm da gegenübersaß, enorm langweilig. Doch er ermahnte sich, daran zu denken, daß er ja hergekommen war, um herauszubekommen, was für eine Art Beziehung zwischen Killinworth und Heather bestand. Er verspürte eine Aufwallung von Gereiztheit und Zorn – Eifersucht? – darüber, daß sie Evelyn so weit traute, daß sie sogar zu ihm ins Haus zog. Schön, er war älter, ein Freund der Familie, aber er – Hanrahan – war schon einigen von dieser Sorte begegnet, die sich dann als gefährliche und unanständige alte Lüstlinge entpuppt hatten.

»Bitte, Mr. Killinworth«, sagte er. »Ich höre.«

»Dr. Killinworth«, korrigierte Heather.

»Entschuldigung – was meinen Sie, Doktor? Wie lautet Ihre Diagnose?«

»Eine Diagnose habe ich nicht – nur ein paar Gedanken. Wie ich höre, ist die Harsa zurückgebracht worden.«

»Richtig.«

Killinworth zog die vollen, buschigen Brauen hoch. »Und Sie sind sicher, daß es tatsächlich die Legion von Harsa ist?«

»Wenn man den Fachleuten des Museums glauben kann, ist die Medaille echt. Es soll dieselbe sein, die in der Nacht von Dr. Tunneys Ermordung gestohlen wurde.«

»Da kann man Ihnen und Ihren Leuten nur gratulieren, Captain. Die Wiederbeschaffung der Harsa ist wirklich eine große Leistung.«

»Von geringer Bedeutung im Vergleich zur Aufklärung des Mordes an Dr. Tunney.«

»Natürlich. Was ist schon eine Medaille im Vergleich mit einem Menschenleben? Dennoch hätte ich offen gestanden damit gerechnet, daß die Harsa nie wieder auftaucht.«

»Warum das?«

»Das geht fast immer so mit kostbaren Dingen, die in die falschen Hände geraten.«

»Ach? Erzählen Sie doch mal.«

Killinworth tupfte sich den Mund mit seiner Serviette.

»Nachtisch?« fragte er.

Heather und Hanrahan lehnten ab, Killinworth bestellte ein gigantisches flambiertes Orangensoufflé.

»Nehmen Sie es mir nicht übel, Captain, aber bei diesem Soufflé kann ich nun mal nicht widerstehen. Ein besseres gibt es nirgends.

Sie müssen davon kosten... Also, wir sprachen gerade davon, daß kostbare Kunstwerke und Gegenstände von geschichtlicher Bedeutung meist auf Nimmerwiedersehen verschwinden, wenn sie in die unrechten Hände geraten. Natürlich gibt es für alle gestohlenen Waren Absatzmärkte, aber bei Kunstgegenständen ist es für den Außenseiter schwieriger, den Weg zu verfolgen, den sie genommen haben. Der Käufer versteckt den auf unehrliche Weise erworbenen Gegenstand zusammen mit den anderen Dingen, die er auf illegale Weise erbeutet hat.«

»Natürlich ist mir klar, daß es ein Unterschied ist, ob ein gestohlener Diamant oder ein geklauter Fernsehapparat verhökert wird. Haben Sie eine Ahnung, wer die Harsa vielleicht gekauft hätte, wenn sie auf den Markt gekommen wäre?«

Killinworth lachte, wobei sein gewaltiger Körper in schwabbelnde Bewegung geriet wie eine Schüssel Götterspeise.

»Das ist doch nun wirklich eine rein hypothetische Frage, meinen Sie nicht, Captain? Niemand hat die Harsa gekauft. Sie wurde von einem Tellerwäscher spanischer Abstammung gestohlen –.«

»Nein, das stimmt nicht.«

»Aber die Zeitungen –.«

Hanrahan neigte sich dicht zu Killinworth hinüber.

»Es war mir wirklich ein Vergnügen, mit Ihnen zu essen, und es hat mich gefreut, Sie kennenzulernen, Dr. Killinworth, aber ich bin bekannt für meine kurze Konzentrationsspanne. Mein früherer Chef pflegte zu predigen, ein Mittagessen, das einen Fall nicht vorwärtsbrächte, wäre ein verschwendetes Mittagessen.«

Er warf einen Blick auf Heather, um zu sehen, ob sie gekränkt war. Sie machte nicht den Eindruck. Nur ein wenig unbehaglich schien ihr zu sein.

Auch Killinworth sah zu ihr hin, um ihre Reaktion festzustellen, dann lehnte er sich zurück, zog die Serviette unter seinem Kinn hervor und schürzte die Lippen. Hanrahan fand, daß er wie ein dickes, schmollendes Baby aussah. Es lag auf der Hand, daß er verletzt war, und er tat Hanrahan beinahe leid. Beinahe.

Killinworth stützte die Ellbogen in der Tweedjacke auf den Tisch und spreizte die Finger der rechten Hand über seine Lippen. Hanrahan fiel auf, daß die Fingernägel lackiert waren.

»Dr. Killinworth, ich wollte Sie nicht kränken, aber –«

Killinworth zog die Hand von seinen Lippen und schwenkte sie abwehrend vor Hanrahans Nase.

»Bitte, keine Entschuldigungen, Captain. Ich habe mich, das muß ich gestehen, etwas selbstherrlich benommen. Entschuldigen müßte *ich* mich.«

»Aber nicht doch!«

»Doch, doch. Wir haben hier gewissermaßen geistige Klingen gekreuzt. Sie sind hergekommen, um diesen Fremden unter die Lupe zu nehmen, der da plötzlich auf der Bildfläche aufgetaucht ist. Ihre besondere Sorge gilt dabei Miss McBean. Ich versicherte Ihnen, daß ich Miss McBeans Freund bin, wie ich der Freund ihres Onkels war. Meine Absichten sind ehrenhafter Natur, meine Motive rein freundschaftlich. Ich hoffe, das beruhigt Sie...«

Hanrahan dankte ihm für das Essen. Er stand auf und sah Heather an. »Ich bin froh, Sie in guten Händen zu wissen, Miss McBean. Lassen Sie von sich hören.«

Später am Nachmittag rief Heather ihn an. Sie hoffte, Killinworths Auftreten hätte ihn nicht gekränkt.

»Er ist ziemlich selbstherrlich, ich weiß, aber er meint es gut. Er war sehr beeindruckt von Ihnen. Und es stimmt schon, er ist für mich wie ein guter Verwandter. Er –«

»Ich weiß nicht, warum Sie sich soviel Umstände machen.« Der trotzige Ton seiner eigenen Stimme gefiel ihm gar nicht. »Killinworth hat, soweit ich feststellen kann, nichts zu bieten, was mir bei meinen Ermittlungen weiterhelfen könnte. Ich habe kein Interesse an ihm. Aber wenn *Sie* sich in seiner Gesellschaft wohlfühlen, dann ist ja alles in Ordnung. Also, melden Sie sich mal wieder.«

Nachdem er aufgelegt und sich wütend eingestehen mußte, daß er kindisch reagiert hatte, rief er Joe Pearl in sein Büro.

»Es geht um einen Dr. Evelyn Killinworth«, erklärte er. »Ich möchte alles über ihn wissen, was es über ihn zu wissen gibt, und zwar bis zur Farbe seiner überdimensionalen Unterhose.«

»Warum?«

»Warum? Weil er mir nicht gefällt. Er ist zu dick, selbstherrlich, arrogant, weiß zuviel über Kunstdiebstahl, hat die McBean beschwatzt, bei ihm einzuziehen und lackiert zu allem Überfluß auch noch seine Fingernägel. Du lieber Gott! Ich hasse Männer, die zur Maniküre gehen. Du kannst mich ruhig als engstirnig bezeichnen.«

»Naja, Mac, gegen kühle, sachliche Logik gibt's keine Argumente. Schon gar nicht, wenn sie vom Chef persönlich kommt.«

Kapitel 17

»Haben Sie schon was über Killinworth?« fragte Hanrahan Joe Pearl, der eben mit einer Ladung dunkelroter Ordner in sein Büro gekommen war.

»Wir sind noch dran, Mac. Aber wir wissen inzwischen, daß er erst in Oxford gelesen hat, dann an der Georgetown Universität. Er –«

»Ja, ja, das weiß ich alles schon.«

»Sie sind aber gereizt! Haben wohl einen unerfreulichen Abend hinter sich?«

Hanrahan blickte auf und strich sich mit der Hand über den Bart. Auf dem Weg zum Präsidium war er beim Friseur vorbeigefahren, um ihn sich stutzen zu lassen, und der Italiener, der ihn seit Jahren bediente, hatte die Bemerkung gemacht, die er jedesmal machte: »Ich berechne den Bart und nicht den Haarschnitt. Sie haben mehr Haare im Gesicht als auf dem Kopf.« Hanrahan hatte gelacht wie immer, aber es war ihm nicht von Herzen gekommen. Aus unerfindlichem Grund schien ihm seine schleichende Kahlheit an diesem Morgen auffallender als sonst. Und sie störte ihn auch mehr.

»Nein, Joe, ich habe keinen unerfreulichen Abend hinter mir. Im Gegenteil, der Abend war sehr angenehm. Ich habe Kalbsschnitzel in Apfel-Zitronen-Sauce gemacht.«

Pearl zog die Augenbrauen hoch.

»Toll. Hatten Sie Besuch?«

»Meine Mutter kam auf einen Sprung vorbei.«

»Aha.« Kein Wunder, daß er schlechtgelaunt war. »Mac, zwei Dinge. Erstens, gestern abend, nachdem Sie gegangen waren, rief ein Mann aus San Francisco an. Er sagte, es wäre nicht so wichtig, daß er Sie deshalb zu Hause stören müßte. Er hat seine Nummer hinterlassen.«

Er reichte Hanrahan einen Zettel, auf dem der Name Arthur Detienne und eine Telefonnummer in San Francisco standen.

»Was wollte der Mann?«

»Er ist Kunsthändler in San Francisco und sagte, er hätte etwas gehört, was Sie vielleicht interessieren würde. Er möchte nur mit Ihnen persönlich sprechen.«

»Und zweitens?«

»Das hier.« Er zog ein Blatt gelbes Papier aus einem der Hefter und legte es auf den Schreibtisch. Hanrahan nahm es, kniff die Augen zusammen, sah auf.

»Ich kann Ihre verdammte Schrift nicht lesen.«

»Tut mir leid. Ich hatte keine Zeit, es zu tippen. Es handelt sich um Chloe Jones.« Er sagte es beinahe beiläufig.

»Chloe wer?«

»Chloe Jones. Chloe Prentwhistle heiratete vor neunundzwanzig Jahren in Maryland einen gewissen Walter Jones.«

»Nicht möglich! Ich möchte wissen, warum die beiden das geheimhalten.«

»Wer weiß... heutzutage ist es schicker, zusammenzuleben, als verheiratet zu sein.«

»Ich werde sie fragen. Ich fahre um elf zu ihr raus.«

»Zu *ihnen* raus.«

»Gut, gut. Sonst noch was?«

»Vier von unseren Leuten arbeiten in zweistündigen Schichten im Museum. Als Touristen. Und ich habe mich mit der Versicherungsgesellschaft vom Smithsonian unterhalten. Die Harsa wäre im Rahmen der Police gedeckt gewesen, obwohl sie nicht auf der Liste der ausgestellten Stücke aufgeführt war.«

»Wieso war sie das nicht?«

»Man war noch nicht dazu gekommen. Die Mühlen im Smithsonian mahlen anscheinend langsam.«

»Hm. Aber die Harsa wäre dennoch gedeckt gewesen, sagen Sie. Wieso das?«

»Eben *weil* sie ausgestellt war.«

»Sind das die einzigen Gegenstände, die versichert sind?«

»Nein, aber die Deckung für die ausgestellten Gegenstände ist weit höher. Das Zeug in den Lagerräumen wird weit niedriger angesetzt.«

»Das heißt, als die Harsa im Hinterzimmer lag, war ihr Versicherungswert weit niedriger als jetzt?«

»Genau.«

»Die Versicherung muß heilfroh gewesen sein, daß die Medaille wieder auftauchte.«

»Und wie! Aber der Mann, mit dem ich mich unterhalten habe, sagte mir, daß die Ansprüche vom Smithsonian immer anstandslos bezahlt werden. Da hat es noch nie Schwierigkeiten gegeben.«

»Bei den Gegenständen jedenfalls, die ausgestellt sind.«

»Richtig.«

»Wie steht's mit den Sachen in den Lagerräumen?«

Pearl zuckte die Achseln. »Keine Ahnung.«

»Überprüfen Sie's. Versuchen Sie festzustellen, wieviele Gegenstände aus den Lagern als gestohlen gemeldet und von der Versicherung bezahlt worden sind.«

»Wird sofort gemacht.«

Als Pearl hinausgehen wollte, hielt Hanrahan ihn auf.

»Joe«, sagte er, »die Killinworth-Überprüfung hat absolute Priorität.«

Ehe Hanrahan sein Büro verließ, sah er die Akten über Chloe Prentwhistle und Walter Jones durch. Bei Jones war eine andere Adresse angegeben als bei Chloe Prentwhistle. Ein Beamter hatte Jones bereits an der Adresse, die für ihn notiert war, verhört.

Auf der Fahrt nach Nordwesten und über den Potomac kreisten Hanrahans Gedanken um Killinworths Beziehung zu Heather und um die Frage, warum Chloe Prentwhistle und Walter Jones ihre Ehe geheimhielten. Auf die zweite Frage würde er sich vielleicht gleich selbst die Antwort beschaffen können. Und hoffte, Joe Pearls Bemühungen würden die Beziehung zwischen Killinworth und Heather erhellen.

Chloe Prentwhistle wohnte in einem modernen Holz-Bungalow mit viel Glas. An einen Hügelhang gelehnt, überblickte er den Fluß, die American University und das MacArthur Reservoir. Als Hanrahan auf dem Vorplatz hielt, schätzte er es auf zweihunderttausend Dollar. Als er drinnen war, ging er noch einmal hunderttausend höher.

Chloe empfing ihn an der Tür. Sie trug einen krapproten Kaftan und flache Schuhe mit hochgebogenen Spitzen. Um den Kopf hatte sie ein rosafarbenes Tuch geschlungen.

»Kommen Sie herein, Captain Hanrahan«, forderte sie ihn liebenswürdig auf.

»Danke. Ein schönes Haus.«

»Es ist gemütlich.«

Sie führte ihn durch einen großen Vorsaal, der mehr eine Kunstgalerie war. Deckenscheinwerfer beleuchteten Skulpturen von Calder, Haber und Brancusi, und an den weißen Wänden hingen geschmackvoll arrangiert Gemälde von Matisse, Picasso, Braque und Hogarth.

Sie gingen in einen Atelierraum an der Ostseite des Hauses, wo Walter Jones auf einer langen, schokoladebraunen Couch saß. Er las in einer Kunstzeitschrift, die er aus der Hand legte, als Hanrahan ins Zimmer trat.

»Sie kennen sich ja«, sagte Chloe.

»Ja«, antwortete Hanrahan und schüttelte Jones die Hand. Dann richtete er den Blick auf Chloe, die eben einen schiefhängenden kleinen Graham-Sutherland-Stich geraderichtete. »Ich danke Ihnen, daß Sie auf diese kurzfristige Verabredung eingegangen sind, Miss Prentwhistle.«

Sie drehte sich um. In dem grauen Licht, das durch das Fenster fiel, wirkte sie einen Moment lang selbst wie eine Statue, fand Hanrahan.

»Was kann ich für Sie tun?« fragte Chloe und sah Walter Jones an. »Walter wollte gerade gehen...«

»Ja, ja, stimmt«, bestätigte Jones.

Er ging durch das Zimmer und küßte Chloe auf die Wange. Hanrahan versuchte, die beiden als Mann und Frau zu sehen. Sie hatten die gleiche Größe, waren beide sehr dünn – wie ein Paar Störche. Jones war makellos gekleidet in beigefarbener Hose, braunem Fischgrätensakko, blauem Hemd und brauner Strickkrawatte. Er hatte sich das Haar an den Schläfen etwas wachsen lassen, so daß es aussah, als hätte er Hörner. Nach seinem fleckigen roten Gesicht zu urteilen, war der Alkohol ihm nicht fremd.

»Meinetwegen brauchen Sie nicht zu gehen«, sagte Hanrahan.

»Ich wollte sowieso weg, Captain. Ich kam nur auf einen Sprung vorbei. Also dann, gute Unterhaltung. Übrigens, gibt es Fortschritte bei Ihren Ermittlungen, Captain?«

»Einige. Kleine Erfolge.«

»Besser als keine Erfolge.« Er steuerte die Tür an.

»Mr. Jones!«

Jones blieb stehen und drehte sich um.

»Ja?«

»Ehe Sie gehen, würde ich gern Ihnen beiden noch eine Frage stellen. Ich hoffe, es macht Ihnen nichts aus.« Als keiner von beiden etwas sagte, fuhr Hanrahan fort: »Wie ich höre, sind Sie verheiratet, und zwar schon seit Jahren.«

Chloe brachte ein Lächeln zustande.

»Warum fragen Sie danach, Captain?«

»Kein Anlaß zur Sorge. Soviel ich weiß, wird die Ehe immer

noch als eine ehrenhafte Einrichtung angesehen.« Wenn auch eine nahezu unmögliche, fügte er im stillen hinzu.

Jones ging zu einem Barwagen und goß sich aus einer Karaffe Whisky ein.

Chloe schien die Situation jetzt in der Hand zu haben. Ihr Gesicht zeigte ein liebenswürdiges Lächeln, ihre Haltung war nonchalant.

»Wie Sie sagten, die Ehe ist ein ehrenhafter Stand und, wie ich annehme, noch nicht gesetzeswidrig.«

»Ich bin wahrscheinlich einfach aus Gewohnheit neugierig. Ich muß gestehen, es wundert mich schon, daß zwei Menschen wie Sie heiraten, es dann nicht bekanntgeben und nicht wie Mann und Frau zusammenleben. Wenn ich recht unterrichtet bin, haben Sie auch Ihr eigenes Haus, Mr. Jones.«

»Aus steuerlichen Gründen«, erklärte Jones, »wenn Sie es unbedingt wissen müssen.«

Er war zur Couch zurückgekehrt und spielte nervös mit den Fransen eines orangefarbenen Kissens.

»Aus steuerlichen Gründen? Inwiefern –.«

»Was geht Sie das eigentlich an, Captain, wie wir unser Privatleben einrichten?« schaltete sich Chloe ein. »Ich betone, unser *Privat*leben! Ist das beispielsweise von Belang für den Fall Tunney? Wenn ja, dann klären Sie uns auf, inwiefern. Wenn nein...«

»Sie haben recht«, stimmte Hanrahan ihr zu. »Ich habe, wie es uns die Presse immer vorhält, meine Grenzen überschritten.«

Ihr Ton veränderte sich.

»Es ist ja nicht so tragisch, Captain. Da das Thema nun schon einmal zur Sprache gekommen ist... Als wir heirateten, beschlossen Walter und ich, unsere Identität aus beruflichen Gründen klar getrennt zu halten.«

»Ich glaube, das verstehe ich nicht ganz. Aus beruflichen Gründen?«

Von der Couch her sagte Jones: »Sie überschreiten diese Grenzen schon wieder, Captain.«

»Walter, denk an deine Verabredung. Du kommst noch zu spät«, bemerkte Chloe. Dann wandte sie sich Hanrahan zu. »Walter und ich arbeiten seit vielen Jahren im selben Fach, Captain. Dadurch lernten wir einander überhaupt erst kennen. Ich habe einen verantwortungsvollen Posten am Smithsonian, Walter gilt als der zuverlässigste und versierteste Schätzer in Washington. Ich ziehe ihn in Museumsangelegenheiten häufig hinzu. Ich tue es, weil ich seine Sachkenntnis schätze, nicht weil er mein Mann ist. Aber es gibt allzuviele Leute, die nicht verstehen, daß man das Private vom Beruflichen trennen kann. Ihnen ist das sicher auch bekannt: Die Ehefrau oder eine Verwandte wird eingestellt, weil sie hervorragende Qualifikationen vorweisen kann, aber rundum zieht man die Brauen hoch und tuschelt von Vetternwirtschaft. Eben solche Situationen möchten wir vermeiden. Als wir heirateten, war uns klar, daß Komplikationen auf uns zukommen würden. Wir hätten ihnen aus dem Weg gehen können, indem wir nicht geheiratet hätten, aber wir gehören nicht dieser neuen Generation an, die ein unverbindliches Zusammenleben als mit einer Ehe gleichwertig ansieht. Das heißt also, daß wir leider hoffnungslos altmodisch sind, aber das ist nicht zu ändern, und ich muß sagen, wir sind eigentlich stolz darauf.«

»Ich hoffe, Sie sind jetzt zufrieden, Captain«, bemerkte Jones kalt und offensichtlich zornig.

»Walter, du wirst tatsächlich noch zu spät kommen«, mahnte Chloe.

Er stand auf, leerte sein Glas und ging zur Tür.

»Bis nachher, Chloe.«

Nachdem er gegangen war, sagte Chloe, die sich auf die Couch gesetzt hatte: »Sie müssen Walter entschuldigen, Captain. Die letzten Wochen waren sehr anstrengend für ihn.«

»Darf ich fragen, warum?«

»Viel zu tun. Und die Sache mit Dr. Tunney hat alles noch verschlimmert. Walter hat Dr. Tunney wegen seiner umfassenden Kenntnisse sehr bewundert. Sein Tod war ein schwerer Schlag für ihn.«

Hanrahan nickte. »Das kann ich verstehen. Nun –«

»Möchten Sie nicht etwas trinken?« unterbrach Chloe hastig.

»Mir ist es noch ein bißchen zu früh.«

»Sie haben doch nichts dagegen, wenn ich mir einen einschenke? Ich bin seit Tagesanbruch auf den Beinen. Da darf man schon ein bißchen früher anfangen.«

Sie ging zum Barwagen und goß Bourbon in ein hohes Glas. Nachdem sie einen Schuß Soda dazugegeben hatte, drehte sie sich um und hob das Glas.

»Auf die erfolgreiche Klärung dieser schrecklichen Geschichte.«

»Darauf trinke ich gern«, erwiderte Hanrahan und hob die Hand, als hielte er ein Glas.

Sie kam wieder zur Couch zurück.

»Also, Captain, was kann ich tun, um Ihnen bei Ihrer schwierigen Aufgabe zu helfen?«

Ihr Verhalten war jetzt, wo Jones weg war, ganz anders.

»Sie könnten mir sagen, wer Lewis Tunney getötet hat«, antwortete er, ohne mit der Wimper zu zucken.

Im ersten Moment war sie schockiert. Dann lockerten sich ihre Züge und sie schüttelte den Kopf.

»Das herauszufinden ist Ihre Aufgabe, Captain. Aber verlassen Sie sich darauf, wenn ich es herausfinden sollte, erfahren Sie es als erster. Darf ich umgekehrt das gleiche erwarten? Um das Schreckliche nicht an uns heranzulassen, tun wir so, als nähmen wir das alles ein wenig auf die leichte Schulter. Aber in Wirklichkeit nehmen wir es gar nicht leicht.«

Hanrahan nickte. »Ja, das kann ich nachfühlen, Miss Prentwhistle. – Tja, ich muß gehen. Ich danke Ihnen, daß Sie sich die Zeit genommen haben und so offen waren. Ich kann verstehen, daß es nicht leicht gewesen ist.«

Als sie an der Haustür standen, sagte Chloe: »Sie sind ein interessanter Mann, Captain. Beinahe hätte ich attraktiv gesagt.«

»Danke.«

»Wollen Sie wirklich nicht zum Mittagessen bleiben?«

»Ein andermal vielleicht.«

Auf der Rückfahrt zum Präsidium ging ihm der Gedanke durch den Kopf, daß er, wäre er zum Mittagessen geblieben, wahrscheinlich mit ihr hätte ins Bett gehen können. Nicht daß er das getan hätte. Erstens wäre es unfair gewesen, denn sie war unverkennbar beunruhigt und daher leicht angreifbar, auch wenn sie sich beherrscht und gelassen gab; und zweitens hatte er es sich zur Regel gemacht, sich niemals mit einer Frau einzulassen, die in einen seiner Fälle verwikkelt war. Schon gar nicht mit einer verheirateten Frau, mochte sie sich noch so unkonventionell geben oder noch so sehr über die Gefühlsrohheit ihres Ehemanns klagen. Außerdem war Chloe Prentwhistle nicht sein Typ, wenn auch, wie ihm flüchtig einfiel, in diesem Fall *er* der Jüngere gewesen wäre. Er dachte an Kathy und ihren fünfundzwanzigjährigen Liebhaber – und dann an Heather McBean und dann schleunigst an seinen Grundsatz. Schade...

Als er schließlich wieder in seinem Büro saß, sagte er sich, daß das alles – der Fall, Kathy, Heather, Commissioner Johnson, Carlos Montenez, die Presse – einfach zuviel war, verdammt nochmal. Er brauchte eine Verschnaufpause.

An diesem Abend kochte er und vertat drei Stunden mit der Zubereitung von Lasagne Bolognese mit Hühnerleber und Béchamell-Sauce nach einem Rezept, das er von einem Besuch in New Orleans mitgebracht hatte. Erst um zehn setzte er sich zum Essen, aber als er schließlich, von einigen trockenen Martinis gestärkt, zulangte, sah er die Welt schon wieder etwas rosiger. Nach dem Essen räumte er auf, packte eine Portion Lasagne in Alufolie, um sie am nächsten Morgen einer alten Witwe zu bringen, die zu den Ärmsten der Gemeinde zählte, trank noch einen Kognak, während er sich eine Talk-Show ansah, ging dann zu Bett und schlief ohne Mühe ein.

Am folgenden Morgen erinnerte er sich an einen Traum von einer überlebensgroßen Medaille von Harsa, die in einem riesigen Doppelbett lag. Rundherum standen Chloe Prentwhistle, Walter Jones, Heather McBean, Evelyn Killinworth und andere Personen, die er nicht erkannt hatte. Sie waren alle nackt. Statt mit Diamanten war die Medaille mit blauen Weinbeeren besetzt, und jeder riß davon ab, um seinen Nachbarn zu füttern. Er selbst stand etwas abseits und schaute durch ein Drahtgitter, das ihn an der Teilnahme hinderte, zu. Er trug einen Lendenschurz. Das letzte, was er aus dem Traum noch wußte, war, daß er einen dichten, schwarzen Lockenkopf hatte und um die in Wirklichkeit etwas aufgeschwemmte Körpermitte herum rank und schlank war. Träum weiter, du irischer Idiot...

»Wie lieb von Ihnen, Mac«, sagte die alte Witwe am nächsten Morgen, als er sein Päckchen abgab.

»Guten Appetit«, sagte er.

»Hühnerleber?« fragte sie.

»Ja.«

»Ich mag keine Hühnerleber.«

»Sie können sie ja herauspicken«, sagte er und gab ihr einen Kuß auf die Wange.

Kapitel

18

»Etwas Neues?« fragte Commissioner Calvin Johnson beim Mittagessen.

»Ja, es gibt tatsächlich etwas Neues, Cal«, sagte Hanrahan. »Mich hat neulich ein Kunsthändler aus San Francisco angerufen. Er heißt Detienne. Ich habe ihn heute morgen zurückgerufen. Er erzählte mir, es hätte Anfragen wegen der Harsa-Medaille gegeben.«

»Was für Anfragen?«

»Gewisse Leute hätten wissen lassen, daß sie daran interessiert wären, das Stück zu kaufen, falls es auf den Markt kommen sollte.«

Johnson aß den letzten Bissen Schweinefleisch süß-sauer und schmatzte befriedigt. Hanrahan war längst mit dem Essen fertig. Calvin Johnson war der langsamste Esser, der Hanrahan je untergekommen war. Nachdem Johnson einen Schluck Tee getrunken hatte, sagte er: »Wieso sollte jemand Interesse bekunden, die Medaille zu kaufen? Sie liegt doch wieder im Museum, oder nicht?«

»Genau das sagte ich auch. Detienne erklärte mir, die Anfragen wären gleich nach dem Diebstahl an ihn herangetragen worden, eine weitere allerdings erst an dem Tag, an dem er mich anrief.«

»Kennen wir die Interessenten?«

»Einen jedenfalls. Wenn auch nicht direkt.«

»Um wen handelt es sich?«

»Jubel Watson.«

»Das Kongreßmitglied?«

»Genau der – behauptet jedenfalls Detienne.«

»Ein Kongreßmitglied interessiert sich für ein gestohlenes Museumsstück, das in einem Mordfall eine Rolle spielt! Du lieber Gott.«

»Ja. Er scheint ein leidenschaftlicher Sammler zu sein. Wie möchten Sie das gehandhabt sehen, Cal?«

»Er ist Mitglied des Kongresses. Haben wir außer Detiennes Aussage noch Beweise?«

»Nein, aber ich kann mich umhören. Die Frage ist – kann ich Watson damit konfrontieren?«

»Aber natürlich.«

»Gut, dann rufe ich ihn heute nachmittag an.«

»Das heißt – warten Sie noch etwas. Ich möchte die Situation erst einmal genau unter die Lupe nehmen, ehe wir zuschlagen.«

Die Antwort lag Hanrahan wie ein saurer Kloß im Magen, obwohl er im Grund eine andere Reaktion des Commissioner gar nicht erwartet hatte. Als sie zum Präsidium zurückfuhren, kam er auf den Urlaub zu sprechen, der ihm noch zustand.

»Doch nicht jetzt, Mac«, wehrte Johnson ab. »Mitten in dieser Geschichte.«

»Aber ich habe meiner Schwester in New Orleans versprochen, daß ich zu ihrem fünfundzwanzigsten Hochzeitstag runterkomme, Cal. Und sie ist schließlich meine Lieblingsschwester.«

»Nicht gerade jetzt, Mac.«

»Ich habe es versprochen. Ich nehme ja keine volle Woche, nur zwei, drei Tage. Außerdem brauch' ich die Pause. Ein paar Tage weg von diesem Fall und ich sehe sicher wieder klarer. Hoffe ich jedenfalls.«

Johnson begleitete Hanrahan in sein Büro.

»Also gut, dann fahren Sie. Aber machen Sie's kurz.«

Hanrahan überlegte, ob er Heather anrufen und ihr sagen sollte, daß er ein paar Tage abwesend sein würde, und entschied sich dagegen. Aus irgendeinem Grund war er ärgerlich auf sie.

Doch als er zwei Tage später im Flugzeug saß, tat ihm sein Entschluß leid. Kindisch, sagte er sich. Bin ich auf diesen selbstherrlichen, überfütterten alten Pfau vielleicht eifersüchtig?

Er rief sie von New Orleans aus an. Sie sagte, es freute sie, daß er ein paar Tage ausspannen könnte, und fügte dann hinzu: »Ich spiele auch mit dem Gedanken an eine Reise.«

»Wohin?« fragte er und hoffte, seine Stimme klänge gleichgültig.

»Erst nach London, dann weiter nach Edinburgh. Evelyn muß geschäftlich hinüber, und für mich wäre es eine gute Gelegenheit, verschiedene Dinge zu regeln und Mr. Paley zu fragen, was er bis jetzt erreicht hat.«

»Wann wollen Sie denn fliegen.?«

»Das steht noch nicht fest. Sie sind bis dahin sicher zurück.«

»Sicher... und wenn nicht, dann gute Reise.«

»Es ist Captain Hanrahan«, hörte er sie zu jemandem im Hintergrund sagen. Und danach vernahm er Killinworths dröhnende Stimme: »Schöne Grüße von mir.«

Wie reizend, dachte Hanrahan.

Kapitel 19

Am Abend des 19. Juni, einem Freitag, kehrte Hanrahan nach Washington zurück. Auf seinem Schreibtisch fand er eine Nachricht von Heather McBean. Er rief sie an.

»War's schön?«

»Danke, ja.«

»Und jetzt sind Sie schon wieder an der Arbeit.«

»Ja. Haben Sie immer noch vor, nach London zu fliegen?«

»Ja. Am Sonntag.«

»Und er fliegt mit Ihnen?«

»Evelyn? Ja. Es war sein Einfall.«

»Ach? Rufen Sie mich an, wenn Sie zurück sind. Vielleicht hat sich bis dahin etwas geklärt... Kann ich Sie drüben erreichen, falls es aus irgendeinem Grund notwendig werden sollte?«

»Wir wohnen im Chesterfield in London. Es war Lord Chesterfields Haus und –«

»Okay, okay. Vielleicht melde ich mich.«

»Danach sind wir in Schottland. Ich wohne dort vermutlich im Schloß.«

»Im Schloß Ihres Onkels?«

»Ja. Es ist feucht und kalt, wie ein Schloß eben sein muß. Aber es war viele Jahre mein Zuhause.«

»Dann passen Sie nur gut auf sich auf. Wie lange wollen Sie bleiben?«

»Ach, knapp eine Woche, denke ich.«

Als nächstes rief Hanrahan im Büro von Jubel Watson an, dem Kongreßmitglied, und erfuhr, daß Watson verreist war und erst am folgenden Dienstag zurückerwartet wurde. Hanrahan wußte nicht, was er eigentlich zu Watson gesagt hätte, wenn er da gewesen wäre, da Commissioner Johnson ihn ja gebeten hatte, ihm einige Tage Zeit zu lassen. Doch er fand es ganz in Ordnung, wenigstens festzustellen, wo der Mann sich aufhielt.

Samstag und Sonntag arbeitete er im Büro. Am Samstag war auch Joe Pearl da, und gemeinsam gingen sie sämtliche Informationen durch, die sie im Fall Tunney bisher zusammengetragen hatten. Irgendwo mußte sich doch eine Diskrepanz, ein Widerspruch, eine Ungereimtheit oder sonst etwas zeigen, das neue Möglichkeiten der Ermittlung eröffnete. Aber es ergab sich nichts außer jenen Punkten, die zuvor schon Hanrahans Interesse erregt hatten, und die er in einer Liste aufgeführt hatte.

a. Evelyn Killinworth.
   Hanrahan mochte ihn nicht, aber das machte ihn natürlich noch lange nicht zum Mörder oder Dieb. Disqualifizierte ihn andererseits auch nicht.
b. Heimliche Ehe von Prentwhistle und Jones. Steckte da mehr dahinter, als die Erklärung, die man ihm gegeben hatte?
c. Jones hatte Ford Saunders, Constantin Kazakis und Janis Dewey ihre Stellungen verschafft. Eine Verbindung, aber bisher ohne Signifikanz.
d. Ford Saunders.
   Verließ das Fest vorzeitig. Alibi durch Norman Huffaker, zu dem er möglicherweise homosexuelle Beziehungen unterhielt. Was an sich ja kein Verbrechen war, wenn nicht einer von ihnen log.
e. Harsa-Medaille von ›Insidern‹ begutachtet und für echt befunden.
f. Anzahl der Puppen im Ausstellungsraum des ›First Ladies Kabinett‹. Litt Hanrahan an Halluzinationen?
g. Vizepräsident Oxenhauers Beziehung zu Tunney und die Tatsache, daß er die Harsa-Cincinnati-Ausstellung angeregt hatte.
h. Der Überfall auf Heather mit der nachfolgenden Durchsuchung ihres Hotelzimmers. Gab es da eine Verbindung?
i. Was erfuhr Tunney vor seinem Abflug nach London? Und wieweit hatte er Oxenhauer eingeweiht, auch wenn dieser behauptete, keine Einzelheiten erfahren zu haben?
j. Carlos Montenez und die Tatsache, daß die Harsa in eine Mülltonne geworfen wurde. ›Profis‹?
k. Mögliche Verbindung zwischen dem angeblichen Selbstmord von Heathers Onkel und Tunneys Ermordung?
l. Killinworths Kenntnisse über einen Schwarzen Kunstmarkt.
m. Killinworth im allgemeinen. Siehe a.
n. Watson, der Detienne zufolge bestrebt war, die Harsa illegal zu erwerben.
o. Wer ist Evelyn Killinworth? Siehe a und m.

Am Sonntag tat Hanrahan schließlich das, was er in schwierigen Fällen immer tat – er spielte mögliche Szenen durch. Pearl hatte einige vorgeschlagen, und Hanrahan dachte sich noch ein weiteres halbes Dutzend aus. Keines brachte auch nur das Geringste.

Um acht packte er seine Aktentasche und fuhr nach Hause. Nachdem er es sich in einem schwarzen Sessel bequem gemacht hatte, nahm er sich Joe Pearls Bericht über Evelyn Killinworth vor. Er war umfassend und sagte gar nichts aus. Das einzige, was ins Auge sprang, war Killinworths Finanzlage. Pearls Nachforschungen zufolge bezog Killinworth einzig aus seiner Lehrtätigkeit und aus seinen Vortragshonoraren ein Einkommen. Hanrahan dachte an das Mittagessen im *Lion d'Or*, an Killinworths Großmannsgehabe: Besitzt ein Haus und braucht die Miete der oberen Wohnung nicht – wohlbekannt in teuren Restaurants – fliegt einfach so mal nach London – kleidet sich teuer.

Gegen Mitternacht rief seine Mutter an und sagte: »Ich höre, du warst mit Kathy beim Essen.«

»Stimmt.«

»Und?«

»Und was?«

»Worüber habt ihr gesprochen?«

»Alles mögliche.«

»Sei vorsichtig.«

»Wovor?«

»Vor ihr. Denk daran, was ich dir gesagt habe, als sie ging.«

»Wie könnte ich das vergessen!«

»Die Menschen sind komisch, mein Lieber. Am hellichten Tag wirken sie ganz annehmbar, aber wenn es finster wird, kommen alle möglichen sonderbaren Seiten zum Vorschein.«

»Das wußte ich gar nicht.«

»Laß deiner Mutter gegenüber diesen frechen Ton.«

»Ich würde dir gegenüber nie einen frechen Ton anschlagen, Mutter. Ich bin ein pflichtbewußter, liebender Sohn.«

»Ja, das weiß ich, und deshalb mahne ich dich zur Vorsicht. Frauen wie Kathy wissen genau, was sie wollen, und sind bereit, über Leichen zu gehen.«

»Nun hör mal, sie ist die Mutter deiner Enkel.«

»Und sie ist Baptistin.«

»Mutter, ich hab' einen harten Tag hinter mir. Danke für deinen Anruf.«

»Sei vorsichtig, Mac, mehr verlange ich nicht.«

Hanrahan lächelte. »Sag mal, Mutter, hast du wirklich kein jüdisches Blut?«

»Sei nicht unverschämt. Du bist jetzt vielleicht erwachsen, aber ich seh' dich immer noch in Windeln vor mir.«

»Geh jetzt zu Bett und mach dir keine Sorgen.«

»Warum sollte ich?«

»Weil es spät ist.«

»Ich hab' dich geweckt. Das tut mir leid. Arbeitest du immer noch an dem Mord im Museum?«

»Ja.«

»Such die Frau.«

»Was?«

«Es heißt, er war gutaussehend, gescheit und reich, ein Mann also, für den eine Frau töten würde.«

»Ach so. Gut, ich merk's mir.«

»Ruf mich ab und zu mal an.«

»Ja, tu ich, Mutter. Gute Nacht.«

»Gute Nacht, Mac, Schlaf gut.«

Kapitel 20

»British Airways Flug 276. Bitte alle Passagiere nach London zu Flugsteig drei.«

Heather warf einen Blick auf ihre Uhr, während sie in der Telefonzelle mehrere Münzen einwarf. Die Maschine sollte um 20 Uhr 45 vom Dulles Flughafen starten und am folgenden Morgen um 8 Uhr 45 Ortszeit in London sein. Killinworth war am Kiosk und kaufte eine Zeitung. Er trug einen riesigen Trenchcoat und einen rotkarierten Regenhut, der für seinen Kopf zu klein war. Von hinten, fand Heather, sah das aus, wie eine Kirsche auf einem Berg Mokkaeis.

»Hallo, hier ist Heather McBean«, sagte sie, als sie die Verbindung hatte. »Ist Chloe Prentwhistle da?«

»Leider nicht«, antwortete Ford Saunders und erklärte ihr, wer er war.

»Ach ja, Mr. Saunders – ich wollte mich eigentlich nur von ihr verabschieden. Ich fliege nach London.«

»Weiß sie, daß Sie fliegen?«

»Ja, ich sagte ihr, daß ich es vorhabe, aber da war es noch nicht sicher. Meine Maschine startet in zwanzig Minuten.«

»Ich werde ihr ausrichten, daß Sie angerufen haben. Möchten Sie hinterlassen, wie lange Sie wegbleiben?«

»Höchstens eine Woche, denke ich. Ich wohne im Chesterfield in Mayfair, falls sie mich aus irgendeinem Grund erreichen muß. Gegen Ende der Woche will ich für ein paar Tage nach Edinburgh, auf das Schloß meines Onkels, aber bis nächsten Sonntag bin ich sicher zurück.«

»Gute Reise, Miss McBean. Sobald Chloe kommt, werde ich ihr –«

»British Airways Flug 276. Bitte alle Passagiere...«

»Ich muß los, Mr. Saunders. Vielen Dank.«

Heather und Killinworth eilten durch eine Tür zu dem Transportband, das sie zu der wartenden 747 bringen sollte. Ein Steward zeigte ihnen ihre Plätze in der Super-Club-Klasse. Auf diesen Kompromiß hatten sie sich geeinigt, nachdem Killinworth zunächst darauf bestanden hatte, erster Klasse zu fliegen, wo die Sitze besser geeignet waren, seine Massen aufzunehmen. Heather, die das zu teuer fand, hatte ihn zur Super-Club-Klasse überredet, wo die Sitze genau so breit waren. Worauf er ihr schottische Sparsamkeit vorwarf.

Das Flugzeug setzte zum Start an, rollte langsam los, legte Geschwindigkeit zu, bis es sich schließlich ächzend in die Lüfte erhob. Als sie ihre Reisehöhe von 39000 Fuß erreicht hatten, gab der Pilot bekannt, daß sie dank eines Rückenwinds von 155 Meilen pro Stunde vorzeitig in London landen würden.

»Haben Sie vor, im Schloß zu wohnen?« fragte Killinworth nach dem Horsd'oeuvre, das aus schottischem Räucherlachs auf Toast bestanden hatte.

»Ich möchte gern«, antwortete sie, »obwohl jetzt, wo die Umbauten im Gange sind, nur Agnes noch da ist. Und auch sie kommt nur von Zeit zu Zeit. Ich muß erst mal sehen, wie ich mit soviel Alleinsein fertigwerde.«

»Ich könnte vielleicht auf einen Tag hinaufkommen; vielleicht auch über Nacht«, meinte Killinworth. »Ich weiß noch nicht genau. Es hängt davon ab, wie die Dinge in London sich entwickeln.«

»Sie haben mir noch gar nicht erzählt, was Sie in London zu tun haben«, bemerkte Heather.

»Ach, nichts Wichtiges«, erwiderte er und trank einen Schluck Weißwein. »Wollen Sie sich wirklich mit diesem Paley treffen?«

»Ja, ich möchte doch wissen, was er über Lewis' Aktivitäten in der Woche vor seinem Abflug nach London herausgefunden hat. Ich bin fast überzeugt davon, daß da ein Zusammenhang zu seinem Tod besteht. – Ich glaube, Captain Hanrahan ist der gleichen Meinung.«

»Tatsächlich? Also, offen gestanden, Heather, ich habe nicht viel Sympathie für diesen Burschen übrig, wobei ich allerdings zugeben muß, daß ich gegen jeden, der einen Polizeiausweis trägt, gewisse Vorurteile habe.«

»Das ist zynisch.«

»Kann sein. Aber ich muß immer wieder an den angeblichen Selbstmord Ihres Onkels denken, und wie die Sache von der Polizei in Edinburgh gehandhabt wurde. Das genügte wahrhaftig, um selbst einen Optimisten wie mich zum Zyniker zu machen.«

Der Pilot gab bekannt, daß Turbulenzen bevorstanden und die Passagiere sich wieder anschnallen sollten. Killinworth mühte sich mit seinem Gurt ab, der mit Müh und Not um seinen Körper reichte.

Heather blickte zum Fenster hinaus und sah zu, wie die Tragflächen des gigantischen Flugzeugs in der unruhigen Luft auf und nieder wippten. Sie merkte plötzlich, wie sehr ihr London und Edinburgh fehlten. Es würde ihr guttun, wieder zu Hause zu sein, auch wenn die Umstände keinen Anlaß zur Freude boten, und der Aufenthalt kurz sein würde. Sie hatte das Bedürfnis, ihre Freunde zu sehen, von denen sie viele während ihrer Arbeit am Britischen Museum kennengelernt hatte, und vertraute Orte aufzusuchen, wo sie Wärme und Freude erlebt hatte. Nur vor der Rückkehr ins Chesterfield hatte sie ein wenig Angst. Dort nämlich, im kleinen achteckigen Salon, hatten sie, Lewis und mehrere ihrer Freunde damals ihren Geburtstag und die überraschende Verlobung gefeiert. Zuerst hatte sie Killinworths Vorschlag, dort abzusteigen, rundweg abgelehnt. Es wäre zu schmerzlich, hatte sie ihm erklärt. Er jedoch hatte sie davon überzeugt, daß es, wenn man vom Pferd fällt, das Beste ist, gleich wieder aufzusteigen. »Außerdem war Ihnen das Chesterfield doch wie ein Zuhause in London. Ich bestehe darauf, daß wir dort absteigen …«

Als der Film gezeigt wurde, den keiner von beiden sehen wollte, legte Heather ein Schläfchen ein, während Killinworth ein ganzes

Sortiment Zeitschriften durchblätterte, das der Steward ihm brachte. Heather erwachte, als Killinworth sich eben aus seinem Sitz quälte, um im Duty-free-shop an Bord etwas einzukaufen – Henri Winterman Zigarren für sich und ein *L'Air du Temps*-Parfum für sie.

»Woher wußten Sie, daß ich das benutze?«

»Ein äußerst scharfer Geruchssinn und eine Vorliebe für die feineren Düfte des Lebens. Nein, mein Kind, ich habe es in Ihrer Handtasche gesehen.«

Als der Pilot bekanntgab, daß sie in zwanzig Minuten in Heathrow landen würden, holte Killinworth seinen zweireihigen blauen Blazer und seinen Trenchcoat aus dem Gepäckfach. Mühsam zog er beides über und setzte sich dann schwitzend und schnaubend wieder nieder, um seinen Sicherheitsgurt festzuzurren.

»Geht's?«

»Diese Welt wurde für Zwerge und dünne Menschen geschaffen«, knurrte er. »Ja, ja, es geht schon. Wie steht's mit Ihnen?«

»Alles in bester Ordnung.«

Nach der Landung ließen sie sich von einem Transportband zur Gepäckausgabe und zum Zoll befördern. Heather hatte in Washington vorgeschlagen, sie sollten sich ein Auto mieten, doch davon hatte Killinworth nichts wissen wollen.

»In dieser chaotischen Welt, wo es überall drunter und drüber geht und die Menschen es nicht einmal mehr fertigbringen, zu ihren Mitmenschen freundlich zu sein, ist das Londoner Taxi letztes Bollwerk der Zivilisation. Mir fehlt vieles, wenn ich nicht in London bin, aber das Taxi am meisten.« Er hatte sogar ein Gedicht von Ogden Nash zitiert.

Das Londoner Taxi ist ein Relikt,
Das stets aufs neue mich beglückt.
Für Leute mit Hut ist es gedacht,
Nicht für die Bonneville Rennbahn gemacht.
Man steigt bequem ein und aus, fährt bequem her und hin,
Stößt beim Sitzen nicht mit den Knien ans Kinn.
Der Fahrer ist so vom Gestern geprägt,
Daß er einem sogar die Koffer trägt;
Ja, seine Höflichkeit ist so horrend,
Daß er einen ›Sir‹ und nicht ›Kumpel‹ nennt.

Und so fuhren sie also in einem Londoner Taxi vom Flughafen in die Charles Street in Mayfair, wo das Personal des Chesterfield Heather herzlich begrüßte. Man zeigte ihnen ihre Zimmer – Heathers im ersten Stock, Killinworths im zweiten –, und nachdem sie ausgepackt hatten, trafen sie sich zu einem Cocktail in der Bibliothek, einem schönen, holzgetäfelten Raum, wo die Hotelgäste zu jeder Tages- und Nachtzeit ihre Bestellungen aufgeben konnten.

Heather sprach wenig. Killinworth schien beschwingt von dem Wiedersehen mit London und ließ einen Monolog über Großbritanniens Rolle in der Welt und die Gründe für seinen Niedergang vom Stapel. Er hätte weiter gepredigt, wäre nicht eine Gruppe Amerikaner hereingekommen, die sich auf den Sofas ihnen gegenüber niederließ. Die Neuankömmlinge fanden Killinworth offensichtlich höchst amüsant; nicht nur wegen seiner schwülstigen und hochtrabenden Vorträge, sondern auch weil er über Hemd und Hose einen rotgrün gemusterten orientalischen Morgenrock trug und dazu rote Pantoffeln.

»Ich glaube, ich gehe zu Bett«, sagte Heather. »Ich möchte morgen frisch sein.«

»Natürlich, Kind«, sagte Killinworth und stand auf. »Schlafen Sie gut. Wir frühstücken doch zusammen?«

»Um welche Zeit?«

»Neun.«

Sie frühstückten in der sogenannten *Buttery*.

»Einer von diesen gräßlichen Amerikanern gestern hatte doch tatsächlich die Stirn, mich zu fragen, ob Sie meine Tochter wären«, berichtete Killinworth.

Heather lächelte. »Und was haben Sie ihm geantwortet?«

»Ich sagte, Sie wären meine sechste Frau und die Mutter meines zehnten und elften Kindes.«

»Das ist doch nicht Ihr Ernst!«

»Nein, aber das hätte ich sagen sollen.«

»Ja, also, es wird Zeit für mich«, bemerkte Heather. »Sehen wir uns später?«

»Das kommt darauf an, wo wir uns später gerade befinden. Ich denke, wir könnten uns zum Tee treffen. Für wann sind Sie mit Paley verabredet?«

»Ich weiß es noch nicht. Ich rufe ihn später an. Wollen wir uns hier zum Tee treffen?«

»Nein, ich möchte lieber ins Dorchester.«

Auf dem Weg durch das Foyer sagte er: »Wenn sich bei Ihnen etwas ändern sollte, hinterlassen Sie eine Nachricht am Empfang. Ich rufe Sie dann an.«

Heather bestand darauf, daß er das einsame Taxi nahm, das vor dem Hotel stand.

»Ich kann einen Spaziergang gebrauchen«, erklärte sie.

Sie blickte dem Wagen noch einen Moment lang nach, dann ging sie flott zur Curzon Street hinauf, wo sie in die Park Lane einbog und am Hyde Park entlang bis zum Marble Arch marschierte. Dort wurde sie beinahe überfahren, weil sie zuerst nach links anstatt nach rechts blickte, ehe sie die Straße überquerte. Weiter ging es die Oxford Street hinunter bis zur Tottenham Court Road. Wenige Minuten später stand sie vor der klassizistischen Fassade des Britischen Museums, Englands größtem und berühmtesten Museum.

So, wie sie gezögert hatte, ins Chesterfield zurückzukehren, so zögerte sie auch jetzt, die Treppe hinaufzusteigen. Dieses Haus barg allzuviele Erinnerungen an glücklichere Zeiten und allzuviele zerstörte Hoffnungen.

Aber dann trat sie doch unter dem viktorianischen Fries des Bildhauers Sir Richard Westmacott hindurch in das gewaltige Gebäude und wandte den Blick nach rechts, wo in den Räumen der Britischen Bibliothek über zehn Millionen Bücher, Manuskripte, Partituren und philatelistische Sammlungen aufbewahrt und teilweise zur Schau gestellt wurden, darunter die Magna Carta, eine erste Ausgabe von Shakespeares Werken und die Gutenbergbibel. Direkt vor ihr lag der Leseraum der Britischen Bibliothek, der nur Wissenschaftlern mit besonderem Ausweis offenstand.

Mit dem Aufzug fuhr sie ins obere Stockwerk und wanderte durch endlose Räume mit mittelalterlichen, westasiatischen und ägyptischen Sammlungen, bis sie schließlich die Abteilung für Stiche und Zeichnungen erreichte, wo sie vor Calums Tod gearbeitet hatte.

»Heather«, sagte eine Männerstimme.

Als sie sich umdrehte, sah sie Bryan Mills auf sich zukommen. Sie hatten eng zusammengearbeitet, und sie hatte ihn immer sehr gern gehabt. Stumm reichten sie einander die Hand.

Dann sagte Mills: »Es tut mir so leid, Heather – was geschehen ist.«

»Das weiß ich, Bryan. Dankc.« Sie bemühte sich um einen leichten Ton. »Nun, was gibt's Neues im B. M.?«
Er zuckte die Achseln.
»Ach, nicht viel eigentlich, jedenfalls hier oben nicht. Wir haben eine Sonderausstellung mit Zeichnungen von Michelangelo gebracht, die nicht allzugut aufgenommen wurde. Jetzt streiten sie sich, ob sie Rubens oder Lorrain eine Sonderausstellung widmen sollen. Lampl plädiert natürlich für Lorrain, aber Mrs. Markham ist ihm in den Rücken gefallen und ist für Rubens. Sie siegt meistens, wie du wahrscheinlich noch weißt.«
Heather blickte sich in dem großen Raum um.
»Ja, ich erinnere mich, Bryan.« Sie erinnerte sich an vieles, an allzuvieles.
»Bist du zum Mittagessen frei?«
»Ja, aber erst muß ich ein paar Anrufe erledigen.«
»Geh doch ins Büro.«
Sie kramte Elwood Paleys Karte aus ihrer Tasche und wählte seine Nummer. Er meldete sich beim ersten Läuten.
»Hier spricht Heather McBean, Mr. Paley.«
»Ah, ja, guten Tag, Miss McBean.«
Er hatte einen starken Cockney-Akzent und sprach mit so rauher Stimme, daß man hätte meinen können, seine Stimmbänder wären mit einer Feile bearbeitet worden.
»Ich bin hier in London. Ich würde mich gern mit Ihnen treffen.«
Er räusperte sich. »Hm, ja, das ließe sich machen, aber ich habe nicht viel zu berichten. Ich arbeite natürlich noch daran, Tag und Nacht.«
Sie war enttäuscht. »Nichts?«
»So schlimm ist es auch wieder nicht, Madam. Sie werden's ja sehen.«
»Wann können wir uns treffen?«
Lange Pause und wieder ein Räuspern.
»Heute geht's leider nicht mehr. Hab' wahnsinnig zu tun.«
»Mr. Paley, wenn Sie etwas entdeckt haben, ganz gleich, was es ist, dann muß ich es wissen. Ich bleibe nicht lange hier. Ich fliege in ein, zwei Tagen nach Edinburgh und dann zurück nach Amerika.«
»Naja, vielleicht ginge es heute abend doch, wird aber verdammt knapp werden...«

»Sagen Sie mir nur, wo und wann.«

»Ich hab' dringende Geschäfte im East End. Wenn's Ihnen nichts ausmacht, da rüber zu kommen, könnte ich –«

»Welche Zeit?«

»Um acht. In einer Gastwirtschaft in der Cable Street. Sie heißt *The Quid.*«

Heather kannte die Gegend und die Straße, obwohl sie nur selten dorthin gekommen war. Das East End war ein rauhes Viertel unten am Hafen, das ehemalige Territorium von Jack the Ripper. Sie war dort unten ein paarmal in einem Gasthaus gewesen, dem *Prospect of Whitby,* das direkt an der Themse lag, einem alten Küstensegler des achtzehnten Jahrhunderts. Früher pflegten die Zecher von den Fenstern des Gasthauses aus die Hinrichtungen auf dem *Execution Dock* zu verfolgen, wo die Flut die angeketteten Opfer überspülte, unter ihnen auch Captain Kidd.

»Das *Prospect of Whitby* wäre mir lieber«, sagte Heather. »Es ist ganz in der Nähe, in Wapping Wall.«

»Keinen Fuß würde ich in diese Touristenfalle setzen, Madam. Und ich muß dringend geschäftlich ins *Quid.* Anders geht's nicht.«

Er war verflixt eigenwillig. Doch sie war nicht geneigt, sich auf kleinliche Streitereien einzulassen.

»Gut, ich bin um acht dort.«

Nachdem sie aufgelegt hatte, wurde sie erst richtig ärgerlich. Was erlaubte sich dieser Mensch eigentlich. Schließlich wurde er von ihr bezahlt, verdammt nochmal. Aber sie zwang sich, das einfach zu vergessen, und verbrachte den Rest des Morgens bei Geplauder mit Mills und anderen früheren Arbeitskollegen. Später gingen sie zu viert zum Mittagessen in ein nahegelegenes Gasthaus, wo trotz heroischer Bemühungen, das Thema zu meiden, schließlich doch Tunneys Ermordung zur Sprache kam. Zu Beginn hatte Heather große Mühe, darüber zu sprechen. Dann aber erzählte sie alles, was sie wußte, und lieferte gar einen chronologischen Bericht ihrer Erlebnisse in Washington. Am Ende fühlte sie sich ein wenig wohler, eben weil es ihr gelungen war, darüber zu sprechen.

Auch Evelyn Killinworth saß um diese Zeit beim Mittagessen, aber nicht in einem Gasthaus. Er saß mit einer hochgewachsenen, attraktiven blonden Frau Mitte Vierzig an einem Zweiertisch im *Savoy,* direkt an der Themse. Killinworth hatte einen Teil des

Morgens auf einer Zweigstelle der Barclays Bank zugebracht, wo er ein stattliches Konto unterhielt. Er war dann zu Lewin in der Jermyn Street gefahren, um vier Maßhemden zu bestellen, und hatte sich danach zu Nutter begeben, seinem Schneider in der Saville Row, wo er, nachdem Tommy Nutter persönlich ihn herzlich begrüßt hatte, zwei Anzüge zum stolzen Preis von je siebenhundert Pfund bestellte.

Um vierzehn Uhr dreißig verließen Killinworth und seine Begleiterin das *Savoy*. Draußen auf dem Bürgersteig blieben sie stehen, und sie reichte ihm einen Schlüsselbund.

»Sie sind wirklich ein hinterhältiges Schwein, Evelyn«, sagte sie.

Er lachte. »Ich ziehe es vor, mich schlicht und einfach als Mann von messerscharfem Verstand zu sehen, der immer weiß, auf welches Knöpfchen er drücken muß. Im übrigen sollten Sie in der Wahl Ihrer Bettgenossen etwas vorsichtiger sein. Einen schönen Tag noch und vielen Dank.«

Er winkte einem sich nähernden Taxi. Der Fahrer ließ das Fenster herunter.

»Belgrave Place in Belgravia bitte«, sagte Killinworth.

Er lehnte sich in der komfortablen Geräumigkeit des Wagens zurück und ließ London an seinem Fenster vorüberziehen, kleine Seitenstraßen, die der Fahrer wählte, um nicht in das Gewühl am Trafalgar Square zu geraten, dann Piccadilly bis zum Wellington Arch, und von da führte die Fahrt in das ruhige, vornehme Viertel Londons, das Belgravia heißt, wo die stattlichen Gebäude ausländischer Botschaften Seite an Seite mit den eleganten Stadthäusern des Adels und der Reichen stehen.

Vor einem der Häuser, die zumeist aus hellem Stein erbaut waren, hielt das Taxi an. Es war zwei Stockwerke hoch und stand direkt am Belgrave Place. Vier kannelierte Säulen flankierten den Weg vom imposanten goldverzierten schmiedeeisernen Tor zum Portal des Hauses.

Killinworth zahlte das Taxi und ging zum Tor. Er drückte auf einen Knopf. Der Vorhang in einem Fenster neben der Tür bewegte sich flüchtig und hing wieder reglos. Die Tür öffnete sich nicht. Killinworth drückte noch einmal auf den Knopf. Jetzt öffnete sich die Tür, und ein kleingewachsener Mann, offensichtlich arabischer Herkunft, trat auf die abgerundete oberste Stufe der Vortreppe hinaus.

»Killinworth?« fragte er mit einer Singsang-Stimme.

»Natürlich bin ich es, Ashtat. Wenn Sie es nicht schon vorher mit Sicherheit gewußt hätten, hätten Sie nie im Leben diese gottverdammte Tür geöffnet und ihr edles Profil der Öffentlichkeit gezeigt. Machen Sie das Tor auf. Es fängt gleich an zu regnen.«

Ashtat blickte zum dunkler werdenden grauen Himmel hinauf. Ein Regentropfen fiel ihm ins Auge. Er zwinkerte und streckte den Arm aus, um den elektrischen Toröffner zu bedienen. Von einem leisen Summton begleitet schwang das Tor langsam und beinahe lautlos auf. Killinworth trat hindurch und streckte Ashtat die Hand entgegen. Der Araber zögerte einen Moment. Dann nahm er kurz die dargebotene Hand, drehte sich um und ging, von Killinworth gefolgt, ins Haus.

Rashad Ashtat trug einen knapp sitzenden schwarzen Seidenanzug, dazu ein weißes Hemd und einen schwarzen Schlips. Sein Gesicht war von Pockennarben gezeichnet. Das linke Auge schielte, die Folge einer Verletzung in der Kindheit. Er trat in ein großes, luxuriös ausgestattetes Wohnzimmer. Dort drehte er sich um und wartete, bis Killinworth sich zu ihm gesellte. Killinworth war im Vorsaal stehengeblieben, um die Gemälde an den Wänden zu betrachten: ein Aquarell von Girtin, das das alte London zeigte, einen Monet, einen Cézanne und ein kleines Gainsborough-Porträt.

»Der Gainsborough gefällt mir ganz besonders«, bemerkte Killinworth, als er in das Wohnzimmer trat. »Seine Technik beeindruckt mich immer wieder.«

»Das Bildchen ist nicht viel wert, Killinworth.«

Killinworth sah, daß an einem Ende des Salons sechs Überseekoffer und eine Anzahl anderer Gepäckstücke bereitstanden.

»Sie machen Urlaub?«

»Ja.«

»Offensichtlich einen von längerer Dauer.«

»Ich weiß noch nicht, wie lang, Killinworth. Und er ist mit Geschäften verbunden.«

Killinworth lachte. »Ja, das glaube ich gern. Wohin reisen Sie denn?«

»Das geht Sie nichts an.«

»Natürlich nicht, aber ich würde es gern wissen.«

»Ich fahre nach Hause, meine Familie besuchen.«

»Das sind allerdings schwierige Geschäfte, Ashtat.«

»Geschäft und Vergnügen.«

Killinworth zuckte die Achseln und bewunderte die Kunstwerke, die den Salon schmückten.

»Warum sind Sie hergekommen?« fragte Ashtat, und seine Stimme wurde noch höher, als sie sonst schon war, was andeutete, daß dieser unangemeldete Besuch ihn offensichtlich beunruhigte.

»Ein reiner Höflichkeitsbesuch, alter Freund«, antwortete Killinworth, ohne ihn anzusehen, »aber da ich schon einmal hier bin, möchte ich Sie um Hilfe bitten.«

»Ich habe nicht viel Zeit. Ich muß noch fertig packen und bin zum Abendessen verabredet.«

Killinworth drehte sich um und breitete die Hände aus.

»Es würde mir nicht einfallen, Sie davon abzuhalten, alter Freund. Sagen Sie, Rashad, was erzählt man sich hier so über Tunneys Ermordung?«

»Woher soll ich das wissen?«

»Aber Sie haben doch gewiß von der Sache gehört?«

»Natürlich. Aber das ist auch alles. Ich weiß, daß er ermordet wurde –«

»Erschreckend, nicht wahr?«

»Killinworth, ich habe viel zu tun, und Ihr Besuch kommt – ungelegen.«

»Das passiert mir oft.«

»Ist das alles, was Sie wissen wollten? Ob ich von Tunneys Ermordung gehört habe?«

»Nein, Rashad, das ist nicht alles.«

»Dann kommen Sie zur Sache und gehen Sie. Ich möchte nicht unhöflich sein, aber –«

»Ich habe Sie nie unhöflich erlebt, alter Freund. Hinterhältig und berechnend, vielleicht, aber niemals unhöflich. Ich bin im Auftrag eines sehr wohlhabenden und, ich darf wohl sagen, berühmten Mannes in London, dessen Namen Sie augenblicklich erkennen würden und der eben deshalb namenlos bleiben soll. Er möchte einen ganz bestimmten Kunstgegenstand erwerben.«

»Und?«

»Und«, sagte Killinworth mit einem übertriebenen Seufzer, »ich kam sofort auf Sie, als ich überlegte, wer mir wohl helfen könnte, dieses Stück für meinen Auftraggeber zu erwerben.«

»Was für ein Stück möchte dieser reiche und berühmte Mann denn kaufen?«

Killinworth lächelte, legte die Finger seiner rechten Hand auf die Fläche der linken, begutachtete seine Fingernägel und sagte, ohne aufzublicken: »Die Legion von Harsa.«

Ashtat begann zu lachen, brach ab, fing wieder an, stieß dann eine Serie kurzer, rasch aufeinanderfolgender Laute aus, die sich so abgehackt anhörten wie die Fehlzündungen eines Autos.

»Die Harsa ist nicht auf dem Markt, Killinworth. Sie ist wieder im Besitz des Smithsonian.«

»Ja, freilich«, sagte Killinworth und trat zu einem großen Velazquez, der durch Deckenscheinwerfer illuminiert wurde. »Velazquez hatte wirklich Glück, daß Philip IV. sein Mäzen war. Denken Sie nur, was Holbein vielleicht geschaffen hätte, wäre er nicht als Hofmaler an Heinrich VIII. gefesselt gewesen.«

»Ich bin im Augenblick nicht in Stimmung, die möglichen Fähigkeiten toter Maler zu diskutieren.«

»Aber Sie werden doch zugeben, daß Velazquez einen Sinn für Komposition hatte, der in der westlichen Kunst seinesgleichen –«

»Bitte, gehen Sie jetzt, Killinworth.«

»Sofort, aber denken Sie daran, daß es meinem Auftraggeber mit seinem Wunsch, die Harsa zu erwerben, ganz ernst ist. Ich meine, falls Sie je davon hören sollten, daß sie zum Verkauf steht. Sie werden mir dann doch die erste Option einräumen?«

»Ja, ja. Bitte, gehen Sie jetzt.«

»Sehr schön. Es hat mich gefreut, Sie wiederzusehen, alter Freund. Genießen Sie den Urlaub mit Ihrer Familie. Wenn man älter wird, wird es zunehmend wichtiger, die Familienbande zu pflegen. Das Leben ist so flüchtig, und es gehört mit zum Traurigsten, einen Menschen zu verlieren, ohne – wie soll ich sagen – die Beziehung zu ihm wirklich ausgelebt zu haben. *Salam aleikum*, mein Freund.«

»Friede auch mit Ihnen, Killinworth.«

Killinworth dankte dem Araber und trat auf die Straße, wo er ein Taxi heranwinkte. »Zum Dorchester«, sagte er.

Während Killinworth im Dorchester an der Bar stand und Gin ohne Eis trank, ging Heather die Davies Street hinunter. Vor dem Laden mit dem Schild ›Antiquitäten, Peter S. Peckham – Besichtigung nur nach Vereinbarung‹ blieb sie stehen. Sie drückte auf den Klingelknopf und hörte von drinnen den melodischen Dreiklang. Sie drückte noch ein paarmal, klopfte dann mehrmals, aber es rührte sich nichts.

Sie ging zu einer roten Telefonzelle und wählte die Nummer, die auf einem Zettel geschrieben stand. Sie ließ es zwanzigmal läuten, ehe sie auflegte.

»Wo bist du nur?« murmelte sie, während sie einen letzten Blick auf den Zettel warf, ›Peter Peckham (privat).‹

Sie ging die Audley Street hinunter zum Dorchester, wo sie Killingworth im großen Foyer antraf. Schwarzbefrackte Kellner bedienten die Gäste, die an den kunstvoll gedeckten Tischen den Nachmittagstee einnahmen. Bei rautenförmigen kleinen Brötchen mit Lachs, Gurke, Schinken und Ei unterhielten sich Heather und Evelyn Killinworth über ihre Aktivitäten dieses Tages. Killinworth erzählte von seinen Einkäufen und sagte, er hätte im Savoy ganz vorzüglich zu Mittag gespeist. Als Heather wissen wollte, mit wem, antwortete er, es wäre eine alte Freundin gewesen, die sie nicht kenne.

»Und Sie, Kind, was haben Sie an Ihrem ersten Tag der Rückkehr nach London getrieben?«

»Ich war erst im B. M., dann habe ich mit ein paar Freunden zu Mittag gegessen und später war ich ein bißchen bummeln. Ich versuchte, Lewis' Freund Peter Peckham zu erreichen, aber ich hatte kein Glück.«

»Und wie sieht's mit diesem Paley aus?«

»Den habe ich angerufen. Er hatte leider nichts zu berichten.«

Sie hatte beschlossen, von ihrer Verabredung mit Paley nichts zu sagen, da sie sich auf keinen Fall seine Begleitung aufdrängen lassen wollte. Dies war etwas, was sie allein tun wollte. Evelyn war überaus hilfsbereit, aber was zu weit ging, ging zu weit. Sie war schließlich kein hilfloses kleines Ding.

»Kann man nicht ändern«, meinte Killinworth, als der Kellner mit einer silbernen Platte mit Kuchen, Schaumgebäck, Eclairs und Schwarzwälder Kirschtorte kam. »Würden Sie die Platte bitte hier lassen«, sagte er zum Kellner und wandte sich dann wieder an Heather: »Was haben Sie heute abend vor?«

»Ich habe mich mit einer alten Freundin verabredet«, antwortete Heather.

»Ach? Kenne ich sie?«

Sie schüttelte den Kopf. »Eine Schulfreundin.« Seine Neugier fing an, ihr auf die Nerven zu gehen, auch wenn sie noch so gut gemeint war.

»Ach so. Hm, ja, ich habe heute abend auch etwas vor, aber es wird nicht lange dauern. Sind Sie mit Ihrer Freundin zum Essen verabredet?«

»Nein.«

»Da könnten wir uns doch später zum Abendessen treffen.«

»Ja, das wird sicher gehen.«

»Gut. Halb zehn im Hotel?«

»Ja, das –« Sie schüttelte plötzlich den Kopf. »Ich weiß nicht, ob ich das schaffe, Evelyn. Es fiel mir schon schwer genug, in das Hotel zu ziehen, aber das Restaurant – da haben wir meinen Geburtstag gefeiert, an dem Abend, als Lewis und ich –«

»Als Sie Ihre Verlobung bekanntgaben. Ich verstehe, wie Ihnen zumute ist, Heather, glauben Sie mir. Aber Sie müssen der Realität ins Auge sehen. Ich bestehe darauf, daß wir im Hotel essen. Um halb zehn. Ja?«

»Ja, gut«, flüsterte sie.

Um fünf kehrten sie ins Chesterfield zurück. Während Heather ein Nickerchen machte und Killinworth verschiedene Anrufe erledigte, stand in Heathrow am Zoll eine gutgekleidete Frau. Ihre Maschine war kurz zuvor gelandet. Der Beamte von der Paßkontrolle nahm ihren amerikanischen Paß und musterte Foto und Unterschrift: Linda Claire Salzbank.

»Sind Sie geschäftlich hier oder privat, Miss Salzbank?«

»Geschäftlich«, antwortete sie. »Nur eine Nacht.«

»Dann wünsche ich Ihnen einen angenehmen Abend«, sagte er, während er ihr den Paß zurückreichte und sich der nächsten Person in der Schlange zuwandte.

Sie ging zu den wartenden Taxis. Es regnete in Strömen, und dichter Nebel hüllte alles in seinen feuchten, grauen Mantel ein. Sie nannte dem Fahrer eine Adresse und lehnte sich zurück, neben sich ein Aktenköfferchen mit Kombinationsschloß und einen kleinen Koffer, der ihr einziges Gepäckstück darstellte.

Um halb acht kam Heather ins Foyer des Chesterfield hinunter. Sie plauderte ein wenig mit einem der Angestellten am Empfang, dann ging sie zur Tür und blickte hinaus. Der Regen war stärker geworden; die Gebäude gegenüber waren nur noch unbestimmte, verschwommene Gebilde. Vorsichtig trat sie auf die Straße und sah Killinworth an der Ecke. Er hielt einen aufgespannten Regenschirm und spähte aufmerksam zur geschäftigeren Curzon Street hinüber.

»Evelyn?« rief Heather.

Er drehte sich um und rief zurück: »Mistwetter!« Gleich darauf hielt ein Taxi auf sein heftiges Winken. Killinworth drehte sich wieder nach Heather um. »Fahren Sie mit?«

»Ja, danke.«

Als sie nebeneinander im Wagen saßen, sagte Killinworth zum Fahrer: »Ich habe mich ein wenig verspätet. Ich hoffe, es macht Ihnen nichts aus, wenn ich mich zuerst absetzen lasse.«

»Gar nicht.«

Einige Minuten und achtzig Pence später bat Killinworth den Chauffeur, an der Ecke Belgrave Square zu halten. Er gab ihm zwei Pfund und sagte zu Heather: »Ich steige hier aus. Wir sehen uns um halb zehn.«

»Ja. Gut.«

Als er die Tür öffnete, peitschte der Wind einen Regenschwall ins Auto. Er knallte die Tür hinter sich zu und verschwand im Nebel.

»Wohin jetzt?« fragte der Fahrer.

»Ins East End. In die Cable Street bitte. Ich möchte zu einem Gasthaus, das *The Quid* heißt.«

»Das kenn' ich nicht, Madam.«

»Wir werden es schon finden, wenn wir erst in der Cable Street sind.«

»Sicher, aber gern setz' ich da eine Dame nicht ab.«

»Machen Sie sich keine Gedanken, es ist schon in Ordnung.«

»Gut, Madam.«

Fünfzehn Minuten später umrundete der Fahrer den Tower of London und bog in die Cable Street ein.

»Hier ganz in der Nähe ist ein sehr anständiges Gasthaus, das *Prospect of Whitby*, Madam. Das würde ich Ihnen eher empfehlen.«

Heather lächelte. »Ja, das kenne ich. Aber ich bin mit jemandem im *The Quid* verabredet. Trotzdem vielen Dank für Ihren Vorschlag.«

Vor dem Gasthaus hielt er an. Alte Mietskasernen und Lagerhäuser waren vorherrschend in dieser Gegend. Die erleuchteten Schilder schimmerten verschwommen durch Regen und Nebel. Heather zahlte und lief schnell unter das kleine Vordach über der Eingangstür. Schrilles weibliches Gelächter war zwischen dem Dröhnen von Männerstimmen zu hören. Sie blickte dem davonfahrenden Taxi nach, dann zog sie die Tür auf.

An der ovalen Theke in der Mitte des Schankraums drängten sich die Zecher. Einige drehten sich neugierig nach ihr um. Aus einem Lautsprecher, der in einer Ecke hing, kam plärrend ein irisches Tanzlied. Der Boden war mit gesprungenen grauen und roten Fliesen ausgelegt. Die Barhocker waren mit rotem und die Bänke an den Wänden mit beigefarbenem Kunststoff bezogen.

Hinten im Schankraum schossen zwei Männer mit Wurfpfeilen auf eine Zielscheibe. Der eine war groß und massig mit bläulichrotem Gesicht. Er trug ein grünkariertes Hemd und eine Arbeitshose aus dickem Stoff. Das strohblonde Haar war dicht und zerzaust. Sein Gegner war viel kleiner, mit gelblichblassem Gesicht und einem kahlen Kopf, den nur noch ein Kranz dünner grauer Haare schmückte. Er trug einen schwarzen Regenmantel über einem zerknitterten braunen Anzug.

»Ich suche einen Mr. Paley«, sagte Heather zum Barkeeper.

»Das ist der da drüben«, antwortete der Mann und deutete auf den kleineren der beiden Wurfpfeilspieler.

Paley bemerkte sie, erriet, wer sie war und winkte sie herüber. Sie ging bis an den Rand des für die Wurfpfeilspieler abgegrenzten Raums.

Er hob einen Finger. »Sekunde noch, ich bin gerade dran.«

Heather sah ihm zu, wie er seine drei Wurfpfeile abschoß und dicht nebeneinander in der Zwanziger-Spalte placierte. Während sein Ergebnis angeschrieben wurde, trat er zu Heather und bot ihr die Hand.

»Elwood Paley, zu Ihren Diensten. Freut mich, daß Sie hergefunden haben. Ich wäre gern zu Ihnen rübergekommen, aber wie ich schon an der Strippe sagte, ich hab' hier heute abend zu tun.«

Heather fragte sich im stillen, ob seine Haupttätigkeit nicht im Trinken und Spielen bestand. Sie fragte, ob sie sich nicht irgendwohin setzen und miteinander sprechen könnten.

»Sobald ich diesem Burschen beigebracht habe, worum's bei diesem Spiel eigentlich geht. Gehen Sie ruhig schon da rüber und trinken Sie ein Bier auf meine Kosten. Ich komm ' gleich nach.«

Heather setzte sich auf eine Bank, und Paley rief dem Barkeeper zu, seine ›Bekannte‹ wollte ein helles Bier.

Heather trank das Bier in kleinen Schlucken und sah den beiden Männern beim Spiel zu. Paley verlor, wie sie mit einiger Schadenfreude vermerkte, und gab seinem Gegner Geld. Dann kam er an den Tisch und setzte sich neben sie. Offenbar ahnte er, was sie dachte, denn er sagte: »Das sieht Ihnen vielleicht nicht nach Arbeit aus, Madam, aber man muß sich unters Volk mischen. Da kriegt man die meisten Tips, wenn Sie verstehen, was ich meine.«

»Ja, wahrscheinlich«, antwortete Heather, die das Gespräch nicht durch Vorwürfe verlängern wollte. »Was haben Sie herausgefunden, Mr. Paley?«

»Über Ihren Verlobten?«

»Natürlich!«

»Ja, also, Miss McBean, ich müßte lügen, wenn ich behaupten wollte, daß ich 'ne Menge erfahren hab'. Das wär' nichts als Humbug. Ich hab' mir meinen guten Ruf durch absolute Ehrlichkeit –«

»Das ist achtenswert, Mr. Paley.«

»Nur so kann man arbeiten. Lügen haben kurze Beine, sag' ich immer.«

Heather seufzte. »Was haben Sie denn nun herausbekommen?«

»Tja, lassen Sie mal sehen.« Er zog einen Block mit Eselsohren aus der Tasche seines Regenmantels und blätterte darin, bis er gefunden hatte, was er suchte. »Also, zunächst einmal«, begann er, »hab' ich Mr. Peter Peckham nicht aufstöbern können, was, meiner Ansicht nach, Anlaß zur Beunruhigung gibt, und ich bin nicht der einzige, der so denkt. Der Herr scheint verschwunden zu sein, und für einen von seiner Sorte ist das gar nicht typisch.«

»Sie haben keine Ahnung, wo er sein könnte?« fragte sie, tiefe Besorgnis in der Stimme.

»Keinen Schimmer, Madam. Ich hab' ein paar Leute aufgetan, die ihn kannten, aber die haben ihn alle schon seit mehr als einer Woche nicht mehr zu Gesicht gekriegt.«

»Hm.« Heather trank aus ihrem Krug und starrte auf die zerkratzte Tischplatte. Zwei betrunkene Hafenarbeiter kamen herein. Der eine machte eine zweideutige Bemerkung, als er an ihr vorüberkam.

»Hören Sie einfach nicht hin«, flüsterte Paley ihr zu. »Solange ich bei Ihnen bin, haben Sie nichts zu fürchten.«

Heather gab sich alle Mühe, ihre Umgebung zu ignorieren. »Was ist mit Dr. Tunney? Haben Sie irgend etwas darüber in Erfahrung gebracht, was er vor seinem Abflug nach Amerika unternommen hat?«

Paley blätterte wieder. »Ja, doch, Madam.« Er legte seine Hand auf eine der Seiten und räusperte sich. »Sie zahlen mir den ausstehenden Rest meines Honorars heute abend, nehme ich an.«

»Das kommt darauf an.«

»Worauf?«

»Ob Sie es verdient haben.«

Er schob den Block in die Tasche, stand auf, ging zur Theke und ließ sich noch ein Bier geben. Dann kam er an den Tisch zurück, kippte die Hälfte seines Biers hinunter und richtete einen Blick auf Heather, der ausgesprochen unfreundlich war. Er hatte ein kleines Gesicht, das bleich und teigig war, doch jetzt zeigte sich in ihm eine unmißverständliche Brutalität und Grausamkeit. Unwillkürlich fuhr Heather zurück. Er lächelte und zeigte dabei seine gelblichen Zähne.

»Ich bin es nicht gewöhnt, daß meine Arbeit in Zweifel gezogen wird, Miss McBean. Ich genieße einen guten Ruf. Wie ich Ihnen schon sagte, als wir uns das erste Mal unterhielten, in dieser Branche gibt es keine Garantien. Ich tue mein Bestes. Wenn ich was finde, wunderbar. Wenn nicht, dann ist das Pech, aber bezahlt werd' ich auf jeden Fall.«

»Ich zahle, was ich Ihnen schulde«, sagte Heather. »Jetzt berichten Sie mir bitte alles über Dr. Tunney, was Sie wissen.«

Paley wartete, bis sie in ihre Tasche griff und den Betrag aus dem Portemonnaie nahm, den sie ihm noch schuldete. Er zählte die Scheine, steckte sie ein, nahm den Block wieder zur Hand, kehrte zu der Seite zurück, die er zuvor aufgeschlagen hatte.

»Mal sehen«, sagte er und blickte aus zusammengekniffenen Augen auf das, was er sich aufgeschrieben hatte. »Ah ja, es ist mir unter einigen Schwierigkeiten gelungen festzustellen, daß Dr. Tunney in der fraglichen Woche mit dem verschwundenen Mr. Peckham gesprochen hat.«

»Sind Sie sicher?«

»O ja. Ich berichte nie etwas, das nicht sicher ist.«

»Wo haben die beiden sich getroffen?«

»In Mr. Peckhams Laden in der Davies Street. Jemand sah einen Herrn, auf den Dr. Tunneys Beschreibung paßt, eines Tages gegen Mittag in den Laden hineingehen und etwa eine Stunde später wieder herauskommen.«

»Was sonst noch?«

»Das wär's eigentlich.«

»Wo war Dr. Tunney in dieser Woche sonst noch?«

»Ich weiß es nicht. Ich bin gegen Mauern gerannt, wenn Sie verstehen, was ich meine.«

»Ja, ich verstehe, was Sie meinen. Sie haben mir alles berichtet, was Sie wissen?«

»Fürs erste, ja. Ich kann natürlich weitermachen –.«

»Für ein neues Honorar.«

»Ich muß mir meinen Lebensunterhalt verdienen, Kindchen. Ich werd' für meine Arbeit bezahlt wie jeder andere.«

»Nein, Mr. Paley, ich brauche Ihre Hilfe nicht mehr.«

»Wie Sie meinen, Madam. Wenn ich in Zukunft einmal zu Diensten sein kann, brauchen Sie nur anzurufen. Wollen Sie noch ein bißchen bleiben? Ich wollte mir gerade etwas zu Essen bestellen. Es würde mich freuen, wenn Sie mir und meinen Freunden –«

»Danke, nein.«

Sie knöpfte ihren Regenmantel zu, stand auf und ging zur Tür. Es goß so heftig wie zuvor, als sie gekommen war. Sie überlegte, ob sie zum Telefon gehen und ein Taxi rufen sollte; doch das Bedürfnis, schnell von dieser Kneipe wegzukommen, war überwältigend. Sie trat auf die Straße hinaus, spannte ihren Schirm auf und ging die Cable Street hinauf. Sie war den Tränen nahe vor Enttäuschung über Paley. Ihre Enttäuschung verwandelte sich in Zorn, und sie ging schneller. An der Dock Street standen zwei Männer in der Toreinfahrt eines leerstehenden Gebäudes.

»He«, rief der eine, »was sehen meine entzückten Augen? Eine Puppe beim Mondscheinspaziergang im Regen, was?«

Sein Freund lachte und trat Heather in den Weg.

»Na, Kleine, du hast doch bestimmt nichts dagegen, wenn ich dich mal kurz in den Hintern kneife?«

»Machen Sie, daß Sie wegkommen«, sagte Heather scharf und hoffte, daß es selbstsicherer klang, als sie sich fühlte.

Der andere, ein Wieselgesicht mit blutunterlaufenen Augen, gesellte sich zu seinem Freund. Jetzt versperrten sie ihr gemeinsam den Weg.

»Dich hab' ich hier noch nicht gesehen«, stellte er fest und musterte sie mit einem breiten Grinsen.

»Gehen Sie mir aus dem Weg!«

Der eine griff zu und packte sie an der Brust.

»Nicht übel, deine Titten, Kleine.«

Der andere tänzelte um sie herum.

Heather zögerte nicht. Mit soviel Kraft, wie sie aufbieten konnte, trat sie dem Mann, der vor ihr stand, zwischen die Beine. Er krümmte sich stöhnend, während Heather dem anderen schon die Spitze ihres Schirms ins Gesicht rammte und ihm die Wange aufriß. Aufheulend wollte er sich auf sie stürzen. Mit dem Schirm wehrte sie ihn ab, ließ dann den Schirm aber fallen, machte kehrt und rannte zum *The Quid* zurück. Sie hörte, daß sie ihr nachkamen und rannte blindlings weiter. Der Regen stach ihr in die Augen, während sie auf dem holprigen Bürgersteig durch tiefe Pfützen stolperte.

Die Scheinwerfer eines Autos bogen um die Ecke, strahlten Heather und ihre Verfolger an. Verzweifelt winkte Heather dem Fahrer. Der hielt an und kurbelte das Fenster seines Taxis herunter.

»Was ist denn, Miss?«

»Die verfolgen mich –.«

»Haut ab, ihr Schweine, ehe ich euch Beine mache«, rief der Fahrer.

Die Burschen fluchten, beschimpften Heather, machten jedoch kehrt und verschwanden in der Nacht.

»Vielen Dank«, stieß sie atemlos hervor.

»Keine Ursache, Madam. Aber steigen Sie lieber ein, wenn Sie da draußen nicht ertrinken wollen.«

Sie holte ihren Schirm und fuhr mit dem Taxi in das wesentlich kultiviertere Mayfair zurück, wo die Wärme und die Geborgenheit des Chesterfield sie erwarteten. Der Fahrer ließ es sich nicht nehmen, sie ins Foyer zu begleiten, wo sie ihm überschwenglich dankte.

»Sie haben mir das Leben gerettet...«

»Sagen wir, ich war im rechten Moment zur Stelle. Ziehen Sie sich schnell was Trockenes an und bleiben Sie solchen Gegenden in Zukunft lieber fern, wenn ich Ihnen den Rat geben darf. Das ist ein gefährliches Pflaster für Frauen.«

»Davon braucht mich niemand mehr zu überzeugen«, versicherte sie und dankte ihm noch einmal. Als sie ihn fragte, ob sie sich irgendwie erkenntlich zeigen könnte, antwortete er, nein, es wäre ihm eine Ehre gewesen.

In ihrem Zimmer legte sie die nassen Sachen ab, ließ sich ein heißes Bad einlaufen, wickelte sich in ihren Bademantel und sah auf die Uhr. Viertel nach neun. In einer Viertelstunde sollte sie Evelyn treffen.

Während Heather sich in ihrem Zimmer fertig ankleidete, kam Killinworth mit einer Papiertüte und einem Brief ins Hotelfoyer.

Der Brief war an die Frau gerichtet, mit der er im Savoy zu Mittag gegessen hatte, und enthielt die Schlüssel, die sie ihm gegeben hatte. Er hinterließ den Brief am Empfang zur Beförderung und fuhr in sein Zimmer hinauf. Nachdem er die Tür abgeschlossen hatte, legte er die Tüte auf das Bett und öffnete sie. Er entnahm ihr einen kleinen ockerbraunen Beutel aus Sämischleder. Er lokkerte den dünnen Zugriemen, der den Beutel oben zusammenhielt, steckte seine Hand ins Innere, befühlte das, was darin lag, zog die Hand wieder heraus, schnürte den Riemen zu und verstaute den Beutel unten in seinem Koffer, den er ganz hinten in den Schrank stellte. Nachdem er die Papiertüte in den Papierkorb geworfen hatte, wusch er sich Gesicht und Hände, kämmte sich, warf einen prüfenden Blick in den Spiegel und ging dann zum Restaurant hinunter.

Heather hatte bereits an einem Tisch Platz genommen.

»Ich hatte gehofft, ich würde vor Ihnen hier sein«, sagte Killinworth, »um Ihnen die – anfänglichen Schwierigkeiten zu erleichtern.«

»Nach dem, was ich heute abend erlebt habe, waren diese Anfangsschwierigkeiten eine Lappalie für mich.«

Sie berichtete ihm von ihrem Zusammentreffen mit Paley und dem Überfall auf der Straße.

»Wie schrecklich«, sagte er und tätschelte ihre Hand. »Ich hätte Sie begleiten sollen.«

»Ja, nun ja, jetzt ist es vorbei. – Wie war Ihre Besprechung in Belgravia?«

Er lächelte freundlich und bestellte Räucherlachs als Vorspeise, dann Pfeffersteak für sich und Seezunge für Heather.

»Reine Routine, nichts von Bedeutung«, antwortete er. »Entpuppte sich sogar als äußerst langweilig und unproduktiv.«

Nach dem Essen sagte sie: »Ich bin todmüde, Evelyn. Ich würde gern zu Bett gehen.«

»Aber natürlich. Ich nehme vielleicht in der Bar noch einen Kognak. Wollen Sie mir nicht Gesellschaft leisten?«

»Nein, wirklich nicht. Aber vielen Dank für die Aufforderung. Wir sehen uns beim Frühstück.«

Killinworth bestellte sich einen doppelten Kognak, nippte hin und wieder bedächtig am Glas und sagte nach zehn Minuten zum Barkeeper: »Ich bin gleich wieder da – hab' etwas in meinem Zimmer vergessen.« Er ging jedoch ins Souterrain des Hotels, wo zwei öffentliche Telefonzellen waren. Nachdem er sich mit Mühe in eine hineingezwängt hatte, steckte er fünfzig Pence in den Zahlschlitz und tippte die Nummer. Gleich darauf meldete sich eine Männerstimme.

»Scotland Yard.«

Killinworth hatte ein Taschentuch über die Sprechmuschel gebreitet.

»Ich möchte einen Mord melden. Am Belgrave Place Nummer sieben in Belgravia.«

»Wer ist das Opfer?«

»Belgrave Place Nummer sieben.«

»Ihr Name bitte!«

»Gute Nacht.«

Auf dem Rückweg ließ er sich an einer Maschine seine nach Maß hergestellten Schuhe polieren, ging wieder in die Bar und trank seinen Kognak aus, wünschte dem Barkeeper freundlich gute Nacht und begab sich auf sein Zimmer, wo er sogleich fest einschlief.

Kapitel 21

»Tut mir leid, Captain, aber Mr. Saunders ist für zwei Tage verreist.«

»Geschäftlich?« fragte Hanrahan.

»Ja, Sir. Er ist in New York bei verschiedenen Ausstellungseröffnungen.«

»Danke. Ach, besteht eine Möglichkeit, ihn in New York zu erreichen?«

»Er hat nicht hinterlassen, wo er wohnt.«

»Welche Ausstellungseröffnungen besucht er denn?«

»Es sind mehrere angesetzt. Er sagte leider nicht, an welchen er teilnehmen wird. Das tut er nie.«

»Bitte sagen Sie ihm, er möchte mich anrufen, wenn er zurück ist.«

Der nächste auf Hanrahans Liste war Jubel Watson, das Kongreßmitglied. Watson war gerade in einer Ausschußsitzung, rief aber gegen Mittag zurück.

»Danke, daß Sie mich gleich zurückgerufen haben, Mr. Watson. Ich wollte anfragen, ob Sie heute nachmittag einen Moment Zeit für mich haben. Es handelt sich um den Fall Tunney.«

»Um den Fall Funney? Dazu kann ich Ihnen nun wirklich nichts sagen, Captain. Ich habe meine Aussage in der Nacht gemacht, als es passierte, weil ich zufällig zugegen war, wie zweihundert andere Gäste auch. Mehr kann ich dazu nicht sagen, so leid mir das tut.«

»Das ist mir klar, Sir. Trotzdem wäre ich für ein kurzes Gespräch dankbar.«

»Gut, lassen Sie mich in meinem Kalender nachsehen – paßt es Ihnen um sechzehn Uhr?«

»Sehr gut. In Ihrem Büro?«

»Lieber in meiner Suite im Hay-Adams.«

»Gut. Vielen Dank, Sir.«

Hanrahan nahm sein Mittagessen im Büro ein und ging dabei die Protokolle der Verhöre im Fall Tunney durch. Hin und wieder machte er sich eine Notiz. Um dreizehn Uhr fünfundvierzig fuhr er aus dem Präsidium weg, um pünktlich zu seiner Verabredung mit Borden G. Costain zu kommen, dem Sekretär des Smithsonian. Sie wollten sich um vierzehn Uhr im Verwaltungszentrum im ›Schloß‹ treffen.

Costain entsprach nicht Hanrahans Erwartungen. Nachdem er nun so viel mit Museumsleuten zu tun gehabt hatte, hatte er für sich gewissermaßen den Prototypen des Museumsangestellten entwickelt. Costain paßte nicht in diese Schablonse. Groß und breitschultrig wie er war, hätte er eher ein ehemaliger Footballspieler sein können. Er trug einen doppelreihigen grauen Blazer, eine Khakihose, ein hellblaues Hemd mit dunkelblauer Krawatte. Das volle, von Grau durchzogene dunkle Haar war sehr kurz geschnitten, das Gesicht tief gebräunt und von tiefen Falten gezeichnet. Die blauen Augen wirkten sehr lebendig.

»Ich danke Ihnen, daß Sie sich die Zeit genommen haben, Dr. Costain«, sagte Hanrahan, nachdem er in das spartanisch eingerichtete Büro geführt worden war.

»Es tut mir leid, daß ich nicht früher da war«, erwiderte Costain. »Kaffee? Einen Drink?«

»Nein danke.«

»Aber ich brauche jetzt etwas.«

Der russische Wodka, den Costain sich einschenkte, sah gut

aus. Hanrahan überlegte es sich anders und ließ sich auch einen geben.

»Auf daß Sie bald den Schweinehund finden, der Lewis Tunney getötet hat«, sagte Costain und hob das Glas zu einem halbherzigen Toast.

»Darauf trinke ich mit«, erwiderte Hanrahan, den Costains Wortwahl überraschte. »Wie ich hörte, waren Sie zu der Zeit nicht im Lande. Sie waren bei irgendwelchen archäologischen Grabungen, nicht wahr?«

Costain nickte. »Richtig. Viele Leute haben keine Ahnung, in welchem Ausmaß sich das Smithsonian an der archäologischen und anthropologischen Forschung auf der ganzen Welt beteiligt. An irgend einem abgelegenen Ort der Erde ist eigentlich immer ein wissenschaftliches Team von uns, das den Ursprüngen der Menschheit nachforscht. Aber Sie sind nicht gekommen, sich das anzuhören, Captain.«

Hanrahan leerte sein Glas.

»Das nicht, aber interessant ist es doch. Seit ich den Fall übernommen habe, zieht man mich von allen Seiten damit auf, daß ich plötzlich kultiviert werde. Aber wie dem auch sei, ich wollte mit Ihnen sprechen, weil ich wissen will, ob Sie zu der Ermordung von Dr. Tunney irgendwelche Theorien haben.«

Costain schüttelte den Kopf, ging zu einem Aktenschrank und nahm einen Schrumpfkopf, den jemand auf einen Haufen loser Akten geworfen hatte. Er hielt Hanrahan den Kopf hin, so daß der ihn genauer besichtigen konnte.

»Das ist ein Jivaro-Indianer aus Ekuador, Captain.«

Er reichte Hanrahan den Kopf. Der fuhr mit den Fingern über seine lederartige Oberfläche. Der Kopf war klein und schwarz, die Augenlider geschlossen, jedoch auf unnatürliche Weise nach vorn gewölbt. Die Lippen waren mit drei Nadeln aus Holz verschlossen, von denen eine Schnur herabhing.

»Kopfjäger?« fragte Hanrahan.

»Ja. Der Kopf heißt hier Stück Nummer drei-neun-sieben-eins-drei-eins. Sie können es auf dem Etikett nachlesen. Die Jivaros sind ein interessantes Volk, Captain. Sie brauchen ungefähr vierundzwanzig Stunden, um so einen Kopf zu präparieren, wenn er einmal vom Rumpf des Opfers abgetrennt ist. Sie schlitzen ihn von hinten auf und häuten ihn. Dann kochen sie den Kopf in dem Sud einer Pflanze, die sie *chinchipi* nennen, bis er schrumpft. Danach füllen sie ihn mit heißen Steinen, um den Schrumpfprozeß fortzusetzen. Später benützen sie heißen Sand. Es ist ihnen sehr wichtig, daß alles richtig gemacht wird. Der Kopf ist schließlich ein greifbares Symbol ihres Erfolgs, eine Quelle des Stolzes und der Genugtuung. Wenn er zur rechten Größe geschrumpft ist, räuchern sie ihn über einem qualmenden Feuer, damit er diese schöne Farbe erhält. Sie polieren ihn, wie Sie und ich unsere Schuhe polieren, und tragen ihn dann stolz nach Haus.«

»Das ist wirklich faszinierend, Dr. Costain, aber ich frage mich –«

»Viel ist der Kopf nicht wert. Unsere Leute haben ihn im Jahr 1930 für zwanzig Dollar erstanden.«

»Und der springende Punkt, Dr. Costain?«

»Der springende Punkt ist der: Ich kann verstehen, daß ein Jivaro-Indianer einem Menschen den Kopf abschneidet, um ihn als Trophäe nach Hause zu tragen, aber ich kann nicht verstehen, wie ein zweifellos kranker Mensch hier, im Museum für Amerikanische Geschichte, einen führenden Wissenschaftler und Gelehrten umbringen und sich dann aus dem Staub machen kann, ohne daß ihm etwas passiert.«

Hanrahan reichte Costain den Kopf zurück, und der schleuderte ihn immerhin mit solcher Heftigkeit in den Aktenschrank, daß die Papiere auseinanderflatterten. Dann drehte er sich um.

»Die Ermordung von Dr. Tunney hat dieses ganze Institut in ein schlechtes Licht gebracht, Captain, und die Tatsache, daß der Fall noch immer nicht geklärt ist, wirft auf alle Beteiligten, einschließlich der Polizei, wenn ich das einmal sagen darf, ein schlechtes Licht.«

»Dr. Costain, es ist weiß Gott nicht so, daß wir uns über ungeklärte Verbrechen freuen –.«

»Was sind denn bisher für Fortschritte erzielt worden?« Zorn und Frustration schwangen in Costains Stimme. Er setzte sich an seinen Schreibtisch und rieb sich die Stirn.

»Ich verstehe, wie Ihnen zumute ist, Dr. Costain. Aber ich muß Ihnen auch sagen, daß es ganz so aussieht, als würden wir die Antwort auf die Frage, wer Dr. Tunney ermordet hat, hier im Smithsonian finden.«

Costain machte ein Gesicht, als hätte er in einen sauren Apfel gebissen.

»Ich hoffe von Herzen, daß Sie sich da täuschen. Ich möchte

Ihnen etwas erklären. Das Smithsonian steht an einem Wendepunkt. Wir haben einen Vizepräsidenten, der viel von dieser Einrichtung hält, und das ist etwas ganz Neues. Dem Kongreß liegt ein neuer Gesetzesentwurf zur Bezuschussung des Smithsonian vor, der unsere finanzielle Lage erheblich verbessern könnte. Das heißt, das Smithsonian könnte sich an Projekte heranwagen, die ihm weltweiten Ruhm bescheren würden. Wenn sich aber das, was Sie eben andeuteten, als wahr erweisen sollte, dann könnte das alles dahin sein.«

Und du würdest als der Mann in die Geschichte eingehen, der in diesem katastrophalen Moment am Steuer stand, dachte Hanrahan.

»Könnten Sie mir das etwas näher erklären?«

Er glaubte, die Antwort zu wissen, aber er wollte Costain dazu bringen, noch ein wenig mehr zu reden. Wer konnte wissen, was ihm vielleicht herausrutschte...

Costain lehnte sich zurück und bildete mit seinen beiden Händen ein Dach.

»Sehen Sie, wenn es um Wirtschaftspläne und Budgets geht, haben die Geisteswissenschaften und die schönen Künste noch nie oben auf der Liste gestanden. Im allgemeinen, besonders aber in schweren Zeiten, müssen wir antichambrieren bis zum Überdruß, um unsere Zuschüsse in alter Höhe zu erhalten. Von einer Erhöhung ganz zu schweigen. Diesmal aber haben wir einen Vizepräsidenten auf unserer Seite, und wir haben im Kongreß einen Verbündeten, der den Einfluß des Vizepräsidenten im Ausschuß zur Geltung bringen kann.«

»Jubel Watson?«

»Ja.« Costain schien überrascht, daß Hanrahan das wußte.

»Ich bin später mit ihm verabredet.«

»Ach? Warum das? Kann er Ihnen bei Ihren Ermittlungen helfen?«

»Wer weiß! Wir müssen nun mal alles und jeden überprüfen. Das ist langweilig und mühsam, aber manchmal bringt es auch Erfolge.«

Costain nickte und sagte, das verstünde er. Hanrahan dankte ihm für sein Entgegenkommen und für den Drink. Ehe er zur Tür hinausging, fragte er: »Sie kennen wohl nicht zufällig einen Evelyn Killinworth?«

»Doch, warum?«

»Was können Sie mir über ihn sagen?«
»Ein Exzentriker und Einzelgänger, ein guter Lehrer, unkonventionell in seinen Methoden, heißt es. Warum fragen Sie?«
»Nur aus Neugier. Ich habe ihn vor kurzem kennengelernt.«
»In Zusammenhang mit dem Mordfall Tunney?«
»Nein, nicht direkt – also nochmals besten Dank, Dr. Costain, für Ihre Hilfsbereitschaft.«

Hanrahan mußte im Foyer des Hay-Adams bis viertel nach vier warten, ehe Jubel Watson endlich kam.
»Tut mir leid, daß ich mich verspätet habe.« Sie traten in den Aufzug, und Watson drückte auf den Knopf für die oberste Etage. »Ich habe leider nicht viel Zeit, Captain«, bemerkte er, während sie aufwärts fuhren. »Ich muß um fünf bei einem Botschaftsempfang sein.«
»Ich werde bemüht sein, mich kurz zu fassen«, versprach Hanrahan.
Danach schwiegen sie. Der zierliche kleine Watson wippte stumm in seinen schwarzen Krokodillederschuhen auf und nieder und zupfte unentwegt an seiner Krawatte. Als sie oben angekommen waren, ging er voraus zu seiner Suite, die groß und luftig war. Alle verfügbaren Wände und Tischflächen waren mit irgendwelchen Kunstwerken bestückt.
»Entschuldigen Sie mich einen Moment«, sagte Watson und verschwand in seinem Schlafzimmer.
Seine Haushälterin, eine ältere Schwarze in gestärkter grauer Uniform mit weißer Schürze, kam aus der Küche.
»Haben Sie einen Wunsch, Sir?«
»Oh – nein, nein danke«, sagte Hanrahan.
Er stand neben einer niedrigen Kommode, auf der Watson seine Aktentasche und die Zeitung vom Tage abgelegt hatte. Das Blatt war aufgeschlagen, und eine Überschrift sprang Hanrahan ins Auge: RAZZIA BEI PARTY IN GEORGETOWN.
Hanrahan nahm die Zeitung und las den Bericht. Er hatte am Morgen schon von der Razzia gehört, wußte aber nur, daß die Sittenpolizei auf Beschwerden der Nachbarn einer Party betuchter Transvestiten ein jähes und unerfreuliches Ende bereitet hatte. Es hieß, diese Partys fänden regelmäßig statt; und es hätten auch schon mehrmals solche Razzien stattgefunden. Hanrahan stand ihnen skeptisch gegenüber. Es war gewiß in Ordnung, solche

Gruppen wissen zu lassen, daß es Beschwerden über sie gegeben hatte; es war aber seiner Ansicht nach fraglich, ob es vertretbar war, mitten in eine solche Party hineinzuplatzen, Namen zu registrieren und die Teilnehmer womöglich dem Spott der Öffentlichkeit auszusetzen. Er stellte jetzt mit Erleichterung fest, daß Namen in dem Zeitungsbericht nicht genannt wurden.

Watson kam aus dem Schlafzimmer zurück. Er hatte sein weißes Hemd ausgezogen und trug jetzt ein T-Shirt.

»Ich muß dringend duschen und mich rasieren«, sagte er. »Was kann ich für Sie tun? Möchten Sie etwas trinken?« Ehe Hanrahan antworten konnte, rief er in die Küche: »Bringen Sie meinem Gast einen Drink.« Dann entschuldigte er sich und verschwand wieder im Schlafzimmer.

Die Haushälterin fragte Hanrahan, was er wünschte.

»Gin«, antwortete er. »Mit Eis.«

»Nur Gin?«

»Ja.«

Sie brachte ihm ein mit Eiswürfeln gefülltes Glas und dazu eine Flasche *Beefeater*. Hanrahan schenkte sich ein und wanderte mit dem Glas in der Hand durch den großen Raum. Zwei Objektkästchen, die Seite an Seite an der Wand hingen, zogen sein Augenmerk auf sich. Sie hingen über einer Truhe aus der Ming-Zeit; säuberlich geschriebene Kärtchen erklärten, um was für Gegenstände es sich da handelte. Das eine war ein Abzeichen aus bemaltem Email, in einen Stern aus Similisteinen gefaßt, Symbol, wie es auf der Karte hieß, ›des noblen Ordens von Bucks, einer Gesellschaft des achtzehnten Jahrhunderts, die gewisse Züge mit den Freimaurern gemeinsam hatte‹. In dem anderen Kasten war eine Medaille der ›Anti-Gallican-Gesellschaft, die im Jahr 1745 gegründet worden war, um französischen Importen und französischem Einfluß Widerstand zu leisen‹. Das Abzeichen war aus geschliffenen Bergkristallen und zwei bemalten Emaillen.

»Gefallen sie Ihnen, Captain?«

Watson war wieder da. Hanrahan drehte sich um.

»Sie erinnern mich an die Harsa- und die Cincinnati-Medaillen.«

»Bei weitem nicht so bedeutend und wertvoll, aber immerhin signifikant.«

»Ich hatte keine Ahnung, daß es so viele Gesellschaften und Vereinigungen gegeben hat.«

»Hunderte. Manche erlangten Einfluß wie die Cincinnati und die Harsa, andere waren im Grund nur Männervereinigungen wie heute ein Pokerklub oder der Bowling-Verein. Sie wissen schon, für die Herren der Schöpfung eine Möglichkeit, sich unter dem Vorwand einer wichtigen Besprechung einen Abend von Weib und Kind fortzustehlen.« Er lachte. »Das ist doch nichts Neues.« Als Hanrahan in seine Erheiterung nicht einstimmte, sagte er: »Tja, ich muß mich umziehen. Was führt Sie also her, Captain?«

»Der Fall Tunney.«

»Und?«

»Die Legion von Harsa.«

»Ich verstehe nicht.«

»Soweit ich höre, hätten Sie sie gern in Ihrem Besitz.«

Watson runzelte die Stirn.

»Das ist eine verdammt seltsame Bemerkung.«

»Nun, Sir, ich habe mit einem –«

»Ist es etwa verboten, seine Bewunderung für einen historisch wertvollen Gegenstand zu zeigen, Captain?«

»Nein, aber –«

»Die frühen Geheimgesellschaften faszinieren mich wie viele andere Leute auch.«

»Wie sie auch Lewis Tunney fasziniert haben.«

»Lewis Tunney war mehr als ein interessierter Kenner, er war ein führender Experte.«

Hanrahan stellte sein Glas nieder.

»Mr. Watson, kennen Sie in San Francisco einen Kunsthändler namens Detienne?«

Watson überlegte einen Moment.

»Nein, kann ich nicht behaupten. Sollte ich ihn denn kennen?«

»Wahrscheinlich. Er erzählte mir, Sie hätten wissen lassen, wenn die Legion von Harsa auf den Markt käme, wären Sie daran interessiert, sie zu erwerben.«

»Das ist ein gottverdammter Blödsinn. Jetzt hören Sie mal her –«

»Ich frage ja nur. Unsere Informationen kommen aus vielen Quellen, Mr. Watson, und wir müssen ihnen nachgehen. Das gehört zu unserer Arbeit.«

»Dieser – Detienne behauptet, *ich* wäre am Kauf der Harsa interessiert? Die doch, wenn ich richtig unterrichtet bin, schon längst wiedergefunden ist.«

»So ging jedenfalls das Gerücht.«

»Und Sie glauben albernen Gerüchten?«

»Das kommt darauf an.«

»Captain Hanrahan, Sie wissen vielleicht nicht, daß ich der wichtigste Fürsprecher des Smithsonian im Konreß bin.«

»Ich weiß, daß Sie hinter einer Gesetzesvorlage stehen, die eine Erhöhung der Zuschüsse vorsieht.«

»Ja, und die Ermordung von Lewis Tunney, ausgerechnet in einem der Museen, hat das öffentliche Bild dieser nobelsten und wertvollsten Einrichtung dieses Landes stark getrübt. Nirgends sonst auf der Welt findet man eine so umfassende Sammlung von historischen ...«

Er kam Hanrahan vor wie ein Dauerredner im Kongreß, der eine Abstimmung verhindern möchte. Als er seinen Vortrag über die Vorzüge des Smithsonian und seine Liebe zu dieser Institution endlich abgeschlossen hatte, sagte Hanrahan ruhig: »Ich danke Ihnen, daß Sie sich die Zeit genommen haben, Mr. Watson. Viel Vergnügen bei Ihrem Empfang.« Watson wollte ihn zur Tür begleiten. »Nein, nein, nicht nötig«, wehrte er ab, »ich finde den Weg.«

Kaum war er unten im Foyer, da begann sein kleines Funkgerät zu piepen. Er rief von einer Telefonzelle aus das Präsidium an und hörte, daß der Smithsonian Bomber wieder einen Drohbrief hinterlegt hatte, diesmal im Museum für Kunst und Industrie gleich beim ›Schloß‹.

Das hat mir gerade noch gefehlt, dachte er, als er sich auf den Weg zum Fundort des Briefes machte, der ›Jupiter‹, einer achträdrigen Holzverbrennungslokomotive für Personenzüge. Diese Lokomotive bildete den Mittelpunkt eines der Ausstellungsräume, die sternförmig um eine Rundhalle angelegt waren. Sie war von den *Baldwin Locomotive Works* in Philadelphia für die *Santa Cruz Railroad of California* gebaut worden. Vorn oben zierte sie eine rostbraune, mit Gold besetzte Petroleumlampe; unten hatte sie einen Schienenräumer derselben Farbe. Der Brief war mit Klebstreifen an der Lampe befestigt.

Hanrahan riß ihn herunter. Er benutzte dabei sein Taschentuch, um eventuelle Fingerabdrücke nicht zu verwischen.

Das ist die letzte Warnung. Ich habe mich verhalten wie man das von einem Ehrenmann erwartet, habe Ihnen hinreichend Zeit gegeben, sich mit meinen Forderungen zu befassen, ehe ein Unglück geschieht. Sie haben vierundzwanzig Stunden Zeit, beim Kongreß der Vereinigten Staaten ein Gesetz einzubringen, mit dem mir, als dem rechtmäßigen Erben von James Smithson, die Smithsonian Institution samt allem, was dazugehört, zurückgegeben wird. Es ist fünf Minuten vor zwölf, meine Herren.

»Wissen Sie, was ich mit diesem Wahnsinnigen tue, wenn wir ihn erwischen?« sagte Hanrahan zu einem uniformierten Beamten.

»Was denn, Captain?«

»Ich stopfe ihn eigenhändig in den Kessel dieser Lokomotive, hau einen Haufen Kohle drauf und zünde das Ganze an. Und dann schau ich zu, wie dieser verdammte Idiot sich in Rauch auflöst. Lachen werd' ich, sag' ich Ihnen, lachen, daß die Wände wakkeln. Im Ernst. Mir reicht's allmählich.«

Um sechs war er wieder im Präsidium. Sergeant Arey, der unten in der Zentrale saß, teilte ihm mit, er wäre aus London angerufen worden. Dringend.

»Wer war es?« fragte Hanrahan und war ziemlich sicher, Heathers Namen zu hören.

Arey kramte in einem Stapel von Zetteln, ehe er den richtigen fand. Er reichte ihn Hanrahan. Der Anruf war von Inspektor Albert Burns von Scotland Yard gewesen. Hanrahan hatte in zwei früheren Fällen mit Burns zusammengearbeitet. Der eine hatte ihn sogar nach London geführt, wo er beim Prozeß im Old Bailey hatte aussagen müssen.

»Danke, Jim«, sagte er zu Arey. »Hat er Ihnen verraten, was er wollte?«

»Nein. Er bat nur, Sie sollten ihn anrufen, sobald Sie zurück seien, ganz gleich, um welche Zeit.«

Hanrahan sah auf seine Uhr. Sechs Uhr in Washington war elf Uhr abends in London. Er wollte gerade zum Telefon greifen, als sein Blick auf eine getippte Liste fiel, die auf seinem Schreibtisch lag. Auf ihr befanden sich die Namen sämtlicher Personen, die an der Transvestitenparty in Georgetown teilgenommen hatten. Diese Listen wurden ihm routinemäßig von der Sitte zugesandt, obwohl er selten Verwendung dafür hatte. Er wußte, daß eine weitere Kopie ans FBI gegangen war; J. Edgar Hoover hatte das so eingeführt. Hoovers legendäre Akten über *jedermann* in Washington waren Tatsache, und hatten ihm eine ungeheure Macht verliehen. Hanrahan fand dieses Verfahren immer abscheulich, doch er besaß nicht die Macht, etwas daran zu ändern.

Er schob die Liste weg und wählte die Zentrale, um sich mit London verbinden zu lassen. Es dauerte nicht lange, da meldete sich Burns.

»Ich hab's zuerst in der Zentrale versucht, Bert«, sagte Hanrahan, »weil ich dachte, Sie wären sicher schon längst zu Hause, und man würde mir Ihre Privatnummer geben. Aber ich habe mich wohl getäuscht.«

Burns lachte. »Ja, das wird wieder mal eine lange Nacht, Mac. Wir haben einen interessanten Tag hinter uns.«

»Das freut mich.«

»Ich dachte mir, es würde sich lohnen, mal mit Ihnen zu reden. Wir hatten gestern abend einen Mord in Belgravia. Das ist ein vornehmes Viertel von London, wo die Geldleute und die Adligen wohnen. Der Ermordete ist ein Araber, ein gewisser Ashtat, Rashad Ashtat. Ich weiß nicht viel über ihn, außer daß er in Kunstkreisen wohlbekannt war. Er war offenbar ein ernstzunehmender Sammler.«

»Ashtat? Der Name sagt mir nichts. Ich nehme an, Sie erzählen mir das wegen der Tunney-Sache.«

»Richtig. Um ganz ehrlich zu sein, ich hätte die Verbindung wahrscheinlich gar nicht hergestellt, wenn nicht heute nachmittag ein zweiter Mord ans Licht gekommen wäre. Es handelt sich um einen Mann namens Peter Peckham.«

»Ein Freund von Tunney. Ich habe von ihm gehört.«

»Ich fand es irgendwie auffallend, daß zwei Männer aus der gleichen Branche in der selben Woche ermordet worden sind, und praktisch im Gefolge von der Ermordung Tunneys, die Sie bearbeiten.«

»Ja, das ist wirklich sonderbar, Bert. Wie sind die beiden umgekommen?«

»Ashtat wurde mit einem Küchenmesser im Rücken in seinem Haus gefunden. Peckham entdeckte man unter einer Themsebrücke. Sein Schädel war zertrümmert, aber da müssen wir erst noch den medizinischen Befund abwarten.«

»Bert, ich glaube, Sie müssen jetzt etwas tun, damit nicht noch ein Mord geschieht.« Er berichtete ihm von Heather.

»Soll ich sie mir vornehmen?«

»Nein, das nicht gerade, aber ich wäre Ihnen dankbar, wenn Sie sie im Auge behielten. Sie wohnt in einem Hotel namens Chesterfield.«

»In Mayfair. Ich veranlasse sofort das Nötige.«

»Danke. Und halten Sie mich auf dem laufenden, ja?«

»Wird gemacht. Was macht die Familie?«

»Alles in Butter, Bert. Und bei Ihnen?«

»Bestens. Ja, also, zurück an die Arbeit. Ich melde mich morgen, wenn ich mehr Einzelheiten habe.«

Nachdem Hanrahan aufgelegt hatte, wählte er die Zentrale gleich wieder und meldete ein Gespräch mit Heather im Hotel Chesterfield an. Einige Minuten später wurde ihm mitgeteilt, Miss McBean wäre am Morgen ausgezogen.

»Dann verbinden Sie mich mit Dr. Evelyn Killinworth.«

Er wartete, während das Telefon in Killinworths Zimmer mindestens ein dutzendmal läutete. Dann knallte er den Hörer auf die Gabel.

Es dauerte eine Weile, aber schließlich bekam er eine Nummer für das Schloß Calum McBeans außerhalb von Edinburgh und meldete ein Gespräch an.

Niemand meldete sich.

Er wollte gerade verärgert nach Hause gehen, als sein Blick noch einmal auf die Liste von der Sitte fiel. Automatisch überflog er die Namen. Zwei sprangen ihm förmlich ins Auge – Ford Saunders und Norman Huffaker.

»Jetzt schlägt's dreizehn«, knurrte er.

Kapitel 22

Als Heather am Morgen aufstand, fühlte sie sich beinahe unerklärlich frisch und ausgeruht. Nachdem sie in aller Muße Morgentoilette gemacht hatte, blieb sie noch eine Weile in ihrem Zimmer, um verschiedene Papiere durchzusehen, die für die Umwandlung des Schlosses in Schottland von Privatbesitz in ein öffentliches Museum von Bedeutung waren. Während sie sie durchlas, war sie froh, daß sie sich entschlossen hatte, am heutigen Nachmittag nach Edinburgh abzureisen. Es war doch noch mehr zu erledigen, als sie sich bisher klargemacht hatte.

Sie ging in die *Buttery* hinunter, wo sie ein richtiges englisches Frühstück bestellte – Obstsaft, Eier, Haferbrei, Toast und Marmelade, Räucherhering, Speck und Würstchen.

»Das Mädchen hat einen Appetit wie ein Holzfäller. Sie fällt bestimmt nicht vom Fleisch«, hatte Onkel Calum oft über sie gesagt.

Ein Kellner brachte ihr die Morgenzeitung. Sie warf nur einen kurzen Blick auf die Schlagzeilen der ersten Seite und blätterte weiter. Eine kleine Überschrift in der linken unteren Ecke fiel ihr zunächst nicht auf, doch als sie umblättern wollte, kehrte ihr Blick unbewußt, wie in einem Reflex, zu ihr zurück. Sie lautete: *Arabischer Kunsthändler ermordet.* Dann folgte ein kurzer Bericht:

> Behördenmeldungen zufolge wurde ein prominenter arabischer Kunsthändler, Rashad Ashtat, in seinem Haus am Belgrave Place 7 ermordet. Der Ermordete, von dem es heißt, er habe mit gestohlenen Kunstwerken und historischen Kunstgegenständen gehandelt, wurde am vergangenen Abend im Salon seines Hauses in Belgravia tot aufgefunden. Er wurde mit einem großen Küchenmesser erstochen.

Sie blickte von der Zeitung auf und schloß die Augen. Belgravia ... Aber war dorthin nicht –?

»Guten Morgen. Gut geschlafen?«

Killinworth stand vor ihr. Er trug einen Anzug aus königsblauer Seide, ein weißes Hemd und einen blau und gelbgestreiften Schlips.

»Ich habe Sie erschreckt«, sagte er, als er sich setzte. »Das tut mir leid.«

»Nein, nein, gar nicht ... Ich hab' nur – vor mich hingeträumt.«

Sie blickte zu der Zeitung auf ihrem Schoß und sah hastig wieder weg.

»Haben Sie schon bestellt?«

»Ja.«

»Gut. Ich habe einen wahren Bärenhunger.« Er winkte dem Kellner und bestellte. »Nun«, meinte er, während er seine Serviette entfaltete, »was haben Sie heute vor, mein Kind?«

»Wie? Ach so, ein bißchen einkaufen – ein paar Leute besuchen ...«

»Ich habe eine ziemlich frühe Verabredung.« Er sah auf die Uhr. »Hm, muß mich beeilen, sonst komme ich zu spät. Wie steht's mit dem Mittagessen? Ich dachte, wir könnten ins Connaught gehen.«

»Ich fürchte, das wird nicht klappen. Ich – ich habe mich mit jemandem vom B. M. verabredet.«

»Schade. Nun, wenn Sie es sich doch noch anders überlegen sollten, was, wie ich höre, bei Mitgliedern des schönen Geschlechts gar nicht so selten vorkommen soll, so sitze ich jedenfalls im Connaught. Ich kann's einfach nicht lassen.«

»Was denn?«

»Im Connaught zu essen. Ich kann einfach nicht aus London abreisen, ohne wenigstens einmal dort zu Mittag gegessen zu haben. Versuchen Sie sich freizumachen, Heather. Sie fliegen heute nachmittag nach Edinburgh?«

»Ja, um fünfzehn Uhr zwanzig.« Warum redest du nur so viel, schalt sie sich selbst.

»Ich hoffe sehr, ich kann mich freimachen und auch einen Tag hinaufkommen. Ich würde das Schloß sehr gern wiedersehen.«

»Ja, ich ...«

»Ist etwas nicht in Ordnung, mein Kind?«

Sie schüttelte den Kopf.

»Doch, doch. – Ja, sehen Sie doch, ob Sie nicht nachkommen können.«

»Ich werde mein Bestes tun, Heather. Aber wenn es nicht klappen sollte, sehen wir uns auf jeden Fall in Washington wieder.«

»Ja, in Washington – ah, hier kommt das Frühstück.«

Killinworth aß hastig. Er wünschte Heather einen schönen Tag, erinnerte sie noch einmal daran, daß er im Connaught sein würde, und ging davon. Sobald er außer Sicht war, nahm sie die Zeitung wieder zur Hand und las den Bericht über den Mord weiter.

> Die zuständigen Behörden teilten mit, daß es keinerlei Anzeichen für ein gewaltsames Eindringen gibt und daß der Mord Scotland Yard von einem anonymen männlichen Anrufer gemeldet worden war.

Fast den ganzen Morgen wanderte sie ziellos durch die Straßen, ging in alle möglichen kleinen Läden und Boutiquen und kaufte kaum etwas. Sie brauchte eigentlich nichts, wollte sich nur von dem ablenken, was geschehen war. Am Ende kaufte sie ein Körbchen mit verschiedenen Blumenduftseifen, ein Briefpapier mit Umschlägen und zwei Spitzenhöschen in einem ungewöhnlichen grellen Rosa.

Zu Mittag aß sie allein im *Red Lion* in der Waverton Street, gar nicht weit vom Hotel entfernt. Danach ging sie ins Chesterfield zurück, bezahlte ihre Rechnung und fuhr nach Heathrow, wo um 15 Uhr 20 die Maschine nach Edinburgh startete.

Am Edinburgher Flughafen nahm sie sich einen Mietwagen, warf ihr Gepäck auf den Rücksitz und fuhr zur Stadt. Nur einmal hielt sie in der Princess Street an, um Edinburghs ältestes Gebäude, das Schloß, zu betrachten, das wie ein gewaltiger Tempel hoch über der Stadt schwebte. Ein Märchenschloß, das sich auf den Vulkanfelsen erhob, als wäre es daraus emporgewachsen. Dieses Schloß, mehr noch als das kleinere, in dem sie aufgewachsen war, hatte eine ganz besondere Bedeutung für sie. Ein überwältigendes Gefühl von Zeit und Vergangenheit erfaßte sie, während sie da in ihrem Auto saß und hinaufblickte. Sie fühlte sich klein und unbedeutend und war in diesem Moment froh um dieses Gefühl. Wieviele Geburten und Todesfälle hatten diese dicken, zernarbten Mauern gesehen! Das Schloß stand unerschüttert seit dem siebten Jahrhundert, als es von den Pikten erstmals befestigt worden war, und es war für alle Schotten ein immerwährendes Symbol gewesen, so dauerhaft wie seine Bewohner vergänglich waren.

Sie schloß die Augen und biß die Zähne aufeinander, als ihre Gedanken unausweichlich zu Lewis wanderten und ihrer Geburtstagsfeier im Chesterfield. Sie hatten mit Champagner auf ihre Verlobung angestoßen; sie konnte noch das fröhliche Klirren der Gläser, die Stimmen der Freunde hören, die ihnen ein langes, glückliches Leben wünschten. Die Nacht hatten sie zusammen in seiner Wohnung verbracht. »Ich werde dich immer lieben, bis zu meinem letzten Atemzug«, hatte er gesagt.

Sie legte so heftig den ersten Gang ein, daß es krachte, und fuhr weiter, die Princess Street, Edinburghs Hauptgeschäftsstraße, hinunter, dann links in die Frederick Street, dann wieder rechts in die George Street. Vor dem George Hotel hielt sie an. Sie hatte auf dem Flug beschlossen, doch nicht im Schloß zu übernachten. Es lag zu einsam, zu isoliert. Es fiel ihr schwer, es sich einzugestehen, aber sie hatte Angst vor dem Alleinsein. Besonders nach der

Sache in Belgravia. – Sie verbot sich diese Gedanken. Hör endlich auf, Gespenster zu sehen, ermahnte sie sich. Lieber Gott, Evelyn zu verdächtigen – er war wohl kaum der einzige Mensch, der an diesem Tag nach Belgravia gefahren war. Ihre Nerven fingen an, ihr Streiche zu spielen. Reiß dich zusammen, Heather McBean!

Sie ging direkt zum Büro von Ian Sutherland, dem Verkaufsdirektor des Hotels. Sie hatten sich in dem Jahr nach Calums Tod kennengelernt, und beinahe hätte sich etwas zwischen ihnen angesponnen. Sutherland war vierzig, Witwer, ein ehemaliger Rugbyspieler in der schottischen Nationalmannschaft und ein Liebhaber klassischer Musik. Oft hatten sie gemeinsam die Konzerte des Schottischen Nationalorchesters in der Usher Hall besucht. Er war stämmig und hatte dickes, schwarzes Haar.

Er sprang von seinem Schreibtischsessel auf, als sie hereinkam, und nahm sie in die Arme.

»Hallo, Ian«, sagte sie.

»Ich wußte gar nicht, daß du kommst.« Er hielt sie auf Armeslänge von sich ab. »Ich hatte gehört, daß –«

»Es ist schon in Ordnung, Ian, du kannst ruhig darüber sprechen. Ich habe mich eigentlich erst in letzter Minute entschlossen, hierher zu kommen.«

»Ist ja auch gleichgültig. Es ist einfach schön, dich zu sehen. Möchtest du eine Tasse Tee? Oder lieber einen Drink?«

»Ich könnte einen Whisky gebrauchen.«

Er ging mit ihr in die Bar und bestellte zwei Whisky. Sie setzten sich auf das Sofa vor dem offenen Kamin, und er hob sein Glas.

»Auf das Wiedersehen mit der schönen Heather«, sagte er. »Du hast mir gefehlt.«

Sie senkte die Lider. Sie war froh, daß der Whisky so stark war. Das brauchte sie jetzt.

»Wie lange bleibst du?«

»Ein paar Tage. Das Schloß soll ja bald der Stadt übergeben werden, und ich muß noch eine Menge Dinge erledigen.«

»Darüber habe ich mich gerade neulich mit jemandem unterhalten. Wie ich höre, hat sich die Stadt endlich dazu bereiterklärt, das Schloß zu übernehmen und instandzuhalten.«

»Da weißt du mehr als ich«, sagte sie. »Ian, ich würde gern hier wohnen und nicht im Schloß.«

»Gern. Wir sind zwar ziemlich voll, aber für dich finde ich immer ein Zimmer. Ich weiß, daß mindestens eine Suite frei ist.«

»Ich schlafe auch im Schrank. Das spielt keine Rolle.«

Er sah sie aufmerksam an.

»Du siehst müde aus, Heather. Es war eine schlimme Zeit für dich, nicht wahr? Und ich will gern alles tun, was in meiner Macht steht. Ich hoffe, du weißt das.«

»Ja, das weiß ich, Ian.«

»Hör mal zu, ich laß dir jetzt die Suite zeigen, du ruhst dich ein bißchen aus, und später essen wir zusammen. Vorausgesetzt natürlich, du hast nicht schon andere Pläne.«

»Nein, habe ich nicht«, antwortete sie und leerte ihr Glas. »Ich freue mich.«

Ein Hoteldiener führte sie zu einer Suite im älteren Westflügel. Die großen Fenster im beige-braun gehaltenen Salon blickten über Dächer und Kirchturmspitzen zum Firth of Forth, einer großen Bucht in der Nordsee. Sie trat zum Fenster und blickte in die Richtung von Cramod, einem Dorf an der Mündung des Flusses Almond, das schon im zweiten Jahrhundert v. Chr. ein wichtiger römischer Stützpunkt gewesen war. Als sie das Dorf entdeckt hatte, ließ sie den Blick ein wenig nach rechts wandern und sah den rotgoldenen Widerschein der Sonne auf dem Dach des McBean-Schlosses. Sie verspürte ein plötzliches, heftiges Verlangen, sofort hinauszufahren, sagte sich dann aber, daß am nächsten Tag noch Zeit genug war.

Später ging sie ins Restaurant hinunter, wo Ian Sutherland sie schon erwartete. Er spürte ihre Stimmung und machte keinen Versuch, sich aufzudrängen. Sie aßen Rindfleisch vom Buffet, und Ian ließ eine Flasche Wein an den Tisch bringen. Nach dem Essen setzten sie sich ins Foyer. Er trank einen Brandy, sie nahm nichts, sprach kaum ein Wort.

»Heather, du solltest zu Bett gehen«, meinte er. »Du bist völlig erschöpft.«

»Ja, das stimmt... Du bist immer so verständnisvoll.«

»Ich gebe mir Mühe. Trotzdem frage ich mich manchmal, ob es mit uns etwas geworden wäre, wenn ich verständnisvoller gewesen wäre. Ich liebte dich, weißt du. Entschuldige, das ist nicht der Moment –«

Sie nahm seine Hand.

»Bitte, entschuldige dich nicht. Ich glaube, ich liebte dich auch, Ian. Aber es war der falsche Zeitpunkt, der falsche Ort. Schicksal vielleicht.«

»Und wir müssen es ertragen.«

»Ja, wir müssen alle unser Schicksal tragen.«

»Schlaf gut, Heather, und träum etwas Schönes. Wenn ich morgen irgend etwas für dich tun kann, dann sag es mir bitte.«

»Ja, danke. Gute Nacht.«

Sie gab ihm einen Kuß auf die Wange und fuhr dann zu ihrem Zimmer hinauf, wo sie nach einer Stunde quälenden, sinnlosen Nachdenkens endlich einschlief.

Um halb acht Uhr war sie schon auf der Fahrt zum Schloß ihres Onkels. Anfangs hatte sie dichten Verkehr, doch in der Queens Ferry Road kam sie dann schneller vorwärts. In Davidson's Mains hielt sie sich rechts und folgte kleineren Straßen bis sie Schloß Lauriston erreichte, das von seinen letzten Eigentümern, William und Margaret Reid, Freunden von Calum McBean, der Stadt Edinburgh vermacht worden war.

Sie fuhr weiter bis zu einer Schneise in einem Eibenwäldchen, bog dort ab und folgte einer schmalen, ungeteerten Straße, die durch dicht wachsende Ebereschen, Stechpalmen und Rhododendronbüsche hindurchführte. Direkt vor ihr lag das Schloß, klein im Vergleich mit anderen Festungsbauten in Schottland, aber zweifellos groß genug, um ›Schloß‹ und nicht ›Haus‹ genannt zu werden.

Der Hauptturm, im sechzehnten Jahrhundert errichtet, war vier Stockwerke hoch und hatte zwei, durch Kragsteine gestützte zweistöckige Türmchen. An den Hauptturm schloß sich der neuere Teil des Komplexes an, ein Herrenhaus, das im frühen achtzehnten Jahrhundert nach Vorbildern aus der Zeit Jakobs I. erbaut worden war. Zwei mächtige Kastanienbäume flankierten das Portal. Fasanen und Rebhühner bevölkerten den sanftgewellten Rasen, und dazwischen stolzierten Pfauen, deren leuchtende Schwanzfedern das eintönige Grau und Grün von Mauerwerk und Rasen mit plötzlichen Farbexplosionen belebten.

Vor dem Turm hielt sie an, stieg aus und ging um ihn herum zur Seite. Flache Rasenflächen dehnten sich bis zum Firth of Forth hinunter, wo sich winzige weiße Segel und die massigeren Kamine großer Passagierdampfer vom blauen Himmel abhoben. Oft hatte Heather auf diesem Rasen mit ihrem Onkel und nahen Freunden der Familie Krocket gespielt. »Du mußt kurz und kräftig schlagen«, hatte ihr Onkel dann häufig gesagt und ihr manchmal das

Schlagholz aus der Hand genommen, um es ihr zu demonstrieren. Sie spürte, wie ihr die Kehle eng wurde bei der Erinnerung. Calum McBean hatte barsch und streng sein können, doch sie hatte nie auch nur eine Sekunde daran gezweifelt, daß er sie von Herzen liebte.

»Sind Sie's?« fragte eine Frauenstimme.

Agnes, die alte Haushälterin, kam über den Rasen auf sie zu.

»Agnes, guten Tag!«

Sie umarmten einander. Als sie sich trennten, fiel Heather plötzlich auf, wie alt Agnes aussah. Sie war Ende siebzig, hatte aber irgendwie immer jünger gewirkt. Jetzt aber gab es keinen Zweifel mehr an ihrem Alter.

»Das ist eine Überraschung«, sagte Agnes. »Aber für Überraschungen haben Sie ja immer schon ein Talent gehabt.« Sie lachte. »Bleiben Sie ein Weilchen?«

Heather schüttelte den Kopf und ging auf das Haus zu.

»Nein, ich kann nicht lange bleiben. Leider. Nur ein paar Tage. Ich wohne in der Stadt bei Freunden.«

Agnes blieb stirnrunzelnd stehen.

»Sie übernachten nicht in Ihrem alten Zimmer? Da wäre der Herr aber enttäuscht.«

»Ich kann nicht, Agnes. Ich möchte ja gern, aber – oh, sieh doch!«

Sie wies zu einer Gruppe Lärchen, aus der zwei Rehe herüberäugten.

»Die kommen oft«, sagte Agnes.

Die Rehe verschwanden wieder im Schutz der Bäume. Heather ging hinüber zu den Bäumen und blickte auf einen kleinen Stein auf dem Grab von Calums Lieblingshund, einem Shetland-Schäferhund, den er Ceit genannt hatte, das war gälisch für Käthe. Der Hund war siebzehn Jahre alt geworden, und als er gestorben war, hatte Calum ihn hier unter den Lärchen begraben und in den Stein eingeritzt:

> Du warst mein treuer Freund, Ceit,
> und ich habe dich geliebt.
> Nun bist du fortgegangen,
> aber du wohnst für immer in meinem Herzen.

An dem Tag, an dem Ceit begraben worden war, hatte er geweint, und am Abend hängte er im Vorsaal ein Bild auf, das ein Maler aus der Umgebung von dem Hund gemacht hatte.

»Hallo, Ceit«, sagte Heather zu dem Aquarell des Hundes, als sie und Agnes ins Haus traten.

»War ein schönes Tier«, bemerkte Agnes. »Ihrem Onkel hat's fast das Herz gebrochen, als sie starb. Ich mache Ihnen eine Tasse Tee.«

»Ach, das ist gut, Agnes. Es ist schön, wieder zu Hause zu sein.«

Agnes verschwand in der Küche, und Heather wanderte in die Bibliothek. Nach Calums Tod hatte es Wochen gedauert, ehe sie es fertigbrachte, den Raum wieder zu betreten. Sie blieb jetzt unter der Tür stehen und sah sich langsam um. Die Böden waren mit Perserteppichen bedeckt, deren Farben gedämpft genug waren, daß sie nicht von den Kunstgegenständen ablenkten, die den Raum schmückten. An der Rokokodecke tummelten sich Cupidos und allerlei Wappentiere, die Möbel waren größtenteils Chippendale. Überall waren Kunstgegenstände zur Schau gestellt – chinesisches Porzellan, Mortlake Gobelins, Ellicott Uhren, Ölgemälde und Aquarelle, kostbare Feuerwaffen, ägyptische Statuen und kunstvolle Manuskripte.

Heather ging durch das Zimmer zu einer Vitrine, die besonders bemerkenswerte Exemplare aus Calum McBeans Sammlung von Kunstgegenständen alter Geheimgesellschaften enthielt. Ein Bord war der Legion von Harsa gewidmet, wenn auch von dieser Sammlung nur noch wenige Stücke übrig waren. Einst war die Harsa-Medaille der Mittelpunkt dieser Ausstellung gewesen, aber dann hatte Calum sie dem Smithsonian geschenkt. Heather hatte ihn einmal nach dem Grund gefragt, und er hatte ihr erklärt, er wolle bestimmte Stücke seiner Sammlung an öffentliche Museen an allen Enden der Welt verteilen. Calum war ein Mensch gewesen, der solche Entscheidungen aus einem Impuls heraus treffen konnte. Er war so impulsiv wie reizbar, überlegte sich den simpelsten Entschluß manchmal monatelang, und konnte dann wiederum in wichtigen Fragen im Handumdrehen sein Urteil fällen.

»Wollen Sie den Tee hier trinken?«

Agnes stand mit einem silbernen Tablett unter der Tür.

»Ach, ja. Vielen Dank, Agnes.«

Die Haushälterin stellte das Tablett auf den Schreibtisch und fragte, ob Heather sonst noch etwas brauchte.

»Nein danke, Agnes. Einen Gefallen kannst du mir aber noch tun. Es wäre mir lieb, wenn möglichst wenig Leute davon wissen, daß ich hier in Edinburgh bin.« Sie wollte keine Besuche und Anrufe.

»Natürlich, Miss Heather. Ich bin übrigens nicht den ganzen Tag da. Ich wollte am frühen Nachmittag gehen.«

»Das ist in Ordnung. Ist Clifton hier?«

Sie meinte den Verwalter, der in einem Häuschen am anderen Ende des Besitzes lebte.

Agnes zog ein Gesicht.

»Den hab' ich seit vierzehn Tagen nicht mehr gesehen. Treibt sich wieder mal rum.«

Heather lächelte. »Ach, hat ihn der große Durst wieder einmal gepackt?«

»Das wird's wohl sein, Miss Heather. Also, ich geh' jetzt. Sie brauchen nur zu läuten, wenn Sie mich brauchen.«

»Danke, Agnes.«

Auf dem Schreibtisch lag ein Stapel ungeöffneter Post, den sie rasch durchsah. In einem Hefter befanden sich Dokumente über die Übergabe des McBean'schen Besitzes an die Stadt Edinburgh. Einer der Briefe bestätigte, was Ian Sutherland ihr schon erzählt hatte: In letzter Abstimmung hatte die Stadt die Übernahmebedingungen angenommen. Sie schob diesen Brief zu den anderen Unterlagen in die Akte, setzte sich bequem hin und trank langsam ihren Tee.

Sie schloß die Augen und stellte sich vor, Calum säße ihr gegenüber in seinem Sessel, mager und sehnig, mit gekrümmtem Rükken und widerborstigem grauen Haar, das nach allen Richtungen vom Kopf abstand. Ein Gesicht, das von Erfahrung und Weisheit gezeichnet war, das Gesicht eines Mannes, der das Leben lange betrachtet hatte.

Sie öffnete die Augen und flüsterte: »Du fehlst mir so.«

Dann stand sie auf, schürte das Feuer im Kamin und sah zum Fenster hinaus auf die schimmernde Bucht am Horizont. Das schottische Wetter zeigte sich wieder einmal von der launenhaften Seite. Nach dem Sonnenschein des frühen Morgens zogen jetzt dunkle Wolken auf, die sich rasch aus Osten heranwälzten. Schon rüttelte eine Bö so heftig am Fenster, daß die Scheiben klirrten, und Sekunden später öffnete der Himmel seine Schleusen, und der Regen prasselte in Strömen herab.

Heather blieb am Fenster stehen und beobachtete das rasche Jagen der Wolken. Zehn Minuten später war das Gewitter vorbei. Ein leuchtender Regenbogen wölbte sich am heller werdenden Himmel zum Firth of Forth hinunter.

Heather setzte sich an den Schreibtisch und ging noch einmal die verschiedenen Unterlagen durch. Sie steckte die unterzeichnete Kopie eines Vertrags zwischen dem Nachlaßverwalter und einem führenden Antiquitätenhändler in Edinburgh in ihre Handtasche. Ranald Robertson war einer der wenigen Händler, denen Calum McBean vertraut hatte. Nur aus diesem Grund hatte Heather Robertson gestattet, ausgewählte Stücke aus dem Schloß in Kommission zu nehmen, um sie an eventuelle Interessenten zu verkaufen. Der Erlös sollte zur Zahlung der Steuern und Renovierungen verwendet werden. Sie fand einen Brief von Robertson, in dem dieser schrieb, er würde an einer Antiquitätenmesse in den Assembly Halls in der Princess Street teilnehmen und an seinem Stand Stücke aus der McBean-Sammlung ausstellen.

»Ist es Ihnen recht, wenn ich jetzt gehe, Miss Heather?« fragte Agnes von der Tür her.

»Aber natürlich. Sperren wir immer noch so ab wie früher?«

»Ja. Ich habe jetzt überall abgeschlossen. Nur die Haustür ist offen.«

»Gut. Ich bleibe noch ein Weilchen und komme morgen wieder. Bist du dann da?«

»Ich denke schon – Miss Heather, ich möchte Ihnen noch etwas sagen.«

»Ja, um was geht es denn?«

Agnes näherte sich dem Schreibtisch.

»Ich wollte Ihnen nur sagen, Miss Heather – was Sie nach dem Tod von Mr. McBean für mich getan haben, war viel zu großzügig. Er hatte mich in seinem Testament doch schon bedacht. Da hätten Sie nichts mehr zu tun brauchen.«

»Aber du hast es verdient, Agnes. Mein Onkel hatte dich sehr gern und hat deine Treue hochgeschätzt. Und mit mir ist es genauso.«

Sie drückte der alten Frau die Hand.

Agnes wandte sich zum Gehen, blieb auf halbem Weg noch einmal stehen, drehte sich um und sagte in grimmigem Ton: »Und ich weiß, daß er nicht selbst Hand an sich gelegt hat, wie sie jetzt behaupten.«

»Ich auch, Agnes. Ich auch. Vielleicht kommt aber die Wahrheit doch noch ans Licht.«

»Hoffentlich, Miss Heather.« Sie schüttelte den Kopf. »Sie wollten mir einfach nicht glauben, die Polizisten, als ich ihnen sagte, daß ich zwei Schüsse gehört habe. Sie sagten, das hätte ich mir eingebildet, als wär' ich nicht ganz richtig im Kopf.«

»Ich weiß, Agnes. Aber eines Tages werden wir sicher mehr wissen. Paß gut auf dich auf.«

»Sie auch, Miss Heather.«

Kurz nachdem Agnes gegangen war, beschloß Heather, zu Fuß nach Cramond hinüberzuwandern und im Cramond Inn zu Mittag zu essen. Ihr Onkel war selten ausgegangen. Er hatte seine Bequemlichkeit im Schloß und, wie er es formulierte, ›seine eigene Unterhaltung‹ vorgezogen. Manchmal jedoch hatte er eine Ausnahme gemacht und sich ins Dorfgasthaus gesetzt, wo Robert Louis Stevenson viele Abende im Kreis seiner Freunde verbracht hatte. Calum pflegte, in einen weiten, schwarzgrauen Tweedumhang gekleidet, in seinem uralten Automobil vorzufahren und dann mit Ceit an seiner Seite und dem Ebenholzspazierstock in der Hand ins Gasthaus zu treten. Wenn ihm die Leute an der Bar nicht gefielen, suchte er sich einen Tisch im Speiseraum und trank allein, bis jemand kam, dessen Gesellschaft er ertragen konnte. Ceit saß derweilen brav neben dem Tisch und bekam hin und wieder einen liebevollen Klaps von ihrem Herrn. Doch solche Ausflüge waren eine Seltenheit gewesen und hatten in den letzten Jahren seines Lebens praktisch gar nicht mehr stattgefunden.

An der Dorfkirche nicht weit vom Gasthaus machte Heather halt und schlenderte durch den Friedhof. Sie fühlte sich wie in einer Zwischenwelt, wo die Gefühle sich nicht lösen durften und es dem Verstand verboten war, weit genug vorauszuschauen, um die Gründe für die Dinge zu erkennen...

Im Gasthaus wurde sie herzlich aufgenommen. Nachdem sie an der Bar mit Genuß einen Whisky getrunken hatte, verspeiste sie im Restaurant ein köstliches Mittagessen – Garnelen in Räucherlachs gewickelt, Seezunge, einen kleinen Salat. Zum Abschluß trank sie eine Tasse Kaffee.

Später machte sie einen Spaziergang am Almond entlang. Es war Ebbe, und der schlammige Grund des Flusses dehnte sich bis zu dem tieferen Wasser der Förde hinunter. Hunderte von Möwen kreisten auf der Suche nach Futter kreischend über dem

Schlamm. Sie blickte über das blaue Wasser und die sachte schaukelnden Segelboote hinweg zum Horizont. Dort im Osten war es dunkel; ein neues Gewitter braute sich zusammen. Der aufkommende Wind zerrte an ihren Haaren, und im Gesicht spürte sie das Brennen des Salzwassers, das die frische Brise vom Meer aufgepeitscht hatte und nun landwärts trug. Seit Lewis' Tod war es ihr recht gut gelungen, ihre Emotionen unter Kontrolle zu halten, zumindest nach außen. Jetzt aber, allein zu Hause in dem Land, das sie liebte und dessen Schönheit sie tief anrührte, wehrte sie sich nicht mehr gegen den Schmerz und die Trauer. Sie lehnte sich an einen Holzpfosten und ließ ihren Tränen freien Lauf. Es war ihr gleichgültig, ob jemand sie sah, sie spürte nichts als den schrecklichen Verlust und den unendlichen Schmerz.

Als sie am Strand entlang zum Schloß zurückwanderte, fühlte sie sich etwas besser. Sie hatte gelernt, ihre Gefühle für sich zu behalten und niemandem zu zeigen. Das war falsch. Sie hatte einen Menschen verloren, der für sie das Wichtigste auf der Erde bedeutete. Er war ihr einfach entrissen worden. »Verfluchter, gemeiner Mörder«, schrie sie in den Wind. »Du sollst verflucht sein, bis auch du stirbst!« Der Wind blies ihr die Worte zurück ins Gesicht, und sie ging rascher, den Blick starr geradeaus gerichtet. Nicht ein einzigesmal blickte sie zu der schmalen Straße hinauf, wo langsam eine dunkelgrüne Limousine dahinfuhr. Der Fahrer paßte seine Geschwindigkeit dem Schritt der einsamen kleinen Gestalt am Strand an.

Fünf Minuten, bevor sie das Schloß erreichte, brach das nächste Gewitter los. Es wurde so finster, als wäre es Nacht. Der Sturm zerrte an den Ästen der alten Kastanien, und ein greller Blitz, dem krachender Donner folgte, tauchte alles in blendend weißes Licht.

Sie holte tief Luft, hielt sich die Handtasche über den Kopf und rannte los. Der Regen durchnäßte sie, während sie nach dem Schlüssel suchte. Dann hatte sie ihn gefunden und sperrte die schwere Holztür auf. Wieder ein Blitz und ein Donnerschlag, der sich an den dicken Steinmauern brach. Bilder und andere Kunstgegenstände an den Wänden schwankten, als der Wind sich durch Ritzen und Risse stahl und den Vorsaal in einen Windkanal verwandelte.

Das Telefon läutete. Ausgerechnet jetzt! Heather streifte die klatschnassen Schuhe ab und drückte das Wasser aus ihrem Haar.

Sie hörte in der Küche etwas zu Boden fallen; wahrscheinlich ein Topf vom Wandbord. »Verflixt«, murmelte sie und lief auf Strümpfen zum nächsten Telefon, hob ab, ließ den Hörer fallen, hielt das falsche Ende ans Ohr, drehte den Hörer um. »Hallo?«

Der Anrufer hatte schon wieder aufgelegt.

»Verflixt«, sagte sie wieder und knallte den Hörer auf die Gabel. Sie sah auf die Uhr und stellte fest, daß sie sich beeilen mußte, wenn sie Robertson noch in den Assembly Halls erreichen wollte. Sie ging ins Badezimmer, wo sie sich das nasse Haar ausbürstete und Beine und Füße mit einem Handtuch abrubbelte. Eines wollte sie unbedingt noch tun, ehe sie ging: Sie wollte die Sammlung von alten, handbemalten Miniatursoldaten einpacken und sie Robertson bringen. Calum hatte an der Sammlung viel Freude gehabt, hatte sie aber als eine Art pubertärer Leidenschaft betrachtet. Sie hatte keinen Zweifel daran, daß er mit ihrer Entscheidung, die Sammlung zu verkaufen, einverstanden gewesen wäre.

Sie ging einen langen Gang zur sogenannten Empfangshalle hinunter, die wie fast alle anderen Räume im Schloß von Calums Sammlungen mit Beschlag belegt war. Abgesehen von den Miniatursoldaten war hier ein buntes Sortiment alter Waffen zu bewundern: Ziegelbrocken, die einst als Wurfgeschosse gedient hatten, Schwerter mit breiten Klingen, Degen, Dolche, orientalische Krummsäbel, Florette und Enterhaken. Es war beinahe stockfinster in diesem Raum; schwere, dunkelrote Vorhänge hielten das wenige Licht ab, das von draußen hätte eindringen können.

Sie tastete nach dem Lichtschalter, fand ihn, knipste ihn an. Ein Leuchter flammte auf, da ertönte ein krachender Donnerschlag, und der Raum versank wieder in Finsternis. Während des Moments der Helligkeit hatte sich Heather etwa bis zur Mitte des Raumes bewegt. Sie wich einem Tisch aus, der dort stand, und tastete sich zu dem Schrank mit den Miniatursoldaten vor. Eine Tür, die in ein Nebenzimmer führte, stand offen. Sie blieb davor stehen und erstarrte, als sie von dort ein Stöhnen zu hören glaubte. Einen Moment lang lauschte sie angespannt. Der Wind, sagte sie sich dann. Ein weißer Lichtstrahl drang durch eine Ritze zwischen den Vorhängen, als wieder ein Blitz den Himmel erleuchtete.

Heather blickte zu den drei Meter langen italienischen Gleven hinauf, die neben der Tür an der Wand befestigt waren. Sie stammten aus dem sechzehnten Jahrhundert – lange gebogene

Klingen an langen Holzgriffen, die mit Gold, Silber und Perlmutt eingelegt und mit damaszierten Goldbändern verziert waren. Wieder ein Geräusch aus dem Nebenzimmer. Sie spähte aufmerksam in die Finsternis, sah nichts, trat einen Schritt näher zur Vitrine. Die Gleve, die der Tür am nächsten hing, kippte plötzlich aus ihrer Halterung heraus, und die Klinge sauste direkt auf Heathers Kopf zu. Ja, wenn sie jenen ersten Schritt nicht gemacht hätte, wäre das Ende vielleicht... So aber verfehlte die Klinge sie um Zentimeter und fiel klirrend zu Boden.

Heather hatte das Gefühl, als wäre ihr einen Moment lang das Herz wahrhaftig stehengeblieben. Wieder blickte sie zur offenen Tür hin, sah nichts, bückte sich und hob die Gleve auf.

»Das wäre ja furchtbar gewesen«, murmelte sie, als sie sich wieder etwas gefaßt hatte.

Sie lehnte die Waffe an die Wand, ging zu den Fenstern und zog die Vorhänge auf. Der Himmel über der Förde war wieder hell, und ein neuer Regenbogen spannte sich über dem Wasser. Sie hoffte, er signalisierte das Ende der Gewitter.

Sie packte die Soldaten in einen Karton und ging zu ihrem Wagen hinaus. Als sie wegfuhr, überholte sie die grüne Limousine, die ihr vom Cramond Inn aus gefolgt war, aber sie achtete gar nicht auf den Wagen, der bis zur Stadt in gleichbleibender Entfernung hinter ihr herfuhr.

In den Assembly Halls wimmelte es von Händlern und Schaulustigen. Ranald Robertson hatte einen großen Stand im hinteren Teil der Ausstellungsfläche. Heather mußte unwillkürlich lächeln, als sie sich dem Stand näherte. Robertson, ein Mann von etwa fünfzig Jahren, sah immer so aus, als verstünde er das Leben nicht. Die Brille trug er stets unten an der Spitze seiner schmalen Nase, und er blickte meistens wie suchend über sie hinweg. Er war ein Exzentriker, genau wie ihr Onkel einer gewesen war, nur einer von der geselligeren Sorte. Er lebte mit einem Dutzend Katzen, einer geistig verwirrten Mutter, die sich manchmal für eine Hofdame von Maria Stuart hielt, und einem Sittich namens Macbeth zusammen, von dem Robertson behauptete, er spräche manchmal gälisch.

Er war mitten in einem Verkaufsgespräch mit einer matronenhaften Frau, die sich nicht entscheiden konnte, welche der beiden Ikonen aus Calums Sammlung, die ihr gefielen, sie nehmen sollte.

Heather war versucht, ihr die eine zu empfehlen, widerstand aber tapfer dem Impuls. Schließlich rang sich die Frau doch zu einer Entscheidung durch, bezahlte und ging davon.

»Heather«, sagte Robertson und musterte sie über seine Brillengläser hinweg, »Sie sehen prächtig aus.«

»Danke. Wie geht es Ihnen, Ranald?«

»Bestens. Das Geschäft geht. Heute morgen hat hier übrigens ein Mann nach Ihnen gefragt.«

»Ach? Wer denn?«

»Er nannte seinen Namen nicht. Groß und sehr dick. Gut gekleidet. Ein Engländer.«

Evelyn Billinworth? Aber der wäre doch aufs Schloß gekommen...

»Was wollte der Mann denn?«

»Er wollte nur wissen, ob ich Sie gesehen hätte. Er schien zu wissen, wer ich bin und daß ich die Sachen aus dem Nachlaß Ihres Onkels verkaufe. Er blieb nicht lange, schwatzte ein bißchen mit mir über einige der Sachen hier, erwähnte mal kurz den Mord an diesem Araber in London.«

»Tatsächlich?«

»Ja. Er fragte, ob ich den Araber gekannt hätte. Ich habe ihn natürlich nicht persönlich gekannt, aber gehört hatte ich genug von ihm. Ein ganz übler Bursche muß das gewesen sein. Er hat nur mit gestohlener Ware gehandelt. Ich bin überzeugt, es gibt massenhaft Leute, die dem Kerl keine Träne nachweinen.« Er warf einen neugierigen Blick in den Karton, den sie trug. »Für mich?«

»Wie? Ach ja, die Soldaten aus der Sammlung meines Onkels.« Sie reichte ihm den Karton.

»Gerade im richtigen Moment. Nachher kommt jemand, der sich für die Soldaten interessieren wird. Er möchte alles kaufen, was ich habe. Und wie sieht's im Schloß aus?«

»Die Stadt hat jetzt die Übernahme genehmigt.«

»Ja, das hatte ich gehört. Ich hoffe, Sie tun das Richtige.«

»Ich habe doch gar keine andere Wahl. Wenn die Stadt das Schloß nicht instandhält, fressen die Steuern den gesamten Nachlaß auf, und am Ende wird das Schloß von einem Franzosen gekauft, der ein schickes Hotel mit raffiniertem Essen, modernen Zimmern und Ansichtskarten im Foyer daraus macht.«

Robertson lachte. »Eine schreckliche Vorstellung.« Er wurde wieder ernst. »Wie lange bleiben Sie in Edinburgh?«

»Ich weiß noch nicht, aber höchstens noch zwei Tage.«

»Schade. Ich werde versuchen, mal zum Schloß hinauszukommen, ehe Sie wieder abreisen.«

»Ja, das wäre gut. Aber ich bin nicht –«

»Bitte?«

»Ich meine, ich bin nicht mehr lange hier. Ja, kommen Sie doch vorbei.«

»Mit einem Scheck.«

Sie schlenderte gemächlich durch die Hallen, blieb an verschiedenen Tischen stehen, sah sich aber eigentlich nichts wirklich an. Sie konnte nur an das denken, was Ranald ihr von dem großen dicken Engländer erzählt hatte, der nach ihr gefragt hatte. Es konnte nur Evelyn gewesen sein. Aber warum hatte er sie nicht angerufen? Warum war er nicht aufs Schloß gekommen? Was sollte das mit dem Araber, Ashtat, in Belgravia. Belgravia, wo –

»Heather! Heather!«

Als sie sich umdrehte, sah sie Robertson, der ihr nachkam.

»Beinahe hätte ich's vergessen. Der Mann, der Sie gesucht hat, fragte nach Collinsworth.«

»Seth Collinsworth?«

»Genau. Er wollte wissen, wo er abgeblieben wäre.«

»Da kommt doch nur das Gefängnis in Frage.«

Robertson lachte. »Ich habe seit mehr als einem Jahr nichts mehr von ihm gehört. Sie?«

Heather schüttelte den Kopf.

Seth Collinsworth war Schottlands berüchtigtster Kunstdieb. Er hatte zehn Jahre zuvor Schlagzeilen gemacht, als er eine ganze Wagenladung Gemälde von der Schottischen Nationalgalerie stahl. Aber schon vierundzwanzig Stunden später war er verhaftet worden und hatte dann sechs Jahre im Gefängnis gesessen. Aber alle Welt wußte, daß das ein geringer Preis für ein Leben voller Verbrechen war. Collinsworth war der schottische Verbindungsmann zum Londoner Kunstschwarzmarkt gewesen. Er hatte in Glasgow gelebt wie Gott in Frankreich – Rolls Royce, vornehme Stadtvilla, weite Reisen in die großen Städte der ganzen Welt, ausgedehnte Aufenthalte in den Metropolen des Nahen Ostens, immer von einem Schwarm schöner junger Mädchen umgeben, die nicht wußten, daß Matisse gemalt und Strawinski komponiert hatte, die aber sehr wohl wußten, daß Collinsworth gern spendierte.

Warum war Evelyn daran interessiert, diesen Mann ausfindig zu machen? War es möglich – nein, das war zu weit hergeholt – war es das wirklich?

Sie trat aus den Assembly Halls ins Freie. Die George Street war von Männern und Frauen bevölkert, die nach einem langen Arbeitstag nach Hause strebten. Das langsam verblassende Abendlicht goß seinen weichen Glanz über die Stadt. Sie fühlte sich beinahe glücklich. Sie war zu Hause. Wenn nur Lewis jetzt neben ihr stehen und die Gefühle teilen könnte, die sie bewegten...

War Evelyn Killinworth hier?

Der Gedanke bereitete ihr Unbehagen, während sie nach rechts blickte und feststellte, daß die Straße frei war. Sie trat auf die Fahrbahn.

»Vorsicht!« rief eine Frau hinter ihr.

Aus dem Augenwinkel sah Heather auf der falschen Straßenseite ein Auto herankommen. Sie sprang nach rückwärts, und im selben Moment schon raste der Wagen an ihr vorbei. Sein rechter Kotflügel hätte beinahe ihr Knie gestreift.

»Du Vollidiot!« schrie ein Mann und rannte auf die Fahrbahn, wo er drohend die Faust hob.

Heather blickte die Straße hinauf. Der Wagen war um eine Ecke gebogen und verschwunden.

»Alles in Ordnung, Miss?« fragte jemand.

»Ja, ich glaube schon.«

»Sicher so ein dämlicher Amerikaner, da mache ich die größte Wette«, sagte ein Mann.

»Haben Sie ihn gesehen?« fragte Heather.

Der Mann schüttelte den Kopf.

»Aber es war sicher wieder mal so ein reicher, überfressener Amerikaner, der auf der falschen Straßenseite fährt.«

»Nicht mal angehalten hat er«, empörte sich eine Frau.

Heather kehrte ziemlich beunruhigt ins George Hotel zurück und rief sofort im Chesterfield in London an. Sie verlangte Dr. Killinworth.

In seinem Zimmer meldete sich niemand.

»Wohnt er noch bei Ihnen?« fragte sie.

Man versicherte ihr, daß er nach wie vor im Hotel wohnte und sogar so entgegenkommend gewesen sei, dem Empfang mitzuteilen, daß er in zwei Tagen abzureisen gedachte.

Sie reiste am Mittag des folgenden Tages ab, flog von Edinburgh nach London und von dort gleich weiter nach New York.

Als sie in Washington ankam, war sie erschöpft und durcheinander. Und immer noch argwöhnisch. Die Vorstellung, wohin ihr Verdacht vielleicht führen könnte, war ihr schrecklich. Aber bis jetzt basierte er ja auch wirklich nur auf Indizien… Gott, war sie müde…

Kapitel 23

»Wie war die Reise?« fragte Hanrahan, nachdem er Heather einen Becher Kaffee geholt hatte.

Sie war früh aufs Präsidium gekommen; ihre innere Uhr war noch auf Londoner Zeit eingestellt. Ihr karierter Rock, die marineblaue Bluse und der Blazer sahen frisch aus, aber sie selbst sah müde und abgespannt aus.

»Hektisch. Aber es war gut, daß ich rübergeflogen bin. – Hat sich hier etwas getan?«

»Nichts Entscheidendes. – Was haben Sie von Ihrem Privatdetektiv gehört?«

»Herzlich wenig leider. Und bitte sagen Sie jetzt nicht, ich hab's Ihnen ja gleich gesagt.«

»Das ist nicht meine Art.« Dennoch war er versucht, genau das zu sagen. »Aber was hat er Ihnen denn berichtet, wenn überhaupt etwas?«

»Nur, daß Lewis in der Woche vor seinem Abflug bei Peter Peckham war, und daß Peter jetzt verschwunden zu sein scheint.«

»Verschwunden?«

Hanrahan war überrascht, daß sie nicht von Peckhams Tod gehört hatte, und war nicht erpicht darauf, ihr das eröffnen zu müssen.

»Wie Mr. Paley mir erzählte, der übrigens ein ekelhafter kleiner Mann ist, haben Peters Freunde seit mehr als einer Woche nichts mehr von ihm gehört. Ich habe mehrmals versucht, ihn zu Hause zu erreichen und war auch bei seinem Laden, aber ohne Erfolg.«

Hanrahan lehnte sich zurück und starrte auf einen Riß in der hellgelben Wand hinter ihr.

»Wie schmeckt der Kaffee?« fragte er.

»Ganz gut, danke.«

»Ich habe eine Nachricht für Sie, Heather, und es ist leider keine gute Nachricht.«

Sie hatte den Becher gerade wieder auf den Schreibtisch stellen wollen, nun hielt sie mitten in der Bewegung inne.

»Ja?« sagte sie, ohne ihn anzusehen.

»Peter Peckham ist tot.«

Die Tasse hing immer noch in der Luft.

»Woher wissen Sie das?« fragte sie mit tonloser Stimme.

»Von Scotland Yard.« Er wollte ihr alles ausführlich berichten, tat es dann aber nicht. Langsam, mahnte er sich.

»Wie ist es geschehen? Wurde er auch – ermordet?«

»Es scheint so.«

»Erzählen Sie.«

Er berichtete ihr, was er wußte.

Ihre Stimme war jetzt wieder kräftiger. Sie stellte die Tasse auf den Schreibtisch und ging zum Fenster. Es war schmutzig. Die Hitze und die Feuchtigkeit draußen erschienen ihr auch schmutzig; so, als würden sie einem an der Haut kleben bleiben. Sie atmete mehrmals tief durch. Dann hob sie den Kopf.

Hanrahan stand auf und nahm den dicken dunkelroten Ordner mit der Aufschrift ›Lewis Tunney, Fall Nr. 641-T‹. Er ging um den Schreibtisch herum und warf den Ordner auf die Tischplatte. Bei dem Geräusch drehte sich Heather um.

»Es geht schon«, sagte sie. »Man wird wahrscheinlich abgebrüht. – Wie ist Peter Peckham umgekommen?«

»Durch einen Schlag auf den Kopf. Dann schleppten ihn die Täter unter eine Themsebrücke. – Tut mir leid, aber Sie wollten es wissen.«

Sie schlang die Arme um ihren Oberkörper und wiegte den Kopf langsam von einer Seite zur anderen.

Hanrahan nahm den Ordner wieder zur Hand und hielt ihn hoch.

»Sehen Sie? Das ist die Akte Ihres Verlobten. Auf dem Ordner stehen sein Name und eine Erkennungsnummer unserer Abteilung. Er ist dunkelrot, weil dunkelrote Ordner gerade billig sind. In ein paar Monaten werden Mordfälle vielleicht in orangefarbenen oder gelben Ordnern abgelegt, je nach Preis. Ich habe den größten Teil meines Erwachsenenlebens damit zugebracht, mich mit solchen Ordnern herumzuschlagen. Das einzige, was sich überhaupt ändert, sind die Farben. Menschen werden immer aus den gleichen Gründen getötet - Eifersucht, Besitzgier, ein seelischer Kurzschluß, ein Irrtum, Angst, Notwehr. Es ist genau wie mit Romanhandlungen. Es gibt nur eine begrenzte Zahl. Es gibt kaum Abwandlungen. So habe ich es jedenfalls immer gesehen. Aber dieser Fall ist anders für mich; nicht, weil der Ordner dunkelrot statt braun ist, sondern weil ich ihn anders sehe. Weil ich anders empfinde.«

Sie wollte etwas sagen, doch er schüttelte den Kopf.

»Ich hatte wirklich Angst um Sie, während Sie weg waren. Und das, Heather McBean, ist für mich etwas Neues. Das bedeutet, daß ich an diesem Fall ein Interesse habe, das über das übliche Maß hinausgeht. Das ist etwas anderes. Ich akzeptiere es, daß viele Fälle niemals geklärt werden. Die Ordner und alles, was in ihnen abgeheftet ist, wandern ins Archiv, und man erinnert sich höchstens mal an die Sache, wenn ein Kollege betrunken ist und einen fragt, ob man sich noch erinnert, wie Soundso damals umgekommen ist. Manchmal erinnere ich mich, manchmal nicht. Aber mit dem dunkelroten Ordner Nummer 641-T ist es anders. An diesen Fall werde ich mich immer erinnern, weil ich nicht lockerlassen werde, ehe ich nicht die Wahrheit ans Licht gezerrt habe. Und ich werde mit allen mir zu Verfügung stehenden Mitteln dafür sorgen, daß nicht noch ein Mensch zu Schaden kommt, insbesondere nicht Sie.«

»Das ist sehr nett von Ihnen, aber ich -«

»Sie können von Glück reden, daß Sie nicht in diesem Ordner abgeheftet sind, ist Ihnen das klar? Immer wieder wagen Sie sich viel zu weit vor und machen es diesen Leuten denkbar leicht. Wissen Sie, wie man in arabischen Ländern einem Mann den Kopf abschlägt, wenn er etwas gestohlen oder jemanden umgebracht hat? Man bindet ihm die Hände auf den Rücken, dann muß er im Sand niederknien, und man bohrt ihm mit einem Stock in den Rücken. Sein Körper reagiert ganz automatisch. Er streckt den Hals vor, und der Mann mit dem Schwert schlägt zu. Bei Ihnen braucht man den Stock erst gar nicht. Sie strecken den Kopf ganz von selbst heraus.«

Sie kehrte zu ihrem Sessel zurück, setzte sich, schlug die Beine übereinander und spielte mit dem Schulterriemen ihrer Handtasche.

»Ich will ganz ehrlich mit Ihnen sein. Es paßt mir gar nicht, daß ich bei diesem Fall so mit dem Gefühl beteiligt bin. Ich hätte es anders lieber; würde ihn lieber nur als einen Ordner wie viele andere sehen. Das ist wirklich nicht nötig, daß ich mir jetzt auch noch um Sie Sorgen mache. Ich hab' weiß Gott genug eigene Probleme. Ende des Vortrags.«

Sie war eine ganze Weile still. Dann blickte sie voll Unbehagen zu ihm auf.

»Ich habe für das, was Sie eben sagten, volles Verständnis, aber vielleicht darf ich Sie daran erinnern, daß ich diejenige bin, deren Verlobter ermordet wurde.«

Sie hängte ihre Tasche über die Schulter und steuerte auf die Tür zu.

»Wohin gehen Sie jetzt?«

»Ich weiß noch nicht.«

»Setzen Sie sich.«

»Warum? Wollen Sie mich festnehmen, einsperren, in Einzelhaft stecken und rund um die Uhr bewachen lassen, bis sie Lewis' Mörder gefunden haben oder bis ihr dunkelroter Ordner ins Archiv der ungelösten Fälle wandert?«

»Keine schlechte Idee.« Er grinste säuerlich.

»Ich sehe da nichts Erheiterndes, Captain.«

»Und ich bemühe mich, es zu sehen, auch wenn es nicht einfach ist. Setzen Sie sich, und ich erzähle Ihnen, wie weit ich gekommen bin. Vielleicht verstehen Sie dann ein wenig besser, warum ich um Sie besorgt bin.«

Sie setzte sich.

»Fangen wir am besten damit an.«

Er zog ein Blatt Papier aus der Akte und reichte es ihr. Oben stand in Großbuchstaben EVELYN KILLINWORTH.

Sie hatte gerade angefangen zu lesen, als Joe Pearl die Tür öffnete.

»Jetzt nicht, Joe.«

»Nur einen Moment, Mac«, entgegnete Joe und bedeutete Hanrahan, mit ihm hinauszukommen, wo er ihm eine Liste von Killinworths Reisen im Lauf der vergangenen fünf Jahre übergab.

»Und?«

»Soviel Freizeit. Was hat er da wohl immer getrieben?«

»Kommen Sie zur Sache, Joe.«

Pearl blickte durch die Glasscheibe auf Heather, die in die Lektüre vertieft schien.

»In den letzten fünf Jahren war er sechsmal im Nahen Osten – Jidda, Beirut, Marokko und andere.«

»Was hat er da gemacht?«

»Fragen Sie ihn, Mac. Ganz gleich, was er gemacht hat, er wohnte immer in den besten Hotels. Also, Sie wollten das haben, und wir haben es Ihnen beschafft. Und was ist mit ihr los?«

»Ich weiß nicht recht. Danke, Joe. Bleiben Sie dran.«

»Mac?«

»Ja?«

»Sie sollten den Anzug zurückbringen und ändern lassen. Er schlägt hinten unter dem Kragen Falten.«

Hanrahan blickte an seinem Anzug hinunter. Er war neu, trug ihn heute das erste Mal, hatte ihn erst zwei Tage zuvor bei Cavalier in der F Street erstanden, wo er alle seine Anzüge von der Stange kaufte.

»Ich finde ihn gut«, meinte er.

»Ich wollt's Ihnen nur sagen. Aber die Farbe gefällt mir. Schiefergrau.«

Hanrahan ging wieder in sein Büro, zog sein Jackett aus und hängte es auf. Er warf einen kurzen Blick auf sein Spiegelbild im Türglas und setzte sich an seinen Schreibtisch.

»Warum haben Sie mir das hier gegeben?« fragte Heather und reichte ihm das Blatt zurück.

»Haben Sie es gelesen?«

»Ja. Das alles wußte ich bereits. Es ist im Grund nicht mehr als eine kurze Biographie.«

»Und Sie finden nichts daran merkwürdig?«

»Wie meinen Sie das?«

»Woher hat er das viele Geld?«

»Das viele Geld? Ich glaube nicht, daß Evelyn ein reicher Mann ist.«

»Aber er lebt wie ein reicher Mann. Und wie ist er? Keine Fragen zu ihm, keine Zweifel?« Er spürte, daß sie plötzlich befangen war. »Haben Sie noch nicht einmal darüber nachgedacht?«

»Äh – nein, eigentlich nicht.«

»Das klingt nicht sehr überzeugend. Als Dr. Tunney ermordet wurde, hielt Killinworth sich hier in Washington auf. Er war auch hier, als Sie überfallen wurden und als Ihr Hotelzimmer ausgeräumt wurde. Und jetzt war er in London, und es wurde wieder jemand umgebracht.«

»Er war nicht in London, als Peter getötet wurde. Sie sagten doch selbst, daß er schon eine Woche tot war, als man ihn fand.«

Übertrieb sie nicht ein bißchen mit ihrem Bemühen, ihn zu verteidigen? Nach allem, was mit ihr geschehen war?

»Ich spreche nicht von Peter Peckham, ich spreche von einem arabischen Kunsthändler namens Rashad Ashtat. Haben Sie schon einmal von ihm gehört?«

»Ich las in London von der Sache.«

»Dann wissen Sie also, daß er getötet wurde, während Sie und Killinworth sich in London aufhielten?«

»Ja.«

»Und Ihre Reaktion?«

»Ich kannte den Mann nicht.«

»Danach habe ich nicht gefragt. Hat Dr. Tunney ihn gekannt?«

»Das weiß ich nicht.«

»Wie steht's mit Peckham? Kannte er diesen Ashtat?«

»Auch das weiß ich nicht.«

»Und Killinworth – erwähnte er vielleicht einmal einen Kunsthändler namens Rashad Ashtat?«

»Nein.«

»Er war häufig im Nahen Osten. – Schauen Sie, ich versuche doch nur, mir auf gewisse Dinge einen Reim zu machen. Das gehört zu meinem Beruf.«

»Das ist mir klar.«

»Gut. Sie sagten, der Privatdetektiv hätte bestätigt, daß Dr. Tunney vor seiner Reise nach Washington mit Peter Peckham zusammentraf. Haben Sie eine Ahnung, was die beiden zu besprechen hatten?«

»Nein.«

Hanrahan nahm den dunkelroten Ordner und blätterte seinen Inhalt durch, immer wieder.

»Wie ich schon sagte – dieser Fall wird *nicht* bei den Ungelösten enden. Haben Sie noch etwas hinzuzufügen?«

»Captain Hanrahan, ich weiß, Sie haben den Eindruck, daß ich Ihnen nicht immer alles sage, was ich Ihnen sagen sollte, aber ich –«

»Ja, wenn Sie es schon selbst zur Sprache bringen, so kann ich nur sagen, daß das stimmt. Ich hörte beispielsweise, daß Sie in Edinburgh beinahe überfahren worden wären.«

»Woher wissen Sie das?«

»Das ist nicht wichtig, aber so wie ich das sehe, ist das wohl gerade noch einmal gut gegangen.«

»Ja, es war knapp, aber die Leute, die dabei waren, sagten, es wäre wohl nur ein dämlicher Amerikaner gewesen, der die Straßenseiten verwechselt hätte. – Haben Sie mich vielleicht überwachen lassen?«

»Das würde Sie verärgern, nicht wahr? Selbst wenn der Grund der wäre, daß ich um Sie besorgt bin.«

»Ich bin offenbar wirklich ein Problem für Sie. Und ich habe den Eindruck, daß ich mich dauernd bei Ihnen entschuldige. Ich gehe jetzt lieber.«

Sie ging zur Tür. Hanrahan lehnte sich zurück, faltete die Hände auf dem Bauch und blickte ihr nach. Die Hand auf dem Türknauf, blieb sie stehen und drehte sich langsam um.

»Haben Sie was vergessen?«

»Wissen Sie auch, daß Dr. Killinworth und ich an dem Abend, an dem dieser Araber ermordet wurde, zusammen mit dem Taxi weggefahren sind, und Dr. Killinworth in Belgravia ausstieg, dort also, wo dieser Rashad Ashtat wohnte?«

Hanrahan verzog keine Miene, ließ durch nichts erkennen, ob dies eine Neuigkeit für ihn war oder nicht.

»Sagte er Ihnen, daß er Ashtat aufsuchen wollte?«

»Nein.«

»Sagte er Ihnen nach seiner Rückkehr, was er in Belgravia zu tun gehabt hatte?«

»Nein. Er sagte nur, es wäre langweilig gewesen. Und in Belgravia wohnen ja auch noch eine Menge anderer Leute.«

»Richtig.«

»Ich habe Ihnen das im Vertrauen mitgeteilt, Captain. Ich gehe davon aus, daß Sie mein Vertrauen nicht mißbrauchen werden. Sie wollen doch gewiß einen Menschen nicht aufgrund eines merkwürdigen Zusammentreffens verurteilen.«

»Im ersten Punkt täuschen Sie sich, im zweiten liegen Sie richtig.«

»Ich bin halb erleichtert. Was wollen Sie denn mit dem, was ich Ihnen erzählt habe, anfangen? Wenn es keine Bedeutung –«

»Das können Sie oder ich nicht entscheiden. Ich bin beispielsweise der Meinung, daß Scotland Yard unterrichtet werden sollte. Finden Sie nicht auch? Die sind schließlich an Ort und Stelle. Ich habe einen Freund beim Yard. Ich weiß zwar nicht, welche Farben die da drüben dieser Tage für ihre Ordner verwenden, aber dieser Freund von mir hat gegen ungelöste Fälle die gleiche Aversion wie ich. Ihm werde ich mitteilen, was Sie mir berichtet haben. Wenn er sich dann an Dr. Killinworth wenden will, ist das seine Entscheidung.«

»Mir ist ein bißchen komisch«, sagte sie und setzte sich wieder in den Sessel.

»Möchten Sie ein Glas Wasser?«

»Nein, nein danke. Es geht gleich wieder. Ich muß wirklich gehen.«

»Natürlich ... Miss McBean, Heather, ich würde Sie gern häufiger sehen.« Ehe sie etwas erwidern konnte, machte er eine amtliche Bemerkung daraus. »Ich bin nicht Ihr Feind. Ich stehe auf Ihrer Seite. Wir wollen das gleiche. Wir wollen den Mörder von Lewis Tunney fassen.«

»Ich weiß, ich weiß – na bitte, jetzt entschuldige ich mich schon wieder.« Diesmal brachte sie ein halbes Lächeln zustande.

»Bitte tun Sie das nicht. Wohnen Sie übrigens immer noch in Killinworths Haus?«

»Ja. Fürchten Sie, er könnte mich im Schlaf ermorden? Ach Gott, jetzt fang ich schon wieder an.«

Er seufzte. »Ja, jetzt fangen Sie schon wieder an. Also, wir bleiben in Verbindung!«

Nicht im Schlaf, dachte er, wenigstens nicht in seinem eigenen Haus...

Sobald sie gegangen war, rief Hanrahan Scotland Yard an. Als Bert Burns sich meldete, sagte Hanrahan, »Bert, ich glaube, wir haben eben Glück gehabt.«

Kapitel 24

Lieutenant Joe Pearl saß im Gartencafé der Nationalgalerie für Kunst. Es war Mittag. Ein großer runder Springbrunnen in der Mitte des Raumes warf Wasserfontänen in die Luft, die in Kaskaden wieder herabfielen. Eine Wand aus braunem und burgunderrotem Marmor umschloß den Springbrunnen; auf der Mauer standen üppige grüne Pflanzen. Die Tischplatten waren aus weißgrauem Marmor, die Füße aus dunkelgrünem Schmiedeeisen.

Durch ein großes Oberlicht über dem Springbrunnen flutete Licht auf das Wasser herab und zauberte Regenbogen in den sprühenden Nebel. Das beständige Plätschern des Wassers war sanft und einschläfernd.

Joe Pearl stützte einen Ellbogen auf die Mauer und blickte durch den Sprühregen zu einem Tisch hinüber, der sich genau auf der anderen Seite des Springbrunnens befand. Dort saßen Evelyn Killinworth und Janis Dewey. Killinworth trug einen hellen, beigefarbenen Safarianzug und ein blaßrosa Hemd mit offenem Kragen. Der Kellner hatte ihm eben ein, für ihn recht prosaisches Schinkenbrötchen gebracht. Janis Dewey, die ein loses, apfelgrünes Kleid trug, hatte einen Krabbensalat bestellt. Pearl, der wünschte, sie hätten sich in einem Restaurant getroffen, das kernigere Speisen servierte, hatte sich ein Brot mit kaltem Roastbeef bestellt.

Er hatte versucht, sich zu drücken, als Hanrahan ihn eingeteilt hatte, Killinworth an diesem Tag zu überwachen. Solche minderen Aufgaben hatte er schließlich schon seit Jahren nicht mehr übernommen, und er hatte dieses Geschäft immer schon langweilig gefunden. Aber es war ihm nicht gelungen, Hanrahan davon zu überzeugen, daß ein anderer Beamter für diese Aufgabe besser geeignet wäre.

»So was muß man ab und zu übernehmen, damit man auf dem Teppich bleibt, Joe«, hatte Hanrahan gesagt. »Und vielleicht lenkt Sie das sogar von meinen schlecht sitzenden Anzügen ab.«

Der Tag hatte damit begonnen, daß Pearl in sicherem Abstand hinter Killinworth zu Chloe Prentwhistles Haus hinausgefahren war. In der Auffahrt standen ein roter Citation und ein grauer de Ville. Killinworth wurde an der Tür von einem Mann begrüßt, von dem Pearl wußte, daß er Walter Jones war. Killinworth blieb nicht lange, sechsundzwanzig Minuten genau, wie Pearl notierte.

Von Chloe Prentwhistles Haus folgte er dem dicken Professor zu einer Tankstelle, wo Killinworth von einer Zelle aus kurz telefonierte, während ein junger Mann mit langem, blondem Haar den Tank mit bleifreiem Benzin füllte. Dann war Killinworth direkt zur Nationalgalerie weitergefahren, hatte von einer Zelle im Foyer aus wiederum telefoniert und sich dann an diesen Tisch neben dem Springbrunnen gesetzt. Janis Dewey war zehn Minuten später zu ihm gestoßen. Zwei Dinge fielen Pearl an ihr auf: Erstens war sie schön. Er hatte immer schon eine Schwäche für Rothaarige gehabt, vor allem für solche mit langem Haar. Und zweitens wirkte sie nervös und unsicher. Sie kannte Killinworth offensichtlich nicht, und sobald sie sich gesetzt hatte, vermittelte sie deutlich den Eindruck, als wünschte sie, anderswo zu sein.

Pearl konnte nicht hören, was die beiden miteinander sprachen. Flüchtig spielte er mit dem Gedanken, den Tisch zu wechseln, verwarf das jedoch. Das würde womöglich Aufmerksamkeit erregen, und er mußte Killinworth schließlich noch den Rest des Tages auf den Fersen bleiben.

Nachdem sie gegessen hatte, stand Janis Dewey auf und bot Killinworth die Hand. Der Professor erhob sich ebenfalls und nahm die dargebotene Hand. Einen Moment lang dachte Pearl, er würde ihr die Hand küssen; er tat es nicht.

Danach ging Killinworth zur Kasse, und Pearl stellte sich hinter ihm an. Er stellte sich so, daß er nur im Profil gesehen werden konnte, falls Killinworth sich umdrehen sollte. Er hätte sich nicht zu sorgen brauchen. Killinworth marschierte schnurstracks aus dem Museum hinaus, stieg in seinen Wagen und fuhr zur Georgetown Universitätsbibliothek, wo er die nächsten vier Stunden verbrachte. Pearl langweilte sich derweilen auf einem Parkplatz fast zu Tode und war froh, als Killinworth endlich wieder erschien und zu F. Scott's in Georgetown fuhr, wo sich jetzt die ersten Stammgäste einfanden. Pearl wartete drei Minuten, nachdem Killinworth hineingegangen war, ehe er ihm folgte.

Das Geschäft an der Bar florierte. Killinworth hatte sich einen Platz am Tresen erobert und unterhielt sich mit einem jungen Mann im Glencheck-Anzug. Pearl näherte sich so nonchalant wie möglich, drängte sich vorsichtig hinter Killinworth und bestellte sich ein Glas Weißwein. Killinworth konnte ihn nicht sehen. Das war gut. Aber sein massiger Körper hinderte Pearl auch daran, den anderen Mann zu sehen und mehr als abgerissene Fetzen ihres Gesprächs mitzuhören.

Killinworth sagte: »... ist ein nettes junges Mädchen ... gräßliches Essen für alte Damen mit Spatzenmägen ... ja, ich habe heute morgen mit Chloe und Walter gesprochen ... natürlich ...«

Der junge Mann sagte: »Ich finde das trotzdem ...« Pearl war nicht sicher, aber er glaubte das Wort ›lachhaft‹ gehört zu haben.

»Sie können davon halten, was Sie wollen, Mr. Kazakis«, erwiderte Killinworth, »aber es ist vielmehr eine Sache der –«

»Joe! He, Joe!« Pearl bekam plötzlich einen Donnerschlag auf den Rücken, und als er sich umdrehte, sah er einen früheren Kollegen, Johnny Carter, der ohne Aufsehen entlassen worden war, nachdem man entdeckt hatte, daß er verschiedene Leute erpreßt hatte.

Carter war betrunken. Die Frau, die an seinem Arm hing, sah aus wie eine wandelnde Revlon-Reklame.

»He, Joe, was hat ein Bulle wie Sie hier zu suchen? Wollen wohl endlich mal was erleben, was?«

Pearl lächelte Carter flüchtig an und nickte der Frau zu.

»Einen schönen Abend noch, Johnny«, sagte er und wandte den beiden den Rücken zu. Er konnte nur hoffen, daß Killinworth den kurzen Wortwechsel nicht mitbekommen hatte. Killinworth war immer noch im Gespräch mit Kazakis und schien nichts bemerkt zu haben.

Carter gab Pearl jetzt einen Puff in den Rücken.

»Also, Joe, was gibt's Neues?«

Pearl drehte sich um. Sein Lächeln war verschwunden.

»Sagen Sie Brooke guten Tag, Joe«, sagte Carter. »Brooke Brown.«

»Freut mich, Sie kennenzulernen.« Und zu Carter: »Verschwinden Sie bitte, Johnny.«

Carter schien nicht recht zu wissen, wie er darauf reagieren sollte. Er drückte den Arm seiner Begleiterin, während er Pearl aus glasigen zusammengekniffenen Augen anstarrte.

»Wie schaut's im Präsidium aus?« fragte er mit lauter Stimme, und Pearl begriff, daß er es absichtlich tat. »He, Don, geben Sie meinem Freund hier, dem Bullen, was zu trinken. Auf mich.«

Jetzt drehte sich Killinworth um und musterte Pearl.

Pearl warf Geld auf die Theke und ging zur Tür. Carter folgte ihm nach draußen.

»Mensch, Joe, hab ich was angestellt? War das 'ne Überwachung?«

Pearl lachte abrupt und schlug Carter auf die Schulter.

»Ach wo, Johnny, hatte nur gerade nichts Besseres zu tun. – Sagen Sie mal, können Sie mir einen Gefallen tun?«

»Kommt darauf an.«

»Ich brauch' für eine Stunde einen Wagen. Haben Sie vor, so lange hier zu bleiben?«

Carter zuckte die Achseln.

»Danke schon. Brooke wollte was essen.«

»Heißt sie wirklich Brooke?«

»Keine Ahnung. Ist mir auch schnuppe. Wieso brauchen Sie einen Wagen?«

»Mir ist meiner geklaut worden. Den Burschen ist wirklich nichts mehr heilig. Nur eine Stunde.«

»Klar, Joe, geht in Ordnung.« Carter griff in die Tasche und zog die Schlüssel heraus. »Der braune LTD da drüben ist es.« Er wies auf die andere Straßenseite.

»Ah – ja. Danke.«

Pearl nahm die Schlüssel, und Carter drehte sich um und bewegte sich in Richtung Bar.

»He, Johnny«, rief Pearl plötzlich, lief zurück und schlug sich lachend vor die Stirn. »Bei mir stimmt's auch nicht mehr, Johnny. Ich brauch' den Wagen ja erst später. Da hol' ich mir einen aus dem Depot.«

»Sicher?«

»Ganz sicher. Trotzdem vielen Dank.« Er reichte Carter die Schlüssel zurück.

»Gut, Joe. He, Sie sind doch nicht sauer wegen vorhin da drinnen, oder? War ja nur Spaß.«

»Ach wo, Johnny. Das war echt urkomisch. Kommen Sie mal vorbei. Dann lad' ich Sie zum Mittagessen ein.«

»Mach' ich.«

Pearl wartete auf Killinworth, folgte ihm nach Hause, wartete noch eine halbe Stunde und fuhr dann zu seiner eigenen Wohnung. Von dort aus rief er Hanrahan unter seiner Privatnummer an.

»Na, was rausbekommen?« fragte Hanrahan.

»Nein, Mac. Ich berichte Ihnen morgen.«

»Okay.«

»Ich muß doch morgen nicht wieder das gleiche Spielchen spielen, oder?«

»Nein.«

»Gut. Dann melde ich mich nicht krank.«

Kapitel 25

Zwei Achtjährige machten gleich um die Ecke vom Polizeipräsidium glänzende Geschäfte mit Feuerwerkskörpern. Hanrahan, der auf dem Weg zum Dienst war, sah sich ihre Ware an.

»Es ist verboten, diese Dinger zu verkaufen«, sagte er.

Einer der Jungen sagte, er sollte eine Fliege machen.

»Sei du mal nicht so frech«, sagte Hanrahan und ging davon.

Er hoffte, seine Neffen würden beim Familienpicknick am vierten Juli, der nur noch zwei Tage entfernt war, nicht mit Feuerwerkskörpern aufkreuzen. Im vergangenen Jahr war er der Buhmann gewesen, weil er sie ihnen abgenommen hatte.

»Morgen, Captain«, sagte Sergeant Arey, als Hanrahan durch die Glastür kam.

»Morgen Arey. Was Neues?«

»Nicht viel. Kann ich Sie mal was fragen? Meinen Sie, es besteht eine Chance, daß ich am Vierten frei kriege? Ich hätte eigentlich von neun bis vier Dienst.«

Hanrahan sah ihn streng an.

»Sie wissen, daß ich mich in die Diensteinteilung außerhalb der Mordkommission nicht einmische.«

»Ja, das weiß ich, aber ich dachte, Sie könnten ein gutes Wort einlegen. Ich wär am Vierten gern zu Hause.«

Hanrahan war versucht, mit ihm zu tauschen. Dann hätte er sich mit gutem Grund vor dem Picknick drücken können. Seit der Scheidung graute ihm jedes Jahr vor diesem Ereignis. Er fand seine Verwandten langweilig, zu neugierig und in einigen Fällen sogar selbstgerecht und grausam. Dieses Jahr würde auch Kathy dabeisein. Einer seiner Söhne hatte ihn angerufen und es ihm mitgeteilt.

»Ich habe mir halt gedacht, ich versuch's mal, Captain«, sagte Arey.

»Geht schon in Ordnung, Arey.«

Er hängte sein Jackett auf, holte sich Kaffee und setzte sich mit der Morgenzeitung an seinen Schreibtisch. Ein Leitartikler äußerte sich kritisch über die Arbeit der Polizei im Fall Tunney. Besonders ärgerlich war folgende Passage:

Captain Mac Hanrahan und seine Leute haben nicht mehr fertiggebracht, als einen Tellerwäscher spanischer Herkunft namens Montenez festzunehmen, dessen Lebensgefährtin der Polizei gewissermaßen auf silbernem Tablett die verschwundene Legion von Harsa präsentierte. Die Polizei hat Montenez verfolgt und ist schuld daran, daß er seine Stellung verloren hat. Sie sollte sich schämen.

Als eine halbe Stunde später Joe Pearl in Hanrahans Büro trat, glich dieser, wie Kathy zu sagen pflegte, einer Kreuzung aus Attila dem Hunnenkönig und Heinrich VIII.

»Oho, hat Ihre Mutter Sie vielleicht gestern besucht, Mac?« erkundigte sich Pearl mit einem Lächeln.

»Nein, Joe, und noch so eine clevere Bemerkung von Ihnen, und Sie gehen wieder Streife.«

»Tut mir leid. Also, zu meinem Tag mit Dr. Killinworth.«

»Machen Sie sich keine Mühe. Er hat vorhin angerufen. Was haben Sie dort gemacht, Joe? Ihm Ihre Visitenkarte überreicht?«

»Was?«

»Er wollte wissen, ob er überwacht wird.«

»Mac, es tut mir leid, aber – daran ist nur dieser verdammte Idiot Johnny Carter schuld.«

»Und Sie haben die Reifen an seinem Auto aufgeschlitzt.«

»Was?«

»Carter hat ebenfalls angerufen und behauptet, sie hätten an seinem Auto zwei Reifen aufgeschlitzt.«

»Da kann ich nur lachen. Sie kennen doch Carter. Er ist ein pathologischer Lügner.«

»Das habe ich ihm auch gesagt. Wenn man allerdings bedenkt, wie Sie diesen Auftrag gehandhabt haben … aber ich habe noch einige andere Anrufe erhalten, Joe. Von Commissioner Johnson zum Beispiel.«

»Oh?«

»Oh ja. Er möchte ganz sicher sein, daß es bis zum Vierten keine unglückseligen Zwischenfälle gibt. Dem Vizepräsidenten liegt viel daran, daß – wie drückte er sich gleich aus? – ach ja, ›daß dieses große Fest zur Feier des freiheitlichen amerikanischen Geistes nicht besudelt wird.‹ Besudelt, Joe. Das paßt zu Ihrem Vokabular. Ganz gleich, was passiert, keine Besudelung bitte. Verstanden?«

»Ja, ich –«

»Haben Sie die Zeitung schon gelesen?«
»Nein.«
»Wir sollen uns schämen, schreibt man.«
»Sonst noch etwas? Ich meine, was sonst hat Sie heute morgen noch in Attila den Hunnenkönig verwandelt?«
»Kümmern Sie sich um ihre eigenen Sachen – und berichten Sie mir lieber über Killinworth.«
Pearl las Hanrahan seine Aufzeichnungen vor. Als er fertig war, fragte er: »Was ist mit dieser Janis Dewey, Mac?«
»Wie meinen Sie das?«
»Ich meine, was hat sie mit dem Mord an Tunney zu tun?«
Hanrahan strich sich den Bart.
»Das weiß ich auch nicht. Konnten Sie hören, worüber sie sich mit Killinworth unterhielt?«
»Nein, ich hab' mich tunlichst im Hintergrund gehalten.«
»Und wie, Joe! Wenn man Killinworth glauben kann, haben Sie Ihren Beruf praktisch mit Lautsprecher verkündet.«
»Also, so schlimm war's auch wieder nicht.«
»Aber schlimm genug. Sie sagen, Janis Dewey wirkte nervös?«
»Ja, den Eindruck hatte ich. Sie machte den Eindruck, als hätte Killinworth ihr eine ziemlich unangenehme Überraschung beschert.«
»Haben Sie eine Ahnung, was es war?«
»Ich konnte ja nichts hören.«
»Aber Sie wissen, daß er ein Schinkenbrot und sie einen Krabbensalat gegessen hat.«
»Das konnte ich *sehen*.«
Hanrahan griff kopfschüttelnd zum Telefon.
»Verbinden Sie mich mit Alfred Throckly am Nationalmuseum für Amerikanische Geschichte.« Er sah Pearl an., »Rufen Sie Janis Dewey an. Bestellen Sie sie für heute nachmittag hierher. Um drei. Und seien Sie scharf am Telefon. Das werden Sie doch hoffentlich fertigbringen, Joe.«
Als Throckly sich meldete, sagte Hanrahan: »Mr. Throckly, hier Hanrahan. Bitte bleiben Sie einen Moment am Apparat.« Er zog einen Computer-Ausdruck aus der Akte Tunney. »Mr. Throckly, ich habe eine Frage an Sie.«
»Ja?«
»Ich versuchte vor einigen Tagen, Sie zu erreichen. Ihre Sekretärin sagte mir, Sie wären verreist.«

»Richtig.«

»Wo waren Sie?«

»Ich glaube nicht, daß ich verpflichtet bin, das zu beantworten.«

»Soll ich die Verpflichtung herstellen?«

»Das klingt wie eine Drohung.«

»Drohungen sind nicht notwendig, Mr. Throckly. Ich rief in Ihrem Büro an, und Ihre Sekretärin sagte mir, Sie wären verreist. Ich fragte, wohin, und sie sagte, nach England. Ich dachte mir, wie schön, zur Abwechslung ein paar Tage ins freundliche alte England reisen zu können.«

»Genau das dachte ich mir auch, Captain.«

»Natürlich. Wie sind Sie hingekommen, Mr. Throckly? Ich habe die Passagierlisten zwischen New York, Washington und London überprüft. Ihren Namen habe ich nicht gefunden.«

»Ich kann Ihnen nicht ganz folgen.«

»Ich hatte gute Gründe, die Listen zu überprüfen, Mr. Throckly. In London sind in jüngster Zeit ein paar scheußliche Dinge passiert. Ich wollte sehen, ob vielleicht jemand drüben war, den ich kannte.«

»Und da stellten Sie fest, daß ich *nicht* drüben war. Welch ein Glück.« Throckly lachte.

»Nicht unbedingt, Mr. Throckly. Wo waren Sie denn nun eigentlich?«

Throckly brauchte einen Moment, ehe er sagte: »Kann ich mich auf Ihre Diskretion verlassen?«

»Bei mir können Sie sich auf gar nichts verlassen, Mr. Throckly. Andererseits bin ich nicht gerade als Plaudertasche bekannt.«

»Freut mich, das zu hören. Also – tatsächlich habe ich nur gesagt, ich flöge nach Europa, um mich ein paar Tage in Ruhe erholen zu können. Ich brauchte eine Pause. Aber ich habe Washington gar nicht verlassen. Ich war in Georgetown.«

»Wo da?«

»Bei einem Freund. Ich habe gelesen, geschlafen, gegessen und, wie man so sagt, meine Batterien wieder aufgeladen.«

»Wer ist dieser Freund?«

»Spielt das eine Rolle?«

»Das weiß ich nicht. Sagen Sie mir seinen Namen, dann sehe ich klarer.«

»Wenn ich Ihnen den Namen sage, wird der Mann dann irgendwie in den Fall Tunney verwickelt werden?«

»Das weiß ich nicht, Mr. Throckly. Für Sie wäre es auf jeden Fall gut, wenn Sie mir den Namen sagen könnten.«

»Was Sie da implizieren, gefällt mir nicht, Captain. Aber gut, ich war bei einem alten Freund, einem Mr. Norman Huffaker.«

Hanrahan war versucht, die Liste von der Sitte zu erwähnen, auf der Ford Saunders und dieser nämliche ›alte Freund‹ eingetragen waren, ließ es aber sein.

»Tja, tut mir leid, daß Sie nicht nach Europa gekommen sind, aber andererseits freut's mich, daß Sie eine Weile Ruhe hatten. Ich danke Ihnen für Ihre Hilfe.«

Hanrahans Wechsel zu unverbindlicher Höflichkeit schien Throckly nicht geheuer zu sein.

»Captain, steckt hinter Ihren Fragen noch etwas anderes?«

»Warum fragen Sie?«

»Ich weiß selbst nicht. Ich habe nur so ein Gefühl, daß –«

»Mr. Throckly, ich bringe den größten Teil meiner Arbeitstage damit zu, Fragen zu stellen, auf die ich Antworten erhalte, die mit nichts das Geringste zu tun haben.« Stimmte genau, aber es freute ihn, daß Throckly immer noch verunsichert war.

»Gut, gut – wenn ich Ihnen irgendwie behilflich sein kann, rufen Sie mich ruhig an. Jederzeit.«

»Das werde ich tun, Mr. Throckly.«

Hanrahan sah die Passagierlisten noch einmal durch. Seine Leute hatten gründliche Arbeit geleistet. Der Name jedes einzelnen Flugpassagiers zwischen Washington, New York und London stand auf der Liste. Er hatte gehofft, auf einen Namen zu stoßen, der mit dem Fall Tunney in Zusammenhang stand und mit dem Mord an Ashtat hätte in Verbindung gebracht werden können. Aber diese Hoffnung hatte sich nicht erfüllt. Die Tatsache jedoch, daß Throcklys Name nicht auf den Listen gestanden hatte, war ihm aufgefallen.

»Mr. Huffaker?« sagte Hanrahan, als eine Männerstimme sich auf seinen Anruf meldete.

»Ja.«

»Hier spricht Captain Hanrahan, Polizeipräsidium Washington.« Schweigen. »Mr. Huffaker?«

»Bitte lassen Sie mich in Ruhe.«

»Tut mir leid, aber ich muß Sie sprechen.«

»Guter Gott, wie weit ist es mit uns gekommen?«

»Wie bitte?«

»Jeder Mensch hat ein Recht darauf, sein Privatleben zu gestalten, wie er will, und nicht wegen seiner sexuellen Neigungen belästigt und gequält zu werden. Das ist nicht nur unverschämt, das ist verfassungswidrig.«

Hanrahan bemühte sich, Geduld zu zeigen, und wäre ganz gern auf die Frage eingegangen, die Huffaker soeben aufgeworfen hatte, doch dies war nicht der Zeitpunkt zu philosophischen Erörterungen.

»Mr. Huffaker, ich möchte Sie im Zusammenhang mit dem Fall Tunney sprechen.«

»Lieber Gott, das kann doch nicht Ihr Ernst sein!«

»Welche Zeit würde Ihnen passen?«

»Ich weiß nicht. Ich – auf keinen Fall hier, bei mir. Ich brauche nicht noch weitere Polizeiwagen mit Sirenen und Blinklichtern vor meinem Haus. Ich komme zu Ihnen.«

»Gut. In einer Stunde?«

»Himmel, nein. Ich bin noch nicht einmal aufgestanden. Heute nachmittag. Wie wär's um zwei?«

»In Ordnung. Sie wissen, wo wir sind?«

»Ich denke schon. Ihr Name war –?«

»Hanrahan. Mac Hanrahan:«

Hanrahan legte auf und wünschte, er könnte Huffakers Telefon abhören. Die Gespräche mit Throckly und Ford Saunders konnten vielleicht ganz nützlich sein.

Joe Pearl rief an. »Janis Dewey kommt um drei. Sie ist ganz fertig, Mac. Ich dachte, sie würde jeden Moment zu weinen anfangen.«

»Gut.«

Dann rief Commissioner Johnson an und fragte, ob Hanrahan zum Mittagessen frei wäre.

»Nein«, antwortete Hanrahan.

Er verließ schleunigst sein Büro und fuhr in die Connecticut Avenue. Dort ging er eine Treppe hinunter, die den Eindruck vermittelte, als führte sie zu einem U-Bahnhof, stieß eine Tür auf und war in *Jo and Mo's*, einem beliebten Steakhaus. Einer der Eigentümer hänselte ihn mit dem Leitartikel, der andere mit seiner Krawatte und den zusätzlichen Pfunden, die er sich zugelegt hätte, seit er das letzte Mal da gewesen war.

»Einen Drink?« fragte ihn der Kellner, nachdem er ihm den neuesten und schlechtesten politischen Witz erzählt hatte.

»Gin on the rocks.«

Er trank genüßlich seinen Gin und knabberte an einem Stück Pumpernickel, während er auf einem gelben Block kleine Männchen malte. Eine halbe Stunde später sah er auf die Uhr, winkte dem Kellner und bestellte ein Steak mit gebratenen Zwiebeln und noch einen Gin. Beim Essen schrieb er unaufhörlich, stellte numerierte Listen mit Unterkategorien auf, zeichnete Pfeile, um bestimmte Bemerkungen und Namen miteinander zu verbinden. Nur wenn neue Gäste zur Tür hereinkamen, blickte er ab und zu auf.

Als er gerade mit Genuß einen Bissen Steak in den Mund schieben wollte, ging wieder einmal die Tür auf. Vier Leute, angeführt von Commissioner Johnson, kamen herein. Der Commissioner entdeckte Hanrahan augenblicklich, entschuldigte sich bei seinen Begleitern und trat an dessen Tisch.

»Ganz allein, Mac?«

»Die Dame hat mich versetzt.«

»Pech. Wirklich Pech.« Johnson setzte sich. »Was ist dieser Killinworth für einer?«

Hanrahan, der gerade kaute, hob einen Finger.

»Scheint zu schmecken«, stellte Johnson fest.

»Das beste Steak in der ganzen Stadt«, versicherte Hanrahan und schob einen gebratenen Zwiebelring nach. »Killinworth ist ein vollgefressener, eingebildeter Wichtigtuer, Cal. Abgesehen davon gehört er für mich zu den Hauptverdächtigen im Fall Tunney.«

»Aber er war doch nicht mal auf dem Fest.«

»Vielleicht hatte er Handlanger. Ich weiß nur, daß bei dem Burschen einiges nicht stimmt.«

Johnson ließ die Katze aus dem Sack.

»Er hat sich beschwert.«

»Ja, ich weiß. Er hat heute morgen angerufen.«

»Das sagte er mir. Er behauptet, Sie hätten ihm keine Genugtuung gegeben.«

»Das sieht er wohl so. Aber was hätte ich denn tun sollen? Eine Entschädigung anbieten, weil er es als persönliche Beleidigung empfindet, wenn er überwacht wird?«

»Wen hatten Sie eingeteilt?«

»Joe Pearl.«

»Joe Pearl war offensichtlich nicht sehr subtil.«

»Das kann man wohl sagen.«

Hanrahan nahm sein Steak wieder in Angriff.

»Mac.«

»Was?«

»Hände weg. Ich habe es Ihnen schon einmal gesagt.«

»Hände weg von was? Von Killinworth? Von den anderen auf der Liste? Ich soll einen Mordfall klären. Und was bekomme ich zu hören? Hände weg! Da kann ja nichts herauskommen.«

»Schon möglich, Mac, aber ich sag' es Ihnen noch einmal: Machen Sie langsam. Lassen Sie den Vierten vorübergehen, dann sind alle Beteiligten glücklich.«

»Sie auch, Cal?«

»Danach kann ich in meiner Stellung nicht fragen.«

»Wer sitzt Ihnen diesmal im Nacken – außer Killinworth?«

»Sie werden es nicht glauben, der Vizepräsident der Vereinigten Staaten. Ihr vollgefressener Wichtigtuer hat sich offenbar auch bei ihm beschwert.«

»Das gibt's doch nicht.« Hanrahan sagte dem Kellner, er wolle keinen Nachtisch. »Killinworth wendet sich an den Vizepräsidenten, weil es ihn ärgert, daß die Polizei ihn überwacht?«

»Scheint so.«

»Und Oxenhauer hört ihm zu? Jetzt versteh' ich gar nichts mehr. Hat der Mann wirklich nichts anderes zu tun, als verärgerte Zeitgenossen zu beschwichtigen?«

Johnson blickte durch den Saal zu seinen Begleitern, die jetzt an einem Tisch Platz genommen hatten. Er legte Hanrahan die Hand auf den Arm.

»Enttäuschen Sie mich nicht, Mac. Hier geht es um mehr als einen einzelnen Fall.« Damit stand er auf und ging zu den anderen hinüber.

Hanrahan zahlte, wehrte einen gespielten rechten Haken von einem der Eigentümer ab und trat in die sengende Mittagshitze hinaus. Wenn er nicht im Präsidium Termine gehabt hätte, und wenn unten im kühlen Restaurant nicht Johnson gesessen wäre, wäre er vielleicht einfach wieder umgekehrt, hätte sich krank gemeldet und sich den Rest des Tages bei Gin on the rocks und prahlerischen Gesprächen an der Bar um die Ohren geschlagen. Doch das mußte warten, wahrscheinlich bis zu seiner Pensionierung. Er schob ein *Tums* in den Mund, ließ den Motor an und dachte an Kathy, die Kinder und das bevorstehende Picknick.

Norman Huffaker wartete schon auf ihn. Er war beträchtlich älter, als Hanrahan vermutet hatte, mit einem fleischigen, roten Gesicht und wäßrigen blauen Augen. Das rotgraue Haar war über dem linken Ohr gescheitelt und klebte in langen Strähnen auf dem kahlen Kopf. Die schwammigen Hände waren mit Leberflecken übersät, und er trug vier Ringe, einen an jedem kleinen Finger und einen an jedem Ringfinger. Der Größte hatte in Brillanten gefaßt die Form eines N. Huffaker hatte ein kleines Gesäß und einen großen Bauch. Seine Jeans hing am Hintern schlaff herunter, das rotweiße Hemd saß so straff, daß die Knöpfe abzuspringen drohten. Die Cowboystiefel waren auf Hochglanz poliert.

»Nehmen Sie Platz, Mr. Huffaker«, sagte Hanrahan, nachdem er den Mann einer kurzen Musterung unterzogen hatte.

Huffaker bewegte sich mit übertriebener Vorsicht durch das Zimmer. Hanrahan fiel auf, wie klein seine Füße waren.

»Also, hier bin ich« sagte Huffaker, schlug ein Bein über das andere und zündete sich eine Zigarette an. »Gern bin ich nicht gekommen, aber ich habe der Vorladung Folge geleistet.«

»Der Vorladung?«

»Ich wurde vorgeladen. Ich gehorche dem Gesetz. Ich halte viel vom Gesetz. Es kann sein, daß ich nicht in allem mit ihm übereinstimme, aber ich gehorche ihm.«

»Es wäre schön, wenn mehr Leute das so sehen könnten.«

»Wir wollen nicht um den heißen Brei herumreden, Captain. Es ist wohl verständlich, daß Ihr Anruf mich beunruhigt hat. Ich bin nie in meinem Leben verhaftet worden, habe nie etwas gestohlen, zahle meine Strafzettel wegen falschen Parkens pünktlich und begegne meinen Nachbarn mit Respekt. Selbstverständlich werde ich immer wieder belästigt, wie auch neulich wieder, aber es wurde keine Anzeige erstattet. Das können Sie nachprüfen.«

»Das habe ich bereits getan. Aber mich interessiert Ihr Privatleben so wenig, wie ich möchte, daß Sie meines interessiert, Mr. Huffaker. Wenn das klar ist, können wir darüber sprechen, warum ich Sie heute hierher gebeten habe.«

»Vorgeladen! Also, warum bin ich hier?«

»Tja, sehen Sie, Mr. Huffaker, praktisch jedesmal, wenn ich in meinen Ermittlungen im Fall Tunney einen Schritt nach vorn mache, stoße ich auf Norman Huffaker.«

»Soll das heißen, daß ich in dieser scheußlichen Affäre verdächtig bin?«

»Nein, aber Sie kennen eine Menge Leute, die mit dem Fall irgendwie zu tun haben.«
»Ford Saunders.«
»Richtig.«
»Weil wir Freunde sind, die bestimmte Interessen teilen.«
»Es macht Ihnen Spaß, sich wie Frauen anzuziehen?«
»Ja. Ich will dazu gar nichts weiter erklären, denn das würden Sie sowieso nicht verstehen.«
»Das interessiert mich auch nicht, Mr. Huffaker.«
»Sie haben eine merkwürdige Art, sich nicht dafür zu interessieren, Captain.«
»Sie spielen auf die Razzia an? Mit der hatte ich nichts zu tun. Das ist eine andere Abteilung. Hören Sie, Mr. Huffaker, wir werden den ganzen Nachmittag hier sitzen, wenn wir ständig über Dinge sprechen, die mich nicht interessieren.«
Huffaker paffte schweigend an seiner Zigarette, kaute auf seiner Unterlippe und sagte schließlich, sich von Hanrahan abwendend: »In bezug auf Ford Saunders' Besuch bei mir in der Nacht von Tunneys Ermordung bin ich bereits verhört worden. Ich habe die Wahrheit gesagt. Er fühlte sich nicht wohl, verließ das Fest früher und übernachtete in meinem Haus. Das ist alles.« Er drehte sich wieder um und sah Hanrahan ins Gesicht. »Nur weil Sie bei der Polizei nichts Besseres zu tun haben, als sich in eine private Party hineinzudrängen und anständige Leute zu belästigen, werde ich jetzt von neuem verhört. Sie wissen natürlich, daß Ford in der Nacht, als die Razzia stattfand, auf meiner Party war.«
»Ja, das weiß ich. Sie beide stehen einander ziemlich nahe.«
»Sollte ich diese Frage übelnehmen?«
»Das kommt auf den Standpunkt an. Wenn ich frage, ob Sie und Saunders ein Paar sind, frage ich das nicht sarkastisch. Es interessiert mich ausschließlich im Zusammenhang mit dem Fall Tunney. Das gleiche würde ich jeden Heterosexuellen fragen. Wenn zwei Menschen intime Beziehungen miteinander haben, können sie bereit sein, gewisse Dinge füreinander zu tun, zum Beispiel, die Wahrheit zu verdrehen, um einander zu schützen.«
»Ich habe die Wahrheit gesagt.«
»Ich habe nicht behauptet, daß Sie das nicht getan haben, Mr. Huffaker. Ich frage Sie, ob Sie und Ford Saunders einander nahestehen.«
»Wir haben eine Beziehung.«

»Okay – wie steht es mit Alfred Throckly?«

»Warum fragen Sie nach ihm?«

»Hat er Ihnen nicht gesagt, daß er mir erzählt hat, daß er kürzlich eine Zeitlang bei Ihnen war?«

»Nein.«

»Mr. Huffaker, Sie verlieren Ihre Glaubwürdigkeit.«

»Weshalb sollte –?«

»Augenblick.« Hanrahan griff zum Telefon.

»Wen rufen Sie an?«

»Alfred Throckly.«

»Bitte tun Sie das nicht. – Ja, er war bei mir. Wir sind seit Jahren befreundet. Er brauchte ein paar Tage Ruhe. Er war am Rand eines Zusammenbruchs. Ich schlug vor, er solle allen sagen, er flöge nach Europa, und dann solle er für ein paar Tage zu mir ziehen.«

»Und er nahm Ihren Rat an.«

»Es war ein guter Rat.«

»Ja, sicher. Ob Sie es glauben oder nicht, Mr. Huffaker, ich bin nicht erpicht darauf, die nächste Frage zu stellen, aber ich halte es für meine Pflicht, sie zu stellen. Haben Sie und Throckly intime Beziehungen miteinander?«

»Früher einmal.«

»Wann früher?«

»Vor langer Zeit. Jetzt sind wir einfach gute Freunde. Wir mögen beide gute Musik und Malerei und –«

»Wieso war er nicht auf Ihrer Party?«

»Er war nicht eingeladen.«

Hanrahan musterte ihn scharf und hielt es für das klügste, jetzt den Rückzug anzutreten. Mehr würde er von dem Mann nicht erfahren.

»Ich werde Sie nicht mehr lange aufhalten – mit wem am Smithsonian sind Sie sonst noch befreundet?«

»Mit niemandem.«

»Walter Jones? Chloe Prentwhistle?«

»Ich kenne sie flüchtig.«

»Durch Ford Saunders und Alfred Throckly?«

»Ja, wahrscheinlich, ich weiß nicht mehr genau. Wir haben einige gemeinsame Interessen. Ist daran etwas nicht in Ordnung?«

»Im Gegenteil, Mr. Huffaker.« Hanrahan stand auf und streckte seine Hand aus. »Ich danke Ihnen für Ihre Hilfe. Ich weiß, es war nicht so einfach.«

Huffaker nahm Hanrahans Hand.
»Ich glaube Ihnen beinahe.«

Zehn Minuten später kam Joe Pearl herein.
»Sie ist hier, Mac.«
»Janis Dewey?«
»Ja. Bei Ihnen oder bei mir?«
Hanrahan lächelte. »Bei Ihnen. Sie sind der Feinfühlige, ich bin der Grobian.«
»Aber seien Sie nicht zu grob, Mac. Sie ist wirklich ein Nervenbündel.«
Auf dem Weg zu Pearls Büro sagte Pearl: »Ich hoffe, sie hat mit Tunneys Ermordung nichts zu tun.«
»Warum?«
»Sie gefällt mir. Ist das vielleicht ein Verbrechen?«
Hanrahan blieb stehen. »Wissen Sie, Joe, manchmal mach' ich mir Gedanken über Sie.«
»Wieso?«
»Sie wollen unbedingt in den Klub der Unfehlbaren aufgenommen werden. So was kann gefährlich sein. – Haben Sie nun übrigens Carters Reifen aufgeschlitzt?«
»Ja.«
»Warum?«
»Weil er mich vor Killinworth absichtlich als Polizeibeamten entlarvt hat. Weil er ein Widerling ist. Weil ich eine Wut auf Sie hatte und völlig frustriert war. Ich weiß, ich weiß, ich hab' Glück gehabt, daß kein Polizist vorbeigekommen ist.«
Pearl hatte Janis Deweys Nervosität nicht übertrieben geschildert. Die hochgewachsene, rothaarige junge Frau konnte keinen Moment still sitzen. Am linken Auge hatte sie ein nervöses Zukken. Auch Hanrahan tat sie leid, aber nicht so sehr, daß er sie geschont hätte. Er ignorierte ihre Begrüßung, als Pearl sie miteinander bekanntmachte, warf sein Jackett auf den Tisch und legte seine Füße hoch.
»Okay, Miss Dewey, kommen wir gleich zur Sache. Was für eine Verbindung besteht zwischen Ihnen, Evelyn Killinworth und dem verstorbenen Lewis Tunney?«
Sie erstarrte, blickte zu Joe Pearl auf, der etwas sagen wollte und von Hanrahan mit einer Handbewegung zum Schweigen gebracht wurde.

»Ich bin mit meiner Geduld am Ende. Beantworten Sie meine Frage, Miss Dewey.«

»Verbindung zwischen – ich verstehe nicht. Zwischen mir und dem, was Lewis Tunney zugestoßen ist, besteht keinerlei Verbindung.«

»Und zu Killinworth?«

»Den Professor? Den kenne ich überhaupt nicht. Ich meine, ich bin ihm einmal begegnet und –«

Hanrahan zog sein Notizbuch heraus und tat so, als läse er daraus vor.

»Mittagessen, Café, Nationalgalerie, Westflügel...« Er leierte aus dem Gedächtnis herunter, was Pearl ihm berichtet hatte. »Krabbensalat für Sie, ein Schinkenbrot für ihn – worüber haben Sie sich unterhalten?«

»Über nichts, gar nichts. Er rief mich in meinem Büro an, stellte sich vor und sagte, er hätte ein paar Fragen an mich. Ich sagte, ich hätte keine Zeit, aber er ließ sich nicht abwimmeln, und da traf ich mich mit ihm im Café vom Museum.«

»Sie wollten ihn also zuerst nicht treffen. Wodurch veranlaßte er Sie, es sich anders zu überlegen?«

»Er sagte, er kenne ein paar Leute, die ich auch kennen würde, und –«

»Walter Jones?«

»Ja, und – warum fragen Sie mich das alles? Sie müssen doch ein Mikrofon oder sowas am Tisch gehabt haben. Warum fragen Sie noch, wenn Sie sowieso schon alles wissen?«

Hanrahan hatte geraten, Mutmaßungen mit den wenigen Tatsachen gemischt, die Joe Pearls Überwachung erbracht hatte. Und es wirkte. Wenn sie wirklich glaubte, während des Mittagessens mit Killinworth abgehört worden zu sein, würde sie wahrscheinlich nicht lügen.

»Miss Dewey, Sie stecken in einer ziemlich üblen Patsche. Bitte geben Sie Ihren Widerstand auf und versuchen Sie sich kooperativ zu zeigen. Wenn ich Ihnen beispielsweise eine Frage über irgendwelche gestohlene Kunstwerke im – nun, sagen wir, im Nahen Osten stelle« – wieder ein Schuß ins Dunkle –, »wäre es für Sie und für uns das Beste, wenn Sie uns gleich sagen würden, was Sie wissen.«

Er merkte, daß er laut geworden war, und es gefiel ihm nicht. Joe schlitzte Autoreifen auf, und ich schüchtere junge Frauen ein. Hübsch.

Pearl trat dazwischen.

»Mac«, sagte er ruhig, »kann ich einen Augenblick mit Miss Dewey allein sprechen?«

Hanrahan verstand. »Aber nur eine Minute, Joe.« Wie verärgert nahm er sein Jackett vom Tisch. »Ich muß sowieso noch ein paar Anrufe erledigen. – Vergessen Sie nicht, Miss Dewey, Sie sind nicht verhaftet, stehen nicht unter Anklage. Sie sind aus freien Stücken hier. Wir wissen das zu schätzen. Beantworten Sie also einfach unsere Fragen, dann können Sie wieder gehen. Ich bin gleich wieder da.«

Er ging in sein Büro und wählte Pearls Nummer.

»Joe, hake bei der Sache mit dem Nahen Osten ein bißchen nach. Ich bin sicher, daß sie und Killinworth darüber gesprochen haben.«

Danach rief er Heather McBean an. Niemand meldete sich. Er sah auf die Uhr. Er wollte Pearl und Janis Dewey noch zehn Minuten geben. Er hatte sich gerade an einen Bericht über einen Mord gesetzt, der in der vergangenen Nacht bei einem Streit beim Würfelspiel verübt worden war, als ein junger Beamter die Tür öffnete.

»Captain, jetzt ist's passiert!«

»Was?«

»Der Smithsonian Bomber hat Ernst gemacht. Im zweiten Stock des Museums für Amerikanische Geschichte ist eine Bombe explodiert. Es hat Verletzte gegeben.«

Hanrahan ließ eine ganze Tirade von Flüchen vom Stapel, während er dem Beamten in die Souterrain-Garage folgte, wo sie in Hanrahans Wagen sprangen und zum Tatort brausten. Erst als sie sich durch die Menschenmenge drängten, die sich vor dem Museum versammelt hatte, fiel Hanrahan ein, daß er Joe Pearl und Janis Dewey ganz vergessen hatte.

»Rufen Sie Joes Büro an und erklären Sie ihm, was passiert ist«, sagte er zu dem Beamten. »Sagen Sie ihm, er soll versuchen, möglichst alles aus Dewey herauszukriegen, und sie dann abziehen lassen.«

Die Bombe war in der *Philadelphia* gelegt worden, einem einmastigen Kanonenboot, das im August 1776 auf dem Lake Champlain vom Stapel gelaufen war, Teil einer eilig zusammengewürfelten Flottille unter dem Oberbefehl von Benedict Arnold. Das schwerfällige Eichenboot war samt seiner vierundvierzigköpfigen

Besatzung im Oktober 1776 von den Briten vor der Insel Valcour versenkt worden. 1935 war es geborgen und dem Smithsonian geschenkt worden.

Die Bombe, die keine sehr hohe Sprengkraft besessen hatte, hatte den oberen Bug des Schiffes abgerissen. Die Verletzungen, die die Umstehenden erlitten hatten, waren, wenn man dem anwesenden Streifenbeamten glauben konnte, nicht sehr schwer. Sanitäter von einem Krankenhaus in der Nähe und vom Polizeipräsidium hatten die Verletzten in einer Ecke der Ausstellungshalle versorgt. Der Streifenbeamte gab Hanrahan einen Brief, der angeklebt an einem Pfosten aufgefunden worden war.

> Glauben Sie mir jetzt? Begreifen Sie endlich, daß der Zeitpunkt gekommen ist, Taten sprechen zu lassen? Dies ist nur der Anfang. Ich werde meine explosiven Botschaften jeden zweiten Tag irgendwo hinterlegen, bis der Kongreß der Vereinigten Staaten endlich bereit ist, ernsthaft über die Rückgabe der Smithsonian Institution an seinen rechtmäßigen Eigentümer zu diskutieren.

Hanrahan ging hinüber zu den Verletzten, die auf einer Bank zusammensaßen. Die Sanitäter ließen ihn nicht an die Leute heran. Er unterhielt sich kurz mit einem Museumswächter und trat dann unauffällig näher, so daß er einem der Sanitäter über die Schulter blicken konnte.

Und da sah er Heather McBean mitten unter den Verletzten auf der Bank sitzen. Ihr rechtes Bein war verbunden. Sie bemerkte Hanrahan, schloß die Augen, preßte die Lippen aufeinander, öffnete die Augen wieder und sagte: »Ach verdammt!«

Und »Ach verdammt!« sagte auch Hanrahan.

Kapitel 26

Sie saßen in ihrem Wohnzimmer in Killinworths Haus. Es war früher Abend; durch die Fenster fiel graues Zwielicht, das noch einen leicht goldenen Schimmer zeigte. Hanrahan hatte sein Jackett abgelegt und seinen Schlips gelockert. Heather lag auf dem Sofa, den verletzten Fuß auf einem Kissen.

»Kann ich Ihnen wirklich nichts bringen?« fragte Hanrahan.

»Nein, danke.«

»Tee?«

Sie schüttelte den Kopf. Sie war niedergeschlagen, was nicht verwunderlich war. Hanrahan hatte sich bemüht, sie aus dieser Stimmung zu reißen, aber ohne Erfolg. Sie hatte auf seine Bemerkungen während der Fahrt vom Museum zum Haus kaum reagiert, und hier in der Wohnung waren seine Versuche, sie aufzuheitern, ebenso kläglich fehlgeschlagen.

Wieder einmal war sie im falschen Moment am falschen Ort gewesen, mitten in diesem Bombenwahnsinn, der seinerseits ihn fast in den Wahnsinn trieb. Daß der Mord an Tunney noch immer ungeklärt war, war schlimm genug; doch daß jetzt auch der Bomber dazu übergegangen war, seine Drohungen in die Tat umzusetzen... Wäre die Bombe größer gewesen... er verdrängte den Gedanken und sah Heather an, die nahe daran schien, einzuschlafen. Gut.

»Wenn Sie gern schlafen möchten, verschwinde ich.«

Sie sagte leise: »Es stört mich nicht, wenn Sie hier sind.«

»Ja, aber ich kann nicht mehr lange bleiben. Soll ich Ihnen Sergeant Shippee schicken?«

»Nein, nein.«

»Heather, wissen Sie, wo Dr. Killinworth ist?«

»Nein. Er hatte in letzter Zeit sehr viel zu tun und war kaum hier.«

»Haben Sie eine Ahnung, womit er so beschäftigt ist?«

»Nein.«

Hanrahan ließ einen Moment verstreichen, dann fragte er: »Hat er irgendwann einmal von dem Bomber gesprochen?«

»Wie bitte? Ach so, nein, höchstens mal eine Bemerkung über das, was in der Zeitung stand. – Ich glaube wirklich nicht, daß Evelyn der Smithsonian Bomber ist, Captain.«

»Sie können Gedanken lesen«, sagte Hanrahan.

Aber ganz hatte sie seine Überlegungen nicht erraten. Er war vielleicht nicht der Bomber, aber er konnte jemanden gedungen haben, die Rolle zu spielen, um die Aufmerksamkeit vom Fall Tunney abzulenken – oder um Verwirrung zu stiften.

Er beschloß, Heather jetzt erst einmal in Ruhe zu lassen. Sie hatte wirklich einen harten Tag hinter sich.

»Sie wissen sicher«, sagte er, »daß unser Nationalfeiertag vor der Tür steht. Da ist hier immer viel los – Feuerwerk, Musik, Vorführungen, alles, was dazu gehört. Ich könnte mir vorstellen, daß es Ihnen Spaß macht. Vielleicht hätten Sie Lust, zu unserem Familienpicknick zu kommen…«

»Das ist sehr nett von Ihnen, Captain, aber das kann ich nicht annehmen. Ich glaube, ich würde ganz gern mal allein sein, Bilanz ziehen vielleicht, wieder zu mir selbst kommen.«

»Natürlich, das verstehe ich. Sie haben viel durchgemacht. Aber wenn Sie sich einsam fühlen und es sich anders überlegen sollten –«

»Ich kann bei Chloe Prentwhistle wohnen, wenn ich mich allein fühle. Ich habe gestern dort übernachtet. Sie ist eine wunderbare Gastgeberin.«

»Ach, Sie waren bei ihr?«

»Ja. Es war ein reizender Abend. Sie hatte extra für mich ein paar Leute eingeladen. Wir haben zusammen gegessen und dann bis in die Nacht hinein geredet. Es hat mir sehr gut getan.«

Hanrahan zog sein Jackett über.

»Ja, ich muß jetzt leider gehen. Die Pflicht ruft, wie es so schön heißt. Was macht das Bein?«

«Es geht schon. Danke, daß Sie mich nach Hause gefahren haben. Ich kam mir ganz wichtig vor. Die anderen bekamen keine solche VIP-Behandlung.«

»Sie haben eben Beziehungen. – Also, melden Sie sich, wenn – wenn Sie etwas brauchen.«

Im Präsidium fand er eine Nachricht von Joe Pearl über Janis Dewey vor. Sie hatte ihm berichtet, daß Killinworth sich nach der Gainsborough Sammlung erkundigt hatte, für die sie zuständig war. Pearl schrieb, er hätte nicht lockergelassen, aber es wäre nichts mehr gekommen. Sein Eindruck wäre gewesen, daß sie noch mehr zu erzählen hätte, es aber aus Angst nicht tat.

Hanrahan verfluchte den Bomber. Er war überzeugt, daß sie mit ein wenig mehr Druck Janis Dewey zum Reden gebracht hätten. Er würde sein Glück bald noch einmal versuchen müssen.

Auf der Heimfahrt gestand er sich, daß er im Grund froh war, daß Heather seine halbherzige Einladung zum Picknick ausgeschlagen hatte. Er hätte sich verdammt unbehaglich gefühlt. Kathy hätte bestimmt angenommen, sie wäre seine Freundin, und wer konnte wissen, was sie für Bemerkungen gemacht hätte.

Zu Hause machte er sich einen Käsetoast, schenkte sich einen Drink ein, schaltete den Fernsehapparat an und verfolgte sich eine Reportage über den Bombenanschlag.

Unter den Verletzten befand sich auch Heather McBean, die mit Dr. Lewis Tunney verlobt war. Sie werden sich erinnern, daß Dr. Tunney im Museum für Amerikanische Geschichte mit dem Schwert von Thomas Jefferson ermordet wurde. Der Mord ist bisher nicht aufgeklärt...

Das Telefon läutete. Es war Heather.

»Ich weiß nicht, wie sie mich gefunden haben, aber ich bekomme dauernd Anrufe von den Zeitungen und von Fernsehleuten.«

»Gehen Sie nicht ans Telefon.«

»Ich gehe immer ans Telefon. Ich bin viel zu neugierig, um es einfach läuten zu lassen.«

»Dann kann ich leider nichts für Sie tun. Sie können höchstens auf einen Käsetoast herüberkommen.«

»Das klingt verlockend, Captain. Wirklich, aber – ich bin einfach total ausgepumpt. Können wir's auf ein andermal verschieben?«

»Aber sicher. Ich werde Sie daran erinnern. Gute Nacht. Und sprechen Sie ja nicht mit fremden Leuten. Sprechen Sie am besten mit gar niemandem.«

»Ich bin sogar zum Widersprechen zu müde, Captain. Ich verspreche es also.«

Heather legte auf und drückte den Kopf in die Sofakissen. Ihr Bein tat weh und ihr Kopf auch. Das Telefon läutete und läutete und läutete. Sie ging nicht hin. Sie war sehr stolz auf sich. Nach einer Weile hüpfte sie auf einem Bein hinüber und legte den Hörer neben die Gabel.

Ein paar Übereifrige ließen draußen die ersten Knallfrösche los. Heather fuhr zusammen und sank dann wieder in die Kissen zurück. Sie spielte mit dem Gedanken, Chloe Prentwhistle anzurufen, aber die Anstrengung, aufzustehen und zu telefonieren, war ihr zuviel. Sämtliche Glieder taten ihr jetzt weh. Sie schloß die Augen und schlief nach einer Weile ein.

Lautes Klopfen an der Tür weckte sie. Sie setzte sich auf und schüttelte den Kopf.

»Wer ist da?« rief sie.
»Evelyn.«
»Ach, ich bin anscheinend eingeschlafen. Augenblick.«
Sie setzte sich auf den Rand der Couch, stützte den Kopf in die Hände, stand vorsichtig auf und verzog das Gesicht, als stechender Schmerz ihr ganzes Bein durchzuckte. Mühsam humpelte sie zur Tür, machte unterwegs einmal halt, um den Telefonhörer wieder aufzulegen.
Sie sperrte auf, öffnete und trat zurück. Killinworth stand im Licht der kleinen Dielenlampe unter der Tür. Als er nichts sagte, fragte Heather: »Ist etwas nicht in Ordnung?«
»Ich weiß nicht, was ich sagen soll, Heather. Ich bin sehr enttäuscht von Ihnen.« Er trat ins Zimmer und blickte auf ihr verbundenes Bein. »Ich hörte von Ihrem Unfall.«
Er durchquerte das Zimmer, blickte zum Fenster hinaus und zog dann die Vorhänge zu. Heather knipste eine zweite Lampe an und setzte sich aufs Sofa.
»Warum sind Sie von mir enttäuscht?« fragte sie, obwohl sie ziemlich genau ahnte, wie die Antwort lauten würde.
»Scotland Yard hat sich mit mir wegen des Todes eines Arabers in London in Verbindung gesetzt.«
»Ashtat?«
»Sie erinnern sich an den Namen.«
»Ja, es ist ja kein sehr geläufiger Name.«
Sie war verärgert über dieses Verhör. Und vielleicht fühlte sie sich auch ein wenig schuldig.
Er ging in die Küche, goß sich ein Glas Whisky ein, trank einen kräftigen Schluck und kehrte ins Wohnzimmer zurück.
»Evelyn«, sagte Heather, »ich kann verstehen, daß Sie verärgert sind, aber Sie müssen auch verstehen, in welcher Lage ich war.«
»Ich weiß nur, Heather, daß Ihr Freund, Captain Hanrahan, einem Inspektor Burns in Scotland Yard berichtet hat, ich wäre an dem Abend, an dem der Araber umkam, in Belgravia gewesen. Es liegt auf der Hand, daß er diese Information von Ihnen hatte.«
»Ja, aber unter den gegebenen Umständen –«
»Sie haben eine merkwürdige Art, mit Freunden umzugehen, Heather.«
»Evelyn, ich –«
»Ich bin auf Sie zugegangen, als es Ihnen schlechtging, habe mich Ihnen als Freund angeboten, habe Sie aufgenommen und ge-

tröstet. Und was war der Dank? Ich bin verletzt, meine Liebe. Und das ist milde ausgedrückt.«

Heather setzte zu einer neuerlichen Erklärung an, aber Killinworth wollte nichts davon hören. Statt dessen hielt er ihr einen langen Vortrag über die Freundschaft, über Vertrauen und Ehre und Ritterlichkeit.

Als er seine Rede beendet und seinen Scotch ausgetrunken hatte, sagte Heather: »Es tut mir wirklich leid, Evelyn, aber ich hatte den Eindruck, Captain Hanrahan wüßte bereits von unserer gemeinsamen Taxifahrt nach Belgravia an dem fraglichen Abend, und ich war, verständlicherweise, ziemlich erschrocken über –«

»Er hat Sie hereingelegt.«

»Vielleicht.«

»Und Sie vertrauen ihm immer noch.«

»Er versucht, den Mord an Lewis zu klären. Er ist ein –«

»Vielleicht erinnern Sie sich an die Leute, die versuchten, Calums Tod aufzuklären.«

»Evelyn, ich kann nicht allen Menschen mißtrauen. An jemanden muß ich glauben.«

»Habe ich Ihnen je Anlaß zu Mißtrauen gegeben?«

»Also gut, Evelyn, machen wir reinen Tisch. Als ich las, daß dieser Ashtat in Belgravia ermordet worden war, habe ich mir tatsächlich Gedanken gemacht. Das gebe ich zu. Können Sie das nicht verstehen?«

»Ich bin entsetzt.«

»Das tut mir leid.«

»Dafür ist es ein wenig spät. Das bringt mich gerade zu diesem Zeitpunkt in zusätzliche fürchterliche Komplikationen. Ich weiß gar nicht, was ich tun soll…«

»Warum beantworten Sie nicht einfach die Fragen der Polizei in aller Aufrichtigkeit? Sie hatten doch mit dem Mord an diesem Araber nichts zu tun.« Beinahe hätte sie hinzugefügt, oder doch?

Er sah sie an, als hätte er die unausgesprochenen Worte gehört.

»Heather, ich muß für ein, zwei Tage weg.«

»Deswegen?«

»Geschäftlich. Ich hoffe, am Vierten zurückzusein. Ich schlage vor, daß Sie bis zu meiner Rückkehr hier wohnen bleiben und niemanden ins Haus lassen. Haben Sie mich verstanden?«

In dieser Hinsicht wenigstens waren er und Hanrahan sich einig.

»Ich lebe nicht gern wie in einem Gefängnis.«

»Heather, ich muß darauf bestehen, daß Sie meine Anweisungen befolgen –.«

»Ich tue, was ich für richtig halte, Evelyn. Ich habe mich schon zu lange herumkommandieren und wie ein armes Opfer behandeln lassen. Bitte gehen Sie. Mir passiert schon nichts. Ich wünsche Ihnen eine angenehme Reise.«

Er war offensichtlich verärgert, als er aus dem Zimmer ging, und das war Heather nur recht. Zum Teufel mit ihnen allen, dachte sie, als sie die Tür hinter ihm absperrte. Schließlich bin ich hier die Geschädigte: *Mein* Verlobter ist tot und *mein* Bein ist voller Holzsplitter.

Eine halbe Stunde später hörte sie ihn unten die Haustür zuschlagen. Sie sah zum Fenster hinaus und blickte ihm kurz nach, wie er mit einer kleinen Reisetasche in der Hand die Straße hinaufwatschelte.

Noch jemand beobachtete Evelyn Killinworth, als er die Straße entlangging. Der Beobachter saß in einem Auto. Kaum war Killinworth um die Ecke gebogen, wurde die Autotür geöffnet, und der Fahrer stieg aus.

Heather schlüpfte in ihren Regenmantel, nahm ihre Handtasche und verließ ihre kleine Wohnung. Das Bein schmerzte immer noch stark, aber sie mußte einfach hinaus an die frische Luft, wo sie nachdenken konnte. Sie wollte nur so weit gehen, wie ihr Bein es zuließ, und unterwegs vielleicht in einem Restaurant etwas essen.

Sie hinkte die Treppe hinunter und zog die Haustür auf.

Der Fahrer des Wagens, der sich langsam dem Haus genähert hatte, blieb stehen und wandte sich ab.

Heather atmete die würzige, warme Abendluft ein und ging in der entgegengesetzten Richtung davon.

Zwei Stunden später kam sie zurück, machte sich noch ein Fußbad und ging dann zu Bett. Draußen krachte in ungeduldiger Erwartung des vierten Juli hin und wieder ein Knaller, und ab und zu fiel der farbige Schein einer Leuchtrakete in die Dunkelheit des Zimmers.

Kapitel

27

Der frische Wind, der das Haar der Reporterin zerzauste, hatte die drückende Hitze und Feuchtigkeit des vergangenen Tages vertrieben und für den vierten Juli trockenes, sonniges Wetter mitgebracht.

»Ich stehe hier auf dem Westrasen des Capitols, wo heute abend das National Symphony Orchestra unter der Leitung von Mstislav Rostropowitsch dem vierten Juli einen musikalischen Salut darbringen wird. Vor mir, auf der anderen Seite der Mall, ist der Regenbogenteich des Lincoln Memorial, wo das große Feuerwerk – wie man sagt, soll es das größte seiner Geschichte werden – stattfinden wird...« Sie warf einen Blick auf ihre Notizen... »Eingeleitet werden die abendlichen Festlichkeiten durch die alljährliche Parade zum Unabhängigkeitstag, die die Constitution Avenue entlangmarschieren wird. Um halb drei Uhr gibt das Jhoon Rhee Ballett am Washington Monument den Auftakt zu fünf Stunden musikalischer Unterhaltung. Man wird Jazz und Dixieland hören, und auf der Mall Werden im Rahmen des Folk Life Festival natürlich ständig Vorführungen geboten...« Ein besonders heftiger Windstoß veranlaßte sie, zu ihrem Haar zu greifen... »Das alles gehört zu der diesjährigen Feier zum vierten Juli, die Schätzungen der Parkverwaltung zufolge mehr als dreihunderttausend Schaulustige anlocken werden. – Und jetzt zurück zu Ihnen, Ed.«

Ed Filler, Washingtons beliebtester Reporter, sagte: »Danke, Elaine, für diesen Bericht direkt vom Schauplatz. Bleiben Sie an Ihren Geräten, wir kommen gleich wieder.«

Ein Werbespot für Jeans flimmerte über den Bildschirm. Heather gähnte. Sie hatte schlecht geschlafen und beängstigende Träume von Menschen mit grotesken Gesichtern gehabt, die sie durch Distelfelder und finstere Wälder mit langen schwarzen, nach ihr grapschenden Ästen gejagt hatten. Am schlimmsten war der Traum gewesen, aus dem sie schließlich erwacht war: An einem langen dünnen Seil, das sich unablässig drehte, hatte sie im unendlichen Raum gehangen, wo die Luft kalt und schmerzhaft trocken gewesen war und das allumfassende Licht eintönig und grell. Sie war frierend erwacht. Die Sonne war schon aufgegangen, und ein kühles Lüftchen kräuselte die weißen Gardinen im Schlafzimmer.

Am Abend vor dem Zubettgehen hatte sie beschlossen, diesen Tag anders anzupacken und sich in diesen typisch amerikanischen Festtag richtig hineinfallen zu lassen. Vierundzwanzig Stunden lang wenigstens keine Probleme. Der Fernsehbericht über die Aktivitäten des Tages bestärkte sie in ihrem Vorhaben. Sie duschte, zog eine helle Hose an und eine lachsfarbene Bluse dazu, und an die Füße bequeme flache Schuhe. Da hatte sie sowieso keine andere Wahl. Ihrem Bein ging es zwar schon viel besser, es tat aber bei Anstrengungen immer noch weh.

Nach dem Frühstück warf sie noch einen prüfenden Blick in den Spiegel, beschloß, eine weiße Strickjacke mitzunehmen, und ging dann los. Als sie die Treppe hinunterhumpelte, sah sie, daß die Tür zu Killinworths Wohnung nur angelehnt war. Sie wußte nicht, was sie tun sollte. War er zurückgekommen und schlief jetzt? Sie wollte ihn nicht stören, wollte ihn am liebsten gar nicht sehen.

Aber sie konnte die Tür nicht einfach angelehnt lassen. Sie stieß sie auf und warf einen Blick ins Wohnzimmer. Es war wie damals, als sie ihr verwüstetes Zimmer im Madison betreten hatte. Möbelstücke waren umgeworfen, Schubladen ausgeleert, Vorhänge von den Stangen gerissen. Sie lauschte und hörte nichts als den erregten Schlag ihres Herzens. Sie trat in die Wohnung hinein, lief ins Schlafzimmer, wo sie das gleiche Chaos erwartete.

»Tatty!« rief sie besorgt.

Sie ging in die Küche, wo ein Pappteller mit Katzenfutter umgestoßen worden war. Tatty, die Katze, war nicht da. Sie öffnete die Tür zum Badezimmer. Schnurrend strich ihr Tatty um die Beine. Heather nahm sie hoch und drückte sie an sich, während sie versuchte sich zu beruhigen.

Mit der Katze im Arm kehrte sie in die Küche zurück und nahm aus dem Schrank einen Karton trockenen Katzenfutters. Mit dem Karton und der Katze verließ sie die Wohnung, zog die Tür sorgfältig hinter sich zu, ging nach oben, wo sie Milch in eine Untertasse goß. Im Schrank fand sie einen Pappteller, stellte ihn neben die Untertasse auf den Boden und öffnete die Klappe des Kartons. Sie beugte sich hinunter, um Futter auf den Teller zu schütten – ein paar Bröckchen fielen heraus, dann war Schluß. Sie schüttelte den Karton heftiger. Irgend etwas blockierte die Öffnung. Im selben Moment bemerkte sie, daß das obere Ende des Kartons aufgeschnitten und dann mit Klebeband wieder zugeklebt worden war.

Behutsam zog Heather den Klebestreifen ab, öffnete den Karton und blickte hinein. Der Raum über dem Futter war von einem ockerfarbenen Beutel aus Sämischleder ausgefüllt. Sie nahm den Beutel heraus, häufte Futter auf den Pappteller und setzte sich dann ins Wohnzimmer aufs Sofa.

Sie hielt den Beutel so vorsichtig auf dem Schoß, als hätte sie Angst, er könnte radioaktiv sein, während sie mit einem Finger die Konturen eines schweren Gegenstandes durch das Leder nachzeichnete. Langsam und bedächtig löste sie den Zugriemen und zog den Beutel auseinander. Sie griff hinein. Ihre Fingerspitzen berührten Metall, Glas, ein Band aus Seide. Sie schloß die Finger um den Gegenstand und zog ihn langsam aus dem Beutel.

»Mein Gott«, sagte sie leise. »Die Harsa!«

Sie hatte die Medaille im Museum gesehen, auf Fotos. – Sie ging zum Telefon und fing an, die Nummer des Präsidiums zu wählen. Bei der dritten Ziffer hielt sie inne. Hanrahan würde nicht da sein. Sie suchte seine Privatnummer heraus und wählte die. Er meldete sich nicht. Er war wohl schon zum Picknick gefahren.

Mit der Harsa in der Hand ging sie im Zimmer auf und ab. Gab es zwei Exemplare der Medaille? So mußte es sein – eines im Museum, und Evelyn hatte das andere? Wie war er dazu gekommen? Wer hatte seine Wohnung durchsucht? Hatte Lewis gewußt, daß es zwei Exemplare gab? War er deshalb ermordet worden? Gott, was sollte sie nur tun?

Sie steckte die Medaille wieder in den Beutel, verstaute ihn in ihrer Handtasche, nahm die Katze und brachte sie in Killinworths Wohnung. Dann verließ sie das Haus, ging so schnell sie konnte die Straße hinunter, ohne auf die Richtung zu achten, hoffte nur, es würde ihr irgendwie gelingen, einen klaren Gedanken zu fassen.

Am Georgetown Krankenhaus blieb sie stehen, um zu verschnaufen und ihr verletztes Bein ein paar Minuten zu entlasten. Dann setzte sie ihren Weg durch die 37. Straße fort, ging an der Georgetown Universität vorbei zur Key Brücke und dem Potomac. Der Wind lag kühl auf ihrem Gesicht. Sie blickte über den Fluß und sah überall amerikanische Flaggen wehen. Ihre leuchtenden Farben hoben sich von einem wolkenlos blauen Himmel ab. Sie griff in ihre Handtasche und berührte den Lederbeutel und dachte an Evelyn Killinworth.

»Mein Gott«, sagte sie laut. »Was hat er getan!«

Evelyn Killinworth stand am Check-in für den British Airways Überschallflug mit der Concorde nach Washington. Neben ihm stand ein Vertreter von British Airways, auf dessen Namensschildchen G. Coleman zu lesen war.

»Ich bin dennoch der Meinung, daß Ihr Verhalten eine Schande ist, wenn man an die große britische Vergangenheit denkt«, knurrte Killingworth.

»Ich kann Sie durchaus verstehen, Sir, aber Sie müssen versuchen, auch für unser Dilemma Verständnis zu haben. Der Preis für einen Atlantikflug mit der Concorde beträgt zweitausend Dollar. Wenn Sie auf zwei Sitzplätzen bestehen, müssen wir Ihnen den doppelten Preis berechnen.«

»Junger Mann«, donnerte Killinworth, »ich bin nun mal ein wuchtiger Mensch, und die Sitze in dieser infernalischen Maschine wurden für Zwerge gebaut. Hätten sie wenigstens daran gedacht, Armlehnen einzubauen, die man hochklappen kann, wie in anderen Flugzeugen, so wäre es nicht nötig, die verdammten Dinger jedesmal mit Hammer und Zange herauszureißen, wenn ein Mann von meiner Dimension gezwungen ist, mit dieser Höllenmaschine zu fliegen.«

Coleman seufzte und schüttelte den Kopf.

»Ich verstehe Sie ja, Sir, und wenn ich etwas tun könnte –«

»Letzter Aufruf für die Concorde der British Airways nach Washington.«

»Wenn Sie es nicht so eilig hätten, Sir, könnten Sie ja mit einem unserer Jumbo-Jets nach Washington fliegen«, meinte Coleman. »Die Concorde ist in erster Linie auf Geschwindigkeit getrimmt –.«

»Wenn ich mehr Zeit hätte, junger Mann, hätte ich es gar nicht in Betracht gezogen, mit dieser Aluminiumröhre zu fliegen, das können Sie mir glauben. Fast den ganzen Flug hierher habe ich im Gang gestanden und auf den blöden Mach-Meter gestarrt, der mir dauernd sagte, wie schnell ich flog. Es war bei weitem nicht schnell genug.«

»Sie müssen jetzt leider an Bord gehen, Dr. Killinworth. Ihr Platz –« er zeigte ein feines Lächeln – »Ihre Plätze sind bereit.«

Am Eingang zu der Maschine stand ein Mechaniker mit einer Armlehne in der Hand.

»Ja«, sagte Killinworth. »Guten Tag, Mr. Coleman.«

»Guten Tag, Dr. Killinworth. Ich wünsche Ihnen einen angenehmen Flug.«

Heather stand vor einem Musikpavillon in der Mall, wo eine Gospel-Gruppe auftrat, dreißig Männer und Frauen in roten Gewändern, die ihre Stimmen über das allgemeine Lärmen des Folk Life Festival erhoben. Sie ließ sich von der Musik mitreißen, und erst als die Gruppe ihre Darbietung beendete, wurde ihr bewußt, daß sie gar nicht auf die Zeit geachtet hatte. Sie hatte natürlich eine solche Fluchtmöglichkeit für ihre Gedanken gesucht. Die Realität war zu bedrückend. Sie sah auf ihre Uhr. Beinahe elf. Sie hatte noch einmal versucht, Hanrahan zu erreichen, aber ohne Erfolg, und hatte daraufhin im Präsidium angerufen und bei einem Sergeant Arey eine Nachricht hinterlassen. Er hatte versprochen, Hanrahan Bescheid zu geben, falls er anrufen sollte.

»Es sind doch Kinder, Mac, und sie wollen ein bißchen Spaß haben«, sagte Kathy zu Hanrahan, nachdem er zwei seiner Neffen ein ganzes Sortiment von Raketen abgenommen hatte.

»Richtig«, stimmte er zu, »Kinder mit zehn Fingern und zwei Augen. Und so sollen sie auch bleiben.«

Kathy lächelte und berührte seinen Arm.

»Ich weiß, ich weiß. Du hast ja recht. Du bist verantwortungsbewußt, ich nicht. Aber eines sage ich dir, Mac Hanrahan.«

»Und das wäre?«

»Ich habe mehr Verantwortungsgefühl als früher. Ich bin ganz schön erwachsen geworden.«

»Das freut mich, Kathy. Können wir es dabei belassen?«

Seine Mutter winkte ihnen zu.

»Ja, aber was hast du denn für Gefühle, Mac?« fragte Kathy. »Es war mir ernst mit dem, was ich neulich beim Essen sagte. Wir sollten wieder zusammenleben und das, was gewesen ist, ruhen lassen. Es ist doch so völlig bedeutungslos im Vergleich mit den größeren Zusammenhängen. Da sind zwei Menschen, die sich lieben und die vieles miteinander geteilt haben –.«

»Entschuldige«, unterbrach Hanrahan sie, der wünschte, er könnte Familienpicknicks, wo die Familie nur noch dem Namen nach bestand, abschaffen. »Ich bin heute morgen ohne mein Funkgerät losgefahren. Ich muß im Präsidium anrufen.« Er ging zu einer Telefonzelle am Parkeingang und rief im Präsidium an. Sergeant Arey meldete sich.

»Hallo, Captain. Ich hab' vor einer Weile versucht, Funkkontakt aufzunehmen, aber Sie haben nicht reagiert.«

»Ich bin ohne Gerät losmarschiert. Irgendwelche Anrufe für mich?«

»Nur einer, der vielleicht wichtig ist. Eine Frau hat angerufen und gesagt, der Mann, der bei ihr nebenan wohnt, wäre der Smithsonian Bomber.«

»Tatsächlich? Wie heißt sie?«

»Das wollte sie mir nicht sagen. Sie hat aber versprochen, heute nachmittag zurückzurufen.«

Ein Frisbee verfehlte um Haaresbreite Hanrahans Kopf, als es in die offene Zelle sauste. Er fluchte und schleuderte es zu einer Gruppe junger Leute zurück.

»Lassen Sie sich ihren Namen geben, Arey, wenn sie das nächste Mal anruft.«

»Ich werd's versuchen. Sie sagte, der Mann von nebenan würde dauernd vom Smithsonian reden und behaupten, er wäre mit dem Engländer verwandt, der es gestiftet hat.«

»Lassen Sie sich unbedingt ihren Namen geben.«

»Ich werd's versuchen, Captain, verlassen Sie sich darauf.«

»Gut. Ich melde mich wieder.«

Einer seiner Söhne kam auf Hanrahan zu. Er war groß und braungebrannt. Das volle schwarze Haar ringelte sich bis zum Hals hinunter. Er hatte Schlagball gespielt und trug abgeschnittene Jeans und Tennisschuhe.

»Sag mal, Vater, was ist mit Mutter los?«

»Wieso?«

»Ihr ist anscheinend eine Laus über die Leber gelaufen.«

Eine Cousine sagte zu Hanrahan, sie hätte gehört, er und Kathy wollten es noch einmal miteinander versuchen. Ein Neffe, der seine Knallfrösche verloren hatte, wollte sie wiederhaben. Hanrahan spielte eine Partie Boccia und aß einen Hamburger mit Zwiebeln und Ketchup. Ab und zu blickte er zu Kathy hinüber, die Volleyball spielte. Sie trug enge Jeans und ein leuchtendgrünes T-Shirt. Sie sah gut aus. Und vertraut. Schluß damit.

»Ist Miss Prentwhistle da?« fragte Heather.

Sie war ins Museum für Naturgeschichte gegangen, um zu telefonieren.

»Nein, leider nicht. Wer ist am Apparat?«

»Heather McBean.«

»Ach, guten Tag, Miss McBean. Hier spricht Ford Saunders.«

»Wann erwarten Sie sie zurück?«

»Ich weiß nicht genau, wahrscheinlich heute nachmittag. Kann ich ihr etwas ausrichten?«

Heather überlegte. Nachdem sie beschlossen hatte, Chloe anzurufen, war sie gar nicht auf den Gedanken gekommen, daß sie sie vielleicht nicht erreichen könnte.

»Ich muß dringend mit ihr sprechen. Was meinen Sie, wann ich am besten zurückrufen soll?«

»Das kann ich leider gar nicht sagen. Kann sie Sie vielleicht erreichen?«

»Nein, ich versuche es später noch einmal.«

»Gut – worum handelt es sich denn? Vielleicht kann ich Ihnen helfen.«

»Nein. Ich rufe heute nachmittag wieder an.«

Evelyn Killinworth sah erst auf seine Uhr, dann auf den Mach-Meter und beugte sich wieder über seinen Notizblock. Er hatte seit dem Start in London beinahe unaufhörlich geschrieben. Nur einmal hatte er Pause gemacht, als ein kleiner Junge, dem aufgefallen war, daß er zwei Plätze einnahm, darüber kicherte. Killinworth hatte bissig gesagt: »Geh doch ein bißchen *raus* und spiel was.«

Die Verblüffung auf dem Gesicht des Jungen war ihm eine gewisse Genugtuung gewesen.

Auch während des Mittagessens, das aus Sevruga Kaviar, Délice de turbot Marignane, einem belgischen Endivien- und Radicchiosalat und einem Gâteau Japonais bestand, machte er sich laufend Notizen. Nachdem er den Laurent-Perrier Grand Siècle Champagner ausgetrunken hatte, der zum Essen serviert worden war, zog er ein kleines Adreßbuch aus seinem Jackett und blätterte es durch, bis er zu einer Reihe von Telefonnummern für Vizepräsident William Oxenhauer kam. Neben einer der Nummern stand ›privat‹. Killinworth notierte sich die Nummer auf seinem Block, packte alles weg, machte es sich in seinem Doppelsitz bequem und schloß die Augen.

»Viertausend Dollar«, murmelte er vor sich hin. »Verdammt teuer für ein Mittagessen und ein Nickerchen.«

Um eins versuchte Heather noch einmal, Chloe zu erreichen. Saunders meldete sich.

»Tut mir leid«, sagte er, »sie ist noch nicht zurück, Miss McBean. Aber ich habe inzwischen von ihr gehört.«

»Oh? Und was sagte sie? Wann kommt sie?«

»Das ist eben das Problem. Sie wollte eigentlich erst morgen zurückkommen, aber sie sagte, wenn es wirklich so wichtig ist, wie Sie sagen, würde sie ihre Pläne ändern.«

»Es ist wirklich wichtig. Es ist dringend. Ich habe etwas gefunden, das – Ich muß unbedingt mit ihr sprechen.«

»Sie sagte, sie könnte bis sieben wieder in der Stadt sein. Kann sie sich dann mit Ihnen treffen?«

»Um sieben? Ich hatte gehofft – naja gut, sieben geht auch. Danke.«

»Wo sind Sie jetzt?« fragte Saunders.

»In der Mall.«

Er lachte. »Wie können Sie nur die Menschenmassen ertragen?«

»Es gefällt mir. Aber Sie haben recht, es ist wirklich voll.«

»Soll ich Chloe sagen, daß Sie um sieben hier sein werden?«

»Bei ihr zu Hause? Nein, besser nicht – es ist mir wirklich peinlich, ihr Ungelegenheiten bereiten zu müssen, aber ich würde sie gern hier treffen.«

Ihr Bein hatte angefangen zu schmerzen.

»In diesem Chaos?«

»Bitte, es ist mir sehr wichtig. In ihrem Büro dann.«

»Sie sagte, sie würde sich überall mit Ihnen treffen, nur nicht in ihrem Büro. Das wäre der letzte Ort, wo sie an einem Feiertag sein möchte.«

»Das kann ich verstehen, aber –«

»Ich hab' eine Idee, Miss McBean. Der Hof zwischen dem Ost- und dem Westflügel der Nationalgalerie wird gegen sieben voraussichtlich ziemlich leer sein. Kann Chloe sie dort treffen?«

Während die Erinnerung an den Überfall im Hof durch ihren Kopf schoß, holte sie tief Atem, sagte ja, hoffte auf das Beste, würde sich über das Schlimmste nicht wundern...

»Es ist schön, wieder einmal einen Tag mit der Familie zu verbringen«, sagte Kathy zu Hanrahan, während sie auf einer Bank im Park saßen. »Sogar deine Mutter war nett zu mir. Ich glaube, seit dem Tag, an dem wir uns trennten, hat sie mich gehaßt. Es ist wirklich schade – wir hatten eine gute Beziehung zueinander, deine

Mutter und ich, solange wir beide noch verheiratet waren. Mac, das alles können wir wiederhaben, ganz bestimmt, wenn wir nur –«

Er blickte sich um, vergewisserte sich, daß niemand in der Nähe war, packte sie bei den nackten Armen und sagte: »Eines wollen wir ein für allemal klarstellen, Kathy. Du hast mir gefehlt, seit es passiert ist. Inzwischen ist viel Zeit vergangen, aber manchmal strecke ich nachts immer noch die Arme nach dir aus. Ich habe dich damals geheiratet, weil du für mich die schönste Frau warst, die ich je gesehen hatte. Als du deine Entscheidung trafst, dich von mir zu trennen, sagtest du etwas Grundlegendes über uns. Du sagtest zu mir, daß alles das, was ich für so gut und manchmal wunderbar gehalten hatte, auf Sand gebaut war. Ich weiß, du siehst das einfach als eine Erfahrung, und von mir wird erwartet, daß ich kultiviert oder tolerant genug bin, es so zu akzeptieren. Die alte doppelte Moral, nur mit umgekehrten Vorzeichen. Tut mir leid, aber dazu bin ich zu altmodisch. Ein simpler Polizist.« Er ließ sie los. »Ich wünsche dir das Beste, Kathy, habe dir immer das Beste gewünscht, aber ich mache diesen ganzen Quatsch nicht noch einmal mit. Nie wieder! Hör also bitte auf, davon zu reden, daß wir es noch einmal miteinander versuchen sollten. Ich brauch' das nicht, ich will es nicht und basta!«

»Du machst einen Fehler, Mac. Du schüttest das Kind mit dem Bad aus. Du –«

»Entschuldige, Kathy, ich muß mich wieder im Präsidium melden.«

Er merkte, daß er kurz davor war, wütend zu werden, und wollte es nicht an ihr auslassen. Wenn er ganz ehrlich war, hatte er schon seit dem Tag, an dem sie ihm verkündet hatte, daß sie mit ihrem Liebhaber weggehen würde, das dringende Bedürfnis verspürt, ihr eine richtige runterzuhauen. Verschwinde, sagte er sich selbst, ehe du dich lächerlich machst.

Von dem Platz, wo die Familie ihr Lager aufgeschlagen hatte, war es ein ziemlicher Weg bis zur Telefonzelle. Unterwegs blieb er einmal stehen, um bei einem Schlagballspiel zuzusehen und seine Wut unter Kontrolle zu bringen. Dann ging er weiter, wartete vor der Zelle ungeduldig darauf, daß ein kaugummikauendes junges Mädchen endlich das Marathongespräch mit seinem Freund beenden würde, wählte dann die Nummer des Präsidiums.

»Arey, Hanrahan. Was gibt's?«

»Himmel, bin ich froh, daß Sie anrufen, Captain. Lieutenant Pearl sucht Sie schon überall.«

»Pearl? Der hat doch heute frei.«

»Wir haben ihn geholt. Der Smithsonian Bomber hat sich gestellt. Warten Sie, ich verbinde Sie mit dem Lieutenant.«

Pearl meldete sich.

»Joe, stimmt das, was Arey über den Bomber sagt?«

»Sieht so aus, Mac. Hat sich einen prima Tag ausgesucht.«

»Ja, für die Publicity.«

»Mac, ich halte ihn für astrein. Ich meine, er hält sich für astrein. Er ist außerdem total verrückt.«

»Wo ist er?«

»Im Untersuchungsgefängnis.«

»Ich fahre sofort los.«

Hanrahan erklärte seiner Mutter, er müßte weg. Er küßte sie auf die Wange. Kathy stand zehn Meter abseits. Hanrahan nickte ihr zu und eilte zu seinem Wagen. Sein Sohn lief ihm nach und holte ihn ein, als er die Wagentür öffnete.

»Sie brauchen mich im Büro«, sagte Hanrahan.

»Vater«, sagte sein Sohn, »sei Mutter gegenüber nicht zu hart. Sie gibt sich wirklich Mühe.«

Guter Gott, war dies das wahre Opfer der ganzen scheußlichen Geschichte? Der Sohn, dem der Vater fehlte und der seine Mutter verteidigte? Das Polizeipräsidium war eine willkommende Zuflucht.

»Ja, Madam«, sagte Sergeant Arey zu Heather, als sie wieder anrief. »Captain Hanrahan muß jeden Moment hier sein. Ich sage ihm, daß Sie angerufen haben.«

»Bitte richten Sie ihm aus, daß etwas Wichtiges geschehen ist – im Zusammenhang mit der Harsa.«

»Der was?«

»Der Harsa-Medaille. Bitte sagen Sie ihm, daß ich mich um sieben mit Miss Prentwhistle treffe.«

»Um sieben mit Miss Prentwhistle.«

»Ja. Wir –«

»Bitte zahlen Sie nach, sonst wird Ihre Verbindung unterbrochen.«

»Ich habe kein – hallo, hallo?«

Die Verbindung war bereits unterbrochen.

»Wir setzen jetzt zur Landung auf dem Dulles Flughafen an«, verkündete der Flugkapitän der Concorde. »Wir haben uns gefreut, Sie bei uns an Bord zu haben, und im Namen der Crew wünsche ich Ihnen einen angenehmen Aufenthalt in Amerikas Hauptstadt, Washington. Auf Wiedersehen.«

Heather saß mit tausend anderen Menschen auf einer Tribüne im Freien und sah bei einer Rodeo-Vorführung zu. Danach besichtigte sie das Modell eines Apachendorfs und freute sich an einer Demonstration traditioneller Indianertänze. Kinder aus der Menge der Zuschauer wurden aufgefordert, mitzutanzen. Ein kleiner blonder Junge weinte und verkroch sich hinter seinem Vater. Ein junges Mädchen geriet so in Ekstase, daß sie sich viel zu schnell drehte, ausrutschte und auf der provisorischen Bühne hinfiel. Die Leute fanden es herrlich.

Es war vier Uhr. Ein Gewitter, das angesagt worden war, zog über die Stadt. Der eben noch klare, blaue Himmel wurde von tiefhängenden dunklen Wolken verhüllt. Es ging noch ein Lüftchen, aber die Luft war schon stickig und schwül. Bald würde es Regen geben.

Heather wanderte weg von dem Apachendorf und wurde von zwei Betrunkenen in Cowboy-Anzügen angerempelt. Ihre Handtasche fiel zu Boden. Die Männer entschuldigten sich lallend und gingen weiter. Heather, der plötzlich wieder einfiel, was ihre Handtasche enthielt, hob die Tasche hastig vom Boden auf, hielt sie fest an die Brust gedrückt, während sie sich in dem Bemühen, das Washington Monument zu erreichen, durch die Menge drängte. Einmal blieb sie an einem Hamburgerstand stehen, um sich eine Dollarnote wechseln zu lassen. Genau wie hundert andere Besucher blickte sie auf, als ein durchdringendes dünnes Heulen vom Himmel kam. Unmittelbar über ihr flog die Concorde der British Airways hinweg, die Nase schon zum Anflug auf den Dulles Flughafen gesenkt.

Die letzten Worte des Flugkapitäns der Concorde waren: »Wenn Sie jetzt auf der linken Seite hinunterblicken, sehen Sie die Menschenmengen, die den vierten Juli feiern. Tut mir leid, daß wir nicht ein paar Stunden später dran sind. Da hätten Sie das Feuerwerk sehen können. Das ist von hier oben ein atemberaubender Anblick. Bis zum nächsten Mal.«

Killinworth blickte durch das kleine Fenster zu seiner Linken. In der Mall und ihren Seitenstraßen wogte ein Meer von Menschen. Er sah auf die Uhr. »Nicht schnell genug, jedenfalls nicht für viertausend Dollar«, brummte er.

»Berichten Sie, Joe«, sagte Hanrahan.

Er war Minuten zuvor in sein Büro gekommen, wo Pearl ihn schon erwartet hatte.

Pearl schüttelte den Kopf.

»Einer für die Anstalt, Mac. Warten Sie, bis Sie ihn sehen. Ich dachte, er wäre vielleicht ein junger Kerl, ist er aber nicht. Er ist weit über vierzig. Ein Nervenbündel, dauernd unruhig, spricht nicht einen Satz zu Ende.«

»Und warum stellte er sich?«

»Er sagt, es wäre nie seine Absicht gewesen, Menschen zu verletzen. Als er las, daß durch die Bombe Menschen zu Schaden gekommen wären, beschloß er, sich zu stellen und seine Strafe entgegenzunehmen. Ich habe allerdings den Eindruck, daß es ihm ziemlich schnuppe gewesen wäre, wenn die Verletzten lauter Männer gewesen wären. Mit Frauen ist das etwas anderes. Er hat eine entschieden psychosexuelle Persönlichkeit.«

»Ach was?«

»Zweifellos.«

»Wieso sind Sie so sicher, daß er der Bomber ist?«

»Das werden Sie merken, wenn Sie mit ihm reden. Er weiß zuviel. Das ist kein Bluff. Er ist es. Da wette ich meine Karriere.«

»Ach, Ihre *Karriere*! Tatsächlich? Na, dann bringen Sie ihn mal rauf. Dazu einen Stenographen. Haben Sie ihn auf seine Rechte hingewiesen.?«

»Natürlich, und er hat einen Anwalt angerufen. Ich glaube, er hat etwas Geld.«

Kaum hatte Pearl das Büro verlassen, da rief Commissioner Johnson an.

»Mac, was ist das für eine Geschichte mit dem Bomber?«

»Hat Pearl Sie angerufen?«

»Natürlich. Ich habe extra Anweisung hinterlassen, daß ich sofort benachrichtigt werde, falls sich im Fall Tunney etwas Wichtiges tun sollte.«

»Ich wollte Sie anrufen, sobald ich mit ihm gesprochen habe.«

»Glauben Sie, daß er's ist?«

»Keine Ahnung, ich habe ihn noch nicht zu Gesicht bekommen. Aber Joe ist überzeugt, daß er es ist.«

»Nun, ich bin den ganzen Tag erreichbar. Wir feiern nur in der Familie, eine kleine Grillparty. Eines noch, Mac. Sorgen Sie dafür, daß die Presse von dieser Sache keinesfalls vor morgen Wind bekommt, und erst, wenn ich selbst Gelegenheit hatte, mich damit zu befassen. Wir halten dann eine Pressekonferenz ab und sorgen dafür, daß so berichtet wird, wie es sich gehört.«

Der angebliche Smithsonian Bomber wurde von Pearl und zwei uniformierten Beamten in Hanrahans Büro geführt. Man hatte ihm Handschellen angelegt. Hanrahan schätzte ihn auf Ende vierzig. Er trug eine Brille mit dicken Gläsern, hinter denen kleine grüne Augen in ständiger Bewegung waren. Sein Anzug war blau, und dazu hatte er eine grüne Krawatte an und beigefarbene Schuhe mit Lochmuster. Er war schmächtig, wog sicher nicht mehr als 65 Kilo und war knapp einen Meter fünfundsechzig groß. Das Auffallendste an ihm aber war sein Kopf, der beinahe spitz zulief. Er hatte feines blondes Haar, Maisseide, die von einer Pyramide herabwallte.

»Hallo«, begann Hanrahan.

»Ich möchte meinen Anwalt sprechen. Ohne meinen Anwalt sage ich nichts mehr.«

»Aber natürlich. Er ist sicher schon unterwegs. Nehmen Sie Platz.« Er befahl einem Beamten, dem Mann die Handschellen abzunehmen. Ein Stenograph kam und beschwerte sich darüber, daß er am Feiertag arbeiten mußte.

Alle warteten schweigend, bis der Anwalt des Bombers eintraf, ein großer, dinstinguiert wirkender Mann.

»Hallo, Harold«, sagte er. »Behandelt man Sie ordentlich?«

»Ja, sie waren alle sehr nett zu mir.«

»Das ist gut.« Zu Hanrahan sagte der Anwalt: »Ich bin Dell Tierney, der Familienanwalt.«

»Und um welche Familie handelt es sich, Mr. Tierney?«

Tierney warf einen Blick auf Harold und erwiderte: »Kann ich Sie unter vier Augen sprechen, Captain?«

Sie gingen hinaus. Tierney schob die Hände in die Hüfttaschen seiner Hose und schüttelte den Kopf.

»Er heißt Harold Benz, Captain. Er lebt mit einer alten Tante zusammen in Rockville. Sein Vater, Morgan Benz, machte mit Immobilien ein Vermögen. Draußen im Westen. Morgan Benz behauptete, ein Nachkomme des Herzogs von Northumberland zu sein, von Sir Hugh Smithson also. Ob das stimmt, ist nicht klar. Es ist auch unwichtig. Worauf es ankommt ist, daß Harold tatsächlich glaubt, sein Vater wäre mit dieser Familie verwandt. Bei normalen Menschen wäre das vielleicht kein Problem, aber Harold hat Schwierigkeiten mit der Realität. Er ist geistesgestört. Und er ist außerdem hochintelligent.«

»Jeder, der Bomben legt, ist geistesgestört, Mr. Tierney.«

»Ja, natürlich. Ich nehme an, er hat gestanden.«

»Nein, aber er hat sich freiwillig gestellt. Wir würden nicht versuchen, ein Geständnis von ihm zu bekommen, solange er nicht von einem Anwalt vertreten wird.« Hanrahan gab sich ruhiger, als er wirklich war.

Tierney nickte. »Ich werde Harold natürlich raten, nichts zu sagen.«

»Natürlich.«

»Selbst wenn er ein Geständnis ablegte, ließe es sich nicht halten. Bei seiner Geschichte nicht. Er war immer wieder in Anstalten.«

»Das wird sich zeigen. Was schlagen Sie vor, Mr. Tierney? Daß wir ihn laufen lassen?«

»Ich würde denken, das wäre vertretbar –.«

»Er hätte auch Menschen töten können. Wenn er geistesgestört ist, wie Sie sagen, sollte er wieder in eine Anstalt gebracht werden.«

Tierney setzte sich auf die Kante eines Schreibtisches im Dienstraum.

»Captain Hanrahan, ich stimme Ihnen zu. Wenn ich Ihnen verspreche, dafür zu sorgen, daß er in eine Anstalt gebracht und behandelt wird, würden Sie ihm dann gestatten, mit mir zusammen von hier wegzugehen? In meinem Gewahrsam?«

»Sie wissen, daß das nicht geht. Ich möchte Sie etwas fragen, Mr. Tierney. Ist es möglich, daß er in seiner geistigen Verwirrung Dr. Lewis Tunney erstochen hat?«

»Nein, natürlich nicht.«

»Tja, aber einsperren muß ich ihn trotzdem. Ich hätte gern seine Aussage.«

»Das werde ich nicht zulassen. Ich bin kein Strafanwalt. Ich befasse mich in erster Linie mit Grundrecht und Steuerrecht. Ich verwalte seit Jahren das Vermögen von Harolds Tante. Aber ich kann nicht zulassen, daß er sich selbst belastet. Es ist genug Geld da, um den besten Anwalt zu engagieren, und genau das werden wir tun.«

»Gut. Ich danke Ihnen, daß Sie mir reinen Wein eingeschenkt haben.«

»Nichts zu danken, Captain.«

Eine Stunde später machte Harold Benz vor Hanrahan trotz Tierneys Protesten eine umfassende, wenn auch teilweise wirre Aussage. Er bedauerte es tief, sagte er, daß Menschen zu Schaden gekommen wären, insbesondere Frauen.

Hanrahans letzte Frage lautete: »Mr. Benz haben Sie Dr. Lewis Tunney getötet?«

Die Frage schien ihn zu verwirren. Er runzelte die Stirn.

»Ich soll jemanden getötet haben? Ich? Das würde ich nie tun.«

»Gut, Mr. Benz«, sagte Hanrahan. Dann wurde Harold Benz von den uniformierten Beamten abgeführt.

»Ich lad' Sie zu einem Bier ein, Mac«, sagte Pearl, als sie weg waren.

Sie gingen in die Kneipe um die Ecke und trafen dort Sergeant Arey an, der inzwischen dienstfrei hatte und mit einigen Freunden zusammensaß.

»War er's, Captain?« fragte er Hanrahan.

»Sieht so aus.«

»Haben Sie übrigens die Nachricht von der McBean erhalten?«

»Welche Nachricht? Nein, nichts.«

»Sie hat ein paarmal angerufen. Ich hatte Ihnen einen Zettel auf den Schreibtisch gelegt.«

»Ich komm' gleich wieder«, sagte Hanrahan zu Pearl.

Auf seinem Schreibtisch fand er Areys Zettel, der zwischen andere Papiere gerutscht war.

›Miss McBean hat angerufen. Sie trifft sich um sieben mit einer Miss Prentwhistle. Geht um eine Harsa-Medaille.‹

Hanrahan versuchte, Heather in ihrer Wohnung zu erreichen, aber es meldete sich niemand. Bei Chloe Prentwhistle hatte er auch nicht mehr Glück.

Er rief Cal Johnson an und berichtete ihm von Harold Benz. Johnson war erfreut.

»Gute Arbeit, Mac.«

»Ich hab keinen Finger gerührt. Er kam ganz von selbst.«

»Wir setzen morgen eine Erklärung für die Presse auf. Können Sie gleich früh kommen?«

»Gegen acht?«

»Lieber um sieben.«

Hanrahan kehrte in die Kneipe zurück und trank ein Bier.

»Was haben Sie jetzt vor, Joe?«

Pearl zuckte die Achseln.

»Ich bin nur in meiner Wohnung rumgelaufen, als der Anruf kam. Ich werd' wohl nach Hause fahren und ›Krieg und Frieden‹ fertiglesen.«

»Könnten Sie im Büro bleiben?«

»Warum?«

»Falls ich Sie brauche. Ich muß weg – die Tunney-Sache. Ich möchte gern, daß Sie zur Stelle sind, falls Heather McBean anruft –«

Pearl hatte schon einen Protest auf der Zunge, doch er schluckte ihn hinunter. Es war eine Ewigkeit her, seit Mac sich das letzte Mal auch nur flüchtig für ein weibliches Wesen interessiert hatte.

»Okay, Mac. Jetzt hat Sie's erwischt.« Er grinste.

»Seien Sie nicht albern, Joe.« Und er berichtete Pearl von der Nachricht, die Heather hinterlassen hatte. »Das muß schon sehr wichtig sein, wenn die beiden sich deswegen am vierten Juli um sieben Uhr treffen. Irgendwie gefällt mir das nicht.«

»Ist wahrscheinlich ganz harmlos, Mac. Dieses Museumsvölkchen ist uns einfach fremd.«

»Trotzdem – die Tatsache, daß Heather McBean mich angerufen hat, bedeutet, daß sie auch beunruhigt ist. Ich melde mich bei Ihnen.«

Er setzte sich in seinen Wagen und fuhr in Richtung Mall. Die Straßen waren von Autos verstopft, die versuchten, näher an den Schauplatz der Festivitäten heranzukommen. Hanrahan fluchte und schaltete Blinklicht und Sirene ein. Langsam machten ihm die Autos Platz, und er schlängelte sich zwischen ihnen hindurch zum Eingang ins Museum für Amerikanische Geschichte in der Constitution Avenue. Er ging in die Verwaltung, aber dort war niemand außer einem Wächter. Er zeigte seine Dienstmarke und fragte, ob überhaupt jemand arbeitete. Der Mann zuckte die Achseln.

»Ich bin ganz allein hier oben, Captain. An Feiertagen ist hier immer alles leer.«

»War Miss Prentwhistle hier?«

»Nein, Sir. Ihr Assistent, Mr. Saunders, war eine Weile da, aber er ist schon wieder gegangen.«

Hanrahan ging zur Mall hinaus. Er blieb oben auf der Treppe stehen und ließ den Blick über die dreihunderttausend Menschen wandern. Es roch nach gegrilltem Fleisch und Chili con carne.

»Wo trifft man sich am vierten Juli abends um sieben?« murmelte er. »Heather McBean, wo bist du?«

Evelyn Killinworth betrat seine Wohnung, sah das Durcheinander im Wohnzimmer, ging in die Küche und öffnete den Küchenschrank. Der Karton mit dem Katzenfutter war weg. Er rannte nach oben und sperrte mit seinem Schlüssel die Tür zu Heathers Wohnung auf. Der Karton stand in ihrer Küche, der Deckel abgerissen, der Lederbeutel fort.

»Verfluchtes Gör!« sagte er laut, lief in seine Wohnung zurück und rief im Präsidium an, wo Sergeant Arey noch im Dienst war.

»Sergeant«, donnerte er, »hier spricht Dr. Evelyn Killinworth. Ist Captain Hanrahan da?«

»Nein, Sir. Erwartete er Ihren Anruf?«

»Nein. Eigentlich suche ich Miss McBean. Captain Hanrahan wünschte, daß ich mich mit ihr in Verbindung setze. Wegen des Falls Tunney.«

»Ach, ja, sie hat schon hier angerufen, weil sie den Captain sprechen wollte.«

»Hat sie gesagt, wo sie ist?«

»Nein. Aber sie trifft sich um sieben mit einer Miss Prentwhistle. Ich werde Captain Hanrahan ausrichten, daß Sie angerufen haben.«

»Danke.«

Er bestellte ein Taxi und war zehn Minuten später auf der Fahrt zur Mall.

Heather war eine Viertelstunde zu früh im Hof zwischen dem Ost- und dem Westbau der Nationalgalerie. Saunders hatte recht gehabt. Der Hof war fast menschenleer. Die drohenden dunklen Wolken des Nachmittags waren weitergezogen, ohne einen Tropfen Regen zu vergießen. Die Luft war frisch und für einen Julitag in Washington verhältnismäßig kühl.

In einer Ecke hockte ein junger Mann und schlug auf seiner Gitarre immer wieder dieselben Akkorde an. Seine Freundin, ein zartes blondes Ding, das ein bißchen mehr Sonne gebrauchen konnte, saß zu seinen Füßen und lauschte. Heather war froh, daß die beiden da waren. Sie setzte sich auf eine Steinbank. Allmählich löste sich ihre Spannung. Jetzt würde Chloe bald kommen. Sie mochte launisch sein, aber sie war stark. Gemeinsam würde es ihnen sicher gelingen, diese Sache zu klären.

Sie sah auf die Uhr. Punkt sieben. Sie ging zu einer Telefonzelle und kramte in ihrer Handtasche nach dem Kleingeld, das sie sich vorher vorsorglich eingewechselt hatte. Sie steckte ein Zehn-Cent-Stück in den Zahlschlitz und wollte gerade die Nummer des Polizeipräsidiums wählen, als eine Hand in die Zelle griff und den Haken herunterdrückte. Erschrocken fuhr Heather herum.

»Hallo«, sagte Ford Saunders.

Er trug weiße Jeans, ein blaues Popeye T-Shirt und braunweiße Schuhe. Seine merkwürdige Kleidung lenkte Heather von ihrem Schrecken ab.

»Sie – Sie haben mich erschreckt«, sagte sie.

»Das tut mir leid. Ich nehme an, Sie wollten anrufen, um zu erfahren, wo Chloe bleibt.«

»Ja. – Wo ist sie?«

»Sie ist aufgehalten worden und bat mich, nach Ihnen zu sehen.«

»Aber ich wollte mit ihr sprechen.«

»Beruhigen Sie sich, Miss McBean. Chloe sagte, ich sollte mir von Ihnen erzählen lassen, was es so Wichtiges gäbe. Damit Sie nicht warten müssen.«

»Ich – ich möchte aber mit ihr sprechen. Kommt sie?«

»Ja. Setzen wir uns doch.«

»Wo ist sie?«

»Ich sagte es Ihnen ja schon, sie ist unterwegs.« Er nahm sie beim Oberarm, drückte zu fest.

»Sie haben ihr gar nicht gesagt, daß ich sie treffen möchte, nicht wahr?«

Statt einer Antwort drückte seine Hand fester.

»Was haben Sie gefunden, Miss McBean?«

»Lassen Sie mich los.«

»Wenn Sie es mir geben. Sie wissen, wovon ich spreche.«

»Nein, das weiß ich nicht. Ich –« Sie hatte Angst.

»Von der Harsa, verdammt noch mal. Geben Sie mir –«

Heather gab ihm das, was sie dem Kerl in London gegeben hatte. Sie schwang ihm das Knie zwischen die Beine. Saunders krümmte sich mit schmerzverzertem Gesicht zusammen. Der Gitarrenspieler blickte kurz auf und widmete sich wieder seinen Akkorden und seiner ihn anbetenden Freundin.

Heather rannte zur Mall. Als sie sich einmal umdrehte, sah sie, daß Saunders noch immer vornübergebeugt dastand. Die Menschenmassen waren ihr willkommene Zuflucht, und sie stürzte sich ohne Zögern in das Getümmel. Scharfe Stiche durchzuckten ihr verletztes Bein, als sie sich durch das Gewühl drängte. Ein Stück vor sich sah sie den Bau des Museums für Kunst und Industrie und das ›Schloß‹. Rund um sie herum tönte Lärm und Stimmengewirr, und doch waren über all das Getöse hinweg die altmodischen Klänge des Karussells zu hören, das immer auf der Mall stand und das ›Wonderful, Wonderful, Copenhagen‹ spielte.

Sie war von Menschen umgeben und keiner von ihnen war ihr Freund.

Als sie das Karussell erreicht hatte, blieb sie stehen und blickte zurück. Wenn Saunders ihr nachgekommen war, so war er jetzt in der Menge verschwunden. Sie holte einmal tief Atem, vergewisserte sich, daß sie ihre Handtasche und die Medaille noch bei sich hatte und bewegte sich dann in westlicher Richtung auf das Washington Monument zu. Hanrahans Vorschlag, daß sie während ihres Aufenthalts in Washington dort hinaufsteigen sollte, schoß ihr durch den Kopf. Ausgerechnet jetzt muß ich daran denken, sagte sie sich, während sie weiter vorwärtsdrängte und immer wieder zurückblickte.

Das National Symphony Orchestra stimmte ›The Stars and Stripes Forever‹ an, und dreihunderttausend Stimmen jubelten mit.

Sie hatte beinahe die 14. Straße erreicht und blickte nach rechts. Schwarz hob sich das Museum für Amerikanische Geschichte vor dem lichten Abendhimmel ab. Die Musik war lauter hier. Menschen sangen, die meisten falsch. Sie schloß einen Moment erschöpft die Augen und entlastete ihr schmerzendes Bein. Dann drängte sie sich durch die Menschenmassen in der Mall zum Museum durch. Auf der Treppe standen die Menschen in dichten Trauben, weil sich von der Höhe aus ein besserer Überblick bot. Die uniformierten Museumswächter hatten ihre Posten drinnen verlassen und standen nun auf der obersten Stufe.

Heather huschte zwischen ihnen hindurch und blieb vor dem Portal stehen. Mehrere Kanonensalven, Teil des Festprogramms, erschütterten die Luft. Sie blickte zurück auf die wogende Masse von Menschen; wieder Kanonendonner, Jubelgeschrei, Hute, die durch die Luft wirbelten.

Sie trat durch die Tür, und tiefe Stille umfing sie plötzlich. Abgesehen von der schwachen Notbeleuchtung war das Museum dunkel. Sie zwinkerte. Ihre Augen mußten sich erst an den plötzlichen Wechsel gewöhnen. Dann unterschied sie die Konturen des Foucault'schen Pendels, das im Schein des trüben Lichts langsam und unerbittlich hin und her schwang. Die Bewegung hatte eine hypnotische, einschläfernde Wirkung.

Sie trat näher, legte ihre Handtasche auf das Geländer und blickte in die Tiefe. O Gott, von hier aus war Lewis hinuntergestürzt, das Schwert im Rücken. Langsam ließ sie ihren Blick abwärts wandern, als folgte sie seinem Körper bis zu dem Moment, wo er mit einem schrecklichen dumpfen Ton auf dem Boden da unten aufprallte. Und unwillkürlich stieß sie einen Schrei der Not und des Entsetzens aus, der die Stille zerriß.

»Heather?«

Kapitel 28

Sie drehte sich um. Chloe Prentwhistle trat aus dem Schatten hervor.

»Oh, Gott sei Dank! Sie sind es.«

»Ja, Heather, ich bin es. Ich bin froh, daß Sie endlich gekommen sind. Und daß Ihnen nichts passiert ist.«

Heather lehnte sich schlaff gegen das Geländer. Chloe blieb wenige Schritte vor ihr stehen.

»Ich bin sehr froh, Sie zu sehen, Heather. Was hat sie so lange aufgehalten?«

»Aufgehalten? Ach so, ich verstehe – er sagte Ihnen wohl, ich würde hierher kommen, und mir sagte er, ich sollte zur Nationalgalerie kommen, wo er mich dann selbst erwartet hat –.«

»Er? Sie meinen –.«

»Mr. Saunders. Er muß Evelyns Wohnung ausgeräumt haben. Er konnte sie nicht finden, und als ich bei Ihnen anrief – er muß erraten haben, daß ich sie habe und –«

»Und was, Heather? Was hat er erraten? Was haben Sie? Sie müssen jetzt alles sagen, Heather. Ich bin Ihre Freundin. Ich habe es Ihnen bewiesen. Ich nehme es Ihnen nicht übel, daß Sie argwöhnisch sind, selbst mir gegenüber. Mein Gott, was Sie durchgemacht haben – Heather? Ist es die Harsa?«

»Ja. Woher wissen Sie das?«

»Lieber Himmel, Heather – ich suche sie schon seit einer Ewigkeit. Es ist schwer, das alles zu erklären, Heather. Kommen Sie zu mir ins Büro, wo uns niemand stören kann. Da erkläre ich Ihnen alles.« Sie streckte die Hand aus. »Geben Sie sie mir.«

Heather klappte ihre Tasche auf und umschloß den Lederbeutel fest mit ihrer Hand.

»Etwas verstehe ich nicht, Chloe. Ich habe die Harsa, aber in der Ausstellung liegt auch eine Harsa. Gibt es denn zwei? Und wie kommt das?«

Chloe nickte mit Nachdruck.

»Ja, es gibt zwei Legion von Harsa-Medaillen, Heather. Die eine ist echt, die andere ist eine hervorragende Reproduktion. Im Smithsonian ist ein ungeheuerer Schwindel gelaufen, Heather, und die Harsa ist gewissermaßen der Mittelpunkt. Nicht, weil sie sonderlich wertvoll ist, sondern weil sie zur falschen – oder zur rechten – Zeit aufgetaucht ist. Das kommt ganz darauf an, auf welcher Seite man steht.«

»Auf welcher Seite? Auf welcher Seite sollte ich denn stehen, Chloe? War Lewis auf der falschen Seite? Wurde er deshalb getötet?«

»Ja, ich glaube schon. Er hörte von Peter Peckham von dem Schwindel und kam nach Washington, um ihn aufzudecken. Die Leute, die dahinterstanden, konnten das nicht zulassen.«

»Aber was kann denn so schrecklich sein, daß man einen Menschen töten muß, um zu verhindern, daß es herauskommt?«

»Ja, sicher, da stimme ich Ihnen zu. – Aber es gibt eben Menschen, die vor nichts zurückschrecken, um sich ihren guten Ruf zu bewahren, wie unredlich verdient auch immer er ist. Sie wußten, daß Lewis und ich drauf und dran waren, sie und ihre Betrügereien zu entlarven. Es wäre alles viel früher geklärt worden, aber ich mußte bis nach dem Vierten damit warten, es publik zu machen. Selbst jetzt wird die Sache, fürchte ich, ein sehr schlechtes Licht auf das Smithsonian werfen, aber vielleicht wird es nicht ganz so traumatisch werden –. Die Harsa, die Sie in Ihrer Handtasche haben, ist der Schlüssel zu allem. Es tut mir so entsetzlich leid, daß Sie so viel durchmachen mußten, Heather, aber wir müssen das jetzt ausnützen, und sei es auch nur, um dafür zu sorgen, daß Lewis' Tod nicht umsonst gewesen ist. Denn das wäre unverzeihlich.«

»Ich weiß nicht, Chloe...«

Heather ließ den Beutel wieder in ihre Handtasche fallen, drehte sich um und stützte sich auf das Geländer. Chloe rührte sich nicht. Sie sagte nichts. Heather sah dem gigantischen Pendel zu, das über der Windrose hin und her schwang. Sein Messinggewicht blitzte jedesmal auf, wenn es einen Lichtstrahl einfing.

»Welche Harsa habe ich, Chloe?«

»Die echte.«

»Die ausgestellte ist eine – eine –?«

»Reproduktion. Ja. Wir mußten den Eindruck erwecken, es wäre die richtige, um die Ermittlungen im geheimen führen zu können.«

»Was war mit diesem Mann in London? Mit dem Araber? Wer hat den getötet? Und wer hat Peter Peckham umgebracht?«

»Heather, bitte gehen wir doch in mein Büro. Ich mache uns eine Tasse Tee, und wir können alles ausführlich besprechen. Ich werde alle Ihre Fragen beantworten. Sie haben selbstverständlich ein Recht darauf, zu wissen...«

Heather blieb, wo sie war. Sie hörte die gedämpften Klänge von Musik und Stimmengewirr, die von draußen hereindrangen. Ihr Atem ging jetzt normal, und dank der Klimaanlage war ihr nicht mehr heiß. Ihre Haut war jetzt kalt und feucht.

»Kommen Sie«, sagte Chloe warm.

Heather drehte sich um. Sie wollte dieser anscheinend warmherzigen und verständnisvollen Frau so gern glauben, vertrauen. Sie griff wieder in die Tasche und nahm den Beutel heraus.

Chloe lächelte beruhigend.

»Tun Sie das nicht, Heather«, sagte eine Männerstimme.

Die beiden Frauen sahen sich um. Evelyn Killinworth trat hinter einer Vitrine hervor.

»Ich bin verwundert über Sie, Heather, und sehr enttäuscht von Ihnen«, sagte er.

»Von *mir*?« fragte Heather.

»Ja, wirklich, Dr. Killinworth, wie können ausgerechnet Sie es wagen, wenn man bedenkt, was *Sie* für eine Rolle in dieser –«

»Was tun Sie hier?« fragte Heather, den Lederbeutel fest in der Hand.

»Ich bin unter anderem hierher gekommen, junge Frau, um Ihnen dabei zu helfen, Freund von Feind zu unterscheiden. Mir scheint nämlich, daß Sie damit allein Schwierigkeiten haben.«

»Sie war bei Ihnen.« Heather hob den Beutel mit der Harsa hoch. »Ich habe sie in Ihrer Wohnung gefunden.«

»Natürlich, und ich hätte erwartet, daß Sie auf mich warten, um mit *mir* darüber zu sprechen. Statt dessen rannten Sie Hals über Kopf in der falschen Richtung davon, genau zur falschen Person –«

»Hören Sie auf, Evelyn. Es ist mir immer noch schrecklich, der Wahrheit ins Auge zu sehen. Sie waren mein Freund oder schienen es wenigstens zu sein. Mein Onkel hielt große Stücke auf Sie. Aber Sie haben uns alle zum Narren gehalten, und zwar viel zu lange. Sie waren in Belgravia und brachten diesen Araber um und nahmen ihm die Harsa ab. Ich glaube, ich wußte es schon damals, zumindest, daß Sie ihn getötet hatten, aber ich wollte es einfach nicht wahrhaben.«

»Sagen Sie ihr, wie es war, Miss Prentwhistle«, fiel Killinworth ihr schließlich ins Wort.

»Was soll ich ihr sagen, Dr. Killinworth? Daß sie den Mann vor sich hat, der am Tod ihres Verlobten die Schuld trägt?«

»Unsinn! Heather, Sie wissen, daß ich an dem Abend, als Lewis umkam, nicht einmal hier war.«

»Aber die, die mit Ihnen zusammen seit Jahren das Smithsonian ausplündern, waren hier, um Ihnen die schmutzige Arbeit abzunehmen«, sagte Chloe Prentwhistle. »Er ist der Drahtzieher, Heather, seit Jahren schon. Sie stehlen einzelne Stücke aus den Lagerräumen und verkaufen sie auf dem Schwarzen Markt.«

»Und so ging es auch mit der Harsa, die mein Onkel gestiftet hatte?«

Killinworth sagte nichts.

»Genau. Er wartete, bis man Ihren Onkel allgemein für tot hielt, dann entwendete er mit der Hilfe von Freunden, die hier arbeiteten, die Harsa aus dem Lager. Die Medaille wurde über den Araber Ashtat zum Kauf angeboten. Doch zum Unglück für Dr. Killinworth war Ihr Onkel gar nicht tot. Er kehrte zurück, und er wußte, daß seine Harsa, die er dem Smithsonian gestiftet hatte, auf dem Markt angeboten wurde. Das ist der Grund, weshalb Ashtat ihn umbrachte.«

»Und es als Selbstmord kaschierte?«

»Genau, mein Kind. Nun, habe ich bis hierher recht, Dr. Killinworth?«

»Fahren Sie fort, Miss Prentwhistle. Ich bin ganz fasziniert.«

»Aber gern, Doktor. Ich bezweifle nur, daß Sie die Geschichte auch weiterhin so faszinierend finden werden. – Sehen Sie, Heather, als Peter Peckham erfuhr, was mit der Harsa geschehen war, vertraute er das seinem Freund an, Ihrem Verlobten Lewis Tunney. Und das war ein Unglück für beide. Sowohl er als auch Lewis mußten – wie soll ich es ausdrücken, Dr. Killinworth – eliminiert werden? Zum Schweigen gebracht werden? Sonst wären Ihre lukrativen Machenschaften nämlich aufgeflogen.«

Heather stand wie erstarrt. Sie beherrschte nur mit Mühe den schrecklichen Zorn, der in ihr tobte.

»Und ich vertraute Ihnen!« sagte sie zu Killinworth. »Saunders ist Ihr Komplice, nicht wahr? Er tut, was Sie ihm sagen. Er hat versucht, mir die Harsa abzujagen. Er hat Lewis getötet –.«

»Richtig, Heather«, bestätigte Chloe Prentwhistle. Ein drohender Unterton kam in ihre Stimme. »Dr. Killinworth, Heather und ich gehen jetzt von hier weg. Ich würde vorschlagen, Sie versuchen nicht, uns aufzuhalten. Ich komme gerade aus meinem Büro, wo ich einen umfassenden Bericht über meine Nachforschungen diktiert habe. Sie schaden sich nur selbst, wenn Sie uns auch nur das Geringste antun.«

Killinworth rührte sich nicht, sagte aber zu Heather gewandt: »Ein großer Teil von dem, was diese unglaubliche Person gesagt hat, ist wahr, Heather. Sie weiß viel. Aber nur deshalb, weil *sie* hinter dieser ganzen unerhörten Geschichte steht. Ich weiß, es muß Ihnen schwerfallen, das zu glauben. Aber Sie müssen es glauben. Wenn Sie ihr folgen und ihr die Harsa übergeben, setzen Sie Monate umfangreicher Ermittlungsarbeit aufs Spiel, ganz zu schweigen von Ihrem Leben.«

Heather schüttelte den Kopf.

»Nein! Nein, Sie lügen. Sie haben die ganze Zeit gelogen, und ich –.«

»Es hat keinen Sinn, Dr. Killinworth. Hier helfen Ihnen weder gerissene Lügen noch Beschuldigungen. Heather bringt sich nur dann in Gefahr, wenn sie Ihnen glaubt. – Sie haben nichts zu fürchten, Heather. Geben Sie mir die Harsa, und wir übergeben sie gemeinsam Captain Hanrahan.«

Das Krachen von Feuerwerkskörpern durchbrach die Stille,

und die Fenster erstrahlten einen Augenblick lang in grellem Glanz. Sie hörten Schritte und drehten sich um. Sie sahen Ford Saunders auf sich zukommen.

Chloe Prentwhistle schien plötzlich ihre überlegene Gelassenheit zu verlieren. Sie blickte von Killinworth zu Saunders. Ihr Mund wurde schmal.

»Du Luder!« Saunders blieb drei Schritte von ihnen entfernt stehen. Nach Atem ringend zeigte er mit dem Arm auf Chloe Prentwhistle. »Du verdammtes –.«

»Sei still!« Ihr Blick war mörderisch.

»So fein und so wohlerzogen, und im Grunde doch nichts Besseres als zwei Gauner, die sich in die Haare geraden sind. – Es reicht jetzt, Heather«, sagte Killinworth. »Geben Sie mir die Harsa, und wir werden dafür sorgen, daß diese Leute nie wieder ihre schrecklichen Spiele treiben.«

»Nein!«

Killinworth schüttelte den Kopf und richtete seine Aufmerksamkeit auf Saunders. »Was wollen Sie jetzt tun, Mr. Saunders? Auf welche Art und Weise hat sie Sie all die Jahre unter Kontrolle gehalten? War Lewis Tunney der erste, den Sie für sie ermordet haben? Oder haben Sie noch andere auf ihren Befehl –.«

»Sag ihnen, wie es war, Chloe. Sag es ihnen. Ja – ich verkleidete mich für dich als Frau und stahl ihre Handtasche und durchsuchte die Zimmer nach dieser gottverdammten Medaille, aber du weißt, daß ich niemals einen Menschen töten würde. Weder für dich noch für sonst jemanden –.«

Chloe verlor noch mehr die Fassung. »Du ekelst mich an«, sagte sie. »Diese unglaubliche Frechheit, mir deine Schuld aufhalsen zu wollen!« Zu Heather sagte sie: »Sie haben die ganze Zeit unter einer Decke gesteckt, Heather. Mein eigener Assistent und *Professor* Killinworth. Als ich dahinterkam, war ich niedergeschmettert. Ich hatte immer Verständnis für ihn gehabt, hatte ihn gern gehabt. Ich habe ihn verteidigt und geschützt, wenn er wegen seiner perversen Bedürfnisse angegriffen wurde – und jetzt das! Ich sagte Ihnen ja, wie er mich belogen hat –.«

»*Du* bist die Lügnerin. *Sie* hat Tunney getötet. Ich habe nur die Medaille verschwinden lassen –.«

Saunders brach ab, als Chloe Prentwhistle in die Falten ihres Kaftans griff und einen Schweizer .357er Hammerli-Revolver hervorzog.

»Noch mehr Morde, Miss Prentwhistle?« fragte Killinworth. »Tunney und Ashtat und Peckham in London. Da hat Ihnen niemand die Schmutzarbeit abgenommen, denke ich.«

Killinworth war sich der Richtigkeit seiner letzten Beschuldigungen nicht sicher, aber er fand sie einleuchtend.

Chloe Prentwhistle ignorierte ihn und wandte sich an Heather.

»Ich werde Sie nicht noch einmal auffordern, Heather. Wir sind beide in schrecklicher Gefahr. Wir müssen jetzt handeln. Kommen Sie mit, wir rufen die Polizei an, und dann ist es –.«

»Nur über meine Leiche!« rief Saunders.

»Ach, geh zum Teufel!« Chloe Prentwhistle hob den Revolver und richtete ihn auf Saunders. Der hob die Arme, als sie abdrückte. Die Kugel traf ihn in die Brust. Er stürzte vornüber, und sein Kopf schlug hart auf dem Boden auf.

»Die Harsa«, sagte Chloe Prentwhistle. »Geben Sie sie mir jetzt, Heather.«

Killinworth trat rasch zwischen die beiden Frauen.

»Geben Sie mir die Waffe, Miss Prentwhistle. Es ist vorbei. Sie machen alles nur noch schlimmer –«

Diesmal zielte Chloe tiefer. Killinworth riß weit die Augen auf. Sein Mund formte ein Wort, das niemals ausgesprochen wurde. Er griff sich mit beiden Händen an den Bauch, als wollte er das von der Kugel zerfetzte Fleisch zusammenhalten, dann kippte er vornüber, und sein massiver Körper schlug krachend auf den Boden.

Heather huschte in die Schatten des Harsa-Cincinnati-Ausstellungsraums, jagte hinter eine große Statue von George Washington und spähte um das Standbild herum zum Geländer bei dem Pendel, wo sich Evelyn Killinworth wenige Schritte von Ford Saunders' reglosem Körper entfernt vor Schmerzen wand.

Zwischen ihnen stand Chloe Prentwhistle.

Jetzt drehte sie sich um und blickte in die Richtung, in der Heather verschwunden war.

»Heather? Sie brauchen keine Angst mehr zu haben. Es ist alles gut. Heather?«

Heather sah sich nach einem anderen Versteck um. Sie beobachtete Chloe, als diese sich von den beiden Männern entfernte und langsam auf die Ausstellungsräume zuging. Den Revolver hielt sie immer noch in der Hand.

Heather hielt den Atem an, als Chloe den Eingang zur Ausstellung erreichte und stehenblieb.

»Heather«, rief sie. »Seien Sie nicht dumm. Können Sie denn die Wahrheit immer noch nicht sehen? In einer Hinsicht hatte Killinworth recht – Sie scheinen nicht unterscheiden zu können, wer wirklich Ihr Freund ist. Hören Sie mir zu, Heather. Lewis wurde um der Medaille willen getötet, die Sie jetzt in Händen haben. Er würde wünschen, daß wir zusammenarbeiten. Wir wollen doch seinen Tod nicht noch tragischer machen, als er schon ist. Ihm lag die Harsa und das, was sie bedeutete, am Herzen. Und uns ebenso. Heather, kommen Sie –.«

Lautlos schlüpfte Heather aus ihren Schuhen. Ihr verletztes Bein schmerzte. Sie tastete mit den Händen in der Dunkelheit umher, berührte eine Vitrine, ging um sie herum tief in die schwarze Höhle hinein. Als sie zurückblickte, sah sie Chloe nicht mehr.

»Heather? Ich verstehe ja, daß Sie durcheinander sind. Aber Sie müssen mir vertrauen.«

Die Stimme war erschreckend nahe – auf der linken Seite, in gleicher Höhe mit Heather.

»Herrgott nochmal, Heather!« Schärfe und Gereiztheit waren jetzt in Chloes Stimme zu hören. »Für mich war das alles auch nicht einfach.«

Heather lief dem unbestimmten Lichtschein der Rundhalle und der Pendelöffnung entgegen. Von hinten kam ein lautes Krachen, als Chloe offenbar mit irgendeinem Gegenstand zusammenstieß. Sie rief Heather zu stehenzubleiben.

Heather erreichte das Geländer, umfaßte es mit beiden Händen. Der Ausgang zur Mall war zu weit entfernt. Wenn sie versuchte, ihn zu erreichen, würde Chloe ihr den Weg abschneiden.

»Heather!«

Sie blickte zu der Stimme hinunter, einer Männerstimme. Am Rand der Windrose stand Mac Hanrahan. Er hatte ihre Nachricht bekommen.

»Heather!«

Diesmal war es wieder Chloes Stimme. Sie stand drei Schritte von ihr entfernt, den Revolver in beiden Händen. Seine Mündung war genau auf Heather gerichtet.

Das Pendel schwang nun zu Heather hinüber. Keine Zeit für lange Überlegungen und Risikoberechnungen. Sie sprang danach, umklammerte es mit beiden Händen und wurde über das Geländer gezerrt, als das Pendel seinen Rückschwung begann. Ein Schuß! Die Kugel verfehlte ihr Ziel um Haaresbreite. Sie rutschte zum Messinggewicht hinunter, ließ los und fiel in die Windrose auf dem Fußboden.

Hanrahan rief durch die Öffnung in der Decke hinauf, Chloe sollte den Revolver wegwerfen, das Gebäude wäre von Polizei umstellt.

Joe Pearl, der gerade eingetroffen war, eilte zu Hanrahan, der Heather den Arm hinstreckte und ihr über das Geländer half.

»Dr. Killinworth ist verwundet – er liegt da oben!«

Hanrahan befahl einem Beamten, einen Krankenwagen anzufordern. Dann wandte er sich an Heather. »Was ist mit Ihnen? Sind Sie –?«

»Nein, mir ist nichts passiert.«

Sie stiegen hinauf in den ersten Stock, wo Pearl und ein anderer Beamter Chloe Prentwhistle festhielten. Doch sie gab noch immer nicht auf.

»Gott sei Dank, daß Sie hier sind«, sagte sie zu Hanrahan, und ihre Stimme war so kühl wie an jenem Nachmittag in ihrem Haus. »Es ist vorbei. Die Mörder von Lewis Tunney liegen da! Ganz gleich, was sie sagen.« Sie wies auf Saunders und Killinworth. »Ich werde alles erklären.«

Hanrahan kniete neben Killinworth nieder, dessen Gesicht von Schmerz verzerrt war. Der Boden neben ihm war blutig.

»Nur ruhig«, sagte Hanrahan. Wie so oft unter solchen Umständen war er zornig wegen seiner eigenen Ohnmacht. »Es ist schon ein Krankenwagen unterwegs.«

Killinworth blickte Heather an.

»Verstehen Sie jetzt?« begann er mühsam und wurde von einem heftigen Hustenanfall unterbrochen.

»Nicht jetzt. Sie brauchen erst einmal einen Arzt.«

»Heather, hören Sie mir zu... Sie müssen wissen, daß Ihr Onkel nicht selbst Hand an sich gelegt hat. Ich war in Scotland Yard, ich weiß die Wahrheit... Ashtat, der Araber, hat ihn getötet... Chloe Prentwhistle und andere am Smithsonian stehlen seit Jahren wertvolle Stücke aus den Lagerräumen... Sie warten, bis ein Stifter wie Calum stirbt, dann verkaufen sie das Stück auf dem schwarzen Markt... oft im Nahen Osten. Ashtat war seit Jahren ihr bevorzugter Mittelsmann... Als Calum allgemein für tot gehalten wurde, gaben sie ihm die Harsa. Er versuchte sie zu verkaufen, aber Calum bekam Wind davon... kam zurück und führte eine Konfrontation mit Ashtat herbei. Ashtat kam zu ihm aufs

Schloß und brachte ihn um... Die Polizei von Edinburgh hat sich nie die Mühe gemacht, die Kugel, die Calum tötete, mit der Waffe zu vergleichen, die man in seiner Hand fand. Der Revolver war auf ihn zugelassen... befand sich in seiner Hand, der Finger war noch am Abzug, das Kaliber der Waffe entsprach der Kugel, die ihn getötet hatte... Das reichte der Polizei. Schlechte, schlampige Arbeit...«

Heather sagte zu Killinworth, er sollte sich jetzt ausruhen, aber er wollte davon nichts hören.

»Ashtat tötete Calum mit seinem eigenen Revolver... Er war vom gleichen Modell und hatte das gleiche Kaliber wie der von Calum. Er schoß wahrscheinlich eine Kugel aus Calums Waffe ab, ehe er sie ihm in die Hand drückte...«

»Agnes schwor, sie hätte zwei Schüsse gehört. Sie hat also recht gehabt«, bemerkte Heather.

»Ich überredete Scotland Yard, die ballistischen Untersuchungen zu machen...« Killinworth hatte jetzt Mühe beim Atmen. »Die Kugel, die Calum tötete... stammte aus einem Revolver, der in Ashtats Haus gefunden wurde...«

Killinworth wurde wieder von einem Hustenanfall geschüttelt. Blut rann aus seinem Mund. Heather wandte sich ab, damit er nicht sah, wie sie weinte.

Ford Saunders stöhnte. Hanrahan kniete neben ihm nieder.

»Ich habe niemanden getötet...« Saunders' Stimme war kaum zu hören. »Sie verlangte es von mir, aber ich tat es nicht. Und Walter auch nicht.«

»Ihr Mann?«

»Ja... Ich gebe zu, daß ich sonst fast alles getan habe, was sie verlangte. Sie hat gedroht, mich bloßzustellen, nannte mich pervers –« Er brach ab, stöhnte laut auf, während frisches Blut aus seiner Wunde strömte. Stumm blickte er Hanrahan an, dann begann sein Körper im Todeskampf zu zucken.

Kapitel 29

6. Juli

Hanrahan saß in seinem Büro. Commissioner Johnson war bei ihm. Er hatte einen neuen Anzug an und war nicht erpicht darauf, sich auf den Möbelstücken in Hanrahans Büro niederzulassen.

»Ich stehe gern, Mac«, sagte er jedesmal, wenn Hanrahan ihm einen Stuhl anbot. »Der Professor kommt also durch?«

»Killinworth? Ja, er hat die kritische Phase überstanden. Ich werde ihn nachher besuchen.«

»Wie sieht's aus?«

»Prentwhistle behauptet immer noch, sie wäre unschuldig wie ein neugeborenes Lamm. Sie beschuldigt Saunders. Wir haben Sie erstmal wegen Mordes an Saunders eingebuchtet. Wir werden natürlich nicht lockerlassen, besonders nicht bezüglich der Tunney-Sache. In ihrem Haus fanden wir einen Paß mit einem Stempel vom britischen Zoll, der auf den Namen Linda Clare Salzbank lautete. Der Stempel war von dem Tag, an dem Ashtat umgebracht wurde. Wir wissen, daß Sie die Anführerin dieses Schwindlerrings im Smithsonian war. Janis Dewey, die in der Nationalgalerie arbeitet, ist nicht das, was man abgebrüht nennen würde. Sie erzählte uns alles. Sie bestätigte genau das, was Killinworth bereits gesagt hatte. Prentwhistles Ehemann, Walter Jones, beschaffte jungen einschlägig ausgebildeten Leuten Stellungen im Smithsonian. Es handelte sich meistens um Leute, über die er etwas wußte oder wo er spürte, daß sie leicht zu fangen waren. Wenn er sie dann an Ort und Stelle hatte, weihte er sie ein. Die Methode war einfach: Wenn ein Stifter starb, wartete man eine Weile ab, dann holte man sich den Gegenstand, den er gestiftet hatte, und verhökerte ihn über Leute wie diesen Ashtat in London.«

»Das hört sich so an, als hätte eigentlich Jones dahintergesteckt –.«

»Nein. Meine Mutter hatte schon recht, als sie sagte, such die Frau. Jones war die Sache offenbar schon seit Jahren nicht mehr geheuer, aber seine Frau wollte nicht aufhören. Anscheinend behagte ihr der Nervenkitzel und natürlich auch das zusätzliche Geld, das damit hereinkam. Mit ihrem Gehalt allein hätte sie sich ein Leben, wie sie es führte, nicht leisten können.«

Johnson schüttelte den Kopf und hätte sich beinahe auf Hanrahans Schreibtischkante gesetzt. Im letzten Augenblick ließ er es sein.

»Wieso brauchten die Leute im Smithsonian so lange, um der Bande auf die Schliche zu kommen?«

Hanrahan legte seine Füße auf den Schreibtisch.

»Sie machten es den Dieben leicht, Cal. Anscheinend versuchen sie schon seit Jahren, ein Computer-Inventursystem auf die Beine zu stellen, aber es geht nur langsam voran. Inzwischen liegen Kunstgegenstände, die Tausende wert sind, in Schuhkartons verpackt in den Lagerräumen. Und keiner weiß so richtig, wo was liegt und was eigentlich alles da sein muß.«

»Was ist mit diesem Goldschmied – Kazakis?«

»Ein kleiner Fisch wie Janis Dewey. Unehrlich genug, um ein bißchen zu stehlen, damit er sich das Benzin für seinen Corvette und die neuesten Kassetten für sein Videogerät leisten kann. Aber der Bursche ist begabt. Ich habe mir die echte Harsa neben seiner Kopie angesehen, und ich kann die beiden nicht voneinander unterscheiden. Vielen anderen ging es offenbar genauso.«

»Haben Sie von Jones ein Geständnis?«

»Ja. Er sagte, es fing damit an, daß Prentwhistle ihn als unabhängigen Sachverständigen zuzog. Kein Mensch wußte, daß sie verheiratet waren, und sein Wort war immer das entscheidende. Niemand hatte den Verdacht verbrecherischer Zusammenarbeit. Wenn ein Stifter gestorben war, erklärte er das betreffende Stück für relativ wertlos, und das bedeutete, daß es für eine öffentliche Ausstellung nie in Betracht gezogen wurde. Dann ließ man einige Zeit vergehen, und schließlich entwendete man es und verkaufte es. Alles sehr sauber und unauffällig, bis sie an die Harsa gerieten.«

»Und Vizepräsident Oxenhauer sie in einer Ausstellung sehen wollte.«

»Richtig, aber auf unseren Vizepräsidenten bin ich im Moment nicht allzu gut zu sprechen. Okay, er wollte seine eigenen Ermittlungen führen, um einen Skandal zu vermeiden, der dem Smithsonian geschadet hätte. Aber ich finde wirklich, er hätte uns einweihen können.«

»Mac, ich gebe Ihnen recht, aber von seinem Standpunkt aus tat er das Beste für das Smithsonian, indem er einen Fachmann engagierte, um dadurch einen Skandal so lange wie möglich zu vermeiden, auf jeden Fall bis nach dem vierten Juli.«

Hanrahan stand auf und nahm sein Jackett vom Garderobenständer. Er bemerkte, daß einer der Knöpfe nur noch an einem Fädchen hing. Genau wie seine Geduld.

»Sind wir fertig?«

»Für heute morgen, ja. Ich habe für fünfzehn Uhr eine Pressekonferenz angesetzt. Das gibt den Fernsehleuten Zeit, zu ihren Nachrichtensendungen um sechs zurückzukommen. Ich habe eine Erklärung für Sie vorbereitet.«

Er zog ein Blatt Papier aus der Innentasche seines Jacketts und reichte es Hanrahan. Der warf nur einen Blick darauf und legte es auf den Schreibtisch.

»Sie können selbstverständlich Änderungen vornehmen, Mac, aber es wäre mir lieb, wenn wir uns ans Drehbuch hielten. Es ist doch so, daß die Klärung dieses Falles eine große –«

»Die Klärung?«

»Wir sind die Polizei, die Behörde, die für solche Sachen zuständig ist. Ein Verbrechen wurde begangen, ein Verbrechen wurde aufgeklärt. Wir haben das getan. Die Öffentlichkeit verdient das zu glauben.«

»Bei der Pressekonferenz bin ich nicht da.«

»Wie Sie wollen. Wenn Sie da sind, dann lesen Sie die Erklärung vor. Wenn Sie nicht da sind, dann tun Sie mir einen Gefallen und geben Sie keine Interviews.«

Gerade als er zur Tür hinaus wollte, um ins Krankenhaus zu fahren, wo er sich mit Heather treffen und Killinworth besuchen wollte, läutete das Telefon. Es war Kathy.

»Kathy, ich hab's eilig.«

»Ich wollte dir nur gratulieren. Zum Fall Tunney. Du bist sicher froh, daß alles vorbei ist.«

Keine Antwort.

»Mac?«

»Was?«

»Lädst du mich zum Essen ein?«

»Ich hab' ziemlich viel zu tun. Vielleicht.«

»Bist du besetzt?«

»Vielleicht.«

»Eine andere Frau?«

»Wiedersehen, Kathy. Ich melde mich.«

Heather war schon bei Killinworth im Zimmer, als Hanrahan eintraf. Killinworth saß aufrecht in seinem Bett. Er hing noch am Tropf und war sehr blaß. Ansonsten war er ganz der alte – samt der Selbstherrlichkeit, die Hanrahan so reizte.

»Hallo, Captain«, sagte er mit überraschender Energie in der Stimme.

Er streckte Hanrahan die Hand hin, was ihm offensichtlich Schmerzen bereitete. Hanrahan nahm sie und zog sich dann einen Stuhl heran.

»Evelyn hat mir gerade erzählt, wie Peter umgekommen ist«, bemerkte Heather.

»Peckham? Das würde ich auch gern hören.«

»Tja, mein lieber Captain, nachdem Ashtat Heathers Onkel getötet hatte, war er immer noch im Besitz der Harsa. Diese Leute, die mit gestohlenen Kunstwerken handeln, halten sich im allgemeinen an die Regel, daß ein gestohlenes Stück niemals in der Region verkauft werden darf, aus der es kommt, in diesem Fall also England. Aber Ashtat konnte den Hals nicht voll genug bekommen. Er bot die Harsa in London zum Kauf an, und Peckham kaufte sie.«

»Ich dachte, Peckham wäre ein reeller Händler gewesen.«

Killinworth zuckte die Achseln.

»Auch die reellsten Leute haben ihre Schwäche, wie Sie im Rahmen Ihrer Arbeit sicherlich entdeckt haben, Captain. Außerdem, das dürfen Sie nicht vergessen, wußte Peckham nicht, daß das Stück gestohlen war; er kannte allerdings Ashtats Ruf, daran gibt es keinen Zweifel. Er bat seinen Freund, Lewis Tunney, ihm die Echtheit des Stückes zu bestätigen. Lewis' Reaktion entsprach ganz und gar nicht Peckhams Erwartungen. Er erklärte Peckham, er würde nach Washington fliegen und den Schwindel mit der Harsa, die offensichtlich gestohlen wäre, aufdecken. Nun saß Peckham in der Patsche. Er rief Ashtat an und berichtete ihm von dem Gespräch mit Tunney. Ashtat rief Chloe Prentwhistle in Washington an, und diese beschloß daraufhin, Tunney zu töten. Oder ihn töten zu lassen. Ich glaube eher das erstere.«

Heather wandte sich ab. Killinworth legte ihr die Hand auf den Arm.

»Liebes Kind, ich weiß, wie schwer das für Sie ist, aber die Wahrheit ist besser als die ewige Ungewißheit.« Zu Hanrahan gewandt sagte er dann: »Chloe Prentwhistle muß Ashtat den Auftrag gegeben haben, Peckham zu beseitigen, da dieser zuviel wußte. Anfangs glaubte ich, sie hätte Peckham selbst getötet, zur gleichen Zeit, als sie in London war, um Ashtat zu beseitigen. Aber so kann es natürlich nicht gewesen sein – Peckham war ja schon tot, als sie kam. Mit den besten Empfehlungen von Rashad Ashtat.«

»Aber dann hatte ja Ashtat die echte Harsa«, warf Heather ein. »Wenn er Peckham getötet hat, dann hat er sie doch sicher an sich genommen.«

»Ganz recht«, bestätigte Killinworth. »Und als Vizepräsident Oxenhauer auf einer Ausstellung mit der Harsa bestand, ließ Chloe Prentwhistle von Mr. Kazakis eine Kopie anfertigen, und zwar keine schlechte, das muß ich sagen. Damit wäre nun wahrscheinlich alles erledigt gewesen, wenn nicht Lewis gedroht hätte, den ganzen Schwindel auffliegen zu lassen. Ich vermute, Chloe Prentwhistle versuchte, im Museum von ihm zu erfahren, ob er schon mit anderen Leuten darüber gesprochen hatte. Ich weiß es nicht. Wie dem auch sei, sie konnte es sich nicht leisten, ein Risiko einzugehen. Sie war schon zu weit gegangen, hatte zwei Menschenleben auf dem Gewissen. Sie mußte befürchten – so wie die Dinge standen –, daß die falsche Medaille begutachtet werden würde, selbst wenn Lewis Tunney beseitigt war. Sie wußte ja nicht, ob er mit jemandem gesprochen hatte. Deshalb beschloß sie, einen Diebstahl der ausgestellten Kopie zu inszenieren, und zwar in scheinbarem Zusammenhang mit dem Mord an Tunney.«

Hanrahan fand Killinworth so widerlich allwissend wie immer, doch er mußte sich seine Ausführungen natürlich bis zum Ende anhören.

»Aber da ist doch viel Spekulation dabei, oder nicht, Dr. Killinworth?«

»Nicht so viel, wie Sie vielleicht gelauben, Captain. Ich muß allerdings zugeben, daß ich Ihnen gegenüber stark im Vorteil war bei meiner Arbeit. Vieles von dem, was im Smithsonian vorging, war mir dank Vizepräsident Oxenhauer bekannt. Als er mich zuzog, geheime Ermittlungen anzustellen, hatte er einen großen Teil des Puzzles schon zusammengefügt. Den Rest konnte ich dann ergänzen. Miss Dewey von der Nationalgalerie war sehr hilfreich, wenn auch mit Widerstreben. Ich sah nämlich in Ashtats Haus einen kleinen Gainsborough, von dem ich wußte, daß er dem Smithsonian geschenkt worden war. Ich konfrontierte sie damit, und sie lieferte mir dafür eine Menge Informationen. Eine fehlgeleitete junge Dame. Schade.«

»Und Throckly?« fragte Hanrahan.

»Sein einziges Verbrechen war Schwäche. Er wußte, was vorging, konnte sich aber nicht vorstellen, daß diese Leute selbst vor einem Mord nicht zurückschrecken würden. Ich glaube, der Vizepräsident und Mr. Costain sind im Augenblick dabei, seinen Abschied vom Smithsonian vorzubereiten.«

Heather fragte unvermittelt: »Warum fragten Sie in Edinburgh nach Collinsworth? Das hat Ranald Robertson mir erzählt.«

»Ein reizender Schurke, dieser Collinsworth. Er weiß über Kunstdiebstähle und dergleichen in England mehr als jeder andere. Er schuldete mir eine Gefälligkeit; ich kassierte. Nur Informationen, ein paar Gerüchte, aber nützlich, um sich auf verschiedenes einen Reim zu machen.«

Heather nickte. »Aber wieso fand dieser Tellerwäscher die Medaille im Müll? Wer hat sie da reingeworfen und warum?«

Killinworth versuchte sich bequemer zu setzen und verzog dabei schmerzhaft das Gesicht.

»Wie ich schon sagte, als Lewis tot war, mußten sie die Medaille verschwinden lassen, ehe sie begutachtet werden konnte. Sie durften sie nicht einfach irgendwo im Museum verstecken, deshalb warf Ford Saunders sie einfach in den Müll. Er glaubte zweifellos, sie würde nie wieder auftauchen.«

»Wieso sind Sie so sicher, daß das Saunders war?« wollte Heather wissen.

Hanrahan war froh, endlich auch einmal eine Frage beantworten zu können.

»Er war der einzige Gast, der das Fest vorzeitig verließ. Angesichts dessen, was wir über sein Talent wissen, sich als Frau zu verkleiden, vermute ich, daß er sich verkleidete und im Kabinett der First Ladies versteckte, bis die Luft rein war. Dann stahl er sich aus dem Museum und warf die Harsa in den Müll.«

Killinworth lachte und hatte solche Schmerzen dabei, daß ihm die Augen tränten.

»Er verkleidete sich als Frau und stellte sich mitten unter die Puppen? Das ist – also, Captain, das ist zweifellos kreativ, aber doch sehr weit hergeholt –.«

Er konnte von Glück sagen, dachte Hanrahan, daß er im Krankenbett lag.

Mit einem mühsamen Lächeln erklärte er. »In der Nacht, als ich mir den Ausstellungsraum ansah – nach dem Mord an Dr. Tunney, meine ich –, war eine Puppe zuviel dort. Da bin ich ganz sicher.«

Killinworth kämpfte immer noch gegen das schmerzhafte Lachen.

»Ich will mich nicht mit Ihnen streiten«, stieß er hervor. »Gott, tut das weh.«

Pech, dachte Hanrahan.

»Ich finde, wir sollten ihn jetzt schlafen lassen«, meinte Heather. Sie neigte sich über ihn und gab ihm einen Kuß auf die Wange.

Hanrahan stand auf und zwang sich zu sagen: »Ich weiß Ihre Hilfe zu schätzen, Dr. Killinworth. Erholen Sie sich gut. Vielleicht laufen wir einander eines Tages wieder über den Weg.«

»Sicher.«

»Ach, übrigens – gibt es einen besonderen Grund dafür, weshalb der Vizepräsident Ihnen die geheimen Ermittlungen anvertraute?«

»Wir sind alte Freunde. Er vertraut mir. Und ich arbeite schon seit Jahren auf diesem Gebiet. Mit einer so – extremen Sache allerdings hatte ich bisher nie zu tun. Ich muß gestehen, es war aufregend. Tja, vielen Dank für Ihren Besuch bei den Verwundeten, Captain.«

Schweigend fuhren Hanrahan und Heather mit dem Aufzug ins Erdgeschoß hinunter und gingen nach draußen.

»Übrigens, falls Sie sich immer noch wundern sollten, wieso ich wußte, daß Sie in Edinburgh beinahe überfahren worden wären, will ich meine Karten nun auf den Tisch legen und gestehen, daß ich Sie wirklich überwachen ließ. Von einem Beamten von Scotland Yard. Aber meiner Ansicht nach war der Fahrer dieses Wagens tatsächlich nur ein Verrückter oder Verwirrter. Nicht der Mann, den ich suchte.«

»Ja – wissen Sie, als es passierte, dachte ich doch tatsächlich, es wäre Evelyn gewesen. Jemand sagte, der Fahrer wäre dick gewesen, und nach allem, was vorher schon geschehen war – na, ich bekam wohl plötzlich den Verfolgungswahn.«

»Sie wissen doch, was man sagt: Die Tatsache, daß man den Verfolgungswahn hat, schließt nicht aus, daß man verfolgt wird. Aber wie dem auch sei – haben Sie Lust mit mir zu essen?«

Sie sah ihn an und lächelte.
»Es lockt mich schon, Captain, aber irgendwie scheint es mir nicht die rechte Zeit und auch nicht der rechte Ort. – Ich fliege morgen vormittag nach Edinburgh zurück und – oh, beinahe hätte ich's vergessen. Seit ich aus Schottland zurückgekommen bin, trage ich das mit mir herum. Es ist für Sie.« Sie nahm eine Konserve aus einer Plastiktüte mit dem Aufdruck des Britischen Museums und reichte sie Hanrahan. Er las das Etikett – ›Haggis‹. »Ich weiß, wie gern Sie kochen – und wie gut! –, und da dachte ich, Sie würden sich vielleicht über das schottische Nationalgericht freuen.«
»Ich hab' davon gehört. Was ist es?«
»Es freut mich, daß Sie fragen. Herz, Augen und Leber vom Schaf werden mit fein gehacktem Nierenfett, gerösteten Haferflocken und Gewürzen gekocht, dann wird das alles in den Pansen des Schafes gestopft und gekocht. Es schmeckt gar nicht schlecht.«
Sie erklärte das alles mit durchaus ernsthafter Miene.
Hanrahan schnitt eine Grimasse.
»Danke, vielen Dank, aber es würde mir nicht im Traum einfallen, das ohne Sie zu versuchen.«
»Dann müssen Sie nach Schottland kommen. Bald.«
»Vorsicht. Es kann sein, daß ich Sie beim Wort nehme.«
»Ich hoffe es, Captain. Und inzwischen« – sie küßte ihn auf die Lippen – »passen Sie gut auf sich auf. Ich glaube, ich habe einen neuen Freund gefunden.«
»Worauf Sie sich verlassen können, Miss McBean.«
Er sah ihr nach, als sie die Treppe hinunter zu den Taxis ging, und sah ihr immer noch nach, als sie schon eingestiegen war, und der Wagen abfuhr und sich im Gewühl des Verkehrs von Washington verlor.

Wieder im Büro, ließ er Joe Pearls unvermeidlichen Kommentar über den losen Knopf an seinem Jackett über sich ergehen, las die Presseerklärung, die Commissioner Johnson für ihn vorbereitet hatte, und beschloß endgültig, daß er auf der Pressekonferenz durch Abwesenheit glänzen würde.
Er dachte an sein Versprechen, Kathy wegen des Abendessens zurückzurufen. Er war frei, aber er hatte keine Lust, sich mit ihr zu treffen.

Er rief sie an und gab sich alle Mühe, ihr das klarzumachen.
Dann fuhr er nach Hause, stellte fest, daß er eigentlich gar nicht hungrig war und goß sich einen Scotch pur ein.
Was sonst?

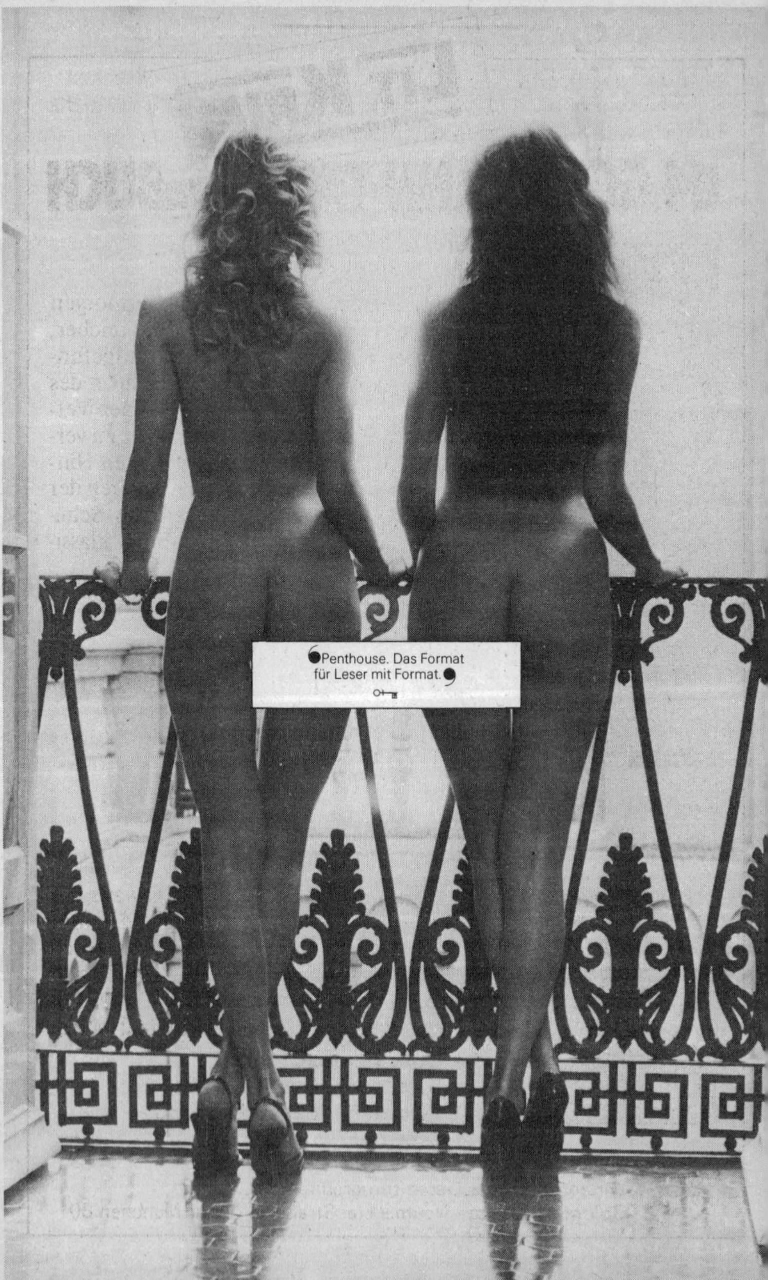
Penthouse. Das Format
für Leser mit Format.

Ngaio Marsh

IM GOLDMANN-TASCHENBUCH

„Beste britische Krimitradition"
Frankfurter Allgemeine Zeitung

Von Ngaio Marsh im Goldmann Verlag
lieferbare Titel:

Mord vor vollem Haus (4939)
Der Tod auf dem Fluß (4942)
Der Tod des Narren (4946)
Der Champagner-Mord (4917)
Ouvertüre zum Tod (4902)
Mylord mordet nicht (4910)
Fällt er in den Graben, fällt er in den Sumpf (4912)
Der Tod im Frack (4908)
Tod im Pub (4904)
Der Handschuh (4934)
Das Todesspiel (4936)

GOLDMANN

Verlangen Sie das Gesamtprogramm
beim Goldmann Verlag
Neumarkter Straße 18 · 8000 München 80